AF540075

आदिवासी कौन

आदिवासी कौन

सम्पादक
रमणिका गुप्ता

ISBN : 978-81-8361-219-7

आदिवासी कौन

पहला संस्करण : 2008
आठवाँ संस्करण : 2024

मूल्य : ₹695

प्रकाशक
राधाकृष्ण प्रकाशन प्राइवेट लिमिटेड
जी-17, जगतपुरी, दिल्ली-110 051

शाखाएँ : अशोक राजपथ, साइंस कॉलेज के सामने, पटना-800 006
पहली मंजिल, दरबारी बिल्डिंग, महात्मा गांधी मार्ग, प्रयागराज-211 001
1, अनमोल सोराबजी संतुक लेन, धोबी तलाव, मरीन लाइंस, मुम्बई-400 002
वेबसाइट : www.radhakrishnaprakashan.com
ई-मेल : info@radhakrishnaprakashan.com

मुद्रक
बी.के. ऑफसेट
नवीन शाहदरा, दिल्ली-110 032

AADIVASI KAUN
Edited by Ramanika Gupta

सम्पादकीय

ज़रूरत है बिरसा के विस्तार की

हमने इस पुस्तक में आदिवासी अभिव्यक्ति का दस्तावेज़ तैयार करने की चेष्टा की है ताकि विभिन्न भाषा-भाषी आदिम जनजातियों की सोच-समझ और विचार-शृंखला को हिन्दी जगत के रू-ब-रू लाया जा सके! वे क्या सोच रहे हैं? यह जाना जा सके! कितना सफल हुए हैं हम, यह तो पाठक वर्ग ही बताएगा। सत्ता पक्ष या वर्चस्व रखनेवालों की मनोवृत्ति और आदत होती है कि केवल वे ही अपनी बात कहें और दूसरे उसे सुने और उस पर अमल करें—दूसरे पक्ष के लोग क्या सोचते हैं—यह जानने की मनोवृत्ति बहुत ही कम लोग रखते हैं, खासकर भारतीय लोग—चूँकि भारतीय मानस जनतन्त्र नहीं राजतन्त्र का आदी रहा है। हमने इस पुस्तक में हर विषय पर आदिवासियों द्वारा कलमबद्ध विचार दर्ज करने का प्रयास किया है, ताकि भिन्न-भिन्न भाषाओं में सृजनरत लेखकों की सोच की दिशा की बानगी प्रस्तुत की जा सके।

आदिवासियों की दशा में परिवर्तन कैसे हो? उनकी शिक्षा कैसी हो? इनकी योजना, इनकी आर्थिक नीति क्या हो? राजनैतिक हिस्सेदारी में वे क्या चाहते हैं? यह सामने आए तो इनकी दशा में कुछ ठोस बदलाव सम्भव हो सकता है।

हजारों बरसों से या कहूँ सदियों से आदिवासियों को खदेड़ने का काम जारी है। उन्हें जंगलों में आदिम जीवन जीने के लिए मज़बूर कर सभ्यता से दूर रखने की साजिश भी इस बीच जारी रही और जारी रहा उनका शोषण और दोहन। उनकी संस्कृति को न तो यहाँ के वासियों ने पनपने या विकसित होने दिया और न ही उसे आत्मसात कर मूलधारा में शामिल होने दिया। उल्टे हमेशा उन पर असभ्य, आदिम या जंगलीपन की पहचान थोपकर, उनमें हीन-भावना भरी जाती रही, जिससे आदिवासियों पर उनका वर्चस्व कायम रहे। फलस्वरूप, आदिवासियों के समाज का विकास ठहर-सा गया, सोच का विकास रुक गया और रुक गया उनकी संस्कृति और भाषा का विकास। परम्परा और अन्धविश्वास से जुड़ा यह समाज, बस जीने की चाह के बल पर कठिन-से-कठिन परिस्थितियों का अपने कठिन श्रम से मुकाबला करता रहा—दीन-दुनिया से बेखबर। लेकिन इस सबके बावजूद उसने अपनी पहचान आदिवासी के रूप में कायम रखी। आदिवासी यानी मूल निवासी यानी भारत का मूल बाशिन्दा यानी इस धरती का पुत्र, धरती और प्रकृति के विकास के साथ ही पैदा हुआ, पनपा, बढ़ा और जवान हुआ। वह प्रकृति का सहयात्री और सहजीवी, सहनशीलता की सीमा तक सहन करने की

कुव्वत रखता है पर अन्याय के विरोध में डटकर खड़ा भी हो जाता है। भले ही उसे गूँगा बना दिया गया—अभिव्यक्ति की ताकत नहीं थी उसके पास, इसके बावजूद अन्याय हद से गुजर जाने पर, उसके हाथ गतिशील हो उठते हैं। उसका सारा आक्रोश, सारा गुस्सा तीरों में भरकर बरस पड़ता है। गुलेलों के पत्थरों से वह अपना प्रतिकार जाहिर करता और वापस जंगलों में तिरोहित हो जाता रहा है और आज भी यह जारी है।

आज अगर सबसे बड़ा खतरा आदिवासी जमात को है—तो वह है उसकी पहचान मिटने का। इक्कीसवीं सदी में उसकी पहचान मिटाने की साजिश एक योजनाबद्ध तरीके से रची जा रही है। किसी भी जमात, जाति, नस्ल या कबीले अथवा देश को मिटाना हो तो उसकी पहचान मिटाने का काम सबसे पहले शुरू किया जाता है और भारत में यह काम आज हिन्दुत्ववादियों ने शुरू कर दिया है। 'आदिवासी' की पहचान और नाम छीनकर उसे 'वनवासी' घोषित किया जा रहा है ताकि वह यह बात भूल जाए कि वह इस देश का मूल निवासी यानी आदिवासी है—वह भूल जाए अपनी संस्कृति—अपनी भाषा, अपना मूल धर्म 'सरना'।

आदिवासी का अपना धर्म 'सरना' है जो प्रकृति का धर्म है। वह पेड़ों और अपने पूर्वजों की पूजा करता है। दफनाए गए या जलाए गए पूर्वजों की कब्रों या श्मशानों को चिह्नित करने तथा उसकी स्मृति बनाए रखने हेतु वह उन पर पत्थर लगाता है—जिन्हें वह 'ससन' कहता है और उनकी पूजा करता है। 'ससन' पर उसके पूरे समाज का, पूरे समूह का हक होता है। वे इन 'ससन' यानी पत्थरों (जो बड़ी-बड़ी चट्टानें होती हैं) को ही अपनी ज़मीन के पट्टे की तरह मानता है। उसका धर्म उसके जीने का नियम है, इसलिए वह व्यावहारिक है। उसका 'बोंगा' (देवता) और कोई नहीं, उसका पूर्वज ही है जो उसका मित्र है, जिसे वह अपने दुख-सुख में शामिल होने के लिए आमंत्रित करता है। मन्त्री बोंगा पेड़ों पर रहता है, आकाश में नहीं विचरता। उसके देवता की जड़ें धरती में हैं बल्कि सच तो यह है कि वह किसी भगवान को नहीं स्वीकारता, न देवता को मानता है। वह केवल 'स्पिरिट' की अवधारणा पालता है, जो अच्छी भी हो सकती है और बुरी भी। आदिवासी अपने आपको हिन्दू नहीं कहता। वह अपनी पहचान अपने धर्म से नहीं, बल्कि यह पूछे जाने पर कि "तुम कौन हो?" "मैं आदिवासी हूँ" कहता है वह। अपने टोटम या गोत्र—जो पेड़, पौधों, पशुओं या जीवों के नाम पर होते हैं, को वह अपने परिचय में जोड़ देता है। वह औरों की तरह किस धर्म से जोड़कर, जैसे—हिन्दू, मुसलमान या ईसाई कहकर अपना परिचय नहीं देता।

अब एक सोची-समझी चाल के तहत उसका हिन्दूकरण किया जा रहा है। छल-कपट से अथवा 'भुतलाकर' (फुसलाकर) उसे हिन्दुओं के देवता से जोड़ा जा रहा है। कहीं उसका रिश्ता राम से जोड़ा जा रहा है, तो कहीं शिव से और उसे अपने ही उन आदिवासी भाइयों के खिलाफ भड़काया जा रहा है जो बहुसंख्यक वर्चस्ववादी हिन्दुओं के जातीय भेदभाव भरे व्यवहार से तंग आकर धर्म-परिवर्तन कर चुके हैं। उड़ीसा में यह क्रम लगातार जारी

है। मध्य प्रदेश और झारखंड में 'घर-वापसी' के अभियान चलाए जा रहे हैं जैसे कि पहले वह हिन्दू रहा हो और बाद में रूठकर आदिवासी सरना या ईसाई बन गया हो और अब पुनः हिन्दू बन रहा हो। यह कितना बड़ा झूठ है जो उस पर थोपा जा रहा है! उसे नहीं बताया जा रहा कि उसे इस 'घर-वापसी' के आयोजन के बाद हिन्दुओं की जातियों में विभाजित समाज के सबसे निम्न दर्जे पर दाखिला दिया जा रहा है! उसे सेवकों की जाति में रखा जाएगा, शासकों की जाति—ब्राह्मण, क्षत्रिय या वैश्यों में नहीं। इस प्रकार उसका नाम और उसका मूल धर्म, जो वास्तव में उसकी जीवन-शैली ही है—छीनकर उसे हिन्दू समाज के विभाजित जमात की सीढ़ी के सबसे निचले डंडे पर बैठाया जा रहा है। इसलिए इस समय ज़रूरत है कि आदिवासी समाज में उसका प्रबुद्ध वर्ग, बुद्धिजीवी वर्ग, साहित्यकार और समृद्ध वर्ग अपने समाज को एकीकृत करके अपनी अस्मिता, अपने नाम और अपनी संस्कृति को बचाए।

अगर आज तक के इतिहास पर नज़र दौड़ाई जाए तो महाभारत काल से ही इनका शोषण 'अर्जुनों' ने किया और 'द्रोणाचार्यों' ने उन्हें ठगा। उन्होंने इनकी कन्याओं को ब्याहकर रनिवास में तो रख लिया लेकिन उनकी जमात को अपने समाज में सम्मिलित नहीं किया। परीक्षित के पुत्र ने नागों का संहार किया था क्योंकि नाग ने उनके पिता से अपने अपमान का बदला लिया था। यानी जो स्वाभिमान से जीना चाहे उसको जीने देना, जिन्दा रहने देना आर्यों को कभी गवारा नहीं था, चूँकि वे अपने को श्रेष्ठ समझते थे। नीत्से के दर्शन के सुपरमैन थे वे—भारतीय दर्शन के अनुसार वे ब्रह्मा के सिर और भुजाओं से पैदा हुए थे। वे अपने को देवत्व प्राप्त करने के एकमात्र योग्य वारिस होने का दावा भी करते थे, यानी अनार्य उनकी दृष्टि में मनुष्यता का दर्ज़ा पाने के हकदार ही नहीं थे। वे असुर थे, राक्षस थे, दानव थे और सब विकृतियों, दुर्गुणों से लैस और बदसूरती के प्रतीक थे। पशुओं के सींग, पूँछ और लम्बे-लम्बे दाँत उनपर मढ़ दिए गए थे। मनुष्य तो इन्हें आर्यों ने माना ही नहीं। जिसने राम का विरोध किया उसे राक्षस करार कर दिया गया। और तो और जिन्होंने राम की सहायता कर उसका साम्राज्य कायम कराया, उन्हें भी बन्दर, भालू, गरूड़ कहा—मनुष्य नहीं। किसी आदिवासी ने इनकी सेवा की या उनके आगे समर्पण किया या उनकी गुलामी स्वीकार की तो उसे 'स्वामिभक्त-सेवक' का दर्ज़ा दे दिया गया—उसे कभी अपने समकक्ष नहीं माना गया। यदि कोई आदिवासी उनसे अधिक चतुर या विद्वान होता तो उसे मारने की या नीचा दिखाने की साजिश रच दी जाती, ताकि वह इनके विद्वानों की बराबरी न कर सके। कोई अधिक पराक्रमी हुआ, तो वामन का रूप धरकर छल से तीन डगों में उसका राजपाट हड़प लिया गया। किसी की आँख फोड़ दी गई तो किसी को ठग लिया। किसी ने इन्हें डस लिया, तो इन्होंने उसे नेस्तनाबूद करने हेतु उनकी बिलों तक को खोद डाला। अन्त में उन्हें सभ्यता से दूर जंगलों में खदेड़ दिया, जहाँ जिन्दा रहना भी एक चुनौती था। बड़े जीवटवाली जमात है यह आदिम जमात! जंगल में भी मंगल मनाते रहे ये लोग और जिन्दा रहे। इनकी वाणी में गीत है और गति में नृत्य। ये कठिन-से-कठिन परिस्थितियों

में भी मस्ती से जीते रहने के आदी हैं।

जिन लोगों की संस्कृति खत्म हो जाए तो उनकी पहचान भी खत्म हो जाती है। इस सरकार की तरफ से इनकी पहचान मिटाने का कार्यक्रम चालू है। इस बार की जनगणना में छोटानागपुर में आदिवासी लोहरा को लोहार लिखकर, बड़ाइक को बढ़ई लिखकर गैर-आदिवासी बना दिया गया है। यह जानकर आश्चर्य होगा कि आज भी विमुक्त, भटकी बंजारा जातियों की जनगणना नहीं की जाती। तर्क यह दिया जाता है कि वे सदैव एक स्थान पर नहीं रहते। इतना ही नहीं हज़ारों आदिवासी दिल्ली नगरी या अन्य राजधानियों में रोजगार के लिए बरसों से रहते आ रहे हैं पर उनका आँकड़ा भी जनगणना में शामिल नहीं किया जाता, न ही उनके राशनकार्ड बनते हैं और न ही वे कहीं के वोटर होते हैं अर्थात् इन्हें भारतीय नागरिकता से भी वंचित रखा जाता है।

आदिवासियों की ज़मीन तो छीनी ही गई, उनके जंगल के अधिकार भी छिन गए। अब गैर-आदिवासी लोगों के बसने के कारण उनकी भाषा भी छिन रही है क्योंकि उनकी भाषा समझनेवाला अब कोई नहीं है वहाँ। जिन लोगों की भाषा छिन जाती है उनकी संस्कृति भी नहीं बच पाती। उनके नृत्य इन अजनबी बस्तियों में किन्हीं दूसरी नज़रों से देखे जाते हैं, इसलिए वे भी सीमित होते जा रहे हैं। जहाँ उनका 'सरना' नहीं है वहाँ उन पर नए-नए भगवान थोपे जा रहे हैं। उनकी संस्कृति या तो हड़पी जा रही है या मिटाई जा रही है। हर धर्म अपना-अपना भगवान उन्हें थमाने को आतुर है। हिन्दूत्ववादी लोग तो उन्हें मूलधारा यानी हिन्दुत्व की विकृतियों और संकीर्णताओं से जोड़ने पर तुले हैं तथा उनका रोजी-रोटी के मुद्दे से ध्यान हटाकर उनको अलगाव की ओर धकेला जा रहा है।

सत्य तो यह है कि जब तक आदिवासी स्वयं नेतृत्व नहीं सँभालता तब तक कोई और उनके हितार्थ नीतियाँ बनानेवाला नहीं है। हालाँकि आदिवासियों का विद्रोह देश में आज़ादी के लिए छिड़े आन्दोलन से पहले शुरू हुआ था जो साम्राज्यवादियों और उनके पोषित भारतीय शासकों व उनके दलालों और सूदखोरों-जमींदारों के खिलाफ था लेकिन ये विद्रोह अलग-अलग स्थानों पर अलग-अलग लोगों द्वारा किए जाने के कारण राष्ट्रीय आन्दोलन नहीं बन पाया और न ही इनके बीच कोई राष्ट्रीय नेतृत्व, अकेला या सामूहिक रूप से अभी तक उभर पाया। इसका मुख्य कारण आदिवासी समाज की सामूहिक जीवन-प्रणाली भी हो सकती है या किसी सम्पर्क भाषा का न होना भी हो सकता है। उनमें कोई व्यक्ति निर्णय नहीं लेता, न ही व्यक्ति पूजा होती है। इसलिए राष्ट्र के पैमाने पर एक व्यक्ति नहीं उभरा, अलग-अलग स्थानों-प्रदेशों में कई-कई नेतृत्वकारी समूह उभरे, नेता भी उभरे पर वे अपने प्रदेश और भाषा-भाषियों तक सीमित रहे। रमना अल्हाड़ी, तिलका माझी, सिधो-कानू, बिरसा, तान्त्या भील, गोविंद गुरु, रानी रूपलियानी, तिरोजसिंह, इन्होंने अंग्रेज़ों से टक्कर ली पर अपने प्रदेशों तक सीमित रहे, ज़रूरत है इनके और इनके विचार के विस्तार की—'ऊलगुलान' के आह्वान की।

हालाँकि संताली भाषा बहुत अधिक संख्या में बोली जाती है, भले ही वह

अलग-अलग लिपियों, जैसे—उड़िया, बंगला और देवनागरी तथा रोमन में लिखी जाती है लेकिन उनसे मिलती-जुलती भाषाएँ भी उनमें अभी तक आत्मसात नहीं हो पाई हैं, जैसे खड़िया, मुंडारी और हो भाषा जो संताली से काफी मिलती हैं। आदिवासी एकता के लिए एक सम्पर्क भाषा का होना अत्यन्त ज़रूरी है ताकि वे एक-दूसरे को भली-भांति समझ सकें। आदिवासी नेतृत्व को इस दिशा में काम करना होगा, तभी एकता कायम होगी और उनकी आवाज़ राष्ट्रीय स्तर पर उठाने में आसानी होगी। संताली, कुड़ख़ और हो भाषा की अपनी-अपनी लिपि भी बना ली गई है। पूर्वोत्तर के राज्यों को छोड़कर अभी तक पश्चिम बंगाल के अलावा किसी भी अन्य प्रदेश में आदिवासियों को उनकी मातृभाषा में प्राथमिक शिक्षा नहीं दी जाती है। कैसे विकसित होगा यह समाज जिसे अपनी मातृभाषा से ही दूर रखा गया हो? बिहार सरकार ने, जिसमें झारखंड भी शामिल था, लगभग वर्षों पहले आदिवासियों को मातृभाषा में पढ़ाने का कानून बना दिया था लेकिन गैर-आदिवासी निहित स्वार्थों ने आज तक उसके आदेश का परिपत्र तक जारी नहीं होने दिया और आज झारखंड का अलग राज्य बन जाने के बाद भी प्राथमिक शिक्षा मातृभाषा में देने का प्रावधान लागू नहीं हुआ है। दरअसल राजनीति में भी मार खा रहे हैं आदिवासी!

आदिवासी समाज को राष्ट्रीय स्तर पर एक करने के प्रयास तेज हो रहे हैं। बिरसा मुंडा आज आदिवासी क्रान्तिकारिता के एक राष्ट्रीय प्रतीक बन गए हैं, लेकिन सरकारी स्तर पर यह प्रयास शून्य है। आज ज़रूरत है बिरसा के विस्तार की!

अनुक्रम

धर्मान्तरण

वैश्वीकरण

आदिवासी हिन्दू नहीं हैं

वाहरू सोनवणे

ठाणे जिला आदिवासियों के न्यायपूर्ण हक़ों के लिए संघर्ष का इतिहास रचनेवाला जिला है। ऐसे लड़ाकू जिले के पालधर तालुका में हमारा यह पाँचवाँ आदिवासी साहित्य सम्मेलन हो रहा है, यह गर्व और आनन्द का विषय है।

अपनी अस्मिता खोजकर आन्दोलन की दिशा ढूँढ़ते समय, हमसे इस सम्मेलन की आवश्यकता पर अनेक प्रश्न पूछे जा रहे हैं, जिन्हें अनदेखा करने से काम नहीं चलेगा।

दलित आदिवासी ग्रामीण संयुक्त साहित्य सम्मेलन का मंच होते हुए एक स्वतन्त्र आदिवासी साहित्य सम्मेलन की क्या ज़रूरत है? आदिवासी साहित्य और आदिवासी साहित्यकार संख्या में इतने कम हैं, फिर भी स्वतन्त्र आदिवासी साहित्य सम्मेलन का आग्रह क्यों?

इन प्रश्नों के उत्तर देने हों तो साहित्य के साथ ही हमें इतिहास में जाना पड़ेगा। आदिवासी और गैर-आदिवासी तथाकथित सुसंस्कृत, सभ्य समाज के बीच इतिहास में क्या नाता है? आदिवासियों की विशिष्ट जीवन-पद्धति और संस्कृति का साहित्य में कैसा चरित्र उभरता है, इस पर विचार करना पड़ेगा और इसी में से स्वतन्त्र आदिवासी सम्मेलन की ज़रूरत स्पष्ट होगी।

अखिल भारतीय स्तर पर और राज्य स्तर पर भिन्न-भिन्न सामाजिक समूह अपने-अपने साहित्य सम्मेलन कर रहे हैं। मराठी साहित्य सम्मेलन, दलित साहित्य सम्मेलन, दलित आदिवासी ग्रामीण संयुक्त साहित्य सम्मेलन, जनसाहित्य के मंच उभर रहे हैं। अपनी अस्मिता का पोषण कर रहे हैं, अपनी संस्कृति प्रस्तुत कर रहे हैं और साहित्यिक आन्दोलन पर अपनी छाप छोड़ रहे हैं...यह एक अच्छी और खुशी की बात है।

इन मंचों में से दलित एवं बहुजन समाज के साहित्य के जो मंच हैं, उनसे हमें स्फूर्ति मिली परन्तु इस साहित्य में भी हमें अपनी छाप उभरती नहीं दिखती और हमारी कहलानेवाली जो विशेषताएँ हैं, उनका यदि ठीक से जतन नहीं हुआ तो यह छाप उभरना कठिन है, ऐसा महसूस होता गया।

आदिवासी दुखों के सन्दर्भ भिन्न हैं, उनके प्रश्न अलहदा हैं, उनके उत्तर भी अलग तरीके से ढूँढ़ने पड़ेंगे, अलग परिभाषाएँ ढूँढ़नी होंगी। इसलिए आदिवासी साहित्य की

धारा अलग बनती है और यह साहित्य यानी हमारी विशिष्टताओं का बोध भी बनता है, सिर्फ़ साहित्य का नहीं अपितु आदिवासी समूह का और जीवन का बोध।

मानव जाति का जन्म मूलतः अफ्रीका में हुआ। वहाँ से आगे दस हज़ार वर्ष पूर्व तक पूरी मानव जाति आदिवासी जीवन जीती रही अर्थात् उनका जीवन जंगल एवं प्रकृति पर निर्भर था। इस अवस्था में ही मानव जाति दुनिया के कोने-कोने तक पहुँची। इसमें विविधता पनपी। आज की मानव संस्कृति की विविधता की नींव इस आदिवासी अवस्था में ही पड़ी।

इसके बाद अन्दाज़न दस हज़ार वर्ष पूर्व कृषि की खोज के बाद कुछ समूहों ने खेती करना शुरू किया। मानव जाति की इन विविध आदिवासी जमातों में से बहुत कम जमातों ने खेती अपनाई, अलबत्ता उनकी संख्या बढ़ती ही गई। आज हमारे सामने वे ही बहुसंख्यक बन उपस्थित हैं। इतना ध्यान में रखना पड़ेगा कि इस सारी उठापटक के बावजूद भी मानव संस्कृति की परम्पराओं में बहुत ही कम परम्पराएँ इनमें समा पाई हैं। मानव संस्कृति की परम्पराओं की विविधता की प्रमुख धरोहर तो खेती के बाहर पाली गई है। इस धरोहर को आदिवासियों ने पाला-पोसा और सुरक्षित रखा है। उन्होंने इसे आज़ादी में भी पाला है, गुलामी में भी पाला है, शोषण में भी पाला है। वे जंगलों में रहे तो भी पाला और खेती पर उतर आए तो भी पाला है, क्योंकि इन आदिवासी परम्पराओं में कुछ संरक्षण योग्य विशिष्टताएँ हैं।

भारत के सम्बन्ध में कहा जाए तो आदिवासियों का चित्र हिन्दू संस्कृति में आया है। यह चित्र कौन-सा है? कैसे तैयार हुआ? इसका कुछ इतिहास है।

आदिवासी जीवन छोड़ खेती शुरू करनेवाली यहाँ की पहली संस्कृति यानी सिन्धु संस्कृति थी। सिन्धु नदी की घाटी में और आज के पंजाब, राजस्थान, गुजरात, पाकिस्तान, अफगानिस्तान तक स्थायी खेती करनेवाले ये लोग शहर बनाकर रहनेवाले थे। ऐसा लगता है कि इस सिन्धु संस्कृति में कुछ हद तक स्त्री की प्रधानता थी। सम्भवतः कुछ किस्म की विषमता भी होगी, ऐसा भी नज़र आता है। ये लोग समुद्र मार्ग से दूर की मेसोपोटेमिया नामक संस्कृति के साथ लेन-देन भी करते थे और इनका वहाँ के आदिवासी कबीलों से बराबरी का रिश्ता और लेन-देन था।

सिन्धु संस्कृति कालान्तर में नष्ट हुई, वह काल और भूमि के गर्भ में समा गई। उस पर खानाबदोश लड़ाकू पुरुषप्रधान आर्य कबीलों ने हमले किए। इन हमलों के निशान वेदों में मिलते हैं। मध्य-पूर्व के आर्य खैबर दर्रे से भारत में आए। तब वे आदिवासियों से बहुत भिन्न नहीं थे। पशु पालना, कन्दमूल जमा करके खाना, लाठी से ज़मीन कुरेदकर अस्थायी खेती करना उनकी जीवन-शैली थी। इतना ही नहीं, गाय का मांस खाना, शराब पीना यह सब उस दौर के आर्यों में चलता था।

इस काल में भारत के अन्य सभी भागों में कमोवेश स्त्री-प्रधान, कम विषमतावाले मुक्त, आदिवासी कबीले रहते थे। आर्य कबीले जैसे-जैसे गंगा-जमुना की ओर खिसकते गए, बहुत कुछ नया-नया घटता गया।

मूल आदिवासी, सिन्धु संस्कृति की परम्पराओं और आर्य परम्पराओं के बीच समवय आरम्भ हुआ। बौद्ध और जैन धर्म इस संक्रमण का हिस्सा थे।

अल्पसंख्यक ब्राह्मण और मुट्ठी भर राजाओं के मजबूत मोर्चे ने हिंसा और आक्रमण के बल पर एक के बाद एक मुक्त आदिवासी कबीलों को अपने अधीन किया, उन्हें राजाओं ने करदाता, निःशस्त्र होकर खटनेवाले काश्तकार बनाया और राज्य फैलाने के लिए स्थायी खेती बढ़ाकर उनके गाँव बसाए गए। ईसा पूर्व छठी सदी अर्थात् बुद्धकाल से लेकर पाँचवीं-छठी सदी तक पक्की बलूतेदारी जातीय सीढियाँ स्थापित हुईं, अधिकांश आदिवासी कबीले एक-दूसरे को नीचा दिखाने की अवस्था में राजा-ब्राह्मणों को अतिरिक्त उत्पादन देनेवाली श्रमिक जातियाँ बने। छठी-सातवीं सदी तक इस मन्थन में से एक स्थिर ढाँचा तैयार हो गया था। वह था सामन्ती, ब्राह्मण प्रभुत्ववाले समाज का ढाँचा, जिसने आदिवासी कबीलों एवं समूहों को धीरे-धीरे जातियों में रूपान्तरित करके अपने को ऊँच-नीच के ढाँचे में ढाल लिया। लेकिन इस समाज में सभी को नीचे की सीढ़ियों में समा लेने की क्षमता थी।

इन सबका सामना करते हुए उसमें से बाहर रहे थे 'वे' यानी कि हम। आज समाज में हमारी छवि कैसी है?

आज भी अगर किसी को भयानकता, क्रूरता की उपमा देनी होती है तो राक्षस की उपमा दी जाती है। साहित्य में भी यह उपमा बहुत जगह आती है। कीड़ों-मकोड़ों से, पशु-पक्षियों से प्रेम करनेवाले इनके साहित्य में मिलते हैं लेकिन इन प्रेम करनेवालों में से क्या किसी ने राक्षसों से प्रेम किया है? नहीं। राक्षसों के भी बाल-बच्चे थे, पत्नियाँ थीं, पति थे, उनका एक संसार था। उनका सुख-दुख का एक जीवन था।

ये राक्षस, उस ज़माने के आदिवासी ही थे। भारत के घने जंगलों में, पहाड़-पर्वतों में, घाटियों-दर्रों में आदिवासी अपना जीवन जी रहा था। उस जंगल पर, उस हिस्से पर आदिवासी का ही अधिकार था, उसकी सत्ता थी। फल-फूल, लकड़ी, शिकार के लिए उसे किसी से मंजूरी लेने की ज़रूरत नहीं थी। जंगल पर अधिकार आदिवासी का ही था। खैबर दर्रे से आर्य भारत आए। वे रथ, बर्छी, कुल्हाड़ी, गाय, घोड़े, ढोरों की फौज लेकर आए और पहला हमला उन्होंने आदिवासियों पर ही किया।

खेती करने एवं ढोरों के चरने के लिए खुला जंगल मिले, इसलिए आर्य अपने पास उपलब्ध घोड़ों और शस्त्रों के बल पर आदिवासियों के जंगल व ज़मीन पर अतिक्रमण करने लगे। आदिवासियों के जंगलों और ज़मीनों से आदिवासियों को निकाल बाहर करने लगे। आर्य यज्ञ (होम) करते थे और 'यह हिस्सा हमारा हुआ' ऐसी घोषणा करते थे। इस पर उस ज़माने के आदिवासी अपने पर होनेवाले अन्याय का प्रतिकार करने लगे तो आर्य लोग हैरान हुए और वे उस युग के सत्ताधारी अपने राजा रामचन्द्र के पास गए और गुहार लगाई 'राक्षसों से हमारी सुरक्षा कीजिए, हमारे ढोरों के लिए खुला जंगल चाहिए।' आर्यों ने श्रीराम की मदद माँगी। राम ने वचन दिया। राम के नेतृत्व में उस समय के आदिवासियों को 'राक्षस' कहकर कत्ल किया गया और उन्हें रौंद डाला।

विडम्बना तो यह है कि सिनेमा या टी.वी. देखते समय आज आदिवासी मनुष्य भी सिनेमा में 'राक्षस को मारा' सुन-देखकर तालियाँ बजाते हैं, खुश होते हैं। कितनी गहराई तक 'राम संस्कृति' आदिवासियों के बीच रिसाई जा चुकी है और मानव-मूल्यों के साथ आदिवासी संस्कृति और उसका इतिहास मिटाया जा रहा है, यह चिन्ता का विषय है।

इतिहास के पन्ने पलटने पर और हमें क्या दिखता है? आदिवासियों के बच्चे को शिक्षा का अधिकार नहीं, जिद करके एकलव्य ने माटी का पुतला तैयार किया, उसे गुरु बनाया और तीर चलाने में अर्जुन से अधिक होशियार साबित हुआ। आदिवासियों का होशियार होना भारी पड़ता है। द्रोणाचार्य को एकलव्य का होशियार होना जँचा नहीं। गुरु दक्षिणा की कपटपूर्ण चाल से उसका अँगूठा कटवाकर उस पीढ़ी के आदिवासियों को दबाया गया। आदिवासियों का इतिहास खून से रंग गया। किन्तु द्रोणाचार्य खलनायक था, ऐसा साहित्य में कहीं भी नहीं दिखता, इतिहास में भी कहीं नहीं मिलता। गुलाम भारत के इतिहास में स्वतन्त्रता की लड़ाई में खाज्या नाईक, तट्या भील, रामदास महाराज, भागोजी नाईक, बिरसा मुंडा, रानी दुर्गावती इत्यादि अनेक आदिवासी क्रान्तिवीर ब्रिटिश राज्य के विरुद्ध जूझे। अनेक आदिवासियों ने स्वतन्त्रता के लिए अपना खून गिराया। मगर स्थापित इतिहासकारों ने इतिहास के पन्नों पर आदिवासी वीरों को स्थान नहीं दिया। कोई आदिवासी स्वतन्त्रता सेनानी है, ऐसा सुनने में नहीं आता।

आज कहा जाता है, आदिवासियों को मुख्यधारा में आना चाहिए। मेरे सामने प्रश्न उठ खड़ा होता है, यह मुख्यधारा किसकी है? किसने बनाई है? कोई धारा तैयार करे और आदिवासी उसमें शामिल हो, यह जमेगा नहीं। जिस धारा के निर्माण में उनकी भागीदारी नहीं होगी और जिसमें उन्हें न्याय नहीं मिलता, उसमें आदिवासी कैसे भागीदार होंगे? जहाँ आदिवासियों को न्याय मिले, ऐसी एक भी धारा आज दिखाई नहीं देती।

अपने लोगों में एक विचित्र बात है। संस्कृति यानी धर्म में ऐसी कुछ समझ है, इस कारण हमें मुख्यधारा तथा सब तरफ से अपने धर्म में खींच लाने की कोशिश है।

आदिवासियों को शिक्षा देंगे, उन्हें होशियार बनाएँगे, ऐसा उद्देश्य घोषित कर ईसाइयों का आदिवासियों के बीच काम चालू है। उन्होंने आदिवासी इलाकों में, दूर जंगल में, कठिन स्थानों पर भी बड़े पैमाने पर स्कूल खोले और आदिवासी बच्चों को पढ़ाया, होशियार बनाया, यह अच्छी बात है। लेकिन इस अच्छी बात के परदे के पीछे उन्होंने आदिवासियों को ईसाई धर्म सिखाने का काम भी किया। आदिवासियों को उनके जीवन, उनकी संस्कृति की ओर पीठ फेरकर ईसाई धर्म और संस्कृति आत्मसात करने के लिए बाध्य या प्रेरित किया जाता है और अधिसंख्य आदिवासियों को ईसाई धर्म में खींच लाया जाता है।

कल्याण और विकास के प्रश्न हल करने का लॉलीपॉप दिखाकर धर्म में लाने का सवाल रुका नहीं है। 'हमारे धर्म में आओ, हम तुम्हारे प्रश्न हल करेंगे' यह सभी धर्मवाले

कहते हैं और खुद को आदिवासियों का बड़ा हिस्सा मिले, इसके लिए उनके बीच मानो होड़ शुरू हो गई है। अर्थात् आदिवासी हिस्सा-बाँट कराकर लेने लायक कोई चीज़ या वस्तु बन गए हैं।

संस्कृति नष्ट करने के मार्ग अलग-अलग हैं। संरक्षण, विकास या किसी एक प्रलोभन के नाम पर अथवा सीधी दादागिरी के बल पर हिन्दू संस्कृति आदिवासियों के बीच रमाने का प्रयत्न होता दीख रहा है। अलग-अलग भागों में अलग-अलग तरीकों से ऐसे प्रयत्न हुए हैं। कुछ भागों में आदिवासियों ने खास विरोध नहीं किया, लेकिन जहाँ-जहाँ विरोध हुए वहाँ-वहाँ आदिवासी संस्कृति कायम है। वर्तमान में खड़े होकर यदि नज़र घुमाएँ और आदिवासी देवताओं को खोजे तो आदिवासी देवता नदारद हैं। प्रश्न उठता है कि आदिवासी देवता धूल क्यों खा रहे हैं? इसका कारण यह कि धर्मान्ध लोग तय करके, जानबूझ कर हिन्दू, ईसाई, मुस्लिम आदि धर्मों के देवी-देवताओं के आकर्षण आदिवासियों के बीच बढ़ाते गए। इसलिए आज आदिवासी घरों में आदिवासी देवता के एवज में हिन्दू के राम, कृष्ण, मुसलमानों के पीर, ईसाइयों के ईसा आदि तो मिलेंगे मगर बाघ देव, डोगज्या देव, राजा पानठा, राणी काजल और भारत के विभिन्न हिस्सों की जमातों में उनके देवी-देवताओं के फोटो नहीं मिलेंगे।

धुले खानदेश का जिला है। आदिवासियों का सबसे बड़े देवता राजा पानठा, गांडा ठाकुर और रानी काजल हैं, परन्तु इनकी बाबत आदिवासियों को दिग्भ्रमित करने के कई तरीके अपनाए जा रहे हैं। 'राजा पानठा यानी अर्जुन, रानी काजल यानी द्रौपदी और गांडा ठाकुर यानी कृष्ण हैं'—इस प्रकार का भ्रम फैलाया जाता है। आदिवासियों को भी यह मन ही मन अच्छा भी लगता है। वे खुश हैं। इस प्रकार का वर्णन वे बढ़ा-चढ़ाकर करते हैं। यहाँ यह ध्यान में रखना चाहिए कि आदिवासियों के देवता राजा पानठा ने जलाऊ लकड़ी खत्म होने पर अपना ही पैर चूल्हे में डालकर दारू छानी। वैम्पी दारू अर्जुन ने छानी हो ऐसी बात कहीं नहीं मिलती। यह फ़र्क भुला देना या नज़रअन्दाज करना, फायदे का सौदा है। यदि मान भी लिया जाए कि राजा पानठा और अर्जुन एक ही हैं तो फिर राजा पानठा की संस्कृति आगे लाने की बजाय अर्जुन की संस्कृति का ही आग्रह क्यों?

आदिवासी हिन्दू नहीं हैं। 'हिन्दू कोड बिल' आदिवासियों पर लागू नहीं है, यह ध्यान में रखें। पहले मुलाकात या भेंट होने पर आदिम से आदिवासी 'हाजा के, वार्लास के', कहकर आपस में अभिवादन करते थे और कुछ आदिवासी अभी भी इसी प्रकार अभिवादन करते हैं। बिहार में कुछ जमातों में अभी भी 'जोहार' किया जाता है लेकिन अनेक क्षेत्रों की अनेक जमातों में से उनका खुद का अभिवादन मिटाया जा रहा है और उसके स्थान पर 'राम-राम', यह अभिवादन थोपा जा रहा है, जो जड़ें जमा रहा है।

1950 के आसपास खानदेश के धुले जिला में आदिवासियों के बीच गुलाम महाराज नामक एक संत हो गए। संत गुलाम महाराज ने अपने भक्तों को राम-राम करने को कभी नहीं कहा। उन्होंने एक-दूसरे की भेंट होने पर 'आपकी जय' से अभिवादन करने

की नई परम्परा शुरू की। उस इलाके में अभी भी यह परम्परा कायम है।

आज आदिवासियों में से पढ़े-लिखे नौजवानों को प्रतिष्ठा का प्रलोभन देकर कहा जाता है—"अरे, तुम पढ़े-लिखे हो। क्या तुम अपनी उसी पिछड़ी पद्धति से विवाह करोगे? तुम प्रतिष्ठित हो, विवाह में ब्राह्मण को बुलाओ और ब्राह्मण द्वारा विवाह कराओ।" इस तरह का प्रोत्साहन दिया जाता है।

आदिवासियों में 'ब्राह्मण' शादी नहीं कराते, ब्राह्मणों के लिए दारू नहीं चलती? आदिवासियों की शादी आदिवासियों के बीच का ही प्रधान या पुजारी कराता है। शादी करानेवालों को भिन्न-भिन्न क्षेत्रों में भिन्न-भिन्न नामों से पहचाना जाता है। लेकिन अब कुछ आदिवासी नौजवान अपने विवाह में ब्राह्मण को बुलाने में अपनी प्रतिष्ठा समझने लगे हैं। आज ठाणे जिले में आदिवासियों में ब्राह्मण को बुलाकर शादी कराई जाती है।

मनुष्य एक है, ऐसा आदिवासी मानता है और इसलिए वह धर्म का कड़क बन्धन नहीं मानता, इसलिए प्रायः देखने में आता है कि आदिवासी लड़कियों ने हिन्दू, मुस्लिम, ईसाई धर्म के लोगों से शादियाँ की हैं। किन्तु उन्हें कोई अन्य धर्म मंजूर नहीं, यह भी स्पष्ट है। धर्मान्ध लोग उन लड़कियों को अपना धर्म स्वीकारने को बाध्य करते हैं।

ब्राह्मणवादी हिन्दू धर्म की तो यह पुरानी चाल है। उस पद्धति से उन्होंने आज तक सैकड़ों आदिवासी कबीलों को परतन्त्र जातियों के रूप में, उनके अपने प्रभुत्व के नीचे समा लिया है।

मैं खुद धर्म नहीं मानता। भगवान को भी नहीं मानता। दोनों ने मुझे न्याय नहीं दिया, न ही वे दे सकते हैं। मैं भूत-प्रेत भी नहीं मानता। फिर भी, यदि किसी को धर्म मानना ही हो तो वह आदिवासियों के धर्म की तरह हो, ऐसा मेरा मानना है। सबसे बड़ी बात तो यह कि आदिवासी धर्म अन्य धर्मों के बारे में उतना द्वेष नहीं पालते।

आदिवासी देवताओं के मन्दिर नहीं होते। वे हमारे साथ ही रहते हैं, हमारे मित्र होते हैं, हमारी ही तरह पहले कभी जिए हुए पूर्वज होते हैं। वे काल्पनिक मनुष्य नहीं होते हैं। हम ऐसा ही व्यवहार करें, वैसा ही व्यवहार करें, ऐसे बन्धन वे हम पर नहीं लादते। हमारे त्योहारों में देवता के पैर पर सिर रखने का प्रचलन नहीं है। वे त्योहार हमारे लिए एकत्रित होकर जीने का, आनन्द लूटने का अवसर मात्र होते हैं। हमारे देवता हमें दुनिया से पीठ फेरने के लिए नहीं कहते। वे हमारा जीवन से प्यार बढ़ाते हैं, वे हममें एक-दूसरे के सहयोग से जीने का आनन्द बढ़ाने के लिए प्रेरित करते हैं।

हमें पिछड़े समझनेवालों ने कितने सारे प्रश्न खड़े कर रखे हैं। आज भारत में हिन्दू राष्ट्र और हिन्दू धर्म के नाम पर परधर्मियों के विरुद्ध द्वेष की धार तेज की जा रही है। इस संकीर्णता का विरोध करना मानवतावादी दृष्टिकोण से महत्त्व का काम है। यों कोई भी समाज यदि अपनी संस्कृति और धर्म दूसरों पर लादने लगे, तो वह मानवतावाद विरोधी कृत्य ही कहलायेगा परन्तु भारत के सन्दर्भ में उस संकीर्ण धर्मान्धता में एक बड़ी साजिश है। भारतीय संस्कृति की विशेषता है कि कुछ हद तक ही क्यों न हो, उसके भीतर अनेक बहुरंगी, बहुढंगी संस्कृतियाँ जीवित रही हैं। आज हिन्दू धर्म के नाम से

ब्राह्मणी धर्मान्धता भयानक रूप धारण कर रही है। उससे परधर्मियों की ही नहीं, भारतीय समाज की विविधतापूर्ण संस्कृति भी संकट में है। स्वाभिमान जब दुराभिमान हो जाए तब संकीर्णता की भावना बढ़ती जाती है और उसका स्वरूप हमेशा ही आत्मघाती होता है।

आज अगर सिर्फ़ आदिवासियों जैसे ही देवता होते तो राम जन्मभूमि-बाबरी मस्जिद जैसे प्रश्न ही नहीं उठते क्योंकि सारी प्रकृति ही हमारा मन्दिर है। पहाड़ के देवता को क्या मन्दिर में बन्दी बनाया जा सकता है?

आज हमारी यह पहचान संकट में है। पहचान क्यों, हमारा सारा जीवन ही संकट में है।

सरकार और ठेकेदारों द्वारा जंगल नष्ट किए जाने के कारण जंगलों, घाटियों में रहनेवाले आदिवासियों का जीवन विशृंखलित हो चुका है। फल-फूल हैं नहीं, औषधियाँ भी नहीं। कंद नहीं, मूल नहीं, शिकार नहीं, जीवन का आधार नष्ट होने के कारण आदिवासियों को गाँव छोड़कर शहर की ओर दौड़ लगानी पड़ रही है। जंगल छूट जाने के कारण आदिवासियों को जीवन के मानवीय मूल्यों की संस्कृति छोड़कर मात्र जिन्दा रहने के लिए जातीय ऊँच-नीच और शोषणवाली संस्कृति में प्रवेश कर अपना जीवन जीना पड़ रहा है।

प्रत्येक आदिवासी क्षेत्र में यह प्रश्न बड़ी तीव्रता से उठ रहा है। इतना ही नहीं, कुछ स्थानों पर तो 'पर्यावरण और फॉरेस्ट बिल' की धौंस दिखाकर आदिवासी बस्तियों को गैर-कानूनी करार देकर, उन्हें बन्दूक के बल पर हड़काया जा रहा है। हड़काने का प्रयत्न जारी है। धुले जिला इसकी ज़िन्दा मिसाल है।

यों हमारी संस्कृति की बाबत आज अनेक के मन में प्रेम उभर आया है। शनिवार-रविवार को हमारे बीच आकर हमारी संस्कृति का कौतुक करना उनका फैशन बन रहा है। हमारे बीच में भगत-तान्त्रिकों को वे संरक्षण देने का यत्न करते हैं। हमारी टोकरियों, डोरियों, मन्त्रों को सुरक्षित रखने का वे यत्न करते हैं। हमारी संस्कृति केवल इतनी ही नहीं है। इसलिए यह स्पष्ट करना और भी ज़रूरी है कि हमें अपनी संस्कृति में से किस चीज़ का संरक्षण करना है और किसका नहीं।

संरक्षण करने योग्य चीज़ों में पहली है हमारी सामूहिकता। समूह जीवन आदिवासी संस्कृति का सार है। खेत जोतना हो या घर बाँधना हो या कोई काम अकेले के बस का न हो, तो 'लाहे' नाम की सामूहिक मदद की परम्परा आदिवासियों में अभी भी बरकरार है। मदद के लिए आए लोगों को 'लाहे' बुलानेवाला खाना एवं दारू दे, यह परम्परा है।

गाँव में से किसी एक का झगड़ा दूसरे गाँववाले के साथ हो जाए तो वह झगड़ा अकेले का नहीं होता, पूरे गाँव का माना जाता है। यदि गाँव के भीतर झगड़ा हो जाए, तो पूरे गाँव को बैठाकर पंचों की मार्फत न्याय करने का रिवाज़ अभी भी जारी है। कोर्ट केस करने के झंझट में आदिवासी नहीं पड़ते, उन्हें यह रुचता नहीं। यह उनकी

मानसिकता के अनुकूल नहीं है।

आज 'मुख्यधारा' के दबाव में आकर यह सब व्यवस्थाएँ बिखरने लगी हैं। हमारे पंच लोग दारू और पैसों से खोखले होने लगे हैं, लेकिन यक्ष प्रश्न सामूहिकता का है। इस मूल्य का हमें संरक्षण करना है या नहीं? यहाँ यह भी ध्यान में रखना चाहिए कि बहुजन जातियों में भी सामूहिकता कम-अधिक मात्रा में कायम थी, कायम है, मगर उस पर शहरी जाति-व्यवस्था की छाप है। पुश्तैनी व्यवसाय के बारे में ब्राह्मणी संस्कृति के जो मूल्य हैं, वे भी उन्होंने आत्मसात किए हैं। मास्टर की नौकरी के मामले में पंचायतों ने कइयों का कटु विरोध किया है। ब्राह्मणी संस्कृति ने जाति पंचायत को बहुत स्वायत्तता दी थी लेकिन बदले में जाति की ऊँच-नीच की सीढ़ियाँ मान्य करने को भी मजबूर किया था।

आदिवासी साहित्य

आज के आदिवासी साहित्य के लिखित और अलिखित ऐसे दो भाग करने चाहिए। पढ़ा-लिखा आदिवासी अपनी लेखनी से या अपनी कलाकृति से आदिवासी जीवन के मूल्य की छाप उभारता है और अलिखित साहित्य से हमें आदिवासी जीवन-संस्कृति का दर्शन होता है।

आदिवासी जीवन में दोनों प्रकार के साहित्य की अत्यन्त आवश्यकता है। दोनों भाग हाथ में हाथ डाले किस प्रकार आगे बढ़ेंगे, यह सचेत रूप से देख लेना चाहिए। इसके बिना आदिवासी साहित्य आन्दोलन बेरोकटोक नहीं चल सकता।

आदिवासियों में अलिखित साहित्य लोक कलाओं में समाया हुआ है। वह मुक्त होकर उन्हीं के साथ उभरता है। ढोल और अन्य वाद्यों के बिना सिर्फ़ कागज पर लिखी हुई रोडाली कितनी फीकी पड़ेगी? आदिवासियों में लोककला का स्थान महत्त्वपूर्ण है। सोच-समझकर उन्हें विकसित करना चाहिए। आदिवासी लोककला आदिवासी जीवन की जीवन्तता की निशानी है। ढोर, तूर, बीरी, मांदर, तूतड़ी, पावा, मोरी पावा, तारपा, कथा कहने का सुर आदि वाद्य कलाएँ हैं। इनके अलावा नाटक, कहानी कहने की कला आदि कला-संस्कृति का भंडार है। वह नष्ट न हो। दूसरे साहित्य-कला मानकों की कसौटी पर आदिवासी साहित्य का पूरा मूल्यांकन नहीं हो पाता इसलिए स्वतन्त्र आदिवासी साहित्य सम्मेलन की आवश्यकता हमारे इतिहास में से पैदा हुई है। यहाँ कहना होगा, आप साहित्यकार हैं, कलाकृति के निर्माता हैं, समीक्षक हैं और इसलिए आपके ऊपर समाज द्वारा सौंपी हुई एक ज़िम्मेदारी है, उसे भूलने से काम नहीं चलेगा। आपकी कलाकृति या समीक्षा का आदिवासी से जुड़ा होना आवश्यक है।

यह आदिवासीयता ठीक-ठाक क्या है, उसका तुरन्त उत्तर देकर मैं मुक्त नहीं होना चाहता। आप भी न हों। वह उस रचना का ही मूक शोध है। इतना अवश्य है कि आदिवासी संस्कृति निम्न कोटि की, पिछड़ी अन्धश्रद्धा आदि मानी जाती है। इन कल्पनाओं का जुआ उतार फेंकना, इस आदिवासीपन का अनिवार्य हिस्सा है।

आदिवासियों को ही सुधरना चाहिए, इस कल्पना को निकाल बाहर करना ज़रूरी है। आज आदिवासी साहित्यकारों पर एक बड़ी ज़िम्मेदारी समाज को जागृत करने की भी है। अपनी कलाकृतियों अथवा समीक्षाओं का उपयोग समाज-जीवन समृद्ध करने के लिए हो, यह सोच प्रत्येक को अपनानी होगी।

आज खुद को सुसंस्कृत समझनेवाले समाज में दहेज के प्रश्न पर स्त्रियों को यन्त्रणाएँ दी जाती हैं। सती कहकर आत्महत्या करने को बाध्य किया जाता है। इतना ही नहीं, उस ज़िन्दा स्त्री की इच्छा न होते हुए जबरन शरीर पर मिट्टी का तेल डालकर आग लगा दी जाती है। उस जान की चीत्कारें प्रस्थापित समाज को सुनाई नहीं देतीं। क्या ऐसे समाज को प्रगतिशील समाज कहें? इसी समाज में आज भी रूपकुँवर जैसी स्त्री को सती होने के लिए बाध्य किया जाता है। ऐसी जानलेवा प्रथाएँ आदिवासियों में नहीं हैं।

आदिवासी स्त्री पति को ईश्वर नहीं समझती। उनके ये मूल्य नहीं हैं। ईश्वर मान कर या धन के लोभ से सभी सन्त्रास सहन किया जाए, ऐसी परम्परा आदिवासियों में नहीं है। पति के सताए जाने और सास-ससुर द्वारा तंग किए जाने पर घुट-घुट कर मर जाने की अपेक्षा उस पति को छोड़कर दूसरा साथी या दूसरा पति चुनना और अपनी पसन्द के पति के साथ जीना, आदिवासी स्त्री को अधिक पसन्द है। इस व्यवहार को आदिवासी समाज मान्यता देता है, उसका बहिष्कार नहीं करता।

इसका अर्थ यह नहीं कि आदिवासी स्त्री को कोई दुख ही नहीं है या कि आदिवासी स्त्री पूरी तरह स्वतन्त्र है। ऐसा भी नहीं है। स्त्रियों के मामले में सभी समाज पिछड़े हैं। हिन्दू-मुस्लिम धर्म तो इस बाबत बहुत ही पिछड़े हैं। दरअसल प्रश्न पुरुषप्रधान सम्बन्ध का है। आदिवासी समाज भी अधिकतर सभी मायने में पुरुषप्रधान ही है। यह प्रश्न हमारा ही है और हमें ही उसका सामना करना चाहिए।

स्त्रियाँ आदिवासी समाज का आधा हिस्सा हैं। उनमें भी साहित्य, कला, कौशल के गुण हैं। आदिवासी समाज में ऐसी कुछ परम्परागत मान्यताएँ, रूढियाँ हैं, जो आदिवासी स्त्री की प्रतिभा के विकास में रुकावट बनती हैं। पुरुषप्रधान व्यवस्था के दबाव तले उसके भीतर मौजूद पनपते सभी कला-गुणों को दबाया जाता है, नष्ट किया जाता है।

आदिवासी समाज में स्त्री को मनुष्य खानेवाली डायन कहकर कुचला जाता है। उसे बिन बुद्धि की बड़-बड़ करनेवाली स्त्री कहकर उसकी सम्भावित भागीदारी गाँव पंचायत में नकारी जाती है। दहेज देकर आदिवासी को खरीदा जाता है और समाज में स्त्री से वस्तु या सामान अथवा गुलाम की तरह व्यवहार किया जाता है। एक से अधिक पत्नियाँ रखने का रिवाज होने के कारण और उससे पैदा होनेवाले झगड़ों को 'स्त्री विरुद्ध स्त्री' का रूप देकर स्त्री को कुचला जाता है। दारू पीकर स्त्री के साथ बेदम मारपीट की जाती है।

हमें और भी ध्यान देना है। दुनिया में एक स्थित्यंतर घटित हो रहा है, आधुनिक

जग कितना आगे है और कितना पीछे गया है, उसका भी ख्याल रखना है। हमारी संस्कृति के संरक्षण के नाम पर हमें टोकरियाँ बुनने के लिए ही रख छोड़ना हो, तो हम उसे अपनाएँगे। हम सीखनेवाले हैं, हम इंजीनियर बनेंगे, पायलट बनेंगे और साहित्यकार भी। इस कारण हमारी संस्कृति नष्ट होगी, ऐसा नहीं है। हमें एक विश्वास है, वह महत्त्वपूर्ण है। हम जिन मूल्यों की रक्षा करने का प्रयत्न कर रहे हैं, वे इस परिस्थिति में महत्त्वपूर्ण हैं। सीखते वक्त, इंजीनियर, मजदूर बनते वक्त हम अपने मूल्य या विश्वास छोड़ेंगे नहीं। नई परिस्थिति में उन्हें कैसे क्रियान्वित करना है, इसका अनुसन्धान नहीं रुकेगा, क्योंकि वे मूल्य एक मुक्त मानवीय समाज का भविष्य रचने में मदद देनेवाले हैं। यह हमारा अकेले का काम नहीं, सभी दलितों, शोषितों, श्रमिकों, स्त्रियों को मिलकर यह करना है। हमें फक़्त अपने ही इतिहास का गुणगान नहीं करना है। हमें भविष्य रचना है। हमें अलग चूल्हा बनाने के लिए नहीं, बल्कि इसलिए कि हमें हमारी अस्मिता समेत सभी के कन्धे से कन्धा मिलाकर तनकर चलना आए।

किसके विरुद्ध, किसके साथ, कैसे और किस तरह चलना है, यह तो तय है। हमारे सांस्कृतिक अस्तित्व को संकट में डालनेवाली यूँ तो कई संस्कृतियाँ हैं, मगर उनमें ब्राह्मणी संस्कृति बेहद धोखेबाज़ संस्कृति है। मुफ्तखोरों के व्यवहार को सैद्धान्तिक समर्थन देनेवाली इस विचार-पद्धति से खटनेवाली जात-जमात को गुलाम बनाना और जो गुलाम बने, उन्हें भी दोयम दर्ज़े का मानना, ऐसी ब्राह्मणी विदारसरणी (आचारसंहिता) से हमें सावधान रहना होगा। पूर्व में उल्लिखित जाति निहित ऊँच-नीचता, दहेज आदि उदाहरण इसी संस्कृति की देन हैं। अभी तक बहुजन समाज में ये अनिष्टकारी रूढियाँ नहीं थीं। मगर इस समाज के ब्राह्मणी वर्चस्व तले जाने के कारण उनके अन्दर ये चीज़ें भी रिसती जा रही हैं और ये लोग अपनी संस्कृति व रीति-रिवाज़ भूलते जा रहे हैं। हमारी लड़ाई ब्राह्मणी प्रभुत्व और ब्राह्मणी संस्कृति को नकारने से शुरू होती है और जो ब्राह्मणी वर्चस्व तले दबे हैं, सभी को साथ लेकर ही वह लड़नी होगी अन्यथा केवल आदिवासी के नाते एकांगी तौर पर यह लड़ाई लड़ना कठिन होगा। इस दृष्टि से सामाजिक स्तर पर दबे हुए समाज समूहों के लिए मंडल आयोग की जो सिफारिशें हैं, उन्हें हमें पूर्ण समर्थन देना चाहिए।

साहित्य में भी समाज की इस वास्तविकता का प्रभाव पड़ना अपरिहार्य है। वह महसूस भी होता है। अपने करीब की मराठी भाषा के साहित्य पर विचार करें तो बात स्पष्ट होती है। आज तक जिन्हें लिखने-बाँचने की सुविधा थी, उनके द्वारा जो साहित्य आया या रचा गया, उसमें उनके विचारों के हित सम्बन्ध अबाधित हैं। मगर जैसे-जैसे उनका सामाजिक साहित्य आने लगा है, उसमें एक प्रकार के सामाजिक विद्रोह की झलक दिखने लगी है। यह दिखना अपरिहार्य था। उसी के साथ प्रस्थापितों ने उस साहित्य को साहित्य की मान्यता देने से ही नकारने की उठापटक की। मगर वे इस विद्रोह को रोक न सकें। रोकना सम्भव नहीं हुआ, इसलिए जब साहित्य का अलग प्रकार उभरा, तब साहित्य के अनेक निकष भी बदल गए।

प्रस्थापितों के साहित्य संस्थानों के अनुसार इन खटनेवाली जाति-जमातों का साहित्य, साहित्य ही नहीं है। ऐसी भूमिका होने के कारण खटनेवाली जाति-जमातों के साहित्यकारों ने अपने प्रतीक संस्थान खड़े करने के लिए 'दलित आदिवासी, ग्रामीण, स्त्री, जन संयुक्त साहित्य सम्मेलन' का मंच निर्मित किया।

ब्राह्मण संस्कृति के विरोध की हर लड़ाई हमारी अपनी ही है, ऐसा मानना चाहिए। प्रस्थापितों का साहित्य शोषण-व्यवस्था का पोषक ही होता है, इसलिए उससे हटकर चलनेवाले 'दलित आदिवासी, ग्रामीण, स्त्री, जनसाहित्य सम्मेलन' को अपना ही मानकर, अपना स्वतन्त्र अस्तित्व कायम रखते हुए, सभी को उसमें भाग लेना चाहिए।

दुख की, समाज की और सामाजिक जीवन के व्यवहार की रचना और उसके अस्तित्व की तीव्रता अलग है। अतः निर्माण होनेवाला साहित्य भी निश्चय ही अलग होगा। उसके प्रतीक मुफ्तखोरों या ब्राह्मणी साहित्यकारों के प्रतीकों से निश्चय ही अलग होंगे, इसलिए आदिवासियों के अलग साहित्य प्रवाह की आवश्यकता है। परन्तु इसके साथ ही उसकी नाल व्यापक तौर पर अन्य खटनेवाली जाति-जमातों के साहित्यकारों और साहित्य प्रवाहों के साथ जोड़नी पड़ेगी।

अब तक आदिवासियों के बारे में काफी साहित्य प्रकाशित हुआ है। उसमें दुर्गा, भागवत, नाग, गोंड, सुदाम जाधव, गोदूताई परूलेकर, अनुताई वाध, दिनानाथ मनोहर, जगदीश गोडबोले, शरद पाटेल, गेल ओमवेट आदि गैर आदिवासी साहित्यकारों का समावेश है। इनमें से कुछ साहित्यकार सामाजिक आन्दोलन आगे बढ़ानेवाले अनुसन्धानकर्ता हैं तो कुछ डिग्रियाँ प्राप्त करनेवाले अनुसन्धानकर्ता और कुछ पैसा कमाने के लिए पुस्तकें लिखनेवाले, तो कुछ मात्र साहित्य निर्माण की खातिर साहित्य रचते हैं। आदिवासी न होने के कारण उनके साहित्य में आदिवासी जीवन में तनाव, भावनाएँ, मानसिक संघर्ष, आनन्द, मोह आदि को न्याय मिलना सम्भव नहीं है। इसीलिए कुछ पढ़े-लिखे तरुण नौकरी में ही रमकर समाज के बारे में गम्भीरता से सोचने लगे हैं कि "भारतीय साहित्य में क्या हमारा प्रतिबिम्ब कहीं मिलता है?" पढ़ा-लिखा आदिवासी, साहित्य में नायक की अपनी भूमिका खोजने लगा है। साहित्य में आदिवासियों का जो प्रतिबिम्ब उभरा है, क्या वह आदिवासी के साथ न्याय करता है? इस प्रकार की दृष्टि रखे हुए नई पीढ़ी का पढ़ा-लिखा आदिवासी नौजवान अपनी अस्मिता खोजते हुए अपने हाथ में लेखनी लेकर खुद ही लिखने लगा है और अपने दर्द और विद्रोह को लिपिबद्ध कर रहा है।

डॉ. गोविन्द गारे, ऋषि गजराज, भुजंग मेश्राम, नेताजी राजगडकर, कवि कुरसंगे, उषाकिरण आत्राम, राजा भाऊ राजगडकर, सूर्यभान नागभिडे, पुंडलिक केदारी, चामुलाल राठवा, विश्राम वलवी, सोबती गावीत, किरण सिंग वसावे, बाबुराव मंडावी, लक्ष्मण टोपले, जे.बी. सेलार, डॉ. एम.आर. उगला, संघजा मेश्राम, दशरथ मंडावी, विनायक तुमराम, छाया सुरतवंती, नजुबाई गावित, राजेन्द्र गावित, सोपान कुलसुंगे, सुभाष सांडे रायसिंग ठाकरे ऐसे अनेक आदिवासी साहित्यकार, कलाकार, समीक्षक इस आदिवासी

साहित्य आन्दोलन में संकल्प के साथ उतरे हैं।

समानता पर आधारित आदिवासियों की संस्कृति कायम रखकर उसका जतन करने का विचार और आदिवासी मुक्ति, मानव मुक्ति का विचार जिन-जिन साहित्य आन्दोलनों में है, उन-उन साहित्य आन्दोलनों से हमारा मित्रता का नाता रहेगा।

आज तक हम कहते आए हैं कि हमें इतिहास में राक्षस कहकर रौंदा, एकलव्य का अँगूठा तोड़ा, स्वतन्त्रता की लड़ाई में आदिवासी वीरों को स्थापित इतिहासकारों ने नज़रअन्दाज किया, इसलिए हमारी आगे यह ज़िम्मेदारी बनती है कि हम ऐसा साहित्य रचें कि हमारे इतिहास को न्याय मिले, बल मिले। आदिवासी स्वतन्त्रता वीर खाज्या नाईक, तंट्या भील, भागोजी नाईक, बिरसा मुंडा, राणी दुर्गावती, रामदास महाराज, अंबरसिंग महाराज आदि पर नाटक, कथा, पोवाडे, रोडालियाँ गीत लिखे जाने चाहिए। इस प्रकार का साहित्य निर्माण कर हमें आदिवासियों के इतिहास को प्रकाश में लाना चाहिए।

संक्षेप में, आज जो भारी स्थित्यंतर घटित हो रहा है, उसमें हम हैं। अन्य लोगों के कन्धे से कन्धा मिलाकर अपनी अस्मिता समेत हमारा साहित्य उसी का प्रतिबिम्ब बने। वह जीवन की राख का एक भाग हो। अतः जो मुक्त मानव समाज हमें चाहिए, उसके लिए इस प्रकार का साहित्य यदि हम रचते हैं, तो सर्वप्रथम हमें जो दाद मिलेगी, वह हमारे ही समाज से। वह समाज कोई लेख तो लिखेगा नहीं, उसकी दाद अलग ही होगी। उसका अनुभव मुझे है।

एक गाँव में एक झोंपड़ी के ओटले पर यूँ ही पन्द्रह-बीस लोग इकट्ठे बैठे थे, उनमें कुछ बूढ़ी महिलाएँ भी थीं। मगर उन लोगों के लिए कविता का यह प्रकार-रूप नया ही था। कविता का रस ग्रहण करने का उनका दृष्टिकोण ध्यान देने योग्य है। मैंने कविता की कॉपी खोली और भिलोरी कविताएँ पढ़ने लगा। अब कविता पढ़ने के बाद उन आदिवासी मजूरों ने 'वाह-वाह' तो नहीं की, उल्टे वे खूब हँसने लगे और फिर से कविता पढ़ने को कहा। मैंने फिर वही कविता पढ़ी। वे फिर खूब हँसे और अन्त में गम्भीर होकर बोले, "खरा स भाऊ बरा स आपू बी काय करसूतं, आपना जीवनच वस्या सं।"

यह सहज हँसी और उतनी ही सहजता से गम्भीर होकर विचार करना, अपनी विशेषता अपने साहित्यकारों को सुरक्षित रखनी चाहिए...।

(1990 में पालधर जिला ठाणे में आदिवासी साहित्य सम्मेलन में पढ़ा गया अध्यक्षीय भाषण)

आदिवासी कौन

डॉ. विनायक तुमराम

भारत अनेक जाति-जनजातियों, धर्म-पंथों तथा संस्कृति-सम्प्रदायों का भंडार है। जाति-व्यवस्था भारतीय समाज-व्यवस्था का प्राण-तत्त्व है। आर्यों का भारत आगमन, आर्य-अनार्यों के मध्य चला दीर्घकालीन संघर्ष; आर्यों द्वारा अनार्य आदिवासियों का क्रूर संहार और आतंक, जिसके चलते उन्हें गिरिकुहरों तथा वनों में आश्रय लेना पड़ा—कोई मनोरंजनकारी घटनाएँ नहीं हैं, जिन्हें पढ़कर भुलाया जा सके। सही अर्थों में यहीं से आदिवासियों की सामाजिक दुर्दशा का प्रारम्भ हुआ। यही उनके वनवास की कालरात्रि की शुरुआत है। उनके पूर्णतः पिछड़ेपन का पूर्णरूपेण कारण बनी वर्ण-व्यवस्था भी यहीं से शुरू हुई और उन्हें वनों-जंगलों की ओर भगाने का कार्य भी तभी सम्पन्न हुआ।

सैकड़ों साल बीत गए पर आज भी अनार्य आदिवासी जंगलों, वनों और गिरिकुहरों में समूहों में रहकर जीवनयापन कर रहे हैं। दैत्य, पिशाच, राक्षस, असुर ऐसे अनेक उपहासपूर्ण शब्दों में अनार्यों के अस्तित्व की चर्चा वैदिक साहित्य तथा रामायण-महाभारत आदि ग्रंथों में की गई है। इससे यह आसानी से समझा जा सकता है कि इनके जीवन को देखने की तत्कालीन समाज की नीति क्या होगी? रामायणकार तथा महाभारतकार ने उनके व्यक्तित्व का जो भयावह चित्र खींचा है, उससे बहुजन समाज में उनके प्रति कोई सहानुभूति नहीं रही है। रामायण की भिलनी शबरी और महाभारत का एकलव्य, ये चरित्र भारतीय समाज-जीवन में सहानुभूति तथा आदर का हास्यास्पद दिखावा भर हैं।

वास्तव में, आधुनिक भारत की रचना में अनेक जाति-जनजातियों का थोड़ा-बहुत जो भी योगदान है, वैसा ही आदिम जनजातियों का भी रहा है—इसे न मानना ठीक नहीं है। राष्ट्र की सांस्कृतिक रचना में इन जनजातियों का केवल योगदान ही नहीं अपितु मातृभूमि की रक्षा में इनका सर्वस्व त्याग भी बहुत बड़ा है। अंग्रेज़ों के शासन के विरुद्ध बहुत बड़ा विद्रोह करके मातृभूमि को दासता से मुक्त करने के लिए स्वतन्त्रता की यज्ञवेदी पर चढ़े बाबूराव सेडमाके, बिरसा मुंडा, सिद्धो-कान्हू संताल, तंट्या भील, उमेड़ वसावा, शंकरशहा-रघुनाथ आदि सभी वीर आदिवासी थे। गोंडवन में गोंडी साम्राज्य की

नींव रखनेवाला महान पराक्रमी गोंड राजा कोलभिल्ल तथा उनका पुत्र भीम बल्लालशहा, अपनी वीरता से बावनगढ़ पर कब्जा करके, अन्त तक उसे अपने अधीन रखनेवाला वह पराक्रमी गोंड राजा संग्रामसिंह और मातृभूमि के रक्षार्थ मुगल सेना से जी-जान से लड़ते-लड़ते अपने प्राणों की बलि देने वाली महाराणी वीरांगना दुर्गावती जैसे पराक्रमी व्यक्ति क्या आदिवासी नहीं थे? इनके राजनीतिक कार्यों की छाप 'गोंडवाना', 'भिलवड़' तथा 'कोलवण' आदि नामों से जाने जाने वाले भू-प्रदेशों पर आज भी बनी हुई है। इस देश के इतिहास को जिनका अतीतकालीन वैभवपूर्ण अस्तित्व याद है और जो इस ठोस तथा प्राचीनतम संस्कृति के उद्‌गाता रहे हैं, उन आदिवासियों की आधुनिक भारत में जो दशा है—वह बेचैन कर देनेवाली है।

आज आदिवासी शब्द के उच्चारण से ही हमारे सम्मुख खड़ा हो जाता है—प्रत्येक सदी से छला-सताया, नंगा किया और सोची-समझी साजिश के तहत वन-जंगलों में जबरन भगाया जाता रहा एक असंगठित मनुष्य। वह मनुष्य, जो अपनी स्वतन्त्र परम्परा सहित, सहस्र सालों से गाँवों-देहातों से दूर घने जंगलों में रहनेवाला सन्दर्भहीन मनुष्य है—जो एक विशेष पर्यावरण में अपने सामाजिक तथा सांस्कृतिक मूल्यों को जान की कीमत पर सँजोये, प्रकृतिनिष्ठ, प्रकृति-निर्भर, कमर पर बित्तेभर चिन्दी लपेटे, पीठ पर आयुध लेकर, भक्ष्य की खोज में शिकारी बना, मारा-मारा भटक रहा है! कभी राजनीतिक तथा सांस्कृतिक वैभव से इतरानेवाला यह कर्तव्यशील मनुष्य, परन्तु वर्तमान में लाचार, अन्यायग्रस्त तथा पशुवत् जीवनयापन करनेवाला मनुष्य! यही उसका कुल जीवन है, वेदना से भरा लोकाचार है।

सूर्यास्त के साथ-साथ गिरिकुहरों में उसकी हलचल बन्द हो जाती है। सूर्योदय के साथ-साथ भोजन की खोज में वन की सँकरी, कँटीली पगडंडियों पर उसके नंगे पैर चलने लगते हैं। भर जंगल भोजन के लिए घूम-घूमकर थके उसके पैर, चिलचिलाती धूप में तपी उसकी पीठ, यदि भोजन मिल ही जाए तो कन्धे पर शिकार का बोझ—यही है आधुनिक भारत में आदिवासी का करुणापूर्ण दृश्य! दिनभर की भटकन के बाद आई थकान को दूर करने के लिए थोड़ी-सी रोशनी में मस्त महफिल लगाई जाती है। उस संगीत-महफिल में देहभान भूलकर आदिवासी स्त्री-पुरुष, बच्चे, युवक-युवतियाँ तथा बड़े-बूढ़े सामूहिक रूप से नृत्य करते हैं, गाते हैं और अपने सांस्कृतिक मूल्यों को सँजोये रखते हैं। ये मूल्य ही उनके सामूहिक जीवन के खास वैशिष्ट्य हैं। एक नहीं ऐसी कई आदिवासी पीढ़ियों का यह सांस्कृतिक आचार, उनकी समूह-चेतना को प्रेरणा देता आ रहा है। उसी के भीतर से उनका सांस्कृतिक निरालापन निर्मित होता है। उनका यह सांस्कृतिक निरालापन ही, उनके समूह-जीवन की आधारशिला है।

आदिवासी कौन?

वर्तमान स्थिति में 'आदिवासी' शब्द का प्रयोग विशिष्ट पर्यावरण में रहनेवाले, विशिष्ट भाषा बोलनेवाले, विशिष्ट जीवन पद्धति तथा परम्पराओं से सजे और सदियों से

जंगलों-पहाड़ों में जीवनयापन करते हुए अपने धार्मिक और सांस्कृतिक मूल्यों को सँभालकर रखनेवाले मानव-समूह का परिचय करा देने के लिए किया जाता है और बहुत बड़े पैमाने पर उनके सामाजिक दुख तथा नष्ट हुए संसार पर दुख प्रगट किया जाता है। उनके प्रश्नों तथा समस्याओं पर जी खोलकर बोला जाता है। अधनंगे रहने के कारण या लंगोटी पहने शिकार के लिए जंगल-जंगल भटकने से भी उन्हें 'वनवासी' या 'वन्य-जनजाति' के रूप में पहचाना जाना, मानो रूढ़ हो गया है। कोई उन्हें उपहास से 'जंगली' या 'लंगोटिया' के नाम से भी सम्बोधित करता है। कुछ लोग उन्हें 'भूमिपुत्र' या 'वनपुत्र' कहना भी समीचीन समझते हैं। भारतमाता की 'आदि सन्तान' के रूप में भी उन्हें पहचाना जाता है। आजकल 'आदिपुत्र' जैसे नामों का प्रयोग भी उनके लिए किया जा रहा है। जंगल के 'अनाभिषिक्त राजा' के रूप में भी उनका गौरवपूर्ण उल्लेख किया जाता है।

अनेक भारतीय तथा पाश्चात्य समाज-वैज्ञानिकों और विचारकों ने 'आदिवासी कौन' इस विषय पर सविस्तार चर्चा करने के उपरान्त अपने ग्रन्थों में कुछ परिभाषाओं को उद्धृत किया है। इनमें गिलिन और गिलिन, डब्ल्यू.जे. पेरी, डी. रीवर्स, बोगार्डस, राल्फ पीडिंग्टन, डी.एन. मजुमदार, डॉ. बी.एच. मेहता, डॉ. गुरुनाथ नाडगोंडे और डॉ. जी.एस. घुर्ये आदि अध्येताओं का उल्लेख करना प्रासंगिक है। इन अध्येताओं द्वारा की गई 'आदिवासियों' की परिभाषा अर्थपूर्ण तथा समीचीन है। इसके अलावा 'इम्पीरियल गजेट' तथा 'भारतीय संस्कृति-कोश' में भी 'आदिवासी कौन' इस विषय पर चर्चा की गई है। भारतीय संविधान ने उन्हें 'अनुसूचित जनजाति' के रूप में सम्बोधित किया है।

एक विशेष पर्यावरण में रहनेवाला, एक-सी बोली बोलनेवाला, समान जीवन-शैली से सजा, एक-से देवी-देवताओं को माननेवाला, समान सांस्कृतिक जीवनयापन करने वाला परन्तु अक्षरज्ञान रहित मानवसमूह यानी आदिवासी—इस प्रकार का अर्थ विविध परिभाषाओं के आधार पर लिया जा सकता है।

वास्तव में, आदिवासी आर्यों से पूर्व का मनुष्य-समूह है। वह इस भूमि का मूल मालिक है। सही अर्थ में वह ही क्षेत्राधिपति है। इसलिए कुछ अध्येताओं ने उन्हें 'अबॉरिजनल' कहकर सम्बोधित किया है, जो उचित भी है। वनराई के बच्चे ही इस भूमि की आदि सन्तान हैं। गोंड, भील, करेली आदि आदिवासी जनजातियों के आर्यपूर्व निवास के बारे में महात्मा जोतिबा फूले जी ने मार्मिक वचन कहे हैं। वे लिखते हैं—

> *'गोंड भील क्षेत्री ये पूर्व स्वामी*
> *पीछे आए वहीं इरानी*
> *शूर, भील मछुआरे मारे गए रारों से*
> *ये गए हकाले जंगलों गिरिवनों में।'**

---

* म. फूले वाङ्मय; संपा. धनंजय कीर, स.म. मालशे, दि.आ. मुंबई 1980 पृ. 416

महात्मा फूले की उपर्युक्त उक्ति से, आदिवासी पहले कौन थे और उन्हें वनवास कैसे मिला, इसका उत्तर मिलता है। सचमुच यह यथार्थ बहुत ही भयावह, पीड़ादायक और अन्तर्मुख हैं कि जिन आदिम जनसमूहों ने इस देश का सांस्कृतिक क्षेत्र समृद्ध किया, उन्हीं आदिम जनजातियों को अपने पेट की खातिर जंगल-जंगल मारे-मारे भटकना पड़ता है।

अनुवाद : *डॉ. प्रतिभा मुदलियार*

आदिवासी किसे कहते हैं उनकी सांस्कृतिक पहचान क्या है?

रत्नाकर भेंगरा, सी.आर. बिजोय

भारत की कुल आबादी के लगभग 8.08 प्रतिशत[1] हिस्से को अनुसूचित जनजातियों (शैड्यूल ट्राइब्स या एस.टी.) के रूप में वर्गीकृत किया गया है। यह शब्द उन जन समुदायों के लिए प्रयुक्त किया जाता है जिन्हें भारत के राष्ट्रपति ने संविधान के अनुच्छेद 342 के अधीन अनुसूचित जनजातियों के तौर पर निर्दिष्ट किया है। दरअसल यह एक प्रशासनिक शब्द है—जिससे किसी विशेष क्षेत्रीयता का संकेत मिलता है। इसका उद्देश्य किसी जन समुदाय की विशिष्ट वांशिक स्थिति से ज्यादा उसके सामाजिक-आर्थिक स्तर का परिचय देना है। किसी समुदाय को जनजाति के तौर पर परिभाषित करते समय उसके भौगोलिक अलगाव, उसकी विशिष्ट संस्कृति, आदिम विशेषताओं (यथा लिखित) आम सामाजिक समुदायों से घुलने-मिलने में संकोच और आर्थिक पिछड़ेपन (यथा लिखित) जैसी बातों का ध्यान रखा जाता है।[2]

भारत के लोग अधिकतर अनुसूचित जनजातियों (एस.टी.) को आदिवासी कहते हैं और इस रिपोर्ट में इन दोनों शब्दों का प्रयोग एक ही अर्थ में किया गया है। संस्कृत में आदिवासी शब्द का अर्थ है, किसी क्षेत्र के मूल निवासी जो आदिकाल से किसी स्थान विशेष में रहते चले आ रहे हैं। माना जाता है कि आदिवासी भारतीय प्रायद्वीप के सबसे प्राचीन बाशिन्दे या मूल निवासी हैं।[3]

यह भी मान्यता है कि आर्यों के अतिक्रमण के समय आदिवासी पहले से ही भारतीय उपमहाद्वीप में रह रहे थे।[4] आर्यों ने कुछ आदिवासियों को युद्ध में परास्त कर दास बना लिया। अलबत्ता उत्तर-पूर्वी भारत उनकी पहुँच से बाहर ही रहा। अन्य आदिवासी जंगलों या पहाड़ी प्रदेशों में पलायन कर गए। इस प्रकार जो भी आदिवासी समुदाय आर्यों के आक्रमण से बच निकले, वे अपनी अलग संस्कृति और पहचान कायम रखने में कामयाब रहे तथापि कट्टरपंथी हिन्दू इतिहास को अपने ढंग से लिखने की कोशिश कर रहे हैं। उनका कहना है कि आर्य लोग बाहर से नहीं आए बल्कि वे भारत के मूल निवासी ही हैं। वे उन्हें आदिवासी नहीं बल्कि वनवासी कहना पसन्द करते हैं।[5]

प्रभु पी. के अनुसार आदिवासियों को अन्य समाजों से अलग करनेवाली सबसे बड़ी विशेषताएँ हैं—"अपने क्षेत्र से उनके खास जुड़ाव और उनके समुदाय का प्रकृति से अन्तरंग सम्बन्ध। उनके लिए अपने साधन स्रोतों के प्रबन्ध का अर्थ यह नहीं है कि अलग-अलग परिवारों के बीच भूमि का बँटवारा कर दिया जाए। आदिवासियों की दृष्टि में कोई व्यक्ति या समुदाय तभी भूमि से जुड़ता है, जब वह अपने पूर्वजों से लेकर पीढ़ी-दर-पीढ़ी उस ज़मीन पर बसा हुआ हो। आदिवासी का क्षेत्र उसकी सामूहिक चेतना का विस्तार होता है, जिसका अपना सांस्कृतिक, सामाजिक और राजनैतिक महत्त्व है। इसी के बूते पर कबीले के ज्येष्ठ व्यक्ति समुदाय का संचालन करते हैं। आदिवासियों का ज्ञान, अध्यात्म और धर्म व्यवस्था भी प्रकृति से उसके गहरे सम्बन्धों पर ही आधारित है। उनकी दूसरी विशेषताएँ हैं—"समुदाय की सभी आवश्यकताओं को समुदाय के भीतर ही पूरा करना और अपनी ज़रूरतों के लिए बाज़ार पर कम से कम निर्भर रहना। समुदाय का अपने क्षेत्र पर जितना राजनैतिक प्रभुत्व होगा उसी अनुपात में ये विशेषताएँ उस समुदाय में दृष्टिगोचर हो सकती हैं।"[6]

भारत की स्थिति

इधर कुछ अर्से से आदिवासियों की स्थिति चिन्ता का विषय बनती जा रही है—विशेषकर संयुक्त राष्ट्र संघ (यू.एन.) ने इस विषय में अपना सरोकार व्यक्त किया है। भारत ने स्वाधीन देशों में मूल निवासी और अन्य जनजातियों और अर्ध-जनजातियों की आबादी की सुरक्षा और संघटन सम्बन्धी अन्तर्राष्ट्रीय श्रमिक संघ (आई.एल.ओ.) के 107वें समझौते (कन्वेंशन) पर हस्ताक्षर किए और उसे अपना समर्थन दिया। अलबत्ता भारत ने आई.एल.ओ. के सन् 1989 के 169वें समझौते पर हस्ताक्षर नहीं किए और न ही उसे अपना समर्थन दिया। मूल निवासियों (इंडिजन्स) सम्बन्धी संयुक्त राष्ट्र कार्यदल (यू.एन.डब्ल्यू.जी.आई.पी.) में भारत ने इस विषय में अपनी स्थिति स्पष्ट करते हुए बताया कि "अनुसूचित जनजातियों के लोग मूल निवासी नहीं हैं और भारत की समस्त जनता देश की मूल निवासी ही है। यह भारत सरकार के लिए विवादास्पद विषय रहा है।"[7] मूल निवासियों के अधिकारों सम्बन्धी आलेख में प्रयुक्त शब्द 'स्वनिर्णय' है जिसका एक निहित अर्थ अलग होना भी है। (हालाँकि यू.एन.डब्ल्यू.जी.आई.पी. ने अपने स्पष्टीकरण में इसका विपरीत अर्थ बताया है)। यह सब इसके बावजूद कि भारत मूल निवासियों के अधिकारों के समर्थन में चलाई जा रही परियोजनाओं में आई.एल.ओ. के साथ काम करता रहा है।"[8] तथापि भारत मूल निवासियों के विषय में अन्य अन्तर्राष्ट्रीय प्रतिमानों की प्रगति के प्रति चिन्तित है क्योंकि इनमें आदिवासियों की बढ़ती हुई राजनैतिक आकांक्षाओं की स्पष्ट प्रतिध्वनि भी है। किन्तु आई.एल.ओ., संयुक्त राष्ट्र संघ और विश्व बैंक जैसी सरकारी एजेंसियाँ अनुसूचित जातियों को मूल निवासी समुदाय ही मानती हैं।

आत्म निर्धारण

कई आदिवासी संगठनों और आन्दोलनकारियों ने अपने आपको मूल निवासी घोषित किया है और भारत में अन्य लोगों से स्वयं को भिन्न बताने के लिए कुछ प्रतिमान निर्धारित किए हैं तथापि मूल निवासी की कोई सर्वसम्मत परिभाषा नहीं बन पाई, इसलिए यू.एन. ने आत्म निर्धारण (सेल्फ आइडेंटीफिकेशन) को एक प्रतिमान के तौर पर स्वीकार कर लिया है। सन 1993-94 में भारत के विभिन्न भागों में इस विषय पर अनेक परिसंवाद आयोजित किए गए जिनमें 75 से भी ज्यादा संगठनों ने हिस्सा लिया। इनके बाद आदिवासियों ने मूल निवासियों सम्बन्धी निम्नलिखित प्रतिमान निश्चित किए—

1. *समुदाय का भौगोलिक दृष्टि से अपेक्षाकृत अलग होना।*
2. *आहार और अन्य आवश्यकताओं के लिए समुदाय के क्षेत्र के अन्तर्गत उपलब्ध वनों, पूर्वजों से प्राप्त भूमि और जल-स्रोतों पर निर्भरता।*
3. *एक विशिष्ट संस्कृति जो मूलतः समुदायोन्मुख है और प्रकृति को प्रधानता देती है।*
4. *समाज के भीतर स्त्रियों को अपेक्षाकृत अधिक स्वतन्त्रता।*
5. *श्रम-विभाजन और जाति-प्रथा का अभाव।*
6. *आहार सम्बन्धी वर्जनाओं का अभाव।*[9]

भारत में मूल निवासियों और गैर-मूल निवासियों के बीच सबसे बड़ा अन्तर जाति प्रथा को लेकर है। भारत में सभी जगह दिखाई देनेवाली कठोर जातिवादी समाज-व्यवस्था आदिवासियों के समुदायों में कहीं नहीं पाई जाती क्योंकि ये समुदाय मोटे तौर पर समतामूलक हैं। एशियाई मूल निवासियों के एक संगठन, एशिया इंडिजनस पीपल्स पैक्ट ने घोषित किया है कि "जाति-प्रथा नस्लवाद (रेसीज़म) का ही एक रूप है।"[10] आदिवासी सिद्धान्ततः जातिवाद के खिलाफ हैं तथा वे इसीलिए भी जातिवाद का विरोध करते हैं कि इसे आधार बनाकर उन्हें निम्न सामाजिक स्तर पर रखा जा सकता है।

आदिवासी जनसंख्या, उसका विभाजन और प्रतिरूपण

1991 की जनगणना के अनुसार संसार के 30 करोड़ मूल निवासियों[11] में से छह करोड़ सतहत्तर लाख साठ हज़ार मूल निवासी भारत में रहते हैं। वे भारत के 26 राज्यों और केन्द्र शासित प्रदेशों में फैले हुए हैं। उत्तर-पूर्वी भारत को छोड़कर उनका फैलाव एक समान नहीं है बल्कि ये देश भर में अलग-अलग स्थानों पर जमा हो गए हैं। ये मुख्यतया जंगलों, पहाड़ी इलाकों में बसे हुए हैं जो देश के कुल भौगोलिक क्षेत्रफल का लगभग 20 प्रतिशत हिस्सा हैं। कुछ आदिवासी ऐसे भी हैं, जिनके सजातीय देश के बाहर बांग्लादेश, भूटान, बर्मा, चीन और तिब्बत में पाए जाते हैं। आदिवासियों का जमाव मोटे

तौर पर छह क्षेत्रों में है—मध्य क्षेत्र, द्वीप क्षेत्र, उत्तर-पूर्वी क्षेत्र, उत्तर-पश्चिमी क्षेत्र, दक्षिणी क्षेत्र और पश्चिमी क्षेत्र।

अनुसूचित जनजातियों (एस.टी.) की संख्या अन्दाज़न 250 से 635 तक बताई जाती है—क्योंकि जनगणना में आदिवासियों को अनेक राज्यों में दर्शाया गया है। ऐसे भी उदाहरण हैं, जहाँ गैर-आदिवासियों को अनुसूचित जातियों की सूची में ले लिया गया है। इसके विपरीत कई जगहों पर आदिवासी समुदायों को अनुसूचित जनजातियों के रूप में सूचीबद्ध नहीं किया गया है। इन आदिवासी समुदायों की जनसंख्या भी भिन्न-भिन्न है; अंदमानी आदिवासी समुदायों की जनसंख्या भी भिन्न-भिन्न है; अंदमानी आदिवासी संख्या में कुल 18 ही हैं, जबकि गोंड, संताल और भीलों की संख्या क्रमशः 50 लाख, 40 लाख और 30 लाख 50 हज़ार है। आधे से अधिक यानी 54.69 प्रतिशत आदिवासी मध्य क्षेत्र के आन्ध्र प्रदेश, बिहार, मध्य प्रदेश, उड़ीसा और पश्चिम बंगाल राज्यों में रहते हैं, जबकि उत्तर-पश्चिमी क्षेत्र के हिमाचल प्रदेश और उत्तर प्रदेश राज्यों में कुल आदिवासी आबादी का केवल 0.75 प्रतिशत हिस्सा रहता है।

क्षेत्रीय जनसंख्या के प्रतिशत की दृष्टि से उनकी सर्वाधिक सघन आबादी उत्तर-पूर्वी क्षेत्र (अरुणाचल, मिजोरम, आसाम, मणिपुर, मेघालय, नागालैंड और त्रिपुरा) में है और सबसे विरल आबादी दक्षिण क्षेत्र (कर्नाटक, केरल और तमिलनाडु) में है।[12]

सरकारी तालिकाओं के आँकड़े 1991 की जनगणना पर आधारित हैं किन्तु ये आँकड़े तथ्यों को सही-सही प्रस्तुत नहीं करते, क्योंकि एस.टी. सूची में अनेक गैर-आदिवासी समुदायों को भी शामिल कर लिया गया है। कई गरीब समुदाय उन्हें एस.टी. के तौर पर वर्गीकृत करने की माँग कर रहे हैं। क्योंकि सरकारी नीति के अनुसार अनुसूचित जनजातियों के लिए उच्च शिक्षा के क्षेत्र और सरकारी नौकरियों में आरक्षित स्थान उपलब्ध होते हैं। इसके विपरीत वास्तविक आदिवासी समुदायों को मान्यता न देना या एस.टी. सूची से निकाल देना जनसंख्या परिदृश्य का एक और पहलू है। यह भी धारणा है कि किसी आदिवासी समुदाय को अनुसूचित जाति के तौर पर स्वीकार करने या न करने के पीछे मनमाने व निरकुंश निर्णय और राजनैतिक दबाव भी काम करते हैं।

हिन्दू, ईस्लाम और ईसाई भारत के प्रमुख धर्म हैं, जिनके अनुयायी आदिवासियों की धार्मिक आस्थाओं को नीची दृष्टि से देखते हैं। वे आदिवासियों के धार्मिक-सामाजिक समता भाव, सामुदायिक न्याय व्यवस्था और प्राकृतिक संसाधनों के नियमित उपयोग को समझने और सराहने में असमर्थ सिद्ध होते हैं। इसके फलस्वरूप आदिवासियों पर बाहरी मूल्यों को लादने का प्रयास किया जाता है, तथापि वे प्रमुख धर्मों से अलग अपनी पहचान को बचाने के लए प्रयत्नशील हैं। 1981 की जनगणना के अनुसार 0.5 प्रतिशत आदिवासियों ने अपने समुदाय के तौर पर या अपने द्वारा अपनाए नाम के बदले अपने धर्म को लौटा दिया। ऐसे आदिवासियों की संख्या 1991 के जनगणना में 10 प्रतिशत तक पहुँच गई चूँकि इसमें गैर-आदिवासी समुदायों को भी अनुसूचित जनजाति के

अन्तर्गत शामिल कर लिया गया है, अतः ये आँकड़े आदिवासियों की वास्तविक जनसंख्या प्रस्तुत नहीं कर सकते।

आदिवासियों का संक्षिप्त इतिहास—अस्मिता का संघर्ष

हिन्दू और मुस्लिम शासन के दौरान आदिवासियों और गैर-आदिवासियों के पारस्परिक सम्बन्धों के बारे में बहुत कम जानकारी उपलब्ध है। अंग्रेज़ी उपनिवेश की स्थापना से पहले आदिवासी क्षेत्रों में 'स्वशासन' था; हालाँकि सिद्धान्ततः इनके कुछ क्षेत्र गैर-आदिवासी शासकों के राज्य के हिस्से माने जाते थे। अलबत्ता आदिवासी अपने प्रदेशों को स्वाधीन रियासतें ही मानते थे और किसी भी बाहरी शासन का प्रतिरोध करते थे।

आदिवासियों के जीवन में बड़े परिवर्तन भारत में ब्रिटिश औपनिवेशिक सत्ता के आगमन के बाद ही शुरू हुए। उनके भारत आने का स्पष्ट उद्देश्य यहाँ के सर्वाधिक लाभदायक व्यापार पर कब्ज़ा जमाना ही था, इसलिए अंग्रेज़ आदिवासी प्रदेशों पर कब्जा करना चाहते थे जो प्राकृतिक और खनिज सम्पदा के भंडार थे। तरह-तरह के कायदे-कानूनों के जरिए आदिवासी प्रदेशों पर नियन्त्रण कायम किया गया और आदिवासियों को मजदूर वर्ग में तब्दील कर दिया गया क्योंकि उद्योग और बाज़ार पर आधारित नई व्यवस्थाएँ आकार ले रही थीं। अंग्रेज़ों ने भारत से तैयार वस्तुओं और कच्चे माल का निर्यात आरम्भ कर दिया। कहना न होगा कि ब्रिटेन में औद्योगिक नियन्त्रणों के कारण आदिवासियों में विक्षोभ फैल गया। 1772 में मल पहाड़िया की बगावत से लेकर सत्ता के खिलाफ 75 से भी ज्यादा प्रमुख विद्रोह हुए। फिर भी अंग्रेज़ों के दमन-चक्र को न रोका जा सका।

देशव्यापी औपनिवेशिक शासन के भीतर रहते हुए भी आदिवासी काफी हद तक स्वायत्त शासन कायम रखने में कामयाब रहे। सन् 1874 अनुसूचित जिला अधिनियम (शैड्यूल्ड डिस्ट्रिकट्स एक्ट-16) आदिवासी इलाकों को सामूहिक तौर पर कानून के जद में लाने की दिशा में पहला गम्भीर कदम था। इसमें आदिवासी इलाकों को सामान्य प्रशासन के क्षेत्राधिकार से बाहर माना गया तथापि इस अधिनियम के अनुसार यदि कार्यपालक आवश्यक समझे तो ब्रिटिश भारत के किसी भी भाग में लागू किसी भी कानून को 'अनुसूचित जिले' में भी लागू कर सकता है।[13] साथ ही उसे उन्हें आवश्यक सुरक्षा भी प्रदान करनी होगी। मांटेग्यू चेम्सफोर्ड रिपोर्ट 1918 में भी 'पिछड़े क्षेत्रों' के प्रशासन के प्रश्न की विवेचना की गई। रिपोर्ट में सुझाया गया है कि भारत के लिए निर्धारित राजनैतिक सुधार जैसे के तैसे 'आदिम' (प्रिमिटिव) लोगों पर लागू नहीं किए जा सकते। रिपोर्ट में ऐसे लोगों के इलाकों का सीमांकन करने और इन इलाकों को प्रान्तों के सामान्य कानूनों से बाहर रखने की भी राय दी गई। इस रिपोर्ट की सिफारिशों को कार्यान्वित करने के लिए भारत सरकार अधिनियम (गवर्नमेंट ऑफ इंडिया एक्ट)

1919 बनाया गया है।[14]

1919 के इस अधिनियम के तहत, 'पिछड़े क्षेत्रों' को दो प्रवर्गों में बाँटा गया—'पूर्णतः अपवर्जित (एक्सक्लूडेड) क्षेत्र' और 'संशोधित अपवर्जित (मॉडीफाइड एक्सक्लूडेड) क्षेत्र' जिनमें सामान्य कानूनों को संशोधित करके लागू किया जाएगा। सन् 1929 में साइमन कमीशन ने निष्कर्ष दिया कि 'पिछड़ेपन' के कारण आदिवासी क्षेत्रों को किसी प्रकार का प्रतिनिधि शासन नहीं दिया जा सकता। भारत सरकार (गवर्नमेंट ऑफ इंडिया) अधिनियम, 1935 के अधीन 'अंशतः अपवर्जित' तौर पर वर्गीकृत किया गया। लुशाई पहाड़ी जिले, नागा पहाड़ी जिले, कछार जिले के कछार पहाड़ी उप-विभाग और उत्तर-पूर्वी सीमा भूभागों को अपवर्जित क्षेत्र के तौर पर निर्दिष्ट किया गया। गारो पहाड़ी जिलों, मिकिर पहाड़ियों और खासी और जयन्तिया पहाड़ी जिलों के ब्रिटिश हिस्से (शिलांग नगरपालिका और छावनी क्षेत्रों को छोड़कर) को 'अंशतः अपवर्जित क्षेत्र' के रूप में निर्दिष्ट किया गया। इसके अलावा जहाँ भी सघन आदिवासी बस्तियाँ थीं, उस स्थान को अपवर्जित क्षेत्र और जहाँ बड़ी संख्या में आदिवासी अन्य समुदायों के साथ रहते थे, उस स्थान को अंशतः अपवर्जित क्षेत्र के तौर पर वर्गीकृत किया गया। इन क्षेत्रों को गवर्नर के प्रान्तीय शासन के अन्तर्गत रखा गया। इन क्षेत्रों पर कोई भी केन्द्रीय या प्रान्तीय अधिनियम या कानून लागू नहीं होता था किन्तु आवश्यकता हो तो गवर्नर को वहाँ भी ऐसे कानून लागू करने का अधिकार था। स्वाधीनता के बाद कुछ परिवर्तनों के साथ यही प्रावधान भारतीय संविधान में भी सम्मिलित कर लिए गए। 'पूर्णतः अपवर्जित' क्षेत्रों को संविधान की छठी अनुसूची में और 'अंशतः अपवर्जित' क्षेत्रों को पाँचवी अनुसूची में दर्शाया गया। (इस रिपोर्ट में आगे इसका उल्लेख है)। अंग्रेज़ों ने 1954 में कुछ आदिवासी बहुल क्षेत्रों को छोड़ दिया—बार-बार माँग करने के बावजूद इस स्थिति में अब तक कोई परिवर्तन नहीं हुआ है, मगर आदिवासी छठी अनुसूची में सूचीबद्ध किए जाने का विरोध कर रहे हैं।

उपनिवेश विरोधी राष्ट्रीय आन्दोलन में उतरते हुए आदिवासियों की आकांक्षा थी कि उन्हें औपनिवेशिक बन्धनों और शोषण से मुक्ति मिलेगी। सत्ता के हस्तान्तरण से पहले ही उपनिवेश विरोधी आन्दोलन के अधिकांश नेताओं ने अपने देश में ब्रिटिश वेस्ट मिस्टर प्रकार की संसदीय प्रणाली लागू करने का इरादा कर लिया था, लेकिन महात्मा गांधी स्वशासी गाँवों पर आधारित राजनैतिक व्यवस्था का आग्रह कर रहे थे। विशाल सार्वजनिक क्षेत्र, प्रगतिशील आर्थिक प्रगति का अंग्रेज़ी ढाँचा और तीव्र औद्योगिकीरण को राष्ट्र-निर्माण का आधार बनाया गया। यह सोचा गया कि हाशिए पर पड़े हुए लोगों को मुख्यधारा में लाकर ही हम एक संगठित राष्ट्र का निर्माण कर सकते हैं। हालाँकि स्वाधीन भारत के पहले प्रधानमन्त्री आदिवासियों पर मुख्यधारा की संस्कृति न थोपने और भूमि और वनों पर उनके अधिकार का सम्मान करने के पक्ष में थे, लेकिन इन सिद्धान्तों पर कभी भी अमल नहीं किया गया। सन् 1950 में संविधान को औपचारिक मान्यता देकर संसदीय जनतान्त्रिक व्यवस्था आरम्भ कर दी गई। लेकिन पाँचवीं और

छठी अनुसूची के प्रावधानों के बावजूद आदिवासी क्षेत्रों पर एक राजनैतिक और दफ्तरशाही प्रणाली थोप दी गई।

आदिवासियों की चिन्ताजनक स्थिति

लगभग 90 प्रतिशत आदिवासी अपनी जीविका के लिए कृषि पर निर्भर करते हैं। इसके अलावा शिकार और वनोपज जमा करना भी उनके जीवन का आधार है। लेकिन जैसे-जैसे आदिवासियों को उनकी जीविका के साधन-स्रोतों से दूर किया जा रहा है, वैसे-वैसे उनके आधारभूत कार्यकलापों में भी कमी आती जा रही है। आदिवासियों से उनके वनों और उनके पूर्वजों की आवास भूमि छीनी जा रही है, जिसे कई लोग देशी उपनिवेशीकरण भी कहते हैं।

भारत की 90 प्रतिशत कोयला खानें, 72 प्रतिशत वन और अन्य प्राकृतिक संसाधन और 80 प्रतिशत अन्य खनिज पदार्थ आदिवासी भूमि पर पाए जाते हैं। 3000 से भी ज्यादा जल विद्युत बाँध भी इन्हीं के क्षेत्रों में बनाए गए हैं। इसलिए स्पष्ट है कि भारतीय औद्योगिकीकरण और शहरीकरण के मूल संसाधन मुख्यतया आदिवासी क्षेत्रों से ही आते हैं। लेकिन इस विपुल सम्पदा का एक छोटा-सा भाग भी आदिवासियों के हिस्से में नहीं आता। अपनी नदियों और ज़मीनों पर उनके अविच्छिन्न अधिकार भी दूसरों को दे दिए गए। इसके फलस्वरूप 85 प्रतिशत आदिवासी 'सरकारी गरीबी रेखा'[15] से नीचे रह रहे हैं। अनुसूचित जातियों और अनुसूचित जनजातियों के लिए राष्ट्रीय आयोग ने पाया कि देश के कुल बंधुआ मजदूरों में से 83 प्रतिशत अनुसूचित जनजातियों के हैं, इसके अलावा वन-क्षेत्र घटते चले जा रहे हैं क्योंकि कुछ सर्वोत्तम वनों को वन्य जीवन क्षेत्र और राष्ट्रीय उद्यान अर्थात् संरक्षित प्रदेश घोषित कर दिया गया है।

एक ओर आदिवासियों की जीविका के लिए वनों पर निर्भरता और दूसरी ओर वनों से अधिकाधिक आय प्राप्त करने की सरकारी नीति के चलते आदिवासी वन मजदूरों में तब्दील हो गए हैं। कई राज्यों ने छोटे-छोटे वन उत्पादनों का राष्ट्रीयकरण कर दिया है और वन विभाग निगमों (फॉरेस्ट डिपार्टमेंट कॉर्पोरेशन—एफडीसी) की स्थापना कर दी है। अब वे बाज़ार में वन उत्पादनों की बिक्री नहीं कर सकते, उनसे अत्यन्त कम मजदूरी पर काम कराया जाता है और उनके लिए कोई सामाजिक सुरक्षा लाभ भी उपलब्ध नहीं है। न्यूनतम मजदूरी अधिनियम (मिनिमम वेजेज़ एक्ट) 1948 के अधीन अनेक राज्यों ने 'अनुसूचित रोजगार' की घोषणा की जिसमें कुछ वन रोजगार भी शामिल हैं। इसकी दरें राज्यों में अलग-अलग हैं। न्यूनतम मजदूरी के अतिरिक्त प्रसूति लाभ, छुट्टी आदि सम्बन्धी अन्य कानूनों का पालन भी नहीं किया गया। गुजरात और राजस्थान की राज्य सरकारों ने तो इस रोजगार को न्यूनतम मजदूरी अधिनियम के प्रावधानों से ही छूट दे दी। उच्चतम न्यायालय ने इसे संविधान का उल्लंघन बताया है।

सन् 1969 में राष्ट्रीय श्रम-आयोग ने आदिवासियों के लिए स्थायी बस्तियों और कृषि अधिकारों का सुझाव दिया। इस विषय में राज्य सरकारों को निर्देश भी दिए गए लेकिन स्थिति ज्यों की त्यों रही। 1977 में मध्य प्रदेश सरकार ने 1901 वन गाँवों के निवासियों को प्रति परिवार 2-5 हेक्टेअर कृषि भूमि पर अधिकार देने का निर्णय लिया।[16]

'हूज फारेस्ट्स? ओनर्स बिकम वर्करस' की रपट के अनुसार—''कुल मिलाकर विकास कार्यों के चलते, आदिवासियों को अपनी उपजीविका के साधन-स्रोतों से हाथ धोना पड़ा है। विकास परियोजनाओं के कारण कुल 1 करोड़ 85 लाख लोगों अर्थात् भारत की कुल जनसंख्या के 2 प्रतिशत से अधिक हिस्से को अपनी बस्तियाँ छोड़नी पड़ी हैं। विकास परियोजनाओं के लिए विस्थापित लोगों में लगभग 50 प्रतिशत आदिवासी हैं यद्यपि उनकी आबादी भारत की कुल जनसंख्या का 8.08 प्रतिशत ही है। इतने विशाल परिमाण में विस्थापन के बावजूद सरकार के पास कोई समान पुनर्स्थापन और पुनर्वास नीति नहीं है।''[17]

2

देश की महान आत्माओं ने जिस 'आदिवासी' शब्द को गौरवान्वित किया है भारत सरकार ने आज तक उस शब्द को सम्मान नहीं दिया है। आदिवासी शब्द को सवैधानिक मान्यता नहीं है। भारतीय संविधान में आदिवासी को अनुसूचित जनजाति (Schedule Tribe) कहा गया है। आदिवासी के शाब्दिक अर्थ से ज्ञात होता है कि आदि निवासी यानी किसी स्थान पर निवास करनेवाला या 'प्रथम निवासी', लेकिन भारत सरकार इसे गम्भीरता से नहीं ले रही है। वह जानबूझ कर इसे नकार रही है। सरकारी अभिलेखों में आदिवासी की बजाय अनुसूचित जनजाति शब्द का होना ही भारत सरकार का उपेक्षापूर्ण रवैया दर्शाता है।

'आदिवासी' शब्द आदिवासियों की भावनाओं के अनुरूप है। उन्हें अनुसूचित जनजाति कहने का एक ही अर्थ है—उन्हें समाप्त करना। अभी तक उन्हें गिरिजन, वनवासी, दास, दस्यु तथा जंगली आदि कहा जाता रहा है। जिसकी चर्चा कई विद्वानों ने अपनी पुस्तकों में की है। एस.सी. रॉय ने अपनी पुस्तक में इन्हें वानर कहा है। रामायण और महाभारत काल से ही इन्हें इस तरह के अपमानजनक शब्दों का दंश झेलना पड़ा है। जो आज तक जारी है। वनांचल और वनवासी उसी का दूसरा रूप है। आनेवाले वर्षों में न वन होंगे, न वनांचल होगा और न वन में रहनेवाले ये वासी ही होंगे। जब वन ही नहीं होंगे तो वनवासी कहाँ से होंगे। यह भारत सरकार की एक दुरपरिणामी नीति है। भारत के संविधान सभा के कई सदस्यों के विरोध के कारण आदिवासी शब्द को हटा दिया गया ताकि इनका कहीं कोई नाम न हो और वे बिखरे पड़े रहें ताकि उनकी विरासत छीनकर उन पर राज किया जा सके। उनका शोषण किया

जा सके। इसी धूर्त योजना के तहत उन्हें छिटपुट-छिटपुट तरीके से पूरे भारत में बिखेर कर रख दिया गया ताकि वे कभी एकजुट न हो सकें, ना ही वे अपने शोषण के विरुद्ध आवाज़ उठा सकें।

आदिवासियों की अपनी भाषा, संस्कृति एवं धर्म है लेकिन फिर भी उन्हें आज तक नकारा गया है।

संस्कृति

साधारणतः संस्कृति मनुष्य के जीवन में घटित होने वाले प्रत्येक पहलू को स्पर्श करती है, जिसके आधार पर मनुष्य का दैनिक जीवन चलता है। ई.वी. टेलर ने कहा है—"संस्कृति वह जटिल इकाई है जिसके अन्तर्गत आचार-विचार, विश्वास, रीति-रिवाज, विधि-विधान एवं परम्पराएँ आती हैं। इसके अन्तर्गत सभी समताएँ एवं आदतें शामिल हैं।"

मनुष्य एक सामाजिक प्राणी होने के नाते समाज में रहता है एवं संस्कृति का पूरा ज्ञान प्राप्त करता है। मनुष्य अपनी उत्पत्ति से लेकर आज तक हर क्षण नए-नए आविष्कार करता आया और करता ही रहेगा, क्योंकि मनुष्य स्वभाव से ही रचनाशील प्रकृति का रहा है। सुख-दुख, ठंडा-गर्म या अन्य अनुभूति, जिसे सभी जीव-जन्तु अनुभव करते हैं और अपने स्तर से उसे हल करने की कोशिश करते हैं। इस *'अपने स्तर'* में मनुष्य अन्य जीवों से बहुत आगे निकल गया। वह सदा से ही प्राकृतिक पर्यावरण को अपने कब्जे में करने का प्रयास करता रहा है और करता रहेगा। इसलिए यह कहा जा सकता है कि अपनी सुख-सुविधा के लिए पर्यावरण की, नित्य नूतन सृष्टि द्वारा, मानव जिन तत्त्वों के कारण अन्य प्राणियों से बिलकुल पृथक् हो जाता है, उसे संस्कृति कहते हैं। संस्कृति ही मनुष्यों को अन्य प्राणियों से अलग करती है। उत्पत्ति काल से लेकर वर्तमान काल तक छोटे से बड़े कई सामाजिक नियमों को बनाया गया है। इस तरह से मनुष्य संस्कृति का निर्माण करता है एवं संस्कृति मनुष्य के व्यक्तित्व का निर्माण करती है। असल में संस्कृति जीवन का एक तरीका है और यह तरीका सदियों से जमा होकर उस समाज में समाया रहता है, जिसमें हम जन्म लेते हैं। अपने जीवन में हम जो संस्कार जमा करते हैं, वे भी हमारी संस्कृति का अंग बन जाते हैं। मरणोपरान्त हम अन्य वस्तुओं के साथ अपनी संस्कृति की विरासत अपनी सन्तान के लिए छोड़ जाते हैं।

नृविज्ञान में संस्कृति शब्द का प्रयोग अत्यन्त व्यापक अर्थ में होता है। प्रसिद्ध नृविज्ञानवेत्ता मि. लिनोवस्की के अनुसार मानव जाति की समस्त सामाजिक विरासत या मानव की समस्त संचित सृष्टि का ही नाम संस्कृति है। इस अर्थ में संस्कृति में वह स्थूल भौतिक जगत, जिसकी सृष्टि मानव ने अपने श्रम, उद्यम और कल्पना, कौशल, ज्ञान तथा विज्ञान द्वारा प्राकृतिक जगत में परिवर्तन लाकर मानव-निर्मित एक नया कृत्रिम जगत स्थापित करने की—भी शामिल है। मूल्य, मान्यता, चेतना, विश्वास, विचार,

भावना, रिवाज़, भाषा, ज्ञान, कला, धर्म, जादू-टोना आदि के भी वे सभी मूर्त-अमूर्त स्वरूप संस्कृति में शामिल हैं, जिनसे मानव सृजित भौतिक जगत महत्ता एवं सार्थकता पाता है। इन सबके कारण ही मनुष्य पशु योनि से ऊपर उठकर वास्तव में मानव कहलाने का अधिकारी बनता है। इनके द्वारा मानव की प्रकृति और मानव-मानव के बीच भिन्न-भिन्न प्रकार के सम्बन्धों की रचना होती है, जिससे मानव समाज का संगठन एवं संचालन होता है।

संस्कृति की यह व्यापक व्याख्या आदिम समाज के सन्दर्भ में ही अधिक उपयुक्त है जहाँ उपयोगिता और सुन्दरता एक-दूसरे के अभिन्न और एक-दूसरे के पूरक होते हैं और जहाँ मानव समाज का आन्तरिक विभेदीकरण और वर्गीकरण तथा मानव के क्रियाकलापों का विशिष्टीकरण तीव्र नहीं हुआ है।

आदिवासी संस्कृति

आदिवासी संस्कृति की अपनी विशिष्ट पहचान है। इसके अन्तर्गत जाति समानता, लिंग समानता, सहभागिता, सहयोगिता, सामूहिकता, भाईचारा एवं सबसे विचित्र प्रकृति से निकटस्थ सम्बन्ध एवं प्रकृति प्रेम है, जो अन्य सभी संस्कृतियों से आदिवासी संस्कृति को पृथक् करता है। आदिवासी संस्कृति में मनुष्य का जीवन बिलकुल सादा है। इनका दृष्टिकोण उपयोगितावादी है और विचारधारा—'जीयो और जीने दो' की है। उपयोगिता के साथ-साथ इनकी कार्य-योजना सामूहिक सहयोगिता एवं अनुशासन पर टिकी हुई है। प्रकृति का नियम है कि ऐसी व्यवस्था जातीय मानसिक एवं स्वाभाविक गठन को प्रभावित करती है। आदिवासी चेतना के अन्तर्भाव में प्रकृति के नियम के अन्तर्गत संग्रह की अपेक्षा त्याग, प्रतिशोध की अपेक्षा दया, क्षमा आदि का महत्त्वपूर्ण स्थान है।

आदिवासी समाज की ज़रूरतें बिलकुल सामान्य व सीमित हैं। किसी भी वस्तु का एकत्रीकरण इनकी संस्कृति में नहीं पाया जाता। ये प्रकृति के पुजारी हैं। इनका धार्मिक स्थल कोई इमारत एवं भवन न होकर खुला आकाश होता है, जहाँ कहीं भी ये अपनी उपासना, अराधना कर सकते हैं। आदिवासी संस्कृति एवं प्रकृति में एक गहरा आत्मीय रिश्ता है, तभी तो प्रकृति प्रदत्त वृक्षों को आदिवासियों ने अपने जीवन से जोड़ लिया है, जबकि सभ्य कहे जानेवाले विकसित संस्कृति से प्रकृति का सम्बन्ध संघर्षमूलक है। इसलिए वहाँ प्रकृति का दोहन, उच्छेदन, विनाश या अब रक्षण का विचार महज भौतिक उपयोगितावादी स्तर का है। वर्तमान युग में प्रकृति से इनका सम्बन्ध सिर्फ़ बाहरी वैज्ञानिक विकास, औद्योगिक और वाणिज्यिक ही है।

भारतीय संविधान में आदिवासियों को एक विशिष्ट समाज के रूप में चिह्नित किया गया है और उनकी सुरक्षा और विकास के लिए कई प्रावधान तैयार किए हैं, लेकिन धर्म के मामले में आदिवासियों को सदा से सौतेला व्यवहार झेलना पड़ा है। भारतीय जनगणना (Indian Census) के कॉलम में देखा जाए तो आदिवासियों की अपनी

धार्मिक पहचान है ही नहीं। गणना प्रणाली के कॉलम में हिन्दू, मुस्लिम, सिख, ईसाई व अन्य का कॉलम होता है। आदिवासियों के धर्म सरना/आदिधर्म का कॉलम न होने के कारण आदिवासी स्वयं को 'अन्य' कॉलम में गिनाने के लिए बाध्य हो जाते हैं। यह इनके साथ बहुत पक्षपातपूर्ण रवैया है। भारत सरकार को यह बहुत अच्छी तरह से पता है कि आर्यों के पहले से आदिवासी सभ्यता एवं संस्कृति यहाँ विकसित थी एवं फल-फूल रही थी। सभी इतिहासकारों को यह अच्छी तरह से मालूम है। फिर भी कुछ इतिहासकारों ने इसे अनदेखा कर आदिवासियों के साथ घोर अन्याय किया है।

धार्मिक आस्थाएँ मनुष्य में आत्मविश्वास जगाती हैं। किसी समुदाय को आत्मसम्मान के साथ जीने के लिए आत्मविश्वास परमावश्यक तत्त्व है। आदिवासी के अन्दर सुषुप्त इसी आत्मविश्वास को जगाने के लिए स्वयं आदिवासी समाज वर्षों से अपनी धार्मिक पहचान की माँग कर रहा है। अपनी माँगों की पूर्ति न होने के कारण वर्ष 2000 की जनगणना में झारखंड के आदिवासी बहुल इलाकों में जनगणना का बहिष्कार किया गया। फिर भारत सरकार के जनगणना विभाग ने अपना आँकड़ा प्रस्तुत कर अपने कर्तव्य की इतिश्री कर ली। आदिवासियों को आन्दोलन करने के लिए मजबूर किया जा रहा है। आदिवासी जानते हैं कि यही राष्ट्रीय स्तर पर आदिवासियों की पहचान है, जो उन्हें एकसूत्र में बाँध सकती है और यही उनकी सही पहचान है।

इसलिए यह ज़रूरी है कि जेनरल सेन्सस ऑफ इंडिया, भारत सरकार अपनी जनगणना प्रणाली में भारतीय आदिवासियों को उनकी धार्मिक आस्थाओं की अभिव्यक्ति तथा स्वाभिमान को बरकरार रखने हेतु आदिधर्म का कॉलम प्रदान करें, ताकि भारतीय जनगणना में उनका एक सम्मानजनक प्रतिबिम्बन हो सके। आदरणीय भाषाविद् विद्वान डॉ. रामदयाल मुंडा ने अपनी पुस्तक *'आदिधर्म'* में भारतीय आदिवासियों को धर्म के स्थान पर एक नाम देने एवं मानने के लिए लोगों से अपील की है। इसी के आधार पर आदिवासी एक हो सकते हैं एवं अपने अधिकारों की माँग कर सकते हैं।

धर्म एवं संस्कृति में अन्योन्याश्रय सम्बन्ध है। सामाजिक मनुष्य का प्रत्येक क्रियाकलाप संस्कृति कहलाता है। अपने धर्म से प्रेरित होकर मनुष्य जीता है अपने सम्पूर्ण जीवन में वह जो क्रियाएँ करता है वह प्रतीक के रूप में संस्कृति और धर्म के आधार पर प्रतिबिम्ब के रूप में प्रत्येक वस्तु का प्रतीक-चिह्न एवं अर्थ निर्धारण होता रहता है। यही *'अर्थ' मनुष्य* को अच्छाई के लिए प्रेरित करता है तथा बुराई करने से रोकता है। अतः संस्कृति मानव जीवन का आवश्यक पहलू है।

अनुवाद : *रमणिका गुप्ता*

(साभार : 'भारत के आदिवासी' पुस्तक से)

सन्दर्भ

1. भारतीय जनगणना, 1991।
2. सारिणी (सं.), इंडिजनस पीपल्स इन इंडिया, सारिणी ऑकेजलन पेपर्स, क्र. 1, भुनवेश्वर, सी.इ.डी.इ.सी.। 1997, पृ. 3।
3. जनकल्याण मंत्रालय, भारत सरकार, *इंडियन ट्राइब्स थ्रू द एजेज,* जनवरी, 1990, जिस प्रकार भारतीय मूल निवासी एवं जनजातीय परिषद द्वारा यू.एन.डब्ल्यू.जी. आई.पी. के नौवें सत्र में उद्धृत किया गया, 22 जुलाई-2 अगस्त, 1991।
4. आर्यों ने उत्तरी अफगानिस्तान के उत्तरी भारत में ई. पू. 1500 में स्थानान्तरण किया था, सन्दर्भ थापर, आर, *ए हिस्ट्री ऑफ इंडिया,* भाग-1, नई दिल्ली, पेंग्विन, 1960, पृ. 37-38।
5. फर्नांडिस डब्ल्यू. एवं चौधरी ए.आर., *इन सर्व फॉर द ट्राइबल आइडेंटिटी, सोशल एक्शन,* भाग-43, क्र. 1, जनवरी-मार्च, 1993, पृ. 16, अन्य सन्दर्भ सारिणी, पूर्ववत. पृ. 1-2।
6. बिजोय सी.आर. एवं प्रभु पी., *आदिवासी : सिचुएशनल स्टेट्स,* 3 इंटरनेशनल अलाएंस ऑफ इंडिजनस ट्राइब्ल पीपुल ऑफ द ट्रॉपिकल फॉरेस्ट्स, नागपुर, भारत, 3-8 मार्च, 1997, पृ. 7।
7. इंटरनेशनल कन्वेंशन ऑन सिविल एंड पॉलिटिकल राइट्स, (1966) को अनुमोदित करते समय भारत ने अपना आक्षेप दर्ज करते हुए व्यक्त किया था कि 'अनुच्छेद 1 के सन्दर्भ में...भारत सरकार घोषित करती है कि इस अनुच्छेद में प्रयोग किया गया शब्द 'स्वनिर्णय' सम्प्रभुता प्राप्त स्वाधीन सरकारों पर लागू होता है या लोगों के एक गुट पर या देश पर, जो कि राष्ट्रीय एकता का सार है।'

    संयुक्त राष्ट्र मानवाधिकार केन्द्र, ह्यूमन राइट्स ऑफ इंटरनेशनल इंस्ट्रूमेंट्स, संयुक्त राष्ट्र बिक्री क्रमांक ई. 87 14-2, 1987. इस मामले में भारत की ढुलमुल स्थिति को समझने के लिए सन्दर्भ यॉर्नबिरी, पी. इंटरनेशनल लॉ एंड द राइट्स ऑफ मॉयनारिटीज, ऑक्सफोर्ड ब्लेरेंडोन प्रेस, 1991, पृ. 214-15।
8. इंडिजनस एंड ट्राईबल पीपल्स, जिनेवा, आई.एल.ओ., जुलाई 1994, पृ. 28-29, 32-33।
9. यू.एन.डब्ल्यू.जी.आई.पी., जिनेवा, 25-29 जुलाई, 1994 के बारहवें सत्र में एन इनिशिएटिव टुवर्ड्स ए कोएलिशन ऑफ इंडिजनस/ आदिवासी पीपल्स—भारत द्वारा प्रस्तुत।
10. एशिया इंडिजनस पीपल्स पैक्ट (ए.आई.पी.पी.) डिक्लरेशन ऑन द राइट्स ऑफ एशियन इंडिजनस ट्राइब्ल पीपल्स, चियांग माम, थाइलैंड, मई, 1993।
11. आई.डब्ल्यू.जी. आई.ए., द इंडिजनस वर्ल्ड 1994-95, कोपेनहेगन, 1995, पृ. 7।
12. सारिणी, पूर्ववत्, पृ. 14।
13. राव, बी.एस., द *फ्रेमिंग ऑफ इंडियास कंस्टिट्यूशन,* नई दिल्ली, भारतीय सार्वजनिक प्रशासन संस्थान, 1968, पृ. 569।
14. सारिणी, पूर्ववत्, पृ. 2-3।
15. 'गरीबी रेखा' में नियमित रूप से संशोधन किया जाता है, लेकिन इसका अर्थ है 'सामान्य गतिविधियों के लिए आवश्यक न्यूनतम आहार जुटाने लायक पैसे'।
16. शर्मा, एम. *'हूज फारेस्ट्स? ओनर्स बिकम वर्कर्स',* लेबर फाइल, भाग-3, क्र. 5 व 6, मई-जून 1997, पृ. 3-18।
17. सारिणी, पूर्ववत्, पृ. 16।

कुचले जाते आत्मसम्मान के विरुद्ध

महादेव टोप्पो

कोई सभ्य, विकसित या प्रभु (डोमिनेंट) जाति अपने से कमज़ोर जाति का किस तरह नाश करती है, इसका उदाहरण न केवल पश्चिमी देशों में बल्कि भारत में भी मिलता है। विकसित प्रभुजाति एक ऐसा वातावरण तैयार करती है कि बदलती परिस्थितियों में उस कमज़ोर जाति के लोग ऐसी हीन-ग्रंथि से ग्रसित हो जाते हैं कि वे अपनी भाषा, संस्कृति, परम्परा, रीति-रिवाज, जीने के ढंग, अपने इतिहास आदि को हीनभाव से देखने लगते हैं। फलतः उनका आत्मविश्वास, आत्मगौरव या स्वाभिमान टूटता जाता है और तब वे एक ऐसी स्थिति में पहुँचते हैं, जहाँ वे यह मान लेते हैं कि वे वाकई पिछड़े, कमज़ोर और बुद्धिहीन हैं। तब वे प्रभु-वर्ग के लोगों से मिलकर अपने ही भाई-बन्धुओं के पतन की दलाली आरम्भ कर देते हैं। आज हमारा आदिवासी समाज पतन की इसी स्थिति में है क्योंकि हमारे स्वाभिमान को कानून, इतिहास, धर्म, साहित्य, कला, राजनीति आदि के विभिन्न सामाजिक-राजनीतिक प्रभावों द्वारा इतनी बार कुचला और रौंदा गया है कि हम अपनी उपस्थिति या अस्तित्व के मूल स्रोत को ही भूल बैठे हैं। हमें कैसे कुचला जा रहा है, इसके दुष्परिणाम क्या हो सकते हैं या हो रहे हैं इस पर विस्तृत चर्चा आवश्यक है। मैंने जो अनुभव किया एवं देखा है वह मैं आपके सामने प्रस्तुत कर रहा हूँ। अगर अब तक आप इन पंक्तियों को पढ़ रहे हैं तो निश्चय ही आप में एक आग ज़रूर है, जो अपने समाज को बचाने के लिए जल रही है। लेकिन आगे कुछ कहने से पूर्व मैं स्पष्ट कर दूँ कि मैं कोई विद्वान या किसी विषय का विशेषज्ञ नहीं हूँ। हाँ, इतना ज़रूर है कि जब कभी कुछ मुद्दों ने परेशान किया तो कलम का सहारा ज़रूर लिया और कुछ कहने की कोशिश की। आज भी कुछ कहना चाहता हूँ। वह इसलिए कि आज हममें से अनेक लोगों को इसका हल्का-सा एहसास तक नहीं कि हमें किस तरह नष्ट किया जा रहा है। यहाँ मैं आदिवासियों की भौतिक उपस्थिति को नष्ट किए जानेवाले विकास कार्यक्रमों की चर्चा नहीं करूँगा बल्कि उन मुद्दों को उठाने का प्रयास करूँगा जिनके कारण हम स्वयं को अपमानित, प्रताड़ित, उपेक्षित और बेसहारा समझने को विवश किए गए हैं।

सर्वप्रथम भाषा के प्रश्न को लेते हैं। भाषा को भावनाओं और विचारों का वाहक

माना जाता है। हम भावनाओं और विचारों को दो तरह से प्रकट करते हैं—बोलकर और लिखकर। बोलना और लिखना दो ऐसी क्रियाएँ हैं, जिनसे हम भाषा का विकास करते हैं। नई जगहों के मुताबिक नए शब्द ग्रहण करते हैं और शब्दों की आवश्यकता न होने से उन्हें भूल जाते हैं। किसी भी भाषा की सर्वोत्कृष्ट कृति साहित्य को माना जाता है यानी कविता, कहानी, उपन्यास, नाटक आदि, क्योंकि ये साहित्य की ऐसी विधाएँ हैं जिनमें संसार के हर विषय समा जाते हैं। जो मनुष्य की उपस्थिति, उसके दुःख-दर्द, उसके संघर्ष, जय-पराजय को रेखांकित करते हैं। इसीलिए साहित्य को समाज का दर्पण कहा जाता है क्योंकि उसमें हमारे जीवन का स्पन्दन मौजूद रहता है। आदिवासी-साहित्य का अमूल्य भंडार इन भाषाओं के लोकगीतों में हैं, जिनमें हमारी संघर्ष-गाथा, इतिहास, विचार, भावना आदि सुरक्षित हैं। हर समाज अपने साहित्य का विकास अपने ढंग से करता है। चूँकि हमारी कोई लिपि नहीं रही इसलिए हमारा साहित्य लोकगीतों और लोककथाओं में सीमित रहा। मिशनरियों के आगमन से इसमें विकास हुआ। हमारी भाषाओं की पढ़ाई होती है। हमारे क्षेत्र में जब भी कोई योजना लागू होती है तो कहा जाता है कि इस क्षेत्र का इससे विकास होगा। रेडियो या दूरदर्शन के केन्द्र जब-जब खुले, कहा यही गया कि इससे हमारी भाषा-संस्कृति के उत्थान में मदद मिलेगी। लेकिन पाँच मिनट की सरकारी वार्ता एवं कुछ लोकगीतों के प्रसारण से हमारी भाषा का कितना भला हुआ, यह अलग शोध का विषय है। इन संस्थाओं में हमारे भाषायी विकास का कार्यक्रम मुख्यतः सरकारी प्रशस्ति से जुड़ा रहा। इससे हमारे साहित्य के विकास में बहुत ज्यादा योगदान नहीं मिला। इसके विपरीत स्वयं हममें इतनी आर्थिक क्षमता नहीं थी कि हम अपनी किताबें छापते। फलतः भाषा और साहित्य का विकास अवरुद्ध रहा, जो अब भी है। दूसरे शब्दों में, हम अपनी भावनाओं और विचारों को धारदार और चमकदार बनाने के काम में बिलकुल पिछड़े रहे। फलतः हमारी चेतना भी तेजी से विकसित नहीं हो पाई। इसके लिए हमने जिस भाषा का प्रयोग किया, वह रही—हिन्दी-अंग्रेज़ी या इसी तरह की कोई अन्य विकसित भारतीय भाषा। लेकिन, दुःख तो इसका है कि हम इन भाषाओं में भी साहित्य-सृजन नहीं कर सकें और न ही कर पा रहे हैं। फलतः हमारे समाज की सोच, हमारी भावना, हमारे अन्तर्द्वन्द्व, हमारे संघर्ष शब्दबद्ध नहीं हो रहे हैं। इस कारण लोग यही मान रहे हैं कि हममें इतनी क्षमता नहीं कि हम अपने विचारों या भावनाओं को प्रकट कर सकें। हम एकेडेमिक किस्म का लेखन तो कर रहे हैं लेकिन अपनी ज़मीन से जुड़कर वैचारिक लेखन नहीं, भावनाओं और विचारों से ओतप्रोत ऐसा लेखन, जिसे पढ़कर हमारे मन और हृदय के तार झनझना उठें। जहाँ हम अपने जीवन की झाँकी देख सकें, जीवन का उतार-चढ़ाव अनुभव कर सकें, अपनी तस्वीर देख सकें। ऐसी रचनाएँ हैं लेकिन वे लोकगीतों में ही हैं। किन्तु हमें लोकगीतों की सीमा से हटकर साहित्य की अन्य विधाओं को भी अपनाना इसलिए ज़रूरी है ताकि हम अपनी भाषा, संस्कृति, इतिहास, परम्परा, संघर्ष-गाथा आदि को जीवित रख सकें। कहा जाता है कि कोई भी जाति भाषा के बगैर गूँगी और साहित्य

के बगैर मस्तिष्कहीन होती है। हमारी भाषा और साहित्य के विकास में रोज बाधाएँ खड़ी होती हैं तो क्या हम इन कुचक्रों में फँसकर गूँगे और मस्तिष्कहीन हो जाएँ।

दरअसल आप कुछ कहने की स्थिति में हैं नहीं।

क्यों? क्योंकि पूरे भारतवर्ष में 24 ऐसी भाषाएँ हैं, जिनको बोलनेवाले दस लाख से अधिक लोग हैं। अस्सी ऐसी भाषाएँ हैं, जिनके बोलनेवाले दस हज़ार से अधिक हैं। सन् 1981 की जनगणना के अनुसार कश्मीरी और सिंधी बोलनेवालों की संख्या क्रमशः बत्तीस लाख और बीस लाख है। इन दोनों भाषाओं को राष्ट्रीय भाषा का दर्ज़ा प्राप्त है लेकिन भीली एवं संताली भाषा जिनके बोलने वाले क्रमशः पैंतालीस लाख और बयालीस लाख हैं, को वह राष्ट्रीय सम्मान प्राप्त नहीं क्योंकि इसका साहित्य विकसित नहीं हैं। अब संताली भाषा को 8वीं अनुसूचि में ले लिया गया है। इस तरह की नीतियों के कुछ उदाहरण और हैं, जैसे कोंकणी भाषा सोलह लाख लोगों द्वारा बोली जाती है। मणिपुरी नौ लाख लोगों द्वारा और त्रिपुरा पाँच लाख लोगों द्वारा बोली जाती है। इन भाषाओं को सम्बद्ध राज्यों में सरकारी कामकाज हेतु मान्यता प्राप्त है, जबकि उनसे अधिक आबादी और बोलने वाली भाषा—संताली (बयालीस लाख), उराँव (तेरह लाख), तुलु (चौदह लाख) को राज्य स्तर पर भी मान्यता नहीं है। यह सब क्यों? सिर्फ़ इसलिए कि हम-आप जैसे पढ़े-लिखे लोगों ने इस पर कभी सोचा ही नहीं। हमने कुछ लिखा नहीं और लिखा तो आसपास की और दूसरी भाषाओं से कुछ सीखने की कोशिश ही नहीं की। परिणामस्वरूप, विकसित भाषाओं के थोपे जाने से हम किस तरह पतन की राह पर अग्रसर हो रहे हैं, इस पर विचार करें।

बिहार, बंगाल और मध्यप्रदेश का उदाहरण लें। इन तीनों राज्यों में हमारे लाखों आदिवासी भाई हैं, जो संताली, मुंडा, हो, उराँव, खड़िया आदि भाषाएँ बोलते हैं। इन भाषाओं की उच्चारण पद्धति राज्यों में प्रचलित शिक्षा माध्यम की भाषा—हिन्दी, बंगला या अंग्रेज़ी से बिलकुल भिन्न है। देहातों में हमारे बच्चों को हिन्दी या बंगला माध्यम से पढ़ाया जा रहा है। भाषायी भिन्नता के कारण पहले तो हमारे बच्चों को इन भाषाओं के उच्चारण तथा व्याकरण को ही समझने में कई वर्ष लग जाते हैं। वर्षों बाद जब वह खुद अपनी मातृभाषा और हिन्दी या बंगला में कुछ सामंजस्य स्थापित कर पाते हैं, तभी वे कुछ समझने लायक होते हैं। लेकिन इस प्रक्रिया से तालमेल बिठाने और सन्तुलन कायम करने में उनके कई वर्ष खप जाते हैं। इसके अतिरिक्त उन्हें अधिक मानसिक श्रम करना पड़ता है और कक्षाओं में सही न बोलने, सही न लिखने के कारण अपमानित होना पड़ता है, वह अलग।

हिन्दी, बंगला या अंग्रेज़ी पढ़ाकर उन्हें एक भिन्न परिवेश की दुनिया से परिचित कराया जाता है। फलतः उस परिवेश को, जिसे बच्चों ने न देखा है, न अनुभव किया है, समझने में भारी कठिनाई होती है। यही कारण है कि उनका मानसिक विकास धीमी गति से होता है और इस प्रक्रिया को सभ्य समाज के विद्वान—आदिवासियों को मंदबुद्धि कहकर—मज़ाक उड़ाते हैं। अगर एक आदिवासी को कम से कम आठवीं कक्षा तक

हिन्दी या बंगला के साथ-साथ उसकी मातृभाषा में भी शिक्षा दी जाए तो उनके बच्चे हीनता की ग्रन्थि से तो उबरेंगे ही, साथ ही वे तथ्यों को सरलता एवं तेजी से ग्रहण करेंगे क्योंकि तब तक वे अपनी भाषाओं के माध्यम से तथ्यों को शीघ्रता से ग्रहण करने की क्षमता और योग्यता प्राप्त कर चुके होंगे। वे मुख्यधारा की भाषा से जुड़ाव का भी अनुभव करेंगे। अब तक तो यही होता है कि अगर हमारा आदिवासी बच्चा देहात के स्कूलों में अपनी मातृभाषा के उच्चारण की आदत के कारण हिन्दी या बंगला शब्दों का उच्चारण नहीं कर पाता है, तो वह शिक्षक के कोपभाजन का शिकार बनता है। आप जानते ही हैं कि हमारी कुछ भाषाओं में 'क' और 'ख' का ठीक प्रकार से उच्चारण नहीं किया जाता जैसा कि हिन्दी या बंगला में किया जाता है। इसी प्रकार हमारी भाषाओं में 'अ' और 'आ' को और एक-दो प्रकार से उच्चरित किया जाता है। शब्दों का उच्चारण नहीं कर पाने पर बच्चों को शिक्षक से झिड़की सुननी पड़ती है कि "जब एक अक्षर का सही उच्चारण नहीं कर पाओगे तो आगे क्या पढ़ोगे?" या "तुम गधे लोग, कोल के कोल ही रहोगे।" शायद इसी कारण एक लोकोक्ति भी सभ्य कहे जाने वालों ने हमारे बारे में विकसित कर ली है—"ओल सीझे, न कोल बूझे।" निश्चय ही ऐसी विपरीत परिस्थितियों का सामना करते हमारे बच्चों का आत्मसम्मान चूर-चूर होता रहता है। इस प्रकार वे पढ़ाई में उपेक्षा का अनुभव करते हैं और अपने आदिवासी होने को कोसते रहते हैं। वे सोचते हैं—"मैं क्यों नहीं सभ्य समाज में पैदा हुआ?" या "मेरे माँ-बाप क्यों नहीं सभ्य समाज के लोग हुए?"

अतीत में यही भाषा-विभेद हमारे विनाश की वह कड़ी थी, जिसने हमें अपने खून-पसीने की कमाई हुई ज़मीन से बेदखल किया। सन् 1831-32 के कोल विद्रोह की पृष्ठभूमि क्या थी? यही कि जब मुद्रा के रूप में कर वसूलने का फैसला अंग्रेज़ों द्वारा किया गया तो हमारे पूर्वज साहूकारों, जमींदारों के पास गए क्योंकि तब तक हमारे क्षेत्र में वस्तु-विनिमय प्रणाली प्रचलित थी। अतः उन्होंने मुद्रा की आवश्यकता का अनुभव भी नहीं किया था। इन लोगों ने अँगूठे का निशान सादे कागज पर लगवाकर पैसे तो दे दिए, लेकिन पीढ़ियों तक उनके कर्ज़ों से मुक्त न होने की स्थिति में, जब वे कलकत्ता के न्यायालयों में गए, तो मुकदमा हार गए। कारण था—भाषा समस्या। वे सीधे अपनी बातों को अंग्रेज़ों तक नहीं पहुँचा सकते थे। बिचौलिए तथ्यों को साहूकारों, जमींदारों के पक्ष में रख देते थे और प्रमाण के रूप में अँगूठे लगा कागज बढ़ा देते थे। वर्षों तक अन्न आदि देकर या साहूकारों, जमीदारों के यहाँ मजदूरी करके भी जब वे ज़मीन वापस न पा सकें, तो उन्होंने उनके विरुद्ध मुकदमा किया। वे मुकदमा हार गए। उसका आक्रोश व्यक्त हुआ कोल-विद्रोह में। वे जानते थे, सच क्या है, अतः यह स्पष्ट है कि भाषा के माध्यम से संवादहीनता हमारे लिए कितनी मारक रही है। भाषा की राजनीति में उलझाए जाने पर ही हम अपने घर, खेत, खलिहान खोने को विवश हुए और वर्तमान परिस्थिति में भी बहुत कुछ खोने को विवश हैं। यदि न्याय की भाषा हमारी अपनी मातृभाषा होती या वह भाषा जिसे हम जानते हैं, तो क्या आज हम ज़मीन से इतना

अधिक बेदखल होते? शायद नहीं।

विकसित भारतीय भाषाओं को सीखने के क्रम में एक आदिवासी बच्चा दो तरह से मानसिक ग्रन्थियों का शिकार होता है। पहला तो यह कि वह अपनी भाषा से कटता है और अपनी मातृभाषा को हीनभावना से देखता है। इस तरह वह अपनी भाषा, संस्कृति, परिवेश आदि की उन जड़ों से कटता जाता है, जहाँ से उसे जीवनदायिनी शक्ति प्राप्त होती है। दूसरी ओर विकसित भाषा को सीखने के क्रम में अपनी मातृभाषा से पृथक् उच्चारण, व्याकरण एवं वाक्य-रचना की पद्धति के कारण आत्मसात करने में देरी करता है। एक उदाहरण काफी होगा, जैसे उराँव भाषा में पुरुष को छोड़ बाकी सभी संज्ञा पुल्लिंग रहते हुए भी स्त्रीलिंग हैं, जबकि हिन्दी में लिंग निर्णय की प्रक्रिया दूसरी भाषाओं के मुकाबले जटिल है। फिर शब्दों के अर्थ एवं उच्चारण में इतना अन्तर है कि बिहार, मध्य प्रदेश तथा बंगाल में निवास कर रहे आदिवासियों के लिए हिन्दी या बंगला में उनकी अपनी भाषा का कोई समानार्थी या समान उच्चारण वाला शब्द बिरले ही मिले। यदि कतिपय शब्द हैं भी तो वे काफी कम हैं। फलतः हमारे बच्चों को शब्दों के अर्थ ग्रहण करने में अतिरिक्त मानसिक श्रम करना पड़ता है। इससे त्रासद स्थिति यह है कि उन्हें इसके लिए अपमान और उलाहनों के कड़वे शब्द सुनने पड़ते हैं। एक लम्बे समय के बाद जब बालक खुद अपनी मातृभाषा और हिन्दी या बंगला में कुछ सामंजस्य स्थापित करता है, तभी वह विषयों एवं तथ्यों को कुछ समझने लायक होता है। इस तरह एक गलत और बिल्कुल अवैज्ञानिक बुनियाद वाली शिक्षा-पद्धति में हमारे बच्चे पलते-बढ़ते हैं और बड़े होने पर उनसे अपेक्षा की जाती है कि वे उन सभ्य लोगों का मुकाबला करें, जिन्हें कि कमोबेश अपनी भाषा में शिक्षा मिली होती है—चाहे वे भोजपुरी, मगही भाषी हो, मैथिली भाषी हो या बंगला भाषी। उन्हें एक आदिवासी की तुलना में प्रायः अपनी भाषा से निकट समान ध्वनि और अर्थवाले शब्दों और भाषा से शिक्षा ग्रहण करने की सुविधा होती है। लेकिन इसके विपरीत एक आदिवासी को भाषा के स्तर पर यह सुविधा प्राप्त नहीं है। फलतः वह तथ्यों को समझने में देर करता है, जिसे सभ्य समाज के अहंकारी और नस्ली लोग जातीय ऊँच-नीच का अन्तर बताते नहीं अघाते। उनके बच्चों को आदिवासी भाषाओं के माध्यम से शिक्षा दी जाए तो क्या वे भी इतने कुशाग्र होंगे, जैसा कि अब तक वे अपने बारे में प्रचारित करते रहे हैं?

आज अफ्रीका के नीग्रो नोबल पुरस्कार पाने लायक साहित्य का सृजन कर रहे हैं। हममें ऐसी क्या कमी है कि हम ऐसा नहीं कर सकते? दरअसल हमें भी अपने सौन्दर्य-शास्त्र का मापदंड स्थापित करना होगा। हमारे मिथक भिन्न हैं। उसकी जाँच-पड़ताल और विश्लेषण आवश्यक है। इसके लिए हमें अपनी संवेदनशीलता को और अधिक संवेदनशील बनाना होगा। आदिवासी गीतों में हिन्दू प्रभाव जैसे विषयों पर लिखने के बदले, उनमें आदिवासी प्रभाव की खोज करनी चाहिए। उड़िया के अन्तर्राष्ट्रीय ख्याति प्राप्त कवि सीताकान्त महापात्र की कविताओं में आदिवासी परिवेश से बिम्ब लिए गए हैं। अतः ऐसा नहीं है कि हम अपने आसपास के परिवेश में जन्मी

और उपजी भावनाओं, विचारों को अपनी भाषाओं में व्यक्त नहीं कर सकते। ऐसा करना सम्भव है और हमें ऐसा करने का जोरदार प्रयास करना चाहिए। हमें इसका भी मन्थन करना चाहिए कि नीग्रो लोगों ने नीग्रोवाद का नारा देकर अपने आत्मसम्मान की रक्षा करते हुए अपने साहित्य, कला आदि का विकास कैसे किया? क्या हम आदिवासीवाद का नारा देकर ऐसा करने का प्रयास नहीं कर सकते? विद्वान, चिन्तक, बुद्धिजीवी अपनी रचनाओं में, चाहे वे गीत, कविता, उपन्यास या नाटक हों, अपने आदर्श, इतिहास, परम्परा, संस्कृति, जीने की इच्छा, दुख-दर्द एवं अपने सपनों और अन्तर्विरोधों को गहराई तक जाकर सार्थक रूप में शब्दबद्ध नहीं करेंगे, तब तक हम अपना सर्वांग और बहुमुखी विकास भी नहीं कर पाएँगे और न ही अपनी पहचान स्थापित कर पाएँगे।

सरकार, मिशन, संघ और विभिन्न राजनीतिक दलों के सहारे हम अपना कितना विकास कर सकते हैं? यह भी आज सोचने का विषय है। इन सभी के अपने पूर्वाग्रह तथा विचारों के साँचे तैयार हैं, जिनमें हमें ढालकर ही वे हमारा विकास करना चाहते हैं। दूसरे शब्दों में कहें तो वे अपना हित साधना चाहते हैं। उनके लिए हम एक साधन हैं, उनकी सफलताओं के लिए। इसलिए हमें स्वयं अपनी अस्मिता, भाषा, संस्कृति आदि की रक्षा हेतु आगे आना होगा। बैसाखी के सहारे चलने की आदत और हर बात के लिए किसी की ओर मुँह देखने की प्रवृत्ति से हमें छुटकारा पाना होगा या छुटकारा पाने की कोशिश तो करनी ही होगी। अगर निष्ठावान, समर्पित और कुछ ईमानदार लोग आज भी कुछ करना चाहें, तो वे बहुत कुछ कर सकते हैं। अगर हम प्रत्येक समर्थ परिवार से एक रुपया भी वार्षिक सहायता लें तो हम स्वयं अपनी भलाई के बारे में सोच-समझ सकते हैं और कुछ कर सकते हैं। अपने भाई-बहनों के लिए बहुत कुछ कर सकते हैं। हम खुद पढ़े-लिखे नौकरी-पेशावाले लोग अपने समाज के लिए कुछ करना चाहते हैं। मगर संस्थाओं के अभाव में वे किसी की सहायता नहीं कर पाते। इसीलिए अगर कुछ संगठनों आदि के माध्यम से ईमानदार प्रयास किए जाएँ तो हमें सफलता मिल सकती है। माना कि रातोंरात हम अपने लोगों की स्थिति बदल नहीं देंगे। लेकिन आज हममें कई जो कुछ करने की स्थिति में हैं, वे कुछ रचनात्मक कार्यों में अपना योगदान दे सकेंगे। हम छोटे स्तर पर ही सही, रोजगार सूचना केन्द्र, प्रतियोगता-परीक्षा, पुस्तक-केन्द्र, भूमि बचाओ समिति, मुफ्त कानूनी सहायता समिति, आदिवासी भाषा विकास संस्थान, आदिवासी कला केन्द्र, साक्षरता अभियान दल, चिकित्सा या स्वास्थ्य केन्द्र, व्यापार केन्द्र आदि का गठन करके, जो जहाँ है और जिस क्षेत्र में कार्य करने लायक है, वही करें। मैंने सुना है कि करम टोली, राँची का एक युवा संगठन इससे प्रेरणा ले रहा है। सामान्य-ज्ञान में हमारे लोग कमज़ोर माने जाते हैं। इसी बहाने वे अपना स्तर तो सुधारेंगे। यदि इस प्रतियोगिता में 100 में से 20 प्रश्न आदिवासी इतिहास, भाषा, संस्कृति आदि से जोड़ दिए जाएँ तो युवा-वर्ग अपने विस्मृत इतिहास, भाषा, संस्कृति के बारे में जान सकेगा और सामान्य ज्ञान के साथ-साथ इन सारे विषयों के

प्रति उसकी रुचि भी जागृत होगी। इसी तरह ये संगठन साल में एक बार आदिवासियों में लेखन एवं शोध की रुचि पैदा करने हेतु प्रतियोगिता आयोजित करें, जिसमें आदिवासियों से सम्बन्धित शोधपूर्ण लेख मँगाए जाएँ और उन्हें पुरस्कृत व सम्मानित किया जाना चाहिए। यही सब कार्य हम लोगों में आत्मविश्वास और आत्मसम्मान की भावना भरेगा और हम अपने कुचले जाते आत्मसम्मान के विरुद्ध और भी सीधे होकर सीना तानकर खड़े हो सकेंगे।

मेरे एक मित्र हैं—वासुदेव बेसरा। उन्होंने संताली भाषा के विकास हेतु काफी कार्य किया है। आदिवासी समाज से सम्बन्धित कुछ कानूनी किताबों का उन्होंने संताली में अनुवाद किया है। वे संताली में शिशु-गीत भी लिख रहे हैं। उनका कहना है कि हर समाज को राह दिखाने, उसमें आत्मगौरव की भावना भरने, उनकी मिटती पहचान को बनाने के लिए कुछ पागलों की ज़रूरत होती है, जो अपनी सामाजिक प्रतिबद्धता, निष्ठा, लगन, मेहनत और ईमानदारी से अपनी कला, साहित्य-सेवा, शोध-कार्यों तथा आविष्कारों द्वारा या इसी प्रकार के अन्य सामाजिक विकास के कार्यों से समाज को आगे बढ़ाते हैं। आदिवासी समाज को आज ऐसे लोगों की ज़रूरत है जो अपने कार्य, कृति, आविष्कारों आदि से हमारे समाज को आगे बढ़ा सकें। दरअसल आज गरीबी में सोए और दारू के नशे में डूबी हमारी चेतना और आत्मविश्वास को जगाने के लिए हर प्रकार के कलाकार, विद्वान, लेखक, पत्रकार, खिलाड़ी, कोच, तकनीशियन, शिक्षाविद्, विधिवेत्ता, अर्थशास्त्री, मनोविज्ञानी, चिकित्सक, सामाजिक-कार्यकर्ता आदि सभी चाहिए। हमें चाहिए हमारे विस्मृत लोकगीत, उन्हें गाने और नृत्य रूप देने के लिए चाहिए गायक, नर्तक (जो कि हम सभी हैं)। उन्हें जन-जन तक पहुँचाने के लिए चाहिए इन गीतों का पुस्तक रूप में छपना, सम्भव हो तो इन गीतों का कैसेट उपलब्ध कराना। हमें चाहिए खिलाड़ी भी, कोच भी, जो हमारे छोटे भाइयों-बहनों को राष्ट्रीय-अन्तर्राष्ट्रीय ऊँचाई तक पहुँचाने की प्रेरणा दे सके। हमें चाहिए इतिहास, भूगोल, राजनीति, मनोविज्ञान, भू-विज्ञान, संगीत, नृत्य, कृषि, चिकित्सा आदि के विशेषज्ञ, जो अपने विषयों का तुलनात्मक अध्ययन प्रस्तुत कर हमें बता सकें कि हमारे नृत्य-संगीत, हमारी परम्पराओं, हमारा इतिहास, हमारी चिकित्सा पद्धति, हमारी सामाजिक सोच में ऐसा बहुत कुछ है, जो सभ्य कहे जानेवाले समाज में नहीं है।

मिशनरियों द्वारा प्रदत्त सुविधाओं का लाभ मिशनरी ही भरपूर उठा रहे हैं, अगर ऐसा नहीं होता तो 'सत्य भारती' स्थित पुस्तकालय में मात्र बीस प्रतिशत के लगभग ही आदिवासी सदस्य नहीं होते। तब इनकी संख्या अधिक होनी चाहिए थी। ऐसा इसलिए कि हम साक्षर ज़रूर हुए, चाहे मिशनरियों की सहायता से या सरकार की दया से, लेकिन हम इतने शिक्षित नहीं हुए हैं कि दिन-पर-दिन किताबों की ज़रूरत अनुभव कर सकें। इसलिए लाइब्रेरी या वाचनालयों में हमारे लोगों की संख्या कम है क्योंकि हम उतना ही जानना, समझना और सोचना चाहते हैं, जितना कि हमारे दिमाग में डाला गया है। इससे अधिक जानने की इच्छाशक्ति हमलोगों में कम है। फलस्वरूप हमारा

मानसिक विकास, जिसे निरन्तर आगे बढ़ते जाना चाहिए एक सीमा के साथ रुक जाता है। यही कारण है कि हम मौलिक चिन्तन नहीं कर पाते। हमारी दृष्टि और हमारे विचार साफ और स्पष्ट नहीं हो पाते। हम विभिन्न आलोचनाओं का जवाब नहीं दे पाते। यही वह.कारण है कि हममें से अधिकांश लोग किसी बहस में शामिल होने या विचार प्रकट करने से कतराते हैं। हमें अपनी इस कमज़ोरी को जल्द से जल्द छोड़ने का प्रयास करना चाहिए।

हमारा आत्मसम्मान कैसे प्रभावित होता है, इसके कुछ उदाहरण और देना चाहूँगा। हिन्दी लेखकों की प्रायः उन सभी कहानियों में जिनमें आदिवासी परिवेश या जीवन की कहानी कही गई है, आदिवासी स्त्री का हमेशा बलात्कार होते दिखाया जाता है। क्या सभ्य समाज के लेखकों के इस दृष्टिकोण का विरोध नहीं होना चाहिए? सरकार हमारी मान्यताओं के विरुद्ध कानून बनाकर जबरदस्ती हमारे सामाजिक मूल्यों एवं आदर्शों पर प्रहार करती है। यदि एक आदिवासी लड़का किसी उच्च जाति की लड़की से ब्याह करे तो उसकी सन्तान उच्च जाति की कहलाएगी और यदि कोई आदिवासी लड़की उच्च जाति के लड़के से ब्याह करेगी तो उसकी सन्तान आदिवासी कहलाएगी। यह कानून हमारे अधिकारों पर सीधा प्रहार है। वास्तविकता यह है कि यह कानून हमारी ज़मीन आदि को हथियाने का पिछला दरवाज़ा है। हम इसके विरुद्ध क्यों नहीं संघर्ष के लिए एकजुट होते?

हमने इस धरती को खेती और नगर बसने लायक बनाया। हम प्राचीन काल से ही सभ्यता के विकास के लिए अपना बलिदान देते रहे हैं। जब हम जंगल साफ कर उसे खेती लायक बनाते हैं, उसके बाद ही सभ्य लोगों का हम पर हमला होता है या उनका प्रवेश होता और नाना प्रकार के छल-बल से हमारी ज़मीन छीन ली जाती है। हमारे कितने पुरखे जंगल को खेती लायक बनाते हुए जंगली जानवरों के शिकार हुए होंगे। हमारे पूर्वजों की कितनी पीढ़ियाँ एक खेत बनाने में, एक गाँव बसाने में शहीद हुई होंगी। इस क्रम में कितनी माताएँ अपने बेटों, कितनी बहनें अपने भाइयों और कितनी पत्नियाँ अपने पतियों से बिछुड़ गई होंगी। तभी तो बनी खेती लायक जमीन! लेकिन आज हमारी पहचान के लिए हमसे पहचान-पत्र माँगा जा रहा है और इसे जारी करनेवाले कौन हैं? ज़मीन के वे ही लुटेरे, जिन्होंने आज हमें घर से बेघर कर दिया है। उन्हीं से हमें अपनी जाति की पहचान के लिए जाति प्रमाण-पत्र लेना पड़ रहा है कि हम यहाँ के निवासी हैं। इससे बड़ा अपमान और क्या हो सकता है एक आदिवासी का? लेकिन यह अपमान हम, आप, यह, वह सभी झेल रहे हैं। आखिर क्यों? क्या हम अपमानित होने के आदी हो गए हैं, इसलिए या आत्मसम्मान की हमारी चेतना ही एकदम मर गई है? जवाब हममें से हर कोई सोचे! ऐसा क्यों? ऐसा सिलसिला कब तक?

एक सेमिनार में अनुसूचित जाति एवं अनुसूचित जनजाति के भूतपूर्व कमिश्नर डॉ. ब्रह्मदेव शर्मा ने बहस के क्रम में सवाल उठाया—"आखिर क्यों अर्थशास्त्री एवं

विद्वान एक खेतिहर मजदूर को अकुशल मानते हैं? जब मजदूरों की सूची बनाई जाती है तो उसमें उसे सबसे नीचे क्यों रखा जाता है? क्या खेतिहर मजदूर की कोई कुशलता नहीं होती? खेतों में हल चलाने के लिए क्या किसी तकनीकी ज्ञान की आवश्यकता नहीं होती? अगर ऐसी है तो कोई विद्वान चार कदम ही सही, ढंग से हल चलाकर दिखा दे।'' मेरे कहने का आशय यह है कि सभ्य समाज द्वारा बनाया मापदंड तथा स्थापित आदर्श यही है कि जो साक्षर नहीं है या जो शारीरिक श्रम करने वाला मनुष्य है वह अकुशल, बुद्धू, गँवार, जंगली एवं जाहिल है, इसीलिए उन्हें एक आदिवासी का नाचना, गाना, उसके जीने, सोचने का ढंग, उसकी भाषा, बोली, उसकी परम्परा, उसकी आस्था, विश्वास, उसके देवी-देवता, उसका इतिहास, उनके अतीत, वर्तमान और भविष्य सब कुछ अन्धकारपूर्ण, पिछड़ा, असम्माननीय और हेय नज़र आता है। अतः एक सभ्य और एक आदिवासी जीवन के मूल्य, आदर्श और स्थापनाओं में फर्क आना ही चाहिए ताकि हम अपनी मानसिक हार से स्वयं को बचा सकें। लेकिन इसके लिए और अधिक व्याख्या और बहस की ज़रूरत है, जिसे समझदार एवं विद्वान लोग आगे बढ़ाएँगे ऐसी मैं आशा करता हूँ।

हम पर कितनी तरह के जुल्म किए जा रहे हैं। भाषा, संस्कृति, ज़मीन, बहू-बेटी तक हमसे छीने जाने की साजिश रची जा रही है, फिर भी हम खामोश हैं, चुप हैं। अगर खामोश नहीं भी हैं तो सशक्त ढंग से अपनी आवाज़ तथा संघर्ष को तेज नहीं कर पा रहे हैं। ऐसा क्यों? क्या हम अत्यधिक दारू पी चुके हैं या सभ्य समाज द्वारा बनाए गए जाल में फँस गए हैं अथवा हम वाकई कुछ सोचने लायक लोग नहीं हैं? क्या हम सचमुच कोल्हू के बैल की तरह हैं—जंगली, आदिवासी या जुल्म की मार झेलते-झेलते इतने कुन्द हो गए हैं कि हममें विरोध करने की क्षमता ही नहीं रह गई? क्या सचमुच अन्धे कानून, सभ्य समाज के षड्यंत्रों और दारू की मार से पिटकर हम इतने बेहाल हो गए हैं कि कुछ कहने की, विरोध करने की, हिम्मत, साहस, आत्मविश्वास तक खो चुके हैं? क्या सचमुच ऐसा है? शायद नहीं। अब भी कुछ लोग तो बचे हैं, जो साहस के साथ संघर्ष कर सकते हैं। ज़रूरी है ऐसे लोग गोलबन्द हों। एक जगह एकत्र हों! आपसी संवाद शुरू करें! बहस करें! पढ़ें, सोचें और अपने भाइयों और बहनों को अपने उत्थान के लिए सोचने-समझने हेतु प्रेरित करें, तभी हम अपनी कमज़ोरियों एवं सभ्य समाज द्वारा बनाए गए बन्धनों से मुक्त हो सकते हैं वरना हमारे बीच भी कोई कवि पैदा होगा जो नीग्रो कवि 'सिकी सेपाम्ला' की तरह कहेगा—

''अश्वेत लोग पैदायशी गायक होते हैं
अश्वेत लोग पैदायशी धावक होते हैं
अश्वेत लोग चाहते हैं—अमन-चैन
ये सारे मिथक हमें बनाए रखते हैं भोला-भाला
हमें पिया गया है शैम्पेन के बुलबुलों के साथ
हमें मालूम है दमघोंटू दर्द के बारे में

हम छटपटाते हैं अपने अपमान की पीड़ा में
गायक
धावक
शान्ति-प्रेमी
कोई देखता नहीं/ हमारे भीतर घुमड़ते तूफान को
कोई नहीं चाहता जानना कि हम अपने ही रसातल तक पहुँच गए हैं।"

'सरना' : आदिवासी की पहचान है

बास्ता सोरेन

पहचान

आज देश के अन्दर जो परिस्थिति उभरकर सामने आई है, उसमें एक तरफ तो आदिवासियों की सामाजिक-सांस्कृतिक पहचान के प्रसंग में कुछ अनुकूल वातावरण बनते जा रहे हैं तथा सरकारी स्तर पर कुछ अच्छे कदम भी उठाए जा रहे हैं तो दूसरी ओर परम्परागत संस्कारों से ग्रसित आदिवासी विरोधी शक्तियाँ हमारे समाज, संस्कृति एवं धर्म-विश्वास को विकृत करने और मूल्यहीन बनाने में जुटी हैं। वे जानबूझकर अथवा अज्ञानवश हमारे धर्म और विश्वास एवं सांस्कृतिक परम्पराओं को हिन्दू धर्म की परिधि में लाने के लिए निरन्तर प्रयासरत हैं। हाल के वर्षों में सरकारी स्तर से जो भी हमारे पक्ष में कानूनी कदम उठाए गए हैं, उनसे अनजान बनकर सरकारी अधिकारी उनका उल्लंघन कर रहे हैं। पंचायत उपबन्ध (अनुसूचित क्षेत्रों पर विस्तार) अधिनियम 1996 एवं अनुसूचित क्षेत्रों के लिए झारखंड पंचायत कानून के प्रावधानों को लागू करने के प्रसंग में अब तक यही रुख अपनाया गया है। न्यायालयों में कुछ आंशिक एवं विकृत तथ्यों के आधार पर आदिवासियों के संस्कार एवं संस्कृति को 'हिन्दुआइज्ड' करार देकर, आदिवासियों को न्याय से दूर रखा जाता है।

1. उदाहरणस्वरूप आदिवासी समाज में जहाँ दहेज का नाम ही नहीं है, वहाँ दहेज के लिए प्रताड़ना के नाम पर आदिवासियों पर झूठे मुकदमे चलाकर उन्हें अनावश्यक जेल यातना देकर सताया जा रहा है।

2. आदिवासियों की भूमि पर सामूहिक एवं सामुदायिक मिल्कियत होते हुए भी, एक-दो स्वार्थी लोगों से अपने को हिन्दू समाज का सदस्य घोषित करवा लेते हैं और उस गलत बयान के आधार पर, वे हमारे उत्तराधिकार के मामलों को भी कमज़ोर बना देते हैं। इस प्रकार, न्यायालयों में भी आदिवासियों के सामूहिक स्वार्थ को नज़रअन्दाज करते हुए, कतिपय लोगों की गलत गवाही के आधार पर फैसला हो जाता है, जिसको सारे के सारे आदिवासी समाज द्वारा मजबूर बना दिया जाता है।

3. चूँकि आदिवासी जनता आर्थिक रूप से कमज़ोर है, इसलिए हर बिन्दु पर वह उच्चतम न्यायालय तक पहुँचने की शक्ति नहीं रखती। आदिवासियों की इस कमज़ोरी

का फायदा गैर-आदिवासी धनी लोगों को मिलता रहता है।

उपरोक्त परिस्थितियों को देखते हुए कुल मिलाकर यह कहा जा सकता है कि आज आदिवासियों को आर्थिक, सामाजिक, सांस्कृतिक तौर पर कमज़ोर बनाने, उसे छिन्न-भिन्न करने एवं आदिवासियों की सुरक्षा के कानूनी एवं संवैधानिक प्रावधान को कमज़ोर करने हेतु हिन्दू धर्म का प्रयोग एक हथियार के रूप में किया जा रहा है। धर्म अब पवित्र सिद्धान्त तक सीमित नहीं रहा। यह अब अपने पवित्र सिद्धान्तों से बाहर आकर आदिवासियों की ज़मीन-जायदाद, समाज एवं संस्कृति को भी तोड़ने का औज़ार बनकर उनके लिए अनेक समस्याएँ उत्पन्न कर रहा है।

सरकारी तन्त्र चाहे राज्य में हो या केन्द्र में, एक आदिवासी विरोधी लॉबी निरन्तर सक्रिय है, जो विकास के नाम पर कभी खेत मज़दूरों के हित को सामने रखकर, तो कभी महिलाओं के हित के नाम पर योजनाओं को इस प्रकार से प्रस्तुत करती है कि उनके लिए आदिवासियों की ज़मीन को विक्रय योग्य बनाया जा सके अथवा कानून के सुरक्षात्मक प्रावधान को कमज़ोर किया जा सके।

4. विगत कई वर्षों से हिन्दू मनुवादी शक्तियाँ सिर उठाने लगी हैं। वे आदिवासियों के पिछड़ेपन का फायदा उठाते हुए उन्हें दार्शनिक विचारों के शब्दजालों में फँसाकर हिन्दू के रूप में चित्रित कर, बहकाने में सफल हो जाती हैं एवं उनसे अन्य धर्म के लोगों के खिलाफ हानिकारक कार्य करवा लेती हैं। सच तो यह है कि वास्तविक जीवन में हिन्दू समाज में आदिवासियों के लिए कोई भी सम्मानजनक स्थान नहीं है।

ऐसी स्थिति में आदिवासियों के धर्म-विश्वास की यथास्थिति का वर्णन विस्तृत रूप से करना नितान्त आवश्यक तो है, बल्कि यह सबसे अधिक महत्त्वपूर्ण भी है। धर्म, अब आदिवासियों के जीवन अस्तित्व के साथ-साथ उनकी समस्या भी बन गया है। आज अस्तित्व की यह समस्या हमारे समाज, भाषा एवं संस्कृति की पहचान की समस्या का रूप अख़्तियार कर चुकी है।

विगत हज़ारों वर्षों से आदिवासी अपनी भाषा, समाज एवं सांस्कृतिक परम्पराओं के प्रसंग में निन्दासूचक शब्दबाणों से घायल किया जाता रहा है। आदिवासी विरोधी शक्ति हमारे मनोबल को तोड़ने का काम करती रही है और हम मूक बनकर सुनते रहे हैं। अब समय आ गया है, जब आदिवासी अपने धर्म विश्वास के मानवीय मूल्यों को लोगों के सामने खोलकर रख दें। आदिवासी विश्वास एवं इसका व्यावहारिक मूल्य किसी भी धर्म-विश्वास से कमज़ोर नहीं है।

आज आदिवासियों के धर्म-विश्वास को एक विशेष नाम से परिचित कराना ज़रूरी है। इसमें अनेक प्रकार के विचारों का समावेश किया जा सकता है। विभिन्न समुदायों की सांस्कृतिक परम्पराओं में थोड़ी-बहुत भिन्नता रहते हुए भी, भिन्न-भिन्न आदिवासी समुदाय मौलिक रूप से एक ही विचार के लोग हैं। वे एक साथ रह सकते हैं और एक साथ रह रहे हैं। वे किसी धर्म नाम की छत्रछाया में रहकर अपने भविष्य का सपना देख सकते हैं।

आदिवासियों में मुंडा, हो, उराँव, संताल, बिरहोर, खड़िया, भूमिज आदि अनेक प्रकार के भाषा-भाषी सांस्कृतिक समुदाय हैं। इनमें से संतालों की आबादी सबसे अधिक है। ये अनेक राज्यों में बिखरे हुए भी हैं। ऐसा बहुत लोगों का मानना है कि इनकी सांस्कृतिक परम्पराएँ हिन्दू सांस्कृतिक परम्पराओं के साथ निकट सम्बन्ध रखती हैं। संतालों की सांस्कृतिक परम्पराओं को हिन्दू धर्म के अंग के रूप में चित्रित करना किसी के लिए भी बहुत आसान है, इसलिए इसकी गहराई में जाना ज़रूरी है। इस आलेख में आदिवासी धर्म-विश्वास को व्यक्त करने के लिए संतालों के धर्म, संस्कार एवं संस्कृति को आधार बनाया है।

इतने दिनों तक आदिवासियों द्वारा धर्म-विश्वास को किसी एक नाम से परिचित कराने का प्रयास नहीं किया गया था। अतीत के दिनों में शायद इसकी उतनी आवश्यकता भी नहीं थी। विगत कई दशकों से आदिवासी धर्म-विश्वास को 'सरना' के नाम से परिचित कराने का चलन बढ़ रहा है। 1971 की जनगणना में पश्चिम बंगाल में सरना धर्म, सारिधर्म माननेवाले लोगों की संख्या को दर्शाया गया है। इसमें सरना धर्म माननेवालों की संख्या 24,034 एवं सारिधर्म माननेवाले की संख्या 1,61,942 दर्ज की गई है।

इस बार 2001 की जनगणना के समय आदिवासियों के धर्म-विश्वास को सरना धर्म के रूप में दर्ज कराने की माँग पर जबरदस्त आन्दोलन हुआ था। दैनिक समाचार पत्रों ने भी इस समाचार को काफी हाइलाइट किया था। फलस्वरूप जनगणना निदेशालय से पत्रांक 11012/4/12-76-74 दिनांक 29/10/2002 द्वारा एक आदेश निर्गत किया गया था, जिसमें सरना, ताना भगत एवं अनुकूल ठाकुर के धर्म के प्रसंग में जानकारी प्राप्त करने के लिए कहा गया था। इन तीनों धर्मों को अल्पज्ञात धर्म कहा गया है। इसके सम्बन्ध में तथ्यों, लेखों, किताबों आदि को संगृहीत कर भेजने के लिए सभी जिलों के जिलाधिकारियों को सरकार ने निर्देश भेजा था। जिला या प्रखंड स्तरीय अधिकारियों द्वारा इस प्रसंग में अब तक कौन-सा कदम उठाया गया है, इसकी जानकारी नहीं है, मगर सरकारी तन्त्र के साथ-साथ न्यायपालिका, कार्यपालिका, व्यवहारजीवी, सामाजिक संस्थाओं, राजनीतिक दलों एवं विद्वानों में इन घटनाओं के प्रति उत्सुकता बढ़ी है। मैं चाहता हूँ कि सरना के प्रसंग में चर्चाएँ हों। इस पर विचार गोष्ठियाँ, सेमिनार आदि संगठित कर जनमानस में जानकारी के दायरे को और अधिक विस्तृत किया जाए।

'सरना' एक मुंडारी शब्द है। अंग्रेज़ी में इसे 'सेक्रेड ग्रोव' या 'पवित्र वृक्षों का समूह' कहा गया है। मुंडारी में अन्य नाम 'जाएर' है। अन्य स्थानीय भाषा में इसे 'सरना स्थान' कहा जाता है। इस प्रकार यह संताली में 'जाहेर', झारखंडी बंगला में 'जाहिड़ा', 'जाहिर स्थान' या 'गराम थान' के नाम से जाना जाता है।

जाहिर स्थान या सरना स्थान के पीछे जो अर्थ निहित है, उसे झारखंडी बंगला का 'गराम थान' शब्द कुछ हद तक इसे पूरा करता है। 'गराम' शब्द ग्राम का ही विकृत

रूप है एवं 'थान' से स्थान समझा जाता है। इसलिए 'गरामथान' कहने से ग्राम एवं पवित्र धर्मस्थल दोनों का ही बोध होता है। 'सरना स्थान' या 'जाहिर स्थान' निर्माण के साथ-साथ ग्राम सीमा का सीमांकन एवं ग्राम समाज की बुनियाद डालने के तीनों कार्य एक साथ होते हैं, इसलिए 'सरना स्थान' के साथ ग्राम तथा ग्राम समाज का सम्बन्ध एक-दूसरे से अभिन्न अंग के रूप में विद्यमान है। आदिवासी परम्परा के अनुसार ग्राम निर्माण के पूर्व 'सरना स्थान' या 'जाहिर स्थान' का निर्माण किया जाता है। हिन्दू समाज में गृह-निर्माण के पूर्व भीत पूजा या शिला पूजन की व्यवस्था है। मगर आदिवासियों में भीत पूजा या शिला पूजा नहीं होती। जिस गाँव में 'सरना स्थान' या 'जाहिर स्थान' बन चुका है, वहाँ पुनः सरना स्थान निर्माण करने का प्रश्न ही नहीं उठता। वहाँ पर किसी नए सदस्य द्वारा गृह निर्माण के प्रसंग में व्यवस्था यह है कि वह अपना गृह निर्माण सम्पूर्ण करने के बाद गाँव के सभी लोगों को बुलाकर हड़िया पिलाता है। अन्त में गाँव के लोग गृह-स्वामी से पूछते हैं

"सुनो फालाना भाई, आपने तो हम सबों को बुलाकर हड़िया पिलाई और हमने भी पी ली। इतने दिन तो आपने हमें नहीं पिलाई थी। आज हमें क्यों पिलाई? यही बात आपसे जानना चाहते हैं।"

उस समय गृह-स्वामी उत्तर देता है—

"मैंने तो आप ही की छत्रछाया में, आपके ही सहयोग से यहाँ पर घर बनाया है, मेरा घर अब पूरा हो गया है। मैं अब यहाँ रहूँगा, इसलिए मैं चाहता हूँ कि मुझे भी आप अपने में शामिल कर लें एवं सभी को न्योता देते समय मुझे भी न्योता दिया करें। इसलिए मैंने आप लोगों को आज हड़िया पिलाई है। मैं हड़िया देकर आप लोगों में शामिल होना चाहता हूँ। मुझे भी आप शामिल कर लें"। तब गाँव के लोग बोलते हैं—

"बहुत अच्छा है, अब हमारी संख्या और बढ़ जाएगी, आपकी अरजी को हम मंजूर करते हैं। सुन लो भाई! यह अब हमारे गाँव का सदस्य बन गया है। इन्हें जन्म, मृत्यु, विवाह एवं गाँव के तमाम अनुष्ठानादि के समय बुलाने में भूल-चूक नहीं करें।"

इतना कहने के बाद गाँव के लोग वहाँ से विदा लेते हैं। आदिवासियों के गाँवों में यही प्रक्रिया अपनाई जाती है। हिन्दुओं में गृह-प्रवेश के समय पूजा अनुष्ठान होता है। ऊपरी तौर पर दोनों समाज में सामाजिक अनुष्ठानादि एक ही प्रकार के होने पर भी दोनों के अनुष्ठानों के निहितार्थ में भिन्नता होती है। आदिवासी अनुष्ठान की गहराई में अपनेपन की गम्भीर अनुभूति है तो गैर-आदिवासी में महज अनुष्ठान की प्रधानता होती है।

आदिवासियों का विश्वास है कि पहाड़ में विशेष पत्थरों, पेड़ों, जलाशयों, कटे हुए पेड़ के अवशेषों में शक्ति विद्यमान रहती है। उसे लोग बोंगा कहते हैं। आदिवासियों का विश्वास है कि इन बोंगाओं को सन्तुष्ट नहीं करने पर जब आदिवासी नर-नारी अपने कार्य के दौरान पहाड़, जंगल एवं विभिन्न स्थानों में घूमेंगे या फिरेंगे तो उस समय उनमें अचानक भय पैदा हो सकता है या उनके शरीर में पीड़ा उत्पन्न हो सकती है। इससे

उनके जीवन में परेशानी आ सकती है। इसलिए किसी भी नई जगह पर जहाँ ग्राम का निर्माण नहीं हुआ है, वहाँ गृहनिर्माण के पूर्व, वे एक सीमा के भीतर रहनेवाले बोंगाओं को खोज निकालते हैं एवं उन्हें एक जगह लाकर प्रतिष्ठित करते हैं। भूखंड की एक निश्चित सीमा को ग्राम सीमा के रूप में अंकित करते हैं एवं उस सीमा के अन्तर्गत बोंगाओं को एकत्र कर, एक छोटे से भूखंड में, जहाँ शाल वृक्षों का समूह रहता है, उन्हें प्रतिष्ठित कर देते हैं, जिसे 'सरना स्थान' या 'जाहिर स्थान' के रूप में जाना जाता है। विशेष आदिवासी समुदायों द्वारा प्रतिष्ठित 'सरना स्थान' या 'जाहिर स्थान' में उन समुदायों के प्रधान पूज्य बोंगाओं को इसमें प्रतिष्ठित किया जाता है, जैसा कि संताल समुदाय के 'जाहिर स्थान' में मारांबुरू, जाहेर एरा, मोड़ेको आदिवासियों में जन्म, मृत्यु, नामकरण, विवाह, विवाह-विच्छेद, नदियों में अस्थि विसर्जन आदि ग्राम-समाज की सामूहिक क्रियाकलापों से नियंत्रित एवं सम्पन्न होते हैं। हिन्दुओं में जाना जाता है एवं गोसाड़ें को प्रतिष्ठित किया जाता है। उसी प्रकार किसी-किसी समुदाय में देशाउली, सिंगबोंगा, जाएर बुड़ी आदि होते हैं। इनमें समझ यह है कि मारांबुरू, जाहेर एरा आदि समुदाय के प्रधान बोंगा सम्बन्धित ग्राम सीमा के अन्तर्गत पाए गए बोंगाओं को, नियन्त्रित करेंगे और ग्राम सीमा में रहनेवाले लोगों के ऊपर किसी प्रकार का अहित करने से रोकेंगे। जाहिर स्थान के निर्माण के समय एक सीमा बोंगा को भी प्रतिष्ठित किया जाता है, जिसका कार्य ग्राम सीमा के भीतर रहनेवाले बोंगाओं को बाहर जाने से एवं बाहर के बोंगाओं को भीतर आने से रोकना होता है। सीमा बोंगा की पूजा रात में करने का रिवाज़ है। इसमें एक सूअर की बलि चढ़ाई जाती है। पूजा के पूर्व सूअर को लेकर ग्राम सीमा के चारों ओर परिक्रमा की जाती है, तब उसे बलि चढ़ाया जाता है।

ग्राम समाज का राजनैतिक निर्माण

पूर्व में बताया जा चुका है कि आदिवासी परम्पराओं के अनुसार ग्राम निर्माण के पूर्व सरना स्थान या जाहिर स्थान का निर्माण किया जाता है, उसके बाद उस स्थान में गृह निर्माण किया जाता है। जो व्यक्ति सर्वप्रथम इस कार्य को सम्पन्न करते हुए गृह निर्माण करता है, वही उस गाँव का माझी या मुंडा कहलाता है। माझी का पद पुरुषानुक्रमिक रीति से उसी परिवार के लोगों को प्राप्त होता है। हो एवं मुंडाओं में माझी को 'मुंडा' कहा जाता है। अन्य आदिवासी समुदायों में किन्हीं में 'महतो', किन्हीं में वह 'पैटेल' के नाम से जाना जाता है। यह व्यक्ति ग्राम स्तर का मुख्य सामाजिक पदाधिकारी होता है। मगर ग्राम समुदाय या आतु मोंड़ेहोड़ (गाँव के पंच या पाँच जन) से अलग हटकर के माझी का कोई स्थान (अस्तित्व) नहीं है। उसी प्रकार माझी के बिना ग्राम समुदाय का मूल्य भी नहीं होता। माझी या मुंडा ग्राम समुदाय का अभिन्न अंग हैं। माझी या मुंडा जमींदार नहीं होते, न ही वे सामन्ती व्यवस्था का राजा होते हैं। गाँव का माझी

या मुंडा वही होते हैं, जो सही अर्थ में माझी या मुंडा होते हैं।

उपरोक्त ग्राम में परिवारों की संख्या बढ़ते रहने की स्थिति में ग्राम व्यवस्था को अंजाम देने के लिए माझी या मुंडा के अतिरिक्त अन्य सामाजिक पदों को भी सृजित किया जाता है। इसकी व्यवस्था ग्राम समुदाय द्वारा उसकी सामूहिक बैठक में निर्णय लेकर की जाती है। जिस प्रकार गाँव में डाकुआ या गौड़ाइत की बहाली करनी होती है, उसी प्रकार संताल समुदाय में पौराणिक, जोग, माझी आदि पदों को भी सृजित करके, नियुक्त किया जाता है। इन अलग-अलग पदाधिकारियों को अलग-अलग जिम्मेवारी निभानी पड़ती है।

ग्राम के अलावा अंचल की सामाजिक समस्याओं को सुलझाने के लिए हो एवं मुंडा समुदाय में 10 से 15 गाँवों में एक 'मानकी' होता है। संताल समुदायों में 'तरफ़ परगना' अथवा 'देश माझी' होते हैं। नदियों में अस्थि विसर्जन के लिए घाट के अनुसार 'घाट परगना' एवं पूरे परगना या सब-डिवीजन में एक मुख्य परगना होता है, जिसे 'देश परगाना' कहा जाता है।

परम्परा के अनुसार ग्राम समुदाय, ग्राम सीमा के अन्तर्गत प्राकृतिक सम्पदाओं, जैसे—जल, जंगल एवं भूमि पर अपना नियन्त्रण करते आए हैं। अंग्रेज़ शासनकाल में इन अधिकारों को सीमित किया गया एवं घटाया गया। इसके लिए अंग्रेज़ सरकार को लगातार विरोध एवं संघर्षों का सामना करना पड़ा था। अंग्रेज़ आदिवासियों की इस ग्राम-शासन व्यवस्था को तोड़ने के प्रयास के बाद भी सफल नहीं हुए। किसी-किसी इलाके में उन्हें स्वीकृति भी देनी पड़ी एवं कई क्षेत्रों में पदाधिकारियों को लगान मुक्त ज़मीन एवं लगान वसूली का कार्य देकर इस ग्राम-शासन व्यवस्था को विकृत करने का प्रयास भी किया गया। उन्होंने मुंडाओं एवं मानकियों को पट्टा देकर उन्हें नियुक्त करने एवं खारिज करने का अधिकार भी अपने हाथों में ले लिया था। वास्तव में मुंडा, मानकी, माझी या देश माझी को नियुक्त या खारिज करने का अधिकार एकमात्र समाज को होना चाहिए था, ना कि सरकार या सरकार द्वारा अधिकृत किसी अधिकारी को। दामीन एवं कोल्हान क्षेत्रों को छोड़कर राज्य के अन्य भागों में ज़मींदारी उन्मूलन के समय आदिवासी सामाजिक प्रधानों की लगान-मुक्त जमीनों को रैयती बना दिया गया, फलस्वरूप वे सब अब सरकारी कामों से मुक्त हो चुके हैं, मगर सामाजिक पदों की ज़िम्मेवारी से वे नहीं हटे और ना ही समाज की ओर से उन्हें हटाया गया।

परम्परागत सामाजिक पदों की आलोचना

माझी या मुंडा को केन्द्र-बिन्दु बनाकर सामूहिक रूप से काम करने की परम्परा आदिवासी समाज में युगों से चली आ रही है। मगर अन्य प्रतिवेशी समाज के लोग इस परम्परा का अच्छे दिल से स्वागत नहीं कर सके। प्रशासन के लोग भी इसे 'गैरकानूनी जमायत' या 'पियक्कड़ों की जमायत' कहकर मज़ाक उड़ाते रहे हैं। आदिवासियों के

प्रसंग में इस प्रकार की बातें अधिकार प्राप्त जिलाधिकारी की जुबान से भी सुनने को मिलती हैं। बुद्धिजीवी लेखक भी इसी तरह की बातें कहते सुने गए हैं कि, ''माझी एवं मुंडाओं को अब तक अजायबखाना में रख देना चाहिए था। इन पदों को अब तक पाल-पोसकर क्यों रखा जा रहा है?"

मुंडा, मानकी, माझी, परगना, पड़हा राजा आदि सामाजिक पदाधिकारियों का सम्मानजनक स्थान अब तक आदिवासी समाज में बना हुआ है। वे आदिवासी समाज में एकता के प्रतीक के रूप में मान्य हैं। आदिवासी जनता इन प्रतीकों को अपने बीच में रखकर सामूहिक रूप से कार्य करती हैं। इसीलिए मुंडा, माझी, मानकी आदि सामाजिक प्रधानों की भूमिका अब तक समाप्त नहीं हुई है। समाज को छोड़कर अन्य समाज के लोगों में माझी, मुंडा, मानकी, पड़हा राजा आदि के सम्बन्ध में जो परेशानियाँ नज़र आती हैं, वे लोगों के पूर्व संस्कारों का शिकार होने के कारण हैं। वे आदिवासियों की सामाजिक-सांस्कृतिक व्यवस्थाओं को गहराई से जानने का प्रयास नहीं करते। सरकारी कर्मचारी एवं अधिकारीगण भी इससे अछूते नहीं हैं। वे भी इसी भारतीय समाज के अंग हैं। इन लोगों को समाज से अलग करके देखना सही नहीं है।

भारत की पाँचवीं अनुसूची में, अनुसूचित क्षेत्रों के लिए पंचायत उपबन्ध (अनुसूचित क्षेत्रों पर विस्तार) अधिनियम 1996 बना हुआ है एवं इसके आधार पर झारखंड पंचायत कानून को बनाने का प्रयास किया गया है। इसमें अपूर्णता है, खामियाँ भी हैं, इसमें सुधार की आवश्यकता है, मगर इसमें आदिवासी सांस्कृतिक परम्पराओं को कानूनी दर्ज़ा देने का प्रयास भी किया गया है। इसलिए आज भारत की आदिवासी जनता अपनी सामाजिक-सांस्कृतिक परम्पराओं को कानूनी दर्ज़ा देना चाहेगी या हज़ारों वर्षों की अवमानना 'पियक्कड़ों की जमायत', और 'गैरकानूनी जमायत' आदि विशेषणों को ढोते हुए चलेगी अथवा इसकी समाप्ति की ओर आगे बढ़ेगी--यह आदिवासी जमात को ही तय करना है।

यह बहुत आश्चर्य की बात है। मगर ये सज्जन शायद इतिहास की धारा को भी भूल जाते हैं। गुलामों के युग में गुलाम मालिकों ने भी अपनी भूमिका निभाई थी। समाज को उन्होंने एक नई उत्पादन क्षमता प्रदान की थी। जितने दिनों तक उन्हें इसकी आवश्यकता थी उतने दिनों तक समाज में गुलाम मालिक लोग बने रहे। जिस दिन उनकी आवश्यकता नहीं रही, उसी दिन से वे समाज से विदा हो गए। उसी प्रकार सामन्ती समाज में राजा और सामन्तों की भी बात कही जा सकती है। वर्तमान पूँजीवादी व्यवस्था में पूँजीपतियों के बारे में भी कहा जाएगा कि जितने दिनों तक समाज में उत्पादन व्यवस्था को वे बढ़ाते रहेंगे एवं सामाजिक हित को पूरा करते रहेंगे, वे समाज में बने रहेंगे। जिस दिन वे समाज में सामाजिक विकास के लिए बाधक बन जाएँगे उस दिन उन्हें भी अनिवार्य रूप से जाना होगा। इस नियम को हम बदल नहीं सकते।

आदिवासी जनता के अपने धर्म-विश्वास और सांस्कृतिक परम्पराओं को देखने से पता चलेगा कि वे अपने धर्म-संस्कार एवं सांस्कृतिक परम्पराओं को प्राकृतिक नियमों के अनुकूल बनाए हुए हैं। वे अपनी प्रार्थनाओं में प्राकृतिक अनुकूलता के लिए कामना तो करते ही हैं, अपने विवादों के निपटान के समय भी प्राकृतिक न्याय का ही प्रयोग करते हैं। उनके धर्म एवं सांस्कृतिक परम्पराओं में प्राकृतिक जगत का स्पष्ट परिदृश्य देखने को मिलता है। वनस्पतियों में जो लताएँ दूसरे पेड़ों से लिपटती हुई आगे बढ़ती हैं, वे घड़ी के काँटे की विपरीत दिशा में घूमती हुई ऊपर उठती हैं। उसी प्रकार आदिवासियों के सरना-स्थान में बोंगा की प्रदक्षिणा करते समय अथवा विवाह मंडप व सिन्दूर दान के समय, शवों को जलाने अथवा गाड़ने के पूर्व या नृत्यगान के समय, घड़ी की विपरीत दिशा में परिक्रमा की जाती है, जो हिन्दू परम्पराओं के विपरीत होती है।

आदिवासियों में जन्म, मृत्यु, नामकरण, विवाह, विवाह-विच्छेद, नदियों में अस्थि विसर्जन आदि, ग्राम-समाज की सामूहिक क्रियाकलापों से नियन्त्रित एवं सम्पन्न होते हैं।

हिन्दुओं में कन्यादान पिता या पितृतुल्य लोगों द्वारा किया जाता है। यह कार्य आदिवासी समाज में ग्राम-प्रधान या माझी द्वारा किया जाता है। आदिवासी गाँवों के सभी सदस्यों को माझी या मुंडा की सन्तान के रूप में वर्णित करने की परम्परा सम्मानपूर्वक चलती आई है। विवाह के समय लड़की एवं लड़का इन दो पक्षों के बीच सामाजिक फीस या जो भी नगद रकम का लेन-देन होता है, वह ग्राम समुदाय की स्वीकृति के आधार पर प्रधानों के माध्यम से होता है। आदिवासियों में हज़ारों वर्ष पुरानी कन्या फीस एवं सामाजिक फीस अब तक अपरिवर्तित है। ग्राम समुदाय की नज़र के बाहर व्यक्तिगत रूप से नामकरण, विवाह या मृत्यु के बाद अन्तिम क्रिया-कर्म सम्पन्न करने या कराने की कोई जगह नहीं है, इसलिए आदिवासियों को दहेज लेने के आरोप में जेल में बन्द करना, न्यायालय में मुकदमा चलाना, न्याय के विपरीत है। न्यायालयों में इस प्रकार की घटनाएँ आने से ग्राम प्रधान, माझी या मुंडा से जानकारी लिए बिना ही उन्हें न्यायालय में पेश करना अनुचित है। इस प्रकार की घटनाओं से आदिवासियों को सताए जाने एवं उन पर हिन्दू परम्पराओं को थोपे जाने के आरोप सिद्ध होते हैं। इसका दूरगामी परिणाम अच्छा नहीं है। विवाह सम्बन्धी सभी घटनाएँ लड़का एवं लड़की दोनों पक्ष के संयुक्त ग्राम समुदायों द्वारा निपटाए जाते हैं, इसलिए विवाह-विवादों को ग्राम समुदाय या सम्बन्धित ग्राम प्रधानों से जानकारी लिए बिना सीधे न्यायालय द्वारा निपटाए जाने का प्रयास भी गलत होता है। इन मामलों पर अपने विचार प्रस्तुत करते समय न्यायालयों को माझी-मुंडाओं से राय लेना अति आवश्यक है, जिसे प्रायः नहीं ही लिया जाता। आदिवासी परम्पराओं के सम्बन्ध में सकारात्मक दिशा में कानून बन जाने के बाद पहले की गलतियों को दुहराते जाना अनुचित ही कहा जाएगा। आदिवासियों

के धर्म-विश्वास, संस्कार एवं संस्कृति में कहीं भी ब्राह्मणों का स्थान नहीं है। आदिवासी जनता ने मनुवादी समाज की परम्परा को कभी भी स्वीकार नहीं किया है। आज़ादी की पूर्व बेला तक तो धोबी एवं नौवा (हज्जाम) भी आदिवासियों का काम करने से इनकार करता था। फलस्वरूप, आदिवासियों को हज़ारों वर्षों तक अपने हाथों से ही धोबियों एवं हज्जामों का काम करना पड़ा था। वे आज भी अपने सामाजिक आचार-अनुष्ठानों में स्वयं काम करने की व्यवस्था रखे हुए हैं। ऐसी स्थिति में आदिवासियों को हिन्दू के रूप में वर्णन करने या उन्हें हिन्दू धर्म की गिनती में शामिल करने का कोई औचित्य नहीं है।

कानूनी दाँव-पेंच एवं राजनीति

उपरोक्त सभी भिन्नताओं के रहते हुए भी आदिवासी जनता हिन्दू धर्म एवं उसकी परम्पराओं के प्रति सम्मान प्रदर्शित करती है। झारखंड के हज़ारों वर्षों के इतिहास में आदिवासी जनता न सिर्फ़ हिन्दुओं के प्रति बल्कि अन्य धर्म माननेवालों के प्रति भी सद्‌भावना रखते हुए शान्ति से जीती रही है। किसी भी धर्म के प्रति सद्‌भाव रखना, उसके प्रति सम्मान प्रदर्शित करना, उसके आचार-अनुष्ठानों को सम्पन्न कराने में सहयोग करना, अपराध नहीं है। इसका अर्थ कतई नहीं है कि उन्होंने अपना धर्म-विश्वास त्याग दिया है एवं अन्य धर्म को अपना लिया है। अपने धर्म-विश्वास एवं सांस्कृतिक परम्पराओं को अटूट रखते हुए आदिवासियों ने हिन्दू धर्म के प्रति सम्मान प्रदर्शित किया है एवं उसमें सहयोग भी किया है। अतीत के एक काल में झारखंड राज्य में छउ नृत्य अधिक जनप्रिय था। जाति-धर्म के बिना भेदभाव से आदिवासी एवं गैर-आदिवासी ग्रामीण जनता एक अखाड़े पर छउ नृत्य का अभ्यास करती थी। छउ नृत्य के साथ शिव पूजा आनुषंगिक होती थी। इसलिए छउ नृत्य एवं शिव पूजा का चलन अनेक गाँवों में हुआ था। ग्रामों में इसका अस्तित्व अभी भी पाया जाता है। इन सब गाँवों में आदिवासी, गैर-आदिवासी एवं हिन्दू एक साथ मिलकर उत्सव मनाते हैं, मगर इससे आदिवासियों के धर्म-विश्वास एवं उनकी परम्पराओं में किसी प्रकार का ह्रास नहीं हुआ है।

इसलिए आदिवासी समुदाय हिन्दू धर्म-संस्कारों की परिधि में आ गए हैं या 'हिन्दूआइज्ड' हो गए हैं—यह कहना निराधार एवं गलत है।

इसमें आश्चर्य की बात यह है कि विगत कई वर्षों से आदिवासियों के सम्बन्ध में हिन्दूआइज्ड शब्दों का न्यायालयों में निरन्तर प्रयोग होता रहा है। यह 'हिन्दूआइज्ड' शब्द किसी कानूनी परिभाषा में नहीं आता, मगर भेदभाव के साथ इसे आदिवासियों पर लगाया जाता है। इस शब्द-बोध के साथ आदिवासियों की वेशभूषाओं में परिवर्तन को भी आधार बनाया जाता है, जबकि धर्म-विश्वास एक दार्शनिक मामला है। आदिवासियों के धर्म-विश्वास के बारे में चिन्तन की गहराई में न जाकर वेशभूषाओं में

परिवर्तन को देखकर यदि धर्म के परिवर्तन का आभास मिल जाए तो दूसरों के बारे में 'इंगिलिशाइज्ड' शब्द क्यों नहीं प्रयोग किया जाएगा? क्योंकि अनेक लोग अंग्रेज़ों की तरह वेशभूषा रखते हैं एवं बोलचाल तक में भी उन्हीं की नकल करते हैं। न्यायिक दृष्टि से हिन्दूआइज्ड शब्द निश्चित रूप से भेदभाव को सृजित करने में मदद करता है।

ज़मीन के मामलों में जब भाई-बहनों के बीच विवाद उत्पन्न होता है तो देखा जाता है कि न्यायालयों में कन्या पक्ष स्वयं हिन्दू होने का दावा करता है एवं पुरुष पक्ष आदिवासी, यानी सरना धर्म माननेवालों के नामों की वकालत करता है। आदिवासियों में धर्मान्तरण होने से उसे निष्कासित किए जाने की परम्परा है मगर हिन्दू धर्म में धर्मान्तरित होने से न्यायालयों में किसी प्रकार प्रमाण प्रस्तुत करने की माँग नहीं की जाती। फलस्वरूप, आदिवासी होते हुए भी, उन पर पूरा-पूरा हिन्दू उत्तराधिकार का कानून लाद दिया जाता है। इस प्रकार गलत तरीके से हिन्दू धर्म एवं संस्कार आदिवासियों के सुरक्षात्मक कानूनी पहलुओं को कमज़ोर बनाने के लिए हथियार के रूप में प्रयोग किए जा रहे हैं। आदिवासी जनता इसे अपनी परम्पराओं पर प्रहार मानती है। इसमें सबसे अधिक हानिकारक बात तो यह है कि आमतौर पर अधिकांश लोग हो, संताल, मुंडा, उराँव, खड़िया आदि भिन्न-भिन्न आदिवासी समुदायों को हिन्दुओं की वर्ण व जाति-व्यवस्था के समान ही तेली, ताम्बेली, तांती, चमार, ब्राह्मण, सुंडी आदि जाति के समान ही समझने लगते हैं, जो सरासर गलत एवं निराधार है। आदिवासी समाज के हो, संताल, मुंडा, उराँव आदि एक-एक समुदाय की, अलग-अलग भाषा एवं संस्कृति होती हैं, जो मौलिक रूप से अन्य भाषा एवं संस्कृति से भिन्न होती है। यह उनकी जाति नहीं होती चूँकि आदिवासी समाज में जाति व्यवस्था है ही नहीं। जात-पाँत की संस्कृति में व्यक्तिगत स्वतन्त्रता अधिक होती है, मगर आदिवासी समाज में सामूहिक क्रियाकलाप ही हावी रहता है। वास्तव में, इनमें व्यक्तिगत स्वतन्त्रता शर्ताधीन होती है।

इसके अलावा जिन विद्वानों ने आदिवासियों के समाज, सांस्कृतिक धर्म संस्कार आदि का गहन अध्ययन किया है, उन्होंने आदिवासियों को हिन्दू समाज से भिन्न समुदाय के रूप में स्वीकार किया है। अतीत में जिन लोगों ने ब्राह्मणवादी समाज की दासता को मानने से इनकार करते हुए दूर हटकर जंगलों एवं पहाड़ों में रहना पसन्द किया था, उन्हीं की सन्तान आज आदिवासी नाम से परिचित है। हिन्दुओं द्वारा आदिवासी जनता को हिन्दू समाज के अन्तर्गत होने का दावा करना बिल्कुल गलत एवं निराधार है।

(साभार : बास्ता सोरेन की 'सरना' पुस्तक से)

आदिम जनजातियों की सांस्कृतिक पहचान का संघर्ष

वासवी

इंजकादी दुकीता दुरअनाकु/आयराबो बालोनेनू इकीउजेनो
आयाराबो एनुरुजेन उगाला अंडोला/चाची कूटा जालीमे कैरु
उरालो/जोड़ा लेके होलोय मनजुड़ानो, उगाले ची कूदोकू गंडेकायानी

पहाड़िया जनजाति, जो झारखंड की नौ आदिम जनजातियों में से एक है, मालेर जाति के पहाड़िया द्रविड़ियन समूह से सम्बन्ध रखती है। उपरोक्त गीत में पहाड़िया महिलाएँ ये गीत गा-गाकर आदिम जनजातियों खासकर पहाड़िया जनजाति की दर्दनाक स्थिति से हमें अवगत कराती हैं। माल्तो भाषा में गाए गए इस गीत का मतलब है—"हम अनाथ हैं, जिसे देखनेवाला कोई नहीं है/हमें समाज से दूर नहीं रखना हम कैसे जिएँगे यह हमें नहीं सूझता/पथरीला रास्ता है, बोलने से कोई नहीं सुनता/जंगल, झाड़ी, नदी में हमने जन्म लिया, हमें देखनेवाला कोई नहीं है।" साहेबगंज के दमदमिया गाँव में सुरजी पहाड़िन अपने साथियों के साथ यह गीत गा-गाकर अपनी दशा बयान करती है। वहाँ जाने पर पारम्परिक वेशभूषा में पहाड़िया औरतों का एक दल सीधी कतार में गाँव में आगत अतिथियों को अपनी पीड़ा का इजहार करते हुए अपनी दशा बदलने के लिए गुहार लगायी है।

आदिम जनजातियाँ

दरअसल आदिम आदिवासियों का सवाल देश के सामने बड़ी चुनौतियों में से एक है। पूरे देश के 15 राज्यों व केन्द्रशासित राज्यों में 75 आदिम आदिवासी जनजातियाँ निवास करती हैं। बड़ी आदिवासी जनजातियों की तरह इन आदिम आदिवासियों को लेकर कभी भी न केन्द्र सरकार और न ही राज्य सरकारें गम्भीर रही हैं। दसवीं पंचवर्षीय योजना के आदिवासी कार्यदल ने आदिम आदिवासियों के हालात पर जो टिप्पणी की है, उससे शासकों का चरित्र ही कलंकित होता है। समाज के आखिरी आदमी के उत्थान की बात तो सभी राजनीतिक दल करते हैं लेकिन इसके लिए उनके पास न कोई दृष्टि है और

न ही कोई समझ।

नतीजा यह है कि वे बिना नीति, योजना और कार्यक्रम के ऐसे विकास के महाजाल में बँध जाते हैं, जहाँ से उनका आगे बढ़ना सम्भव नहीं होता, अलबत्ता उनका अस्तित्व ही खतरे में पड़ जाता है। योजना आयोग के आदिवासी कार्यदल ने कहा है कि पाँचवीं पंचवर्षीय योजना के समय से चल रहें जनजातीय उपयोजना की सफलता पर पर्याप्त ध्यान नहीं दिया गया, न ही इसके लिए राजनीतिक इच्छाशक्ति ही दिखाई पड़ती है। आदिम जनजातियों पर कुल कितनी राशि व्यय की गई है, यह बता पाने में राज्य सरकारें असमर्थ हैं। मानवशास्त्रीय दृष्टि से भारतीय उपमहाद्वीप अत्यन्त समृद्ध और विविधताओं से भरपूर है। नृजातीय समूहों (एथनिक) की भाषा, संस्कृति और धर्म के लिहाज से भारत अपने आपमें अनोखा उपमहाद्वीप है।

भारत के मानवशास्त्रीय अध्ययन के मुताबिक भारत में 427 आदिवासी समूहों की पहचान की गई है। इनमें द्रविड़ियन और प्रोटो-आस्ट्रेलाइड के साथ अन्य नस्लीय समूह हैं। आदिवासी जन ही भारत के मूल निवासी हैं। वे जंगलों को अपना घर बनाकर वहीं निवास करते आए हैं। 1991 की जनगणना के मुताबिक भारत में 8.08% आदिवासी हैं। विकास की शब्दावली में वे विभिन्न स्तरों पर हैं। कुछ कृषि आधारित, कुछ भोजन संग्रह करने को घूमते हुए और अन्य समाज के लोगों की तरह विकसित हो सरकारी मुख्यधारा में समा गए हैं। इन सभी को मैदानी आदिवासी, पठारी आदिवासी, द्वीपीय आदिवासी और आदिम आदिवासी की श्रेणी में विभाजित किया गया है।

योजना आयोग ने आदिम आदिवासी की श्रेणी में उन आदिवासियों को शामिल किया है, जो तीन स्तरों पर पिछड़े हैं। पहला, प्राक कृषि प्रणाली (कृषि पूर्व का स्तर), दूसरा, स्थिर जनसंख्या और तीसरा, शिक्षा का निम्न स्तर। 21वीं सदी में प्रवेश करते हुए आदिवासी समुदायों को इन मापदंडों पर परखते हुए आगे बढ़ाना ही देश के सामने बड़ी चुनौती है।

आज भी बहुत सारे आदिवासी समूह भोजन-संग्रह की तलाश में घूमते रहते हैं। ये घुमन्तू आदिवासी जंगलों से आजीविका तलाशते हैं। वे देश के पश्चिमी घाटों के पर्वतों और जंगलों में अपनी अस्तित्व की रक्षा के लिए भटकते हैं। उनके बीच स्वास्थ्य, शिक्षा की पहुँच और कृषि आधारित जीवनयापन करने के प्रयास, अब तक नहीं किए गए हैं। उनके लिए अनुकूल परिस्थितियाँ बनाकर कृषि, जीवन, शिक्षा व स्वास्थ्य की उपलब्धता पूरी सावधानी से करने की ज़रूरत है, अन्यथा वे एक दिन इस पृथ्वी से ही लुप्त हो जाएँगे। इस तरह की 25 घुमन्तू जनजातियाँ देश में हैं, जिनसे सरकार को कोई सरोकार नहीं है।

कुछ आदिम आदिवासियों की जनसंख्या या तो स्थिर है या घटती जा रही है। ऐसा जन्म दर कम होने या मृत्यु दर अधिक होने से है। बीमारियाँ, स्वास्थ्य की बुरी हालत, महामारी और सिकल सेल एनीमिया से जन्म दर प्रभावित है। जीवन साथी की कमी से जन्म दर में कमी आई है। देश में लगभग 10 आदिम आदिवासी समूह हैं, जिनकी

जनसंख्या एक हज़ार से भी कम है। इनमें झारखंड की कोई आदिम जनजाति नहीं है।

आम आदिवासियों के बीच साक्षरता का प्रतिशत 29 है। स्त्री साक्षरता का प्रतिशत 10 है। वहीं आदिम आदिवासी समूहों के बीच साक्षरता का प्रतिशत 10 से भी कम है। आदिम आदिवासी स्त्री के बीच 2-3% ही साक्षरता है। साक्षरता की कम दर का कारण निरा घुमन्तू होना, पहुँच से बाहर और प्रशासनिक तौर पर विकास के प्रयास न होना है। सक्षम प्रशासनिक निकाय के सघन प्रयास से उन्हें कृषि जीवन के लिए उपयुक्त भूमि व खेती की अधुनातन तकनीक मुहैया कराकर उनकी आय में वृद्धि की जा सकती है। ऐसा एक बार हुआ तो उसका पूरे समुदाय पर असर पड़ेगा। आश्रय स्कूल व आवासीय स्कूलों के जरिए उनके जीवन व संस्कृति के अनुरूप उनका विकास किया जा सकता है। लड़कियों को इस सन्दर्भ में उपेक्षित नहीं किया जाना चाहिए।

सबसे अधिक उड़िसा में 13 और आन्ध्रप्रदेश में 12 आदिम जनजातियाँ हैं। इनकी आबादी क्रमशः 47,201 और 2,28,213 है। छत्तीसगढ़ व मध्य प्रदेश में 7 आदिम जनजातियाँ हैं, जिनकी आबादी 3,95,600 है। महाराष्ट्र में 3 आदिम जनजातियाँ हैं, जिनकी आबादी 3,59,415 है। झारखंड में 9 आदिम जनजातियाँ हैं, जिनकी आबादी 1,98,751 है। यह 1981 की जनगणना के आधार पर है। 1991 व 2001 की जनगणना के मुताबिक आदिम जनजातियों की आबादी का आकलन नहीं किया जा सका है। 14 राज्यों व एक केन्द्रशासित प्रदेश में आदिम जनजातियों की आबादी 16,92,421 है। पाँच बड़ी आदिम आदिवासियों में सहरिया आदिवासी जाति जो छत्तीसगढ़ और राजस्थान में निवास करती है, की आबादी 2,41,578 है। कटकारियस आदिवासी महाराष्ट्र में बसती है, जिसकी आबादी 1,74,602 है। कोलाम आदिवासी महाराष्ट्र व आन्ध्र प्रदेश में हैं। इनकी संख्या 1,48,425 है। मध्य प्रदेश और छत्तीसगढ़ में बैगा आदिवासियों की आबादी 1,39,665 है। इरुलास आदिवासी तमिलनाडु में हैं, जिनकी आबादी 1,05,754 है।

बिरहोर पाँच राज्यों—पश्चिम बंगाल, उड़ीसा, मध्य प्रदेश, छत्तीसगढ़ और झारखंड में हैं। हिल खड़िया, उड़ीसा व झारखंड में हैं। कुरूम्बास चेन्नई, केरल और कर्नाटक में है। लोधा पश्चिम बंगाल और उड़ीसा में हैं।

पाँचवीं पंचवर्षीय योजना के समय से विशेष केन्द्रीय सहायता के तहत राज्यों व केन्द्रशासित प्रदेश को जनजातीय उपयोजना क्षेत्र में आदिवासियों के विकास हेतु धन उपलब्ध कराया जा रहा है। 'समेकित आदिवासी विकास कार्यक्रम' आदिम जनजाति के क्षेत्रों में चलाए जा रहे हैं। योजना आयोग के आदिवासी कार्यदल ने कहा है कि राज्य सरकारें विशेष केन्द्रीय सहायता के बाहर आदिम जनजाति के विकास की राशि व्यय करती हैं। कल्याण मन्त्रालय ने राज्य सरकारों से अनुरोध किया था कि आदिम आदिवासियों के विकास हेतु विकासात्मक कार्यक्रम के लिए प्रोजेक्ट आधार पर विकास करें। इसके लिए विशेष केन्द्रीय सहायता के बाहर, सरकारी धन उपलब्ध कराया जाएगा। यह पाया गया कि प्रोजेक्ट्स और यहाँ तक कि विशेष योजना भी आदिम

जनजातियों के लिए राज्यों से नहीं आई। वस्तुतः विशेष केन्द्रीय सहायता का एक हिस्सा ही राज्यों व केन्द्रशासित प्रदेशों द्वारा आदिम जनजातियों पर विशेष तौर पर खर्च किया गया। इससे भी जो परिणाम सामने आए हैं, वे पर्याप्त नहीं हैं। आदिम जनजातियों के लिए ठीक-ठीक कितनी राशि व्यय की गई, यह बता पाने में राज्य सरकारें और केन्द्रशासित प्रदेश असमर्थ हैं। आदिम जनजातियों के विकास सम्बन्धी फंड की उपयोगिता सम्बन्धी मुद्दों पर गौर करने की ज़रूरत है। जनसंख्या की गिरावट (कुछ आदिम जनजाति) की जाँच होनी चाहिए। आदिम जनजातियों के लिए मातृत्व और बाल स्वास्थ्य की सुविधाओं को अनिवार्य तौर पर मुहैया कराया जाना चाहिए। क्षेत्रवार या विशेष आदिम जनजाति आधारित प्रोजेक्ट्स या बहुक्षेत्रीय प्रोजेक्ट्स इनके विकास के लिए बनाए जाने चाहिए।

योजना आयोग के आदिवासी कार्यदल ने आदिम जनजातियों के विकास के लिए प्राथमिक शिक्षा व वयस्क शिक्षा योजना चलाने, स्वास्थ्य सुविधाएँ मुहैया कराने, परिवारों के आर्थिक विकास के लिए योजनाएँ बनाने, न्यूनतम ज़रूरत के तहत न्यूनतम ज़रूरत को चिह्नित करके पर्याप्त प्रावधान करने, सामाजिक सेवा के प्रावधान को अविलम्ब लागू करने का सुझाव दिया है। कठिन भू-भागों में बसे होने और उनकी प्रति व्यक्ति आय में बढ़ोतरी के लिए सामाजिक सेवा की बात भी कही गई है।

योजना आयोग ने कहा है पूर्व में आई.टी.डी.पी. के तहत प्रोजेक्ट प्रशासकों द्वारा पर्याप्त ध्यान देने की ज़रूरत है। योजना आयोग के साथ विचार-विमर्श में यह बात उभरकर आई कि राज्य सरकारों और केन्द्रशासित प्रदेश ने आदिम जनजातियों के विकास पर पर्याप्त ध्यान नहीं दिया है।

नौवीं पंचवर्षीय योजना के मूल्यांकन में यह निष्कर्ष निकला कि आदिवासियों के चौतरफा विकास के कार्यक्रम के जारी रहने के बावजूद आदिम जनजातियों का जीवन घनघोर रूप से अनिश्चित और भाग्य भरोसे है। इस कारण कुछ आदिम जनजातियाँ भूख, गरीबी और बीमारी से मर रही हैं। इस तरह वे लुप्त हो रही हैं। इसे प्राथमिकता के आधार पर निपटाने की ज़रूरत है।

उदाहरणस्वरूप, झारखंड की पहाड़िया जनजाति को ही लें तो आज़ादी के बाद उनकी स्थिति में परिवर्तन तो नहीं नहीं आया अलबत्ता वे समाज के हाशिये पर षड्यन्त्रपूर्वक धकेले जाते रहे हैं। यही कारण है कि बड़ी आदिवासी जातियों के हक-हकूक के आगे आदिम जनजातियों के बुनियादी अधिकारों की अनदेखी होती रही है। झारखंड में संतालों के बाद उराँव, मुंडा बड़ी जातियाँ है। इनके अधिकारों का संघर्ष अलग राज्य के उभरने के बाद कुछ मद्धिम पड़ा है, लेकिन तब भी आदिम जनजातियों की बात करना झारखंड के राजनीतिक पहलू में मुनासिब नहीं समझा जा रहा है। झारखंड राज्य गठन के तीसरे बरस में, राजग सरकार ने 'आदिम जनजाति विकास समिति' का गठन किया ताकि इसके जरिए आदिम जनजातियों को कथित मुख्यधारा में लाने का प्रयास तेज किया जा सके, पर हुआ कुछ नहीं।

'अखिल भारतीय आदिम जनजाति विकास समिति' आज़ादी के बाद बने विशिष्ट पहाड़िया कल्याण विभाग में विकास के नाम पर मुहैया कराए जा रहे धन और किए गए कार्यों पर श्वेत-पत्र जारी करने की माँग कर रही है। पहाड़िया नेता शिवचरण माल्तो का कहना है कि तीन लाख रुपये व्यय किये जा चुके हैं लेकिन उनके जीवन में कोई बदलाव नहीं आया है। पारम्परिक तौर पर शिकार करना, बरबट्टी की खेती और मकई उपजाना, उनकी आजीविका का आधार है। यही कुरुवा खेती उनके ऋण-जाल का कारण बन गई है। महाजनों से कर्ज़ लेकर बरबट्टी की खेती करना, उनके लिए कभी लाभदायक नहीं रहा। वे महाजनों को कर्ज़ चुकाने की बजाय ऋण के कुचक्र में फँसते चले जाते हैं। भरपेट भोजन के अभाव में कर्ज़ चुकाने की क्षमता उनमें नहीं होती। मौसमी वर्षा और पानी के व्यापक बन्दोबस्त के अभाव में भरपूर खेती नहीं हो पाती। गत लगभग चार सालों से पहाड़िया जाति के लोग ठीक तरह से बरबट्टी की खेती नहीं कर पा रहे हैं। ऋण के मकड़जाल में वे इस कदर उलझ गए हैं कि उनकी सामाजिक-आर्थिक प्रगति के सारे आसार धुँधले पड़ गए हैं।

सामाजिक तौर पर पहाड़िया आदिवासी अत्यन्त पिछड़े और उपेक्षित हैं। डॉ. केसरी कहते हैं कि "जो समाज अपने को अभिव्यक्त नहीं कर पाता, उसकी समस्याओं का समाधान नहीं हो सकता।" पहाड़िया शिक्षित होने के बावजूद अपने विकास के लिए आगे नहीं बढ़ सके हैं, न ही वे साहित्य और संस्कृति को सुरक्षित कर उसे बढ़ा सके हैं। ऐसे में उनकी स्थिति अन्य आदिवासी समाज की तुलना में कमतर है। पहाड़िया के शोषण और उसकी उपेक्षा के चलते उसका पढ़ा-लिखा वर्ग भी हीनता की ग्रन्थि से उबर नहीं पाया है। शानदार गौरवपूर्ण इतिहास के बावजूद पहाड़िया की वह पहचान नहीं बन सकी, जो संतालों और मुंडाओं के विद्रोह की है। रामना, आहड़ी, करिया और पुजहर, चेंगरू, सांवरिया को वह स्थान नहीं मिल पाया, जो सिद्धो-कानू-चाँद-भैरव को मिला। पूरे संताल परगना, विशेषकर दामिन-ई-कोह इलाके में भी एक भी पहाड़िया विद्रोही की प्रतिमा नहीं है। लिट्टिपाड़ा में भी एक भी जाबरा पहाड़िया (तिलका मांझी) की प्रतिमा के लिए जगह नहीं बनाई जा सकी। इसके लिए पहाड़िया युवकों का शिक्षित दल आज बेचैनी महसूस कर रहा है।

शिवचरण मल्तो का कहना है कि उन्हें शिक्षित करने के लिए जो पद्धति अपनाई गई है, वह उनके पिछड़ेपन का आधार बन गई। एक पहाड़िया बच्चा आवासीय विद्यालय में दाखिला लेता है तो उसे हिन्दी सीखने में दो बरस लग जाते हैं। माल्तो के साथ हिन्दी और अंग्रेज़ी सिखाने के त्रिभाषा सूत्र आधारित पाठ्यक्रम से कोई नई बात बन सकती है लेकिन ऊँची शिक्षा और तकनीकी शिक्षा से यह समाज आज तक वंचित ही रहा है। अब वे विशेष तौर पर बने पहाड़िया आवासीय विद्यालय के स्वरूप को बदलना चाहते हैं। 'अखिल भारतीय आदिम जनजाति विकास समिति' का मानना है कि पहाड़िया बच्चों को दूसरे बच्चों के साथ शिक्षा देने की व्यवस्था की जानी चाहिए, इससे उनका विकास समरूप हो सकेगा। शिक्षा हासिल करने में पहाड़िया बच्चों के लिए

एक भाषा भी बड़ी बाधा है। पहाड़िया आदिम जनजाति के नेता श्री कालीचरण देहरी और शिवचरण माल्तो का आरोप है कि वास्तव में पहाड़िया विद्यालय 'अनाथालय' का स्वरूप ले चुका है। पहाड़िया बच्चे इन स्कूलों में रहते हैं, खाते हैं। उनके रहने व खाने के अलावा स्नान व शौच के लिए भी व्यवस्था है, लेकिन वे वहाँ से कुछ शिक्षा ग्रहण नहीं कर पाते। पहाड़िया आवासीय विद्यालयों में शिक्षकों के नहीं होने या फिर गैर-पहाड़िया व गैर-आदिवासी शिक्षक होने से पठन-पाठन सुचारु रूप से नहीं चल पाता चूँकि संवाद के अभाव में छात्र और शिक्षकों के बीच कोई आत्मीय रिश्ता नहीं बन पाता। जिस बुनियादी उद्देश्य से इन आदिवासी विद्यालयों की स्थापना की गई थी, वह आज कोसों दूर है।

पहाड़िया समाज की स्थिति का आकलन इस बात से भी किया जा सकता है कि आज तक कोई भी पहाड़िया आदिवासी श्रेणी एक (क्लास वन) का अधिकारी नहीं बन पाया। पहाड़िया आदिवासी अब भी आदिम तरीके की खेती पर निर्भर हैं। लकड़ी बेचने और पारम्परिक कुरुवा खेती से उनकी आर्थिक उन्नति अवरुद्ध है। पहाड़ों पर जंगल तो नहीं बचे, ऋण का जाल पसर गया। मासस विधायक अरूप चटर्जी ने पहाड़िया गाँवों का दौरा किया तो उन्होंने पाया कि जो स्वास्थ्य सेवक 15-16 सालों से प्राथमिक चिकित्सा केन्द्रों में पदस्थापित हैं, वे पहाड़ों पर नहीं जाना चाहते। न ही वे पहाड़िया आदिवासियों की भाषा बोल पाते हैं। कालाजार, मलेरिया और टी.बी. की बीमारी पहाड़िया लोगों की नियति है। बरबट्टी की खेती के लिए मिले ऋण चुकता नहीं कर पाने पर पहाड़िया लोगों की गिरफ़्तारी के वारंट भी जारी हो रहे हैं। सरकारी पदाधिकारी 'संताल परगना काश्तकारी अधिनियम' के प्रावधानों का खुल्लम-खुल्ला उल्लंघन कर माफिया तत्त्वों को पहाड़िया भूमि बन्दोबस्त कर रहे हैं। पहाड़ों की कटाई से उनके लुप्त होने का खतरा पैदा हो गया है। मुकरीपहाड़ में खोला गया विशिष्ट पहाड़िया चिकित्सा उपकेन्द्र सफेद हाथी की तरह है। यहाँ दवाएँ और नर्स ही नहीं हैं। सामाजिक-सांस्कृतिक जीवन में बदलाव आने से पहाड़िया रोज़ी-रोटी के लिए पलायन कर रहे हैं। वे क्रशरों में भी मजदूरी करते हैं।

आदिवासी महिलाओं का पलायन बनाम व्यापार

वासवी

पृष्ठभूमि

आज हर घर को अपने घर के छोटे-छोटे कामों के लिए एक दाई अथवा आया की ज़रूरत है, चाहे बर्तन धोने हों, घर की साफ-सफाई करनी हो, घर के कपड़े धोने हों, बच्चों की देखभाल करनी हो अथवा बाज़ार जाकर सब्जियाँ वगैरह लानी हो। घरेलू नौकरानी के बिना किसी का काम नहीं चलता। अब संयुक्त परिवारों की परम्परा खत्म हो गई है और अब परिवार प्रायः छोटे-छोटे हो गए हैं, परिवारों में सदस्यों की संख्या कम हो गई है। घर का कोई सदस्य घर के काम अपने हाथों से नहीं करना चाहता तथा हर कोई घर के बाहर ही अपने कार्य तलाशता है। यही हर घर की कहानी है, इसलिए आज घरेलू काम भी रोजगार का एक प्रमुख साधन बन गया है। एक अशिक्षित, मजबूर अथवा आर्थिक तंगहाली से त्रस्त परिवार की महिला सदस्य, घरेलू काम-काज से कुछ आय प्राप्त करना और उससे अपने परिवार का भरण-पोषण करना, अपनी इज्जत और क्षमता के लिहाज से सबसे सुरक्षित कार्य समझती है। अब हम इन्हें नौकरानी कहें अथवा दाई या आया, यह एक रोजगार है। जिन घरों की महिला सदस्य कामकाजी होती हैं या वे किसी सरकारी गैर-सरकारी दफ्तरों में काम करती हैं, वैसे घरों का काम तो नौकरानी के बिना चलता ही नहीं और वे हर काम छोड़कर पहले एक नौकरानी की तलाश में लग जाते हैं। आज भी राँची शहर में अमूमन हर गरीब आदिवासी घरो की महिलाएँ किसी-न-किसी रूप में एक या इससे अधिक घरों में नौकरानियों का काम करती हुई मिल जाएँगी।

तेजी से बदलते हुए सामाजिक परिवेश, शहरीकरण और विकास की तेज होती हुई गति ने हर व्यक्ति की दिनचर्या बदल दी है और हर व्यक्ति आवश्यकता से अधिक गतिशील हो गया है। इस बदलती हुई परिस्थिति ने घरेलू नौकरानी की आवश्यकता को बढ़ा दिया है और नौकरानी पर घर की निर्भरता बढ़ गई। पहले जिन कार्यों के लिए एक घरेलू नौकरानी को 50 रुपये से 100 रुपये दिए जाते थे, अब इसके लिए 800 रुपये से 1000 रुपये देने पड़ते हैं, इसलिए अशिक्षा और गरीबी से त्रस्त महिलाओं ने इस कार्य को आय के साधन के रूप में रोजगार का विकल्प मानते हुए स्वीकार किया

है। आज यह सच्चाई है कि बहुत बड़ी संख्या में महिलाएँ इस कार्य से अपनी जीविका चला रही हैं। इस वस्तुस्थिति पर यदि गहराई से ध्यान दिया जाए तो पता चलता है कि इसे अपनाने के पीछे और कई कारण हैं। अशिक्षा और गरीबी तो एक महत्त्वपूर्ण कारण है ही, शहरी क्षेत्र के ग्रामीण कस्बों में अति निर्धन परिवारों की महिलाएँ पति की प्रताड़ना से तंग आकर भी अपना परिवार पालने के लिए सम्पन्न घरों के दरवाज़े पर अपने लिए नौकरानी के रूप में काम की याचना करने पहुँचती हैं। जैसा कि पूर्व में ही यह कहा जा चुका है कि गरीबी से त्रस्त और अनेक परेशानियों के कारण महिलाएँ अपने आपको घरेलू कामकाज में अधिक सुरक्षित समझती हैं। इस तरह जब नौकरानी या आया का कार्य रोजगार का साधन बनने लगा तब इस ओर घरेलू महिलाएँ अधिक मुखातिब हुईं। इतना ही नहीं धीरे-धीरे आसपास के ग्रामीण इलाकों से भी महिलाएँ इस कार्य के लिए शहरों में आईं।

पलायन की शुरुआत

80 के दशक में गरीबी के कारण झारखंड क्षेत्र के शहरों में आदिवासी लड़कियों को दाई के रूप में काम करने के लिए ले जाने की प्रक्रिया प्रारम्भ हुई। रोजगार के विकल्प के रूप में महिलाओं द्वारा सम्पन्न घरानों में बर्तन धोने, झाड़ू लगाने, कपड़ा धोने इत्यादि कार्यों के माध्यम से आय प्राप्त करने की शुरुआत हुई। इस स्थिति में उतरोत्तर बदलाव आते गए और ग्रामीण क्षेत्रों की महिलाओं ने इस कार्य को अपने आय के साधन के रूप में विकसित किया। यह प्रक्रिया छोटे शहरों तक सीमित नहीं रही। कुछेक झारखंडी परिवार जो बड़े शहरों में रोजगार करते थे, अपनी सहूलियत के लिए अपने ही पैतृक गाँवों से कम उम्र की लड़कियों को अपने घरों में छोटे-छोटे काम करने के लिए ले जाने लगे। यह सिर्फ़ दिल्ली एवं अन्य शहरों में कार्यरत आदिवासी परिवारों तक ही सीमित था। बाद में गाँवों में कुछ ऐसे लोग सक्रिय हुए जिन्होंने शहरों के आदिवासी परिवारों एवं शिक्षण संस्थाओं को दाई के रूप में काम करने के लिए लड़कियों को भेजने का काम शुरू किया। इस प्रक्रिया में सैकड़ों लड़कियाँ झारखंड क्षेत्र के विभिन्न जिलों से भेजी जाती थीं। इन जिलों में राँची, गुमला, लोहरदगा तथा पलामू प्रमुख हैं। जब बड़े पैमाने पर ऐसी लड़कियों की माँग बढ़ने लगी, तब इसे संगठित रूप में करने की शुरुआत हुई। 1985 के बाद कुछ संस्थाओं द्वारा इस कार्य को योजनाबद्ध तरीके से शुरू किया गया। योजनाबद्ध का तात्पर्य यह है कि लड़कियों को बड़े शहरों में ले जाने के लिए कार्य-प्रणाली विकसित की गई, जिसके अन्तर्गत दिल्ली और मुम्बई में सर्वप्रथम वहाँ स्थापित कुछेक संस्थाओं द्वारा औपचारिक कार्यालय स्थापित किए गए, जो सिर्फ़ गाँवों से लड़कियों को शहरों तक लाने तथा उन्हें वहाँ अनुबन्धित कर वैसे घरों में भेजने का काम करती थीं, जहाँ से लड़कियों की माँग आती थी। शहरों में पहुँचनेवाली लड़कियों की सुरक्षा प्रभावी साबित हुई लेकिन इस पहल ने दूर-दराज के

गाँवों से दिल्ली, मुम्बई और अन्य शहरों में जानेवाली लड़कियों की संख्या में अप्रत्याशित रूप से वृद्धि कर दी।

घरेलू कामकाजी महिलाओं का मंच

झारखंड क्षेत्र से दाई का काम करने के लिए जानेवाली लड़कियों की संख्या में अचानक वृद्धि की ओर दिल्ली के ही जवाहरलाल नेहरू विश्वविद्यालय के कुछ झारखंडी छात्रों की नज़र गई। इन छात्रों के लिए दिल्ली में लड़कियों का बड़ी संख्या में आना एक कौतहूल का विषय बन गया और इन्होंने इस पूरे मामले पर विस्तृत जानकारी प्राप्त करने की पहल प्रारम्भ की। इसके लिए 1986 में दिल्ली में 'जोहार' नामक संस्था का गठन किया गया। इसकी पहल करनेवाले लोगों में प्रमुख रूप से श्री रत्नाकर भेंगरा, रमेश जेटा, विनीत मुंडु तथा वीर सिंह हैं, ये सभी जवाहरलाल नेहरू विश्वविद्यालय में अध्ययन करते थे। 'जोहार' द्वारा नौकरानी-दाई का काम करनेवाली लड़कियों को संगठित रूप से गाँवों से लाने और वहाँ काम दिलाने की प्रक्रिया शुरू हो गई थी। 'जोहार' ने घरेलू कामकाजी लड़कियों के समक्ष आनेवाली समस्याओं को चिह्नित किया, जिनमें मुख्य रूप से इनकी साप्ताहिक छुट्टियाँ, न्यूनतम मजदूरी भुगतान, कार्य की समय सीमा, इनकी इलाज सम्बन्धी समस्याओं को चिह्नित किया गया तथा इस दिशा में काम करने के लिए 'Delhi Domestic Working Women Forum' का गठन किया, जिसका नेतृत्व फुलकेरिया मिंज तथा ज्योति मिंज को सौंपा गया। मंच बनने के साथ ही नौकरानी का काम करनेवाली लड़कियों की समस्याओं को जानने तथा इसके समाधान हेतु काम करने की प्रक्रिया शुरू हुई। इस क्रम में मंच के माध्यम से करीब 15 हज़ार लड़कियाँ संगठित हुईं। इसलिए 1987-89 तक अधिकृत रूप से यह कहा जा सकता है कि इनकी संख्या इस समय तक दिल्ली में करीब 15 हज़ार थी। 'जोहार' की पहल पर दिल्ली में ही वहाँ नौकरी-पेशा करनेवाले लोगों को 'चेतना' संगठन के रूप में संगठित किया गया, परन्तु इस संगठन ने दिल्ली में इन लड़कियों की समस्याओं को समस्या न मानते हुए उनके लिए कार्य करने की ज़रूरत नहीं समझी। तब घरेलू कामकाजी महिलाओं ने एक मंच के रूप में काम करना शुरू किया, फिर कई तरह की अन्य समस्याएँ भी आनी शुरू हुईं, जिसका पूर्वानुमान मंच के लोगों को नहीं था चूँकि वे समस्याएँ अलग प्रकार की थीं। मसलन जिन परिवारों में किशोर वर्ग की लड़कियाँ काम करती थीं, उनके साथ में घर के पुरुष सदस्यों द्वारा जबरन शारीरिक सम्बन्ध कायम करना। इन लड़कियों के साथ दुर्व्यवहार तथा मारपीट की घटनाएँ तो आम बात थी, जिनकी सूचना मंच को प्राप्त होने लगी। मंच इस तरह की घटनाओं की पुनरावृत्ति रोकने का प्रयास करता रहा। कई घरों में लड़कियाँ गृहस्वामियों की वासना का शिकार भी हुईं परन्तु वे भयवश इसका विरोध नहीं कर सकीं। कई घरों में लगातार लड़कियों का शारीरिक शोषण होता रहा परन्तु कमज़ोर और पीड़ित लड़कियों द्वारा इसका विरोध

नहीं किया जा सका। कई बार लड़कियों को मारपीट कर घर से बाहर भगा दिया जाता अथवा अनेक यातनाएँ दी जातीं। ये घटनाएँ तब उजागर होने लगीं, जब लोग साप्ताहिक बैठकें करने लगे। मंच की बैठकों में जब उत्पीड़न की घटनाएँ लगातार आने लगीं, तब मंच ने यह महसूस किया कि आदिवासी लड़कियों के रोजगार का यह साधन अब नई समस्याएँ उत्पन्न करेगा तथा भविष्य में यह एक गम्भीर समस्या का रूप ले सकता है। यद्यपि मंच की पहल पर संगठित लड़कियों को साप्ताहिक छुट्टियाँ, उचित वेतन भुगतान तथा कहीं-कहीं चिकित्सा सुविधा दिए जाने से मंच काफी उत्साहित था, परन्तु रोज़-रोज़ नई समस्या उत्पन्न होने से मंच चिन्तित भी था।

रोजगार के नाम पर व्यापार

एक ओर कामकाजी महिलाओं की समस्याएँ बढ़ रही थीं, दूसरी ओर दिल्ली-मुम्बई जानेवाली लड़कियों की संख्या भी बढ़ने लगी थी। लड़कियों की लगातार बढ़ती संख्या तथा बढ़ती समस्या से चिन्तित होकर दिल्ली के अन्तर्गत साउथ एक्सटेंसन में मिशनरी सिस्टरों ने एक युवती निवास की स्थापना की ताकि दिल्ली आनेवाली लड़कियों के लिए आवास एवं उचित संरक्षण की समस्या को कम किया जा सके। परन्तु भारी संख्या में दिल्ली जानेवाली लड़कियों के बोझ को एकमात्र युवती निवास पूरा नहीं कर सका और ऐसी परिस्थिति में एक के बाद एक कई संस्थाएँ व्यक्तिगत तौर पर अथवा संयुक्त प्रयासों से खोली गईं। तब लड़कियाँ अलग-अलग संस्थाओं के संरक्षण में जाने लगीं और यह क्रम बढ़ता ही गया। ज्ञात हो कि इस परिस्थिति का लाभ उठाकर दिल्ली में कई ऐसी संस्थाएँ भी खुल गईं जो प्रत्यक्ष तौर पर लड़कियों के संरक्षण का दावा तो करती हैं परन्तु ये पूर्ण रूप से एक व्यवसाय की तरह काम कर रही हैं। 1990 से लेकर आज तक तकरीबन छोटी-बड़ी पचास संस्थाएँ दिल्ली में कार्यरत हैं, जिनमें कुछ को छोड़कर अधिकांश संस्थाएँ एक व्यावसायिक प्रतिष्ठान की तरह कार्य कर रही हैं। इस कार्य से बड़े पैमाने पर आय प्राप्त करनेवाली संस्थाएँ प्रत्येक माह औसतन एक लाख से लेकर दो लाख रुपये की आय कर रही हैं। इस कार्य के लिए मासिक वेतन पर एजेंट भी बहाल किए जाते हैं, जो लड़कियों को गाँव से दिल्ली तक लाने का कार्य करते हैं। कुछ संस्थाएँ तो इस काम के लिए एजेंटों को दोपहिया वाहन भी मुफ्त में मुहैया कराती हैं।

गत जुलाई 2002 में 'पतरा' स्वयंसेवी संस्था के सदस्यों ने दिल्ली में जाकर वहाँ कार्यरत संस्थाओं से बैठक की, तो कई ऐसी बातें उभरकर सामने आईं, जो भविष्य में एक बड़े खतरे का संकेत देती हैं। हमें यह जानकर आश्चर्य हुआ कि दिल्ली में कुल मिलाकर दाई का काम करने के लिए आई हुईं लड़कियों की संख्या करीब 60 से 70 हज़ार है, जिनमें से सिर्फ़ बीस हज़ार लड़कियाँ ही विभिन्न कार्यरत संस्थाओं के अन्तर्गत अनुबन्धित हैं और बाकी लड़कियों का कोई पता-ठिकाना नहीं है। बातचीत के क्रम में

कुछ ऐसे भी संकेत प्राप्त हुए हैं कि इन लड़कियों को विदेश भी भेजा जा रहा है और इस कार्य में झारखंड क्षेत्र के भी कुछ लोग सक्रिय हैं। अब तो स्थिति इस तरह बदल रही है कि यदि समय रहते इन्हें दिल्ली अथवा बड़े शहरों में जाने से नहीं रोका गया तो आनेवाली स्थिति दिल्ली में भयावह हो सकती है।

दिल्ली में कार्यरत संस्थाओं के क्रियाकलापों से एक बात स्पष्ट हो चुकी है कि रोजगार प्राप्त करने की यह पहल अब कुछ लोगों के लिए बड़े पैमाने पर आय का साधन बन चुकी है बल्कि हम यह कहें कि अब बड़े शहरों में यह एक बड़े व्यापार के रूप ले चुकी है। अगर भविष्य में इन आदिवासी लड़कियों के देह व्यापार एवं अवैध कारोबार का धन्धा भी इन बड़े शहरों में प्रारम्भ हो जाए तो कोई आश्चर्य की बात नहीं होगी। यह बात भी सच है कि करीब 80 प्रतिशत लड़कियाँ वाकई अपने घर की गरीबी दूर करने के लिए नौकरानी का काम करने को मजबूर हैं और ये हर एक महीने कुछ रुपये अपने-अपने घर को भेजती हैं ताकि अपने घर की गरीबी दूर कर सकें। इनमें से कुछ लड़कियाँ तो काम करने के साथ-साथ अन्य प्रकार के प्रशिक्षण भी प्राप्त कर रही हैं, ताकि कोई अच्छी नौकरी मिले और इस कार्य से छुटकारा मिल जाए। लेकिन 20 प्रतिशत लड़कियाँ अवश्य दिल्ली में गलत लोगों के चंगुल में आ चुकी हैं जिन्हें वहाँ से छुटकारा भी मिलना मुश्किल है। हाल ही में कुछ ऐसी घटनाएँ उजागर हुई हैं, जिनसे यह पता चला है कि कुछ लोग गाँव की लड़कियों को शहरों के तड़क-भड़क का लालच देकर अपने साथ ले जाते हैं और किसी भी परिवार अथवा व्यक्ति से बीस-पच्चीस हज़ार रुपये में सौदा तय कर उन्हें बेच देते हैं। यह राशि परिवारवालों को भी नहीं मिलती और उन लड़कियों को बन्धुआ मजदूर की तरह कार्य करना पड़ता है। इस तरह आदिवासी लड़कियों के बड़े शहरों की ओर पलायन की प्रक्रिया देह व्यापार, बन्धुआ मजदूरी तथा एड्स जैसी भयंकर बीमारी के उत्पन्न होने की सम्भावनाओं की ओर संकेत देती है।

कुछ सच्ची कहानियाँ—

'जयदानी तिर्की'—जयदानी तिर्की जिसकी उम्र करीब 24-25 साल है, अपने तीन भाइयों एवं तीन बहनों के साथ लुरू पंचायत के सोपो गाँव में रहती थी। सात भाई-बहनों में वह तीसरे नम्बर में थी। मैट्रिक तक की पढ़ाई उसने प्रोजेक्ट बालिका उच्च विद्यालय, पतराटोली में की। 1991 में फेल होने पर उसने पढ़ाई छोड़ दी और घर में ही रहने लगी। जनवरी 2001 में चैनपुर के काटी मझगाँव, डांडटोली से दो लड़कियाँ आयीं और मांडर में सिलाई ट्रेनिंग दिला देंगे कहकर सोपो से चार एवं चेरोटोली से दो लड़कियों को अपने साथ ले गईं। उस समय जयदानी को उनका नाम तक नहीं पता था। अपनी माँ के लाख मना करने के बावजूद वह उनके साथ चली गईं। जाने वाली लड़कियों के नाम हैं—सोपो से जयदानी तिर्की, आभा मिंज, जसमनी केरकेट्टा और मिनी तिर्की, चेरोटोली से विमला और सोहबइत। घर से निकलने के बाद दोनों लड़कियाँ इन छह लड़कियों को लेकर पहले सिसई घघरा गई। बस नहीं मिलने के कारण वे एक रात घघरा में रहीं। फिर दूसरे दिन बस में चढ़ीं। उन्हें बस में चढ़ाकर

बनारस ले जाया गया, फिर बनारस से तिलहर, फिर गवार। वहाँ पहुँचकर जब लड़कियाँ कहने लगीं कि इधर मांडर नहीं है तो उन दोनों लड़कियों ने उन्हें समझाया कि इधर भी एक मांडर है, जहाँ सिलाई की ट्रेनिंग होती है। तिलहर में एक गाँव में रहकर जब वे लौट रही थीं तो रास्ते में एक आदमी मिला, जिससे एक लड़की ने कुछ बात की। दूसरी छह लड़कियों के साथ रही। फिर कुछ बात कर वह आदमी सभी को हाजीपुर (सहजानपुर जिला) ले गया। वहाँ जाकर सभी लड़कियों को एक कमरे में बन्द कर दिया गया। रात में कुछ लोग आए और दोनों लड़कियों ने छह में से तीन को आए हुए आदमियों के हाथ बेच दिया। बाकी लड़कियाँ केवल इतना ही देख पाईं कि दरवाज़े पर से कुछ लोग उन्हें ले गए। दूसरे दिन जयदानी एवं बाकी लड़कियों को हाजीपुर के एक-एक घर में ये कहकर छोड़ दिया गया कि अभी और आगे जाना है। फिर दोनों लड़कियाँ चली गईं। बातचीत के क्रम में ही जयदानी को पता चला कि दोनों लड़कियों के नाम क्रमशः शान्ति एवं विमलेश हैं और वे (चैनपुर) गुमला की रहने वाली हैं। जयदानी को एक राजपूत के घर में रखा गया। वह सोचने लगी कि शायद इस घर में उसे नौकर रखा जाएगा पर जब घर के लोग कहने लगे कि उसे खरीदकर लाया गया है, तब उसे पता चला कि वह बिक चुकी है। उस घर के दो लड़कों में से, कुछ दिन के बाद छोटे लड़के फूल सिंह ने जयदानी से शादी कर ली और उसे अपनी पत्नी बना लिया। जयदानी का कहना है कि वह उनके धर्म एवं संस्कृति को अभी भी नहीं अपना पा रही है। यद्यपि घर के सभी लोगों का व्यवहार ठीक है। उसका पति अनपढ़ है और किसी फैक्ट्री में काम करता है। जयदानी को घर से बाहर निकलने नहीं दिया जाता। घर के बाहर के सभी काम मर्द ही करते हैं। एक दिन अचानक उसने अपने साथ आई लड़की आभा मिंज को देखा। उससे बात करने पर पता चला कि उसे एक ब्राह्मण के पास बेचा गया है एवं अब वह एक बच्ची की माँ है। अप्रैल 2002 को जयदानी अपने पति एवं सास-ससुर से पूछकर उन्हें अपना गलत पता बताकर घर आई लेकिन उसके पति ने आभा मिंज से सही पता लेकर उसे ढूँढ़ लिया। सोपो आने पर उसके माता-पिता ने प्रस्ताव रखा कि वह ईसाई हो जाए और उसका पति इसके लिए तैयार हो गया और उसे लेकर चला गया। जुलाई में उसने भाई को चिट्ठी भेजकर कहा कि झूठी चिट्ठी लिखे और जब उसके भाई ने लिखा कि उसकी दुर्घटना हो गई है, तो भाई को देखने के बहाने वह 27 जुलाई को सोपो आयी, तभी मेरी मुलाकात उससे हुई।

जयदानी से यह पूछने पर कि वहाँ की स्थिति कैसी है? वह बताती है कि वहाँ से भाग पाना बहुत मुश्किल है। यदि कोई लड़की वहाँ से भागती है तो लोग उन्हें पहचान लेते हैं और जो भी उन्हें पकड़ लेता है वह उसे दूसरी जगह बेच देता है। इसलिए वहाँ रहने की इच्छा नहीं होने पर भी वे लोग वहाँ रहने को विवश हैं। वहाँ कलकत्ता, बिहार, उड़ीसा आदि जगहों से भी लड़कियाँ लाकर बेची जाती हैं। वहाँ लड़कियाँ खरीदना आम बात है एवं जहाँ वे रहती है, वहां के सात राजपूत परिवार एवं सभी ब्राह्मण ऐसा ही करते हैं। कई लड़कियाँ पागल बनकर घूम रही हैं क्योंकि उनके पति

ने उन्हें छोड़ दिया एवं माँ-बाप ने घर से निकाल दिया। यह पूछने पर कि क्या उनके बच्चों को पति की सम्पत्ति में अधिकार मिलेगा, वे मौन रहती हैं एवं बहुत पूछने पर कहती है कि शायद मिलेगा। क्या वह पति के पास ही रहना चाहती है, पूछने पर कहती है कि यदि वह ईसाई नहीं बनेगा तो वह नहीं रहेगी, पर इसके साथ ही वह यह भी कहती है कि नहीं रहेगी तो क्या करेगी? जयदानी यह भी बताती है कि जिस मर्द का खरीदी हुई औरत से नहीं बनता है, उसे वे दूसरे गाँव में बेच देते हैं। क्या वह वापस जाएगी यह पूछने पर वह कहती है कि यदि ज्यादा दिन घर में रही तो वे लेने आ जाएँगे और उसे जाना पड़ेगा! नहीं तो क्या करेंगे? वह मुझसे उलटा सवाल करती है और मुझे कुछ जवाब नहीं सूझ पाता। इतनी कम उम्र में इतना दर्द एवं अपमान सहने के बाद भी अनिच्छा से उस परिस्थिति में जयदानी रह रही है और अनिश्चित एवं अन्धकारमय भविष्य की ओर बढ़ रही है।

रोपनी देवी–चेरोटोली (हेसाग)–रोपनी देवी की उम्र 25 साल है। 9 साल पहले वह दिल्ली गई थी एवं वहाँ से आने के बाद जसपुर के लड़के से उसकी शादी हो गई। उसका पति उसे मारता-पीटता था एवं उसके उसकी भाभी के साथ अवैध सम्बन्ध थे। अतः वह अपने पति को छोड़कर मायके आ गई और घर में गरीबी के कारण फिर दिल्ली चली गई। दिल्ली में एक लड़के से शादी कर ली, जिससे अभी उसका एक लड़का भी है और वह वहीं अपने बच्चे को पाल रही है और कभी-कभी घर भी आती है।

मनदानी तिर्की–जयदानी की छोटी बहन मनदानी भी मैट्रिक फेल होने के बाद घर में थी। टुडुरमा की एक लड़की संध्या, जिससे उसकी जान पहचान थी के साथ काम करने के लिए दिल्ली गई और अभी तक घर नहीं आई है। संध्या से पूछने पर वह कहती है कि मेरा उससे कोई सम्पर्क नहीं है, वह अभी कहाँ है नहीं मालूम। बहुत पूछने पर बताती है कि उसे सिस्टरों के पास कॉन्वेंट में भेज दिया था, अभी वह गाजियाबाद की कोठी में काम करती है। फिर कभी कहती है कि उसे कोठी से ऑफिस छोड़कर आई है। संध्या की बातें गोलमोल हैं एवं किसी बात का ठीक से जवाब नहीं देती है। मनदानी के माँ-बाप निश्चिन्त हैं कि बेटी को जान-पहचान वाले के साथ भेजा है लेकिन मनदानी कहाँ है, यह संध्या के अलावा किसी को नहीं पता है एवं संध्या किसी बात का ठीक जवाब नहीं देती।

संध्या–संध्या जो टुडुरमा निवासी है 1999 में मैट्रिक फेल होने के बाद घूमने के लिए दिल्ली गई एवं वहीं रह गई। वहाँ वह पंजाबी बाग में रहती है एवं काम करती है। सुबह 7 बजे से शाम 5 बजे तक काम करने के उसे 1600 रुपये मिलते हैं एवं ओवर टाइम करने पर 2000 रुपये मिलते हैं। वह हमेशा घर आती जाती है। मनदानी को भी वही दिल्ली ले गई थी।

चिरगाँव–लुरू पंचायत का चिरगाँव, जो जंगलों के बीच बसा है। उसमें 50-55 घर हैं। सर्वे के क्रम में पता चला कि वहाँ से करीब 40 लड़कियाँ एवं महिलाएँ दिल्ली गई हैं अर्थात् औसतन सभी घरों से एक-एक लड़की। जब सहेलियाँ घर आती हैं तो हमेशा

अपने साथ दो-तीन नई लड़कियों को भी ले जाती हैं। इस तरह पूरा गाँव ही पलायन का शिकार है।

पलायन के प्रमुख कारण

1. गरीबी।
2. शहरी जीवन-शैली का आकर्षण।
3. पारिवारिक सम्पत्ति का बँटवारा। ज़मीन कम हो जाने के कारण आय के साधनों में कमी।
4. परिवार का ऋणग्रस्त होना।
5. रोजगार का विकल्प न होना।
6. नशे की आदत के कारण ऋणग्रस्त होना।
7. लड़कियाँ परिवार के प्रति तुलनात्मक तौर पर अधिक जिम्मेवार होती हैं। इसके विपरीत ग्रामीण युवाओं में परिवार के प्रति किसी प्रकार की जिम्मेवारी का अहसास न होना। फलतः लड़कों की गैर जिम्मेदारी के कारण लड़कियों को ही कमाने हेतु बाहर जाने को मजबूर होना।
8. पलायन को गम्भीरता से न लेना और इसे रोकने की दिशा में किसी कदम का उठाया न जाना।
9. ग्रामसभा का इस समस्या के प्रति जागरूक न होना और कभी इसे जानने की कोशिश भी न करना।

सर्वेक्षण के क्रम में पलायन के सम्बन्ध में कई महत्त्वपूर्ण जानकारियाँ भी प्राप्त हुईं, जो निम्नलिखित हैं

1. नौकरानी के काम के लिए जानेवाली अधिकांश लड़कियों की उम्र 15-25 वर्ष के बीच होती है।
2. अधिकांश लड़कियाँ गरीबी रेखा के नीचे हैं।
3. 99 प्रतिशत आदिवासी समुदाय से हैं।
4. अधिकांश लड़कियाँ दसवीं से कम पढ़ी हैं।
5. परिवार के पास कम ज़मीन है, जिसके कारण आय बहुत कम है।
6. पुरुष नशे की बुरी आदतों के एवं दूसरे व्यसनों में लिप्त हैं।
7. महिलाएँ घर और बाहर के 80 प्रतिशत काम करती हैं। पुरुषों का घरेलू कामों में कोई योगदान नहीं होता।

कुछ महत्त्वपूर्ण सुझाव

1. अनिवार्य शिक्षा को बढ़ावा देना।
2. गाँवों में समय-समय पर सांस्कृतिक कार्यक्रम का आयोजन करना।
3. ग्रामीण विकास की ओर युवा वर्ग को जागरूक करना।
4. स्वरोजगार की सम्भावनाओं की तलाश कर उसकी ओर आगे बढ़ना।
5. प्राकृतिक संसाधनों पर आधारित उद्यम प्रारम्भ करने की दिशा में पहल करना।
6. आदिवासी उत्पादों के लिए बाज़ार की व्यवस्था।
7. नशे की प्रवृत्ति को नियन्त्रित करना।
8. ऋण देने की बजाय सरकार द्वारा दूसरी आर्थिक सुविधाएँ मुहैया कराने की व्यवस्था करना।
9. शहर की गन्दी परम्पराओं के प्रति सचेत रहते हुए, इसे अपने गाँवों में फैलने से रोकना।
10. पढ़नेवाली लड़कियों की बुनियादी समस्याओं को समझते हुए उनके निदान का प्रयास किया जाना। साथ ही जागरूकता अभियान भी चलाना।
11. ग्रामसभाओं तथा अन्य पारम्परिक ग्रामीण संगठनों से समन्वय स्थापित कर समस्याओं पर विचार करना एवं समाधान निकालना।

नागा राष्ट्रवाद का उदय

शिमरीचॉन लुइथुई, सी.आर. बिजोय, रत्नाकर भेंगरा

नागाओं की राष्ट्रीय पहचान अंग्रेज़ों के भारत छोड़ने से पहले ही साकार हो गई थी। 1918 में उन नागाओं ने नागा क्लब की स्थापना की, जो या तो पश्चिमी शिक्षा प्राप्त थे या जो प्रथम विश्वयुद्ध में अंग्रेज़ी फौज़ में नौकरी कर चुके थे। इसके बाद 1946 में नागा नेशनल काउंसिल (एन.एन.सी.) की स्थापना की गई। एन.एन.सी. ने 20 फ़रवरी 1947 को एक ज्ञापन देकर अनुरोध किया कि 10 वर्ष तक भारत सरकार के संरक्षण में उन्हें अपनी अन्तरिम सरकार चलाने दी जाए, इसके बाद नागा जनता अपने राजनैतिक भविष्य का फ़ैसला करेगी। जून 1947 में एन.एन.सी. ने एक समझौता किया जिसमें अंग्रेज सरकार का प्रतिनिधित्व असम के गवर्नर अकबर हैदरी ने किया। इस नौ बिन्दु या हैदरी समझौते में एन.एन.सी. को नागाओं के एक मात्र राजनैतिक प्राधिकरण के तौर पर स्वीकार किया गया। समझौते में तय किया गया कि "भारत सरकार के एजेंट के तौर पर असम राज्य के गवर्नर का 10 वर्ष तक यह विशेष दायित्व होगा कि वे समझौते का सुचारु रूप से पालन करवाएँ और इस अवधि के अन्त में एन.एन.सी. इस समझौते को जारी रखने या नागा जनता के भविष्य के लिए किसी नए समझौते की माँग करने के लिए मुक्त होगी। समझौते में कृषि, शिक्षा, न्याय व्यवस्था, वैधानिक मामलों और सार्वजनिक कार्य विभाग सम्बन्धी एन.एन.सी. के अधिकार निर्दिष्ट किए गए थे। भूमि और उसके संसाधनों पर एन.एन.सी. के पूर्ण प्राधिकार को स्वीकार किया गया था।"[1]

लेकिन समझौते के विपरीत जुलाई 1947 में अनेक एन.एन.सी. नेताओं को गिरफ़्तार कर लिया गया, जिसमें एन.एन.सी. के अध्यक्ष ए.जेड. फिजो भी थे। 14 अगस्त, 1947 को नागा लोगों ने अपनी पूर्ण स्वाधीनता की घोषणा कर दी। नवम्बर 1949 को एक एन.एन.सी. प्रतिनिधि मंडल ने भारतीय गवर्नर जनरल सी.आर. राजगोपालाचारी से भेंट की और भारत द्वारा नागा जनता के दमन के प्रयासों को लेकर अपनी नाराज़गी व्यक्त की। गवर्नर जनरल ने उन्हें आश्वासन दिया कि "वे चाहें तो भारत से अलग हो सकते हैं।" एन.एन.सी. ने भारत से स्वाधीनता के मुद्दे पर एक जनमत संग्रह किया। 1952 में 99 प्रतिशत नागा जनता ने स्वाधीनता के पक्ष में मत दिया।[2]

लेकिन पं. नेहरू सरकार ने इसे स्वीकार नहीं किया। इसके फलस्वरूप 1952 के पहले लोकसभा चुनाव का बहिष्कार किया गया और बड़े पैमाने पर 'नागरिक अवज्ञा' आन्दोलन चलाया गया। असम सरकार ने बड़ी संख्या में सेना तैनात कर दी और क़ानून और व्यवस्था बनाए रखने के लिए असम 'मेंटेनेंस ऑफ़ पब्लिक ऑर्डर' (ऑटोनॉमस डिस्ट्रिक्ट्स) एक्ट, 1953 पारित किया गया। इसके बाद 1955 में असम डिस्टर्ब्ड एरिया एक्ट लाया गया ताकि असम सशस्त्र पुलिस और असम राइफल्स बिना किसी कानूनी बाधा के अपना कार्य सम्पन्न कर सकें।

दमनकारी उपायों ने तथाकथित भूमिगत आन्दोलन को और शक्ति दी। मार्च 1956 में एन.एन.सी. ने नागा फेडरल गवर्नमेंट (एन.एफ.जी.) की स्थापना की और भारतीय सशस्त्र बलों के अत्याचारों और मारकाट से नागा जनता को बचाने के लिए नागा सेना गठित की। 50 के दशक के उत्तरार्ध में नागा इलाकों में तबाही मचा दी गई। भारतीय सशस्त्र बलों ने बलात्कार, हत्या, आगजनी और लूटमार का सिलसिला शुरू कर दिया। तन्दुरुस्त व्यक्तियों को ज़बरन मज़दूरी पर लगा दिया गया, गाँव के गाँव ध्वस्त कर दिए, गए, जानवरों और मवेशियों को मार दिया गया।[3] गाँवों को समूहबद्ध किया गया। गाँव के बाद गाँवों को उजाड़कर नई जगहों पर स्थानान्तरित किया गया।[4] सेना के पहरे में घेराबन्द श्रम शिविर बना दिए गए। लगातार पूछताछ, भूख और यातनाओं के परिणामस्वरूप इन शिविरों में अनेक लोगों ने दम तोड़ दिया। इसका एक उदाहरण है छिशीलिम गाँव नागालैंड, जब 1957 में गाँवों को समूहबद्ध करने के लिए इस गाँव के लोगों को घेर लिया गया, तब गाँव में कुल 80 परिवार थे, लेकिन जब तीन साल बाद गाँव के लोगों को अपने गाँव लौटने की इज़ाज़त मिली तब केवल 40 परिवार जीवित बचे थे।[5]

अब यह स्पष्ट होने लगा था कि सरकार बल प्रयोग से नागा लोगों को नहीं जीत सकती। 1957 में असम सरकार ने इंटेलिजेंस ब्यूरो की मदद से एक नागा पीपल्स कन्वेंशन (एन.पी.सी.) की स्थापना की। अधिकांशतया इसे नागाओं के एक वर्ग को कुछ रियायतें देकर नागा एकता को खंडित करने के प्रयास के तौर पर देखा गया।

जुलाई 1960 में नागा जनता की ओर से एन.पी.सी. ने—जिसमें अधिकतर सरकारी पदाधिकारी थे—केन्द्र सरकार के साथ 16 बिन्दुओंवाले एक करारनामे पर हस्ताक्षर किया। इस करारनामे के आधार पर नागालैंड राज्य की स्थापना की गई, जिसमें नागाओं का केवल एक तिहाई प्रदेश ही समाविष्ट था। इस राज्य को विदेश मन्त्रालय के अधीन रखा गया। एन.एफ.जी. और एन.एन.सी. ने इस करारनामे को नामंज़ूर कर दिया।

इस करारनामे को लेकर लोगों में फैला असन्तोष और उसके बाद भड़के जन-विक्षोभ से ही स्पष्ट है, जिससे निपटने के लिए 1962 में नागालैंड सुरक्षा अधिनियम बनाया गया। (जबकि ए.एफ.एस.पी.ए. पहले से ही लागू था।) इस अधिनियम में नागालैंड की सुरक्षा के लिए खतरनाक विद्रोहपूर्ण क्रियाकलापों का दमन करके

सार्वजनिक व्यवस्था बरकरार रखने के लिए विशेष प्रावधान थे।

1964 के युद्ध विराम समझौते के जरिए आगे बातचीत का रास्ता खोलने का एक प्रयास किया गया। एन.एफ.जी. और सरकार के बीच बातचीत के छह दौर चले, जो 1967 में गतिरोध के कारण रुक गए।

1972 में केन्द्र सरकार ने अनलॉफुल एक्टिविटीज (प्रीवेंशन) एक्ट नं. 37 ऑफ़ 1967 के अन्तर्गत नागा सेना, एन.एफ.जी. और एन.एन.सी. को गैर कानूनी संस्थाएँ करार कर दिया। इसी समय के आसपास नागालैंड का काम गृह मन्त्रालय को हस्तान्तरित कर दिया गया। यह 1960 के 16 बिन्दु समझौते के ख़िलाफ़ था, जिसके अनुसार नागालैंड भारत सरकार के विदेश मन्त्रालय के अधीन रहेगा (धारा 2)।

1975 में नागालैंड राज्य पर राष्ट्रपति शासन लागू कर दिया गया। जिसके बाद पूरे देश में आपातकालीन स्थिति घोषित कर दी गई। तब केन्द्र सरकार के दबाव में आकर कुछ एन.एफ.जी. नेताओं ने भारतीय संविधान को स्वीकृति दे दी। लेकिन 11 नवम्बर, 1975 के शिलांग समझौते को एन.एन.सी. अध्यक्ष ए.जेड. फिजो ने मान्यता नहीं दी। जबकि इस्क स्वू और थे. म्यूइवाह जैसे अन्य एन.एन.सी. नेताओं ने इसे सिरे से ही ख़ारिज कर दिया। 1980 में इस्क स्वू, म्यूइवाह और खपलांग ने मिलकर नेशनल सोशलिस्ट काउंसिल ऑफ़ नागालैंड (एन.एस.सी.एन.) की स्थापना की, जिसने नागा जन-आन्दोलन का नेतृत्व किया। बाद में एन.एस.सी.एन. दो धड़ों में विभाजित हो गई, जिससे कुछ समय के लिए आन्दोलन कमज़ोर पड़ गया। हाल ही में भारत सरकार और स्वू और म्यूइवाह के नेतृत्ववाली नेशनल सोशलिस्ट काउंसिल ऑफ़ नागालैंड के बीच युद्ध-विराम की घोषणा से इस क्षेत्र में शान्ति की उम्मीद जगी है, जिसका नागा जनता ने स्वागत किया है। नागा मसले पर समझौता वार्ता शुरू करने के लिए भारत सरकार ने पहले भी और प्रस्ताव रखे थे लेकिन उनके साथ शर्तें जुड़ी थीं। जब पूर्व प्रधानमंत्री आई.के. गुजराल ने संसद में इस युद्ध-विराम की सूचना दी तो सभी दलों ने प्रसन्नता व्यक्त की। इसे नागा राजनैतिक मसलों का शान्तिपूर्ण और स्थायी हल ढूँढ़ने की दृष्टि से भारत सरकार और एन.एस.सी.एन.आई.एम. का एक प्रामाणिक प्रयास माना जा रहा है। यह शान्ति प्रयास नागा राष्ट्रवादियों पर बिना कोई शर्त लगाए आरम्भ किया गया है। केन्द्र सरकार ने मिज़ोरम के पूर्व राज्यपाल श्री कौशल को एन.एस.सी.एन.आई.एम. के साथ वार्ता के लिए सरकारी प्रतिनिधि नियुक्त किया है। युद्ध-विराम 1997 के मध्य में आरम्भ हो गया था।

मिजो राजद्रोह

भारत की स्वाधीनता से पहले युनाइटेड मिजो फ्रीडम ऑर्गनाइजेशन के कुछ लोगों ने बर्मा (अब म्यांमार) में शामिल होने की पैरवी की थी। बाद में भारत के अन्तर्गत अधिकतम स्वायत्तता के लिए संघर्ष करने की आकांक्षा पैदा हुई। लेकिन 1959-60 में

मिजोरम में अकाल पड़ गया। इस दौरान भारतीय प्रशासन ने जिस अक्षमता से काम किया, उसे देखते हुए लोगों के विचार बदल गए और उन्होंने मिजो नेशनल फ्रंट (एम.एन.एफ.) के नेतृत्व में स्वाधीन मिजोरम के लिए संघर्ष करने का फैसला किया।

फरवरी 1966 में एम.एन.एफ. ने आइजॉल के अलावा सभी जिला मुख्यालयों पर कब्जा कर लिया। फ़ौज ने इसका जबरदस्त प्रतिकार किया। स्वाधीन भारत के इतिहास में पहली बार नागरिक आबादी और शहरों पर बम बरसाए गए। इस बीच 1 मार्च, 1966 को एम.एन.एफ. ने मिजोरम की स्वाधीनता की घोषणा कर दी।

नागा इलाकों में जो तरीके अपनाए गए, उन्हीं का प्रयोग 1967-70 के बीच मिजोरम में भी किया गया। गाँवों को तथाकथित स्वैच्छिक केन्द्रों, सुरक्षित जगहों, और प्रगतिशील गाँवों में स्थानान्तरित कर दिया गया। 466 गाँवों यानी कुल आबादी का 82 प्रतिशत हिस्सा सैनिक सुरक्षा के अन्तर्गत रख दिया गया। इसका मकसद देशद्रोहियों को आम जनता से अलग-थलग करना और उन्हें आहार और संसाधनों से वंचित करना था। अपने घरों की तबाही और अपने लोगों को उजड़ता देख मिजो क्रोध की आग में घी पड़ गया। अधिक से अधिक युवक-युवतियाँ एम.एन.एफ. में शामिल होने लगे। मिजोरम को ए.एफ.एस.पी.ए. के अन्तर्गत उपद्रवग्रस्त क्षेत्र घोषित कर दिया गया। वर्षों तक दमन और हिंसा का दौर चलता रहा। यह इतिहास गिरफ़्तारियों, ज़बरन वसूली, हत्याओं, बलात्कारों, यातनाओं, सम्पत्ति के विनाश और चर्चों के विध्वंस की कहानियों से भरा पड़ा है। इतने बड़े पैमाने पर मानवीय अधिकारों के उल्लंघन के परिणाम ग्राम संस्था, सामाजिक ढाँचे और उनकी जीवन-शैली के क्षरण के रूप में सामने आए।[6]

मिजोरम के लोगों ने मिजो बहुल निकटवर्ती भू-भाग के एकीकरण की माँग की जिसमें बर्मा के कुछ हिस्सों, चिटगाँव पहाड़ियों के कुछ हिस्सों (बांग्लादेश) के अलावा मणिपुर और त्रिपुरा के कुछ हिस्सों का समावेश है—पूर्ण रूप में एम.एन.एफ. के कड़े प्रतिरोध के बावजूद उत्तर-पूर्व क्षेत्र पुनर्गठन अधिनियम, 1971 के अन्तर्गत मिजो पहाड़ियों को असम से अलग कर संघ शासित प्रदेश बना दिया गया। इसी अधिनियम के तहत मणिपुर, मेघालय और त्रिपुरा को राज्यों का दर्ज़ा दिया गया और उत्तर-पूर्व सीमा एजेंसी (नेफा) को संघ शासित प्रदेश के तौर पर पुनर्गठित किया गया, जिसे अरुणाचल प्रदेश कहा गया। लेकिन यह बदलाव केवल नाम तक ही सीमित था। पहले उपनिवेशवादियों और फिर स्वाधीन भारत द्वारा खींची गई सीमा रेखाएँ ज्यों की त्यों रहीं।

1986 में मिजो समझौते पर दस्तख़त कर दिए गए। इसके अन्तर्गत मिजोरम को राज्य का दर्ज़ा दिया गया और 1960-70 के दौरान सेना के अत्याचारों से पीड़ित लोगों को हरज़ाना दिया गया। मई 1995 में गुवाहाटी उच्च न्यायालय ने सरकार को उन 30,000 परिवारों को रु. 180,000,000 की सहायता स्वीकृत करने के आदेश दिए, जिन्हें सुरक्षा बलों की देशद्रोह विरोधी मुहिम के दौरान नुकसान उठाना पड़ा था। अलबत्ता 1998 के मध्य तक इन लोगों को कोई राशि प्राप्त नहीं हुई थी।[7]

स्वायत्तता के लिए बोडो जनता का संघर्ष

बोडो असम का सबसे बड़ा आदिवासी समुदाय है। वे जानते हैं, उनके लोगों में फूट डालने, उनकी संख्या घटाने और उन्हें अपने अधीन करने के लिए इंडो-आर्यन समाज द्वारा प्रयुक्त सबसे घातक हथियार उनके लोगों का हिन्दूकरण है। जो असमी भाषी बोडो हिन्दू बन जाते हैं, वे असमी धड़े में शामिल हो जाते हैं। इससे बोडो जनसंख्या कम होती है, क्योंकि उन्हें जनगणना में असमी तौर पर दर्शाया जाता है।

पूर्ण स्वायत्तता की प्राप्ति के उद्देश्य से 1967 में बोडो लोगों ने प्लेन ट्राइबल काउंसिल ऑफ़ असम (पी.टी.सी.ए.) की स्थापना की। पी.टी.सी.ए. ने ब्रह्मपुत्र नदी के उत्तरी तट के मैदानी आदिवासियों के लिए संघ शासित प्रदेश की माँग की जिसमें उन्हें कोई कामयाबी हासिल न हो सकी।[8] तब से बोडो अपने सामाजिक, सांस्कृतिक और राजनैतिक जीवन और अपनी विशिष्ट पहचान को बरकरार रखने के लिए भारत के अन्तर्गत एक स्वायत्त राज्य की ख़ातिर संघर्ष कर रहे हैं। यह कोई अलगाववादी आन्दोलन नहीं था। बस, जब बोडो लोगों के सामने कोई रास्ता नहीं छोड़ा गया तब उनके एक वर्ग ने आठवें दशक के आरम्भ में स्वतन्त्र प्रभुसत्तात्मक बोडोलैंड के लिए हथियार उठा लिए। आज नेशनल डेमोक्रेटिक फ्रंट शक्तिशाली लड़ाकू समूह माना जाता है और यह स्वतन्त्र बोडोलैंड के लिए संघर्ष का नेतृत्व कर रहा है।

अगर भारतीय सरकार ने बोडो लोगों की माँगों और शिकायतों को बल प्रयोग के ज़रिए दबाने की बजाय उनकी समस्याओं को सहानुभूतिपूर्वक समझने की कोशिश की होती तो उनके अनेक राजनैतिक मसले सुलझाए जा सकते थे। बल प्रयोग को बढ़ाते हुए भी सरकार ने बातचीत के प्रयास जारी रखे। अन्ततः 1993 में भारतीय राज्य और ऑल बोडो स्टूडेंट्स यूनियन (ए.बी.एस.यू.) के बीच एक समझौता हुआ। इस समझौते पर ए.बी.एस.यू. और असम सरकार ने हस्ताक्षर किए और केन्द्र सरकार ने मध्यस्थ की भूमिका निभाई, इस समझौते के तहत बोडोलैंड ऑटोनॉमस काउंसिल (बी.ए.सी.) के रूप में बोडो लोगों को थोड़ी-बहुत स्वायत्तता दी गई।

लेकिन इन मुख्य समस्याओं का स्थायी हल ढूँढ़े बिना बोडो को अपनी योजना में शामिल करने के प्रयास के तौर पर देखा जा रहा है। इसके अलावा प्रस्तावित बोडोलैंड ऑटोनॉमस काउंसिल में अनेक ग़ैर-बोडो सदस्यों की उपस्थिति 1999 में बोडो-मुस्लिम और मई, 1996 में बोडो-संताल दंगों के रूप में सामने आई। बोडोलैंड समझौते पर दस्तख़त के बाद से अब तक न तो बोडो प्रदेश का सीमांकन किया गया है और न ही बी.ए.सी. के चुनाव हुए हैं।

इस बीच बोडो विद्रोह से निपटने के लिए सरकार ने विभिन्न सुरक्षा बलों का प्रयोग किया। गहन सैन्यीकरण का परिणाम व्यापक हिंसा और दमन के रूप में दिखाई दिया। सुरक्षा कर्मचारियों ने नागरिकों को यातनाएँ दीं और महिलाओं के साथ सामूहिक बलात्कार किए। लगभग सभी बोडो गाँवों पर फ़ौजी छापे मारे गए। इससे गाँव के लोगों

में आतंक फैल गया और वे निरन्तर हवालात या यातना के भय में जी रहे हैं।[9]

असम में कर्बी और त्रिपुरा में बोरोक सहित उत्तर-पूर्व के अनेक आदिवासी समुदाय स्वायत्तता के लिए जूझ रहे हैं। ये सभी सरकारी दमन और हिंसा के शिकार हैं।

अनुवाद : *अनीश अहलूवालिया*

(साभार : 'भारत के आदिवासी' पुस्तक से)

सन्दर्भ

1. लुइथुई एंड हक्सर, नागालैंड फाइल : द हैदरी एग्रीमेंट के पूरे पाठ के लिए देखें—लेंसर इंटरनेशनल, नई दिल्ली, 1984, पृ. 150-2।
2. योनो, ए., द राइजिंग नागाज, दिल्ली, विवेक पब्लिशिंग हाउस, पृ. 202।
3. एन.पी.एम.एच.आर. रिपोर्ट ऑफ़ द ह्यूमन राइट्स वीक इन नागालैंड, 10-15 दिसंबर, 1978, पृ. 2।
4. होरम, एम., नागा इंसरजेंसर, नई दिल्ली, कॉस्मॉस पब्लिकेशन्स, पृ. 81।
5. एन.पी.एम.एच.आर. न्यूज बुलेटिन, भाग-2, संख्या-5, नई दिल्ली, अक्तूबर, 1996, पृ. 19।
6. नूनथरा, पूर्ववत्, पृ. 70।
7. व्हेयर पीसकीपर्स हैव डिक्लेयर्ड वॉर, रिपोर्ट ऑन वायलेशन ऑफ़ डेमोक्रेटिक राइट्स बाइ सिक्योरिटी फोर्सेस एंड द इम्पेक्ट ऑफ़ ए.एफ.एस.पी.ए. इन द सेवेन स्टेट्स ऑफ़ नार्थ ईस्ट, नई दिल्ली, 1997, पृ. 67।
8. दयाल, जी. एवं मुखर्जी, बी.—एफ्लिक्टिंग प्रेजेंस, राष्ट्रीय सहारा, नई दिल्ली, जून, 1997, पृ. 24।
9. प्रोसीडिंग्स ऑफ़ द वर्कशॉप ऑन ए.एफ.एस.पी.ए., पूर्ववत्, पृ. 6।

उत्तर-पूर्वी भारतीय राज्यों के आदिवासी और आत्म-निर्णय के अधिकार की संयुक्त राष्ट्र संघ की घोषणा

डॉ. बी. पाकेम

संयुक्त राष्ट्र संघ द्वारा 1993 ई. को आदिवासी लोगों का अन्तर्राष्ट्रीय वर्ष उद्घोषित किए जाने से विश्व के विभिन्न भागों में बसे विविध जनजातीय समूहों की आशाएँ और महत्त्वाकांक्षाएँ जाग उठी थीं। पूरे संसार में इस वर्ष को उपयुक्त ढंग से मनाया गया था। उत्तर-पूर्वी भारत में भी विभिन्न जनजातीय समूहों ने इस अन्तर्राष्ट्रीय वर्ष को अपनी गौरवशाली परम्पराओं को दर्शानेवाले विविध सांस्कृतिक कार्यक्रम आयोजित कर मनाया। मेघालय के खासी-जैन्तिया पहाड़ी क्षेत्र के आदिवासियों ने भी इस वर्ष विभिन्न कार्यक्रमों में अपनी समृद्ध सांस्कृतिक विरासत को पेश कर इस आयोजन में उत्साहपूर्वक भाग लिया था।

मुझे उस समय बहुत प्रसन्नता हुई थी जब यह सूचना मिली कि खासी स्टूडेंट्स यूनियन तथा द अदर मीडिया, दिल्ली, संयुक्त रूप से आदिवासी तथा जनजातीय लोगों द्वारा 'आत्मनिर्णय तथा स्वशासन के अधिकार के लिए संघर्ष' विषय पर शिलांग में 09 नवम्बर, 1994 को एक कार्यशाला का आयोजन किया था। यह काफी सराहनीय है कि यह कार्यशाला जहाँ हुई वह क्षेत्र उत्तर-पूर्वी भारत के सीमा से सटे और अन्तर्राष्ट्रीय बॉर्डर लाइन पर स्थित बांग्लादेश, भूटान, म्यांमार तथा चीन व सिलीगुड़ी स्थित एक सँकरे रणनीतिक पथ द्वारा पश्चिम बंगाल तथा भारत से जुड़ा है। यह आयोजन इस दृष्टि से भी सामयिक था कि यह आदिवासी जनों के अन्तर्राष्ट्रीय वर्ष के तुरन्त बाद मनाया जा रहा था। मुझे आशा है कि यह कार्यशाला आत्मनिर्णय के अधिकार, विशेषतया उत्तर-पूर्वी भारत, जो कि विविध आदिवासी तथा जनजातियों का घर है, के कठिन प्रश्नों पर फलदायक विचार-मन्थन कराने में सफल सिद्ध होगी।

पूर्व औपनिवेशिक काल में उत्तर-पूर्वी भारत के अधिकांश जनजातीय समुदाय अपनी नस्ली पहचान के प्रति सचेत नहीं थे। उनकी विश्वदृष्टि अपने परिवार, कबीले तथा गाँवों तक सीमित थी। सबसे पहली सामाजिक प्रक्रिया उनकी नृजातीय-जनजातीय पहचान के विकास हेतु शुरू हुई। यह पहचान उन्हें औपनिवेशिक शासनकाल में मिली थी। यह सच है कि इस क्षेत्र के आदिवासी लोगों की अपनी परम्परागत संस्थाएँ हैं,

जहाँ स्वकीय प्रबन्ध की समयसिद्ध प्रणाली पहले से मौजूद है, किन्तु ब्रिटिश सरकार ने इस सिद्धान्त का मान-मर्दन किया। क्षेत्र के लोगों के स्वप्रबन्ध के सिद्धान्त का स्वांग रचते हुए ब्रिटिश सरकार ने वस्तुतः आदिवासी लोगों पर अप्रत्यक्ष शासन की एक नई प्रणाली लागू कर दी थी। यह स्वाभाविक ही था कि विभिन्न भाषायी सांस्कृतिक समुदायों ने, अपनी परम्परा और अस्मिता को, अपनी सामाजिक, आर्थिक तथा राजनीतिक विशेष स्थिति को सुधारने की इच्छा के साथ बरकरार रखना चाहा। ये सभी मुद्दे प्रतिस्पर्द्धा, टकराव तथा सत्ता संघर्ष से सम्बद्ध हैं। यह व्यवस्था आज़ादी पाने के इतने वर्षों के बाद भी अधिक बदली नहीं है।

स्वतन्त्र भारत की सरकार ने भी ब्रिटिश अधिकारियों की बजाय भारतीय संविधान की पाँचवीं तथा छठी अनुसूचियों के माध्यम से अप्रत्यक्ष शासन की प्रणाली को ही कायम रखा है। जहाँ पाँचवीं अनुसूची घाटी के जनजातीय लोगों पर पितृवत् (Paternalistic) शासन का विचार प्रस्तुत करती है, वहीं छठी अनुसूची एक कदम आगे बढ़कर एक राजनीतिक खिलौने के रूप में खेलने के लिए पहाड़ी लोगों के हाथ में स्वायत्त जिला परिषद् का झुनझुना थमा देती है। देश में पंचायती राज प्रणाली की स्थापना के सम्बन्ध में किए गए 73वें संविधान संशोधन के उपरान्त भी मेघालय, मिजोरम, नागालैंड, अरुणाचल प्रदेश के अन्य जनजातीय क्षेत्र, असम और मणिपुर को इस संशोधन की सीमा से तब तक बाहर रखा गया है, जब तक इस सम्बन्ध में वे राज्य अपनी सहमति न दे दें।

विडम्बना यह है कि संविधान का 73वाँ संशोधन, स्कूलों और अस्पतालों के स्वप्रबन्धन हेतु संघ सरकार तथा इससे सम्बद्ध अन्य प्रावधानों द्वारा प्रत्यक्ष अनुदान दिए जाने के मामले के सन्दर्भ में, पाँचवीं तथा छठी अनुसूचियों की तुलना में न सिर्फ़ अधिक कार्यात्मक है बल्कि वह अधिक संवैधानिक शक्तियों से लैस भी है। उदाहरण के तौर पर, उत्तर-पूर्व की जनजातियाँ 73वें संशोधन तथा पाँचवीं तथा छठी अनुसूचियों दोनों से ही असन्तुष्ट रही हैं और काफी समय से पृथक् राज्य की माँग उठाती रही हैं। उन्हें उम्मीद है कि इस प्रक्रिया में वे भारतीय संविधान की परिधि में रहते हुए अपनी अलग पहचान को सुरक्षित रख पाएँगी।

इस प्रकार पाँचवीं तथा छठी अनुसूचियों और राज्यों द्वारा बनाए गए कानूनों के तहत पूर्वोत्तर भारतीय आदिवासियों ने राजनीतिक विकास के आरम्भिक चरण में जातीय समूह के रूप में अपनी पहचान से ऊपर उठकर, समुदाय के रूप में अपनी पहचान बना ली है। आज कुछ पहाड़ी क्षेत्रों में आधुनिक राज्यों के निर्माण के बाद, राष्ट्रीयता-निर्माण का दौर स्थानीयता व लघुराष्ट्रीयता समेत पारदर्शी बन गया है। आत्मनिर्णय के लिए चल रहे राष्ट्रवाद का यह राजनीतिक मुद्दा ही वह बिन्दु है, जिस पर विभिन्न आदिवासी लोगों की सोच सत्तावादी नज़रिये से अलग है। गौरतलब है कि यहाँ विभिन्न जाति-समुदायों की राष्ट्रीयता की अवधारणा राज्य-राष्ट्र की राष्ट्रीयता की अवधारणा से उतनी ही भिन्न है, जितनी कि राष्ट्र-राज्यों की राष्ट्रीयता से।

यह नोट करने योग्य है कि आदिवासियों के अधिकारों के विषय में संयुक्त राष्ट्र संघ की अन्तर्राष्ट्रीय उद्घोषणा के प्रारूप के प्रकाशन के साथ ही, पूर्वोत्तर भारत की जनजातियों में इस प्रकार की राष्ट्रीयता की भावना बलवती हुई, उद्घोषणा की दो बातों के प्रति आपत्तियाँ उठाई गई हैं। पहली आपत्ति आदिवासी राष्ट्र की परिभाषा को लेकर है। इस परिभाषा के अनुसार आदिवासी राष्ट्र का तात्पर्य उन लोगों के वंशजों से है, जो किसी देश की वर्तमान भूमि के पूरे या कुछ भाग पर विश्व के अन्य भागों की किसी भिन्न संस्कृति अथवा नस्ल के लोगों द्वारा पराजित कर दिए जाने या उनके साथ किसी समझौते के तहत या अन्य किसी तरह से, वर्चस्वहीन अथवा औपनिवेशिक स्थिति में धकेल दिए जाने के पहले से ही, वहाँ रह रहे थे। इस परिभाषा पर एशियाई तथा एशिया-प्रशान्त देशों ने आपत्ति जताई है क्योंकि वे अमरीकी, आस्ट्रेलियाई और न्यूजीलैंड के आदिवासियों के विपरीत केवल स्वयं को ही अपने क्षेत्र का मूलवासी नहीं मानते। उनके और दूसरे अप्रवासियों—जिनमें यूरोपीय लोग शामिल हैं—के बीच अन्तर महज नस्लगत तथा सांस्कृतिक मुद्दा माना जाता है और यह माना जाता है कि सभ्यता, प्रगति एवं विकास के मामले में, वे हाशिये पर धकेल दिए गए हैं। इस प्रकार आर्थिक रूप से यूरोप के आदिवासियों के समतुल्य होते हुए भी वे राजनीतिक दृष्टि से अमरीकी, आस्ट्रेलियाई और न्यूजीलैंड के आदिवासियों से भिन्न हैं।

सबसे गम्भीर एतराज उद्घोषणा में आत्मनिर्णय के अधिकार को शामिल करने को लेकर हुआ है। संयुक्त राज्य अमरीका, पश्चिमी शक्तियाँ तथा कुछ एशियाई देश जिनमें भारत भी शामिल है, इस बात के बड़े आलोचक हैं। उद्घोषणा में प्रस्तावित अधिकारों के बारे में कहा गया है कि "अन्तर्राष्ट्रीय कानून के अनुसार आदिवासी लोगों को आत्मनिर्णय का अधिकार प्राप्त है, जिसके आधार पर वे अपनी राजनीतिक हैसियत तथा संस्थाओं को तय कर सकते हैं और साथ ही वे अपने आर्थिक, सामाजिक एवं सांस्कृतिक विकास हेतु स्वतन्त्रतापूर्वक प्रयास भी कर सकते हैं। स्वायत्तता तथा स्वशासन उनके इस अधिकार का अनिवार्य अंग है।" अमरीकी तथा अन्य लोग, पूर्वी यूरोपीय कौमों के सन्दर्भ में शायद प्रथम विश्वयुद्ध के बाद प्रतिपादित आत्मनिर्णय के 'विल्सनवादी' विचारों से प्रभावित हैं। इधर सोवियत संघ के विखंडित होने से बने पूर्वी यूरोप के इन राष्ट्रों और उनके द्वारा अर्जित स्वतन्त्रता का, पश्चिमी देशों ने स्वागत किया है परन्तु जब ऐसी ही स्थिति से वे स्वयं दो-चार होते हैं, तो उन्हें लगता है कि आत्मनिर्णय का यह सिद्धान्त उनकी अखंडता के लिए ख़तरा बन गया है। उन्हें यह भी लगता है कि इससे उनके यहाँ विघटनकारी आन्दोलनों, विद्रोहों तथा आतंकवाद को बढ़ावा मिलेगा। हालाँकि उद्घोषणा में प्रस्तावित 'आत्मनिर्णय के अधिकार' से सम्बद्ध पंक्तियों के बीच ही बताया गया है कि ये अधिकार अन्तर्राष्ट्रीय कानून के अनुरूप होंगे। उनमें विघटन, विद्रोह तथा आतंकवाद की बजाय स्वायत्तता तथा स्वशासन पर बल दिया गया है।

पूर्वोत्तर भारत के आदिवासी लोगों को, जहाँ तक उनकी अपनी भूमि, वन-सम्पदा, भाषा, संस्कृति तथा रीति-कानून के स्व-प्रबन्धन का सम्बन्ध है, निश्चित रूप से

आत्मनिर्णय एवं स्वशासन का अधिकार प्राप्त है। विश्व बैंक, अन्तर्राष्ट्रीय मुद्रा कोष, बहुराष्ट्रीय निगम तथा अन्य निजी अन्तर्राष्ट्रीय वित्तीय एजेन्सियों ने जहाँ एक ओर आर्थिक आधार पर आदिवासियों, जो समृद्ध खनिज तथा वन-सम्पदा वाले बड़े क्षेत्रों के मालिक हैं, के आत्मनिर्णय के अधिकारों की माँग का सक्रिय समर्थन किया है, वहीं दूसरी ओर पश्चिम का अभिजात वर्ग तथा तीसरी दुनिया के सत्ताधारी अभिजात लोग जिनके हाथ में ऐसी सम्पदाओं का नियन्त्रण है, राजनीतिक कारणों से इसका विरोध कर रहे हैं। अतः आदिवासी लोग, जो इन दो प्रकार की शक्तियों के बीच फँसे हैं, को ही यह तय करना है कि वस्तुतः वे आत्मनिर्णय का किस प्रकार का अधिकार अपने लिए चाहते हैं।

व्यक्तिगत तौर पर मैंने पूर्वोत्तर भारत के आदिवासियों के आत्मनिर्णय के अधिकारों का मामला काफी पहले सन् 1985 में भारत में 'क्षेत्रीयतावाद—उत्तर-पूर्वी भारत के विशेष सन्दर्भ में', विषय पर आयोजित सेमिनार में उठाया था। इस सेमिनार की कार्यवाही का ब्योरा सन् 1993 में प्रकाशित हो चुका है। उस समय बहुत से विद्वानों ने इसे प्रतिक्रियावादी विचार माना था क्योंकि दरअसल 'आत्मनिर्णय' शब्द का पारम्परिक अर्थ सीधा अलग होना माना जाता रहा है, लेकिन इस शब्द से मेरा आशय इससे भिन्न था, जिसे मैंने सेमिनार में अपने भाषण के समापन-टिप्पणी के रूप में अभिव्यक्त किया था। उत्तर-पूर्वी भारत, विशेष रूप से पहाड़ी प्रदेश के लोगों के राष्ट्रीयता के आन्दोलन, सिद्धान्तकारी विचारधारा की बजाय राजनीति प्रेरित अधिक हैं। अतः इसका अन्तिम समाधान देश के सभी जाति-समूहों को 'आत्मनिर्णय' का अधिकार दिए ज़ाने से ही हो सकता है। इसके साथ यहाँ यह भी जोड़ना ज़रूरी है कि "आत्मनिर्णय के सिद्धान्त का अर्थ हमेशा अलग होने का अधिकार नहीं होता। इसका सीधा-सा मतलब है—लोगों को यह तय करने का अधिकार कि उनके हित के लिए सर्वोत्तम रास्ता क्या है।" वह भी इस कारण नहीं कि कुछ ऐतिहासिक दुर्घटनाओं के चलते उन लोगों को भारतीय राजनीतिक प्रणाली में बलात् शामिल कर लिया गया था—जिसके बारे में देश को 20 वीं सदी के बाद के समय में विनाश से बचाने के लिए पुनर्विचार की बहुत ज़रूरत है। आज मुझे उन मुद्दों को अन्तर्राष्ट्रीय एजेन्सियों द्वारा बार-बार प्रगतिशील विचार के रूप में उठाते हुए देखकर आश्चर्य हो रहा है कि कैसे 1985 में प्रतिक्रियावादी घोषित कर दिए गए विचार आखिर अब प्रगतिशील विचार किस तरह बन गए?

अनुवाद : *अकील कैस, योगेश कुमार*

नोट : श्री बी. पाकेम नेहू विश्वविद्यालय के कुलपति रह चुके हैं। 19 सितम्बर, 1993 को इंडिजनस पीपुल विषय पर के.एस.यू. तथा अदर मीडिया द्वारा आयोजित सम्मेलन में यह आलेख पढ़ा गया था। डॉ. पाकेम जाने-माने आदिवासी मिशन के अतिरिक्त मेघालय सरकार के शिक्षामन्त्री भी रह चुके हैं।

डॉ. अम्बेडकर के आन्दोलन में आदिवासियों का स्थान

माया बोरसे

आदिवासी समाज ऐसा समाज है जिसके नाम में ही उसकी पहचान छिपी हुई है। आदिवासी शब्द के लिए 'मूलनिवासी' शब्द का भी प्रयोग किया जाता है अर्थात् आदिवासी समाज इस भूमि का मूलनिवासी है और वही इस भूमि का उत्तराधिकारी भी है। आज हमारे सामने इस मूलनिवासी का चित्र कैसा उभरकर आता है? इस मूलनिवासी की आज की स्थिति इतनी दयनीय है कि उसे भोजन के लिए पेट भर अन्न नहीं, शरीर को वस्त्र नहीं, रहने के लिए आवास नहीं, यानी सभी जीवनावश्यक वस्तुओं के अभाव में इसकी जिंदगी गुजर रही है। इन मूलभूत सुविधाओं और आवश्यकताओं के अभाव के कारण यह समाज गरीब, शोषित, पीड़ित, लाचार बना हुआ है और अपनी अस्मिता खो बैठा है। इतना ही नहीं 'आदिवासियों' पर हम लोगों ने इतना अत्याचार किया है, इतना अमानवीय व्यवहार किया है उनके साथ कि आदिवासी लोग इस बात से अनजान हैं कि वे इस धरती के मूलनिवासी हैं। वे भूल गए हैं—अपने मूलनिवास की जड़। निरक्षरता, गुलामी, लाचारी, गरीबी, सामाजिक अत्याचार, इन सारे विश्लेषणों ने उन्हें आक्टोपस की तरह घेर लिया है।

अम्बेडकरी आन्दोलन यानी दलित आन्दोलन की पृष्ठभूमि में आदिवासियों के प्रश्न और समस्याओं पर विचार करते हुए ऐसा प्रतीत होता है कि डॉ. बाबा साहब अम्बेडकर को दलितों के समान आदिवासी समाज के प्रति भी सहानुभूति थी। डॉ. अम्बेडकर आदिवासी समाज के उद्धार के लिए कितने प्रयासरत थे, कितने चिन्तित थे, इस बात को बहुत लोग नहीं जानते। इस कारण डॉ. अम्बेडकर पर श्री ठक्करबापा जैसे विद्वानों ने आरोप लगाया था कि डॉ. अम्बेडकर आदिवासी समाज के बारे में उदासीन थे। एक बात सच है कि बाबा साहब के पश्चात दलितपंथी लोगों और उनके उत्तराधिकारियों ने आदिवासियों के प्रश्नों की ओर ध्यान नहीं दिया और बाबा साहब के मन में आदिवासी समाज के प्रति जो प्रतिबद्धता थी, उसको नज़रन्दाज कर दिया गया। अम्बेडकर के बाद कर्मवीर दादा साहब गायकवाड़ जैसे समाजप्रतिष्ठित व्यक्ति ने भूमिहीन समाज के लिए ऐतिहासिक सत्याग्रह किया, यह बात निश्चित रूप से तसल्ली प्रदान करनेवाली है। हाँ, यह सत्य है कि ऐसे लोग अपवादस्वरूप हैं।

डॉ. अम्बेडकर का स्पष्ट रूप से यह मानना था कि आदिवासियों की मूल जीवन-पद्धति और उसके ढाँचे को ठेस न पहुँचाते हुए, डिस्टर्ब न करते हुए उनका जीवन सुधारने और उन्हें विकास के सूर्य की ओर ले जाने का प्रयास करना ज़रूरी है। आदिवासी समाज, शासन में सहभाग से ही विकसित हो सकता है। आदिवासी लोग आम जीवन से कट गए हैं और इस कारण वे अकेले पड़ गए हैं। मुख्य जीवन से कट जाने का डर बाबा साहब ने हमेशा व्यक्त किया था। आदिवासियों की यह हानि केवल उनकी निजी हानि नहीं, वह समूचे समाज की हानि है।

आज के इस स्पर्धा के युग में पेटेंट की होड़ लगी है। इस महत्त्वपूर्ण बात की ओर शासन प्रणाली की उदासीन वृत्ति से हमने हल्दी और चावल का पेटेंट अन्तरराष्ट्रीय बाज़ार में खो दिया है और यदि हम जागृत नहीं हुए तो हमारे इन देशज आदिवासियों के पास जो परम्परागत, प्राचीन खाद्यों, दवाइयों का खजाना भरा है पर बाहरी लोग अपना हक जमाना शुरू कर देंगे। आदिवासी लोगों को, जंगली जड़ी-बूटी का पुरकस ज्ञान है। ये विविध औषधोपयोगी वनस्पति के बारे में काफी जानकारी रखते हैं। इनके ज्ञान को हम उजागर कर, लिखकर प्रस्थापित करें तो हम अनेक प्रकार की उच्चकोटि की दवाइयाँ प्राप्त कर सकते हैं। उन्हें सूक्ष्म दृष्टि से देखने की आवश्यकता है। ऐसा नहीं होने पर भारत के इस प्राचीन आयुर्वेदिक औषधोपचार पद्धति पर विदेशी कम्पनियाँ हक जमाना शुरू कर देंगी और हम विवशता से हाथ मलते रह जाएँगे।

आज आदिवासियों के धर्मान्तरण को लेकर विशिष्ट फासिस्ट समुदाय द्वारा बहुत हल्ला मचाया जा रहा है। इस खतरे की सूचना बाबा साहब अम्बेडकर ने लाहौर 1936 में 'जात-पाँत तोड़क' मंडल के वार्षिक अधिवेशन में दिए गए अध्यक्षीय भाषण में दी थी, लेकिन तत्कालीन धर्म-मार्तंडों ने जानबूझकर इस बात की ओर ध्यान नहीं दिया। इस भाषण में डॉ. बाबा साहब ने कहा था—

"भारत में तकरीबन एक करोड़ तीस लाख (1931 की जनगणना के तहत) आदिवासी बांधव रहते हैं। जिस देश के बारे में यह माना जाता है कि उसकी संस्कृति सहस्रों वर्ष पुरानी है, प्राचीन है और आधुनिक भी है, उसी देश में यह आदिवासी समाज अत्यन्त आदिम, पुरातन, अविकसित अवस्था में जी रहे हैं, जीवन बीता रहे हैं। वे असंस्कृत हैं, अशिक्षित हैं। इतना ही नहीं पेट भरने के लिए उन्हें चोरी करनी पड़ती है। इसके कारण उन पर गुनाहगार जमात् का नया लेबल लगाया जाता है। एक कोटी 30 लाख लोग सुसंस्कृत समाज में जंगली अवस्था में जीवन बिता रहे हैं। इस बात पर हिन्दुओं को कभी गुस्सा नहीं आता, न ही शर्म आती है। समूची दुनिया में ऐसा उदाहरण कहीं भी नहीं मिलेगा। इस मामले में हम 'एकमेव' हैं। आखिर आदिवासियों की ऐसी शर्मनाक दयनीय स्थिति के कारण क्या हो सकते हैं? इन्हें शिक्षित और सुसंस्कृत करने की कोशिश क्यों नहीं की गई? उनको भी सम्मान की जिन्दगी जीने के लिए प्रवृत्त क्यों नहीं किया गया? हिन्दू लोग शायद जवाब दे सकते हैं कि आदिवासियों की ऐसी अवस्था के लिए वे खुद जिम्मेवार हैं। लेकिन सच बात तो यह है कि उन्हें जंगली अवस्था से

निकालकर सुसंस्कृत और सभ्य जिंदगी जीने को प्रवृत्त करने की कोशिश हमने कभी नहीं की। उन्हें सम्पूर्ण और स्वयंपूर्ण नागरिक बनाने में हम नाकामयाब रहे। हिन्दू इस बात को कभी नहीं मानेंगे। ईसाई समाज इनके उद्धार के लिए जो कदम उठा रहा है क्या वैसे कदम, वैसी कोशिश करने की किसी हिन्दू ने पेशकश की? किसी के मन में ऐसा विचार आया? अगर विचार आया भी तो क्या वह कार्यान्वित कर सकता है? बिल्कुल नहीं, क्योंकि आदिवासियों की स्थिति सुधारना है तो पहले उन्हें अपनेपन की भावना से नजदीक लाना होगा, उन्हें प्यार और हुनर से सँजोना है। उनके मन में बन्धुभाव की भावना पैदा करनी होगी। सारांश यही कि उन पर जीवन लुटा देना होगा। जी भरकर प्यार करना होगा और यह बात हिन्दुओं से कैसे सम्भव होगी? इसी विवेचना में व्यतीत होता है और उनके जीवन का यही एकमेव उद्देश्य भी है। अपनी जात के लिए वह कुछ भी कर सकते हैं। हिन्दुओं का जीवन तो मानता है। आदिवासी लोग तो वैदिक काल से अनार्य के वंशज समझे जाते हैं। इसलिए उनके साथ अपना सम्बन्ध स्थापित करके कोई भी हिन्दू व्यक्ति अपने को कलंकित मानता है। ऐसी बात नहीं है कि पतितों की, दीन-दलितों की सेवा करने का उपदेश हिन्दुओं को सिखाया नहीं जाता लेकिन इस प्रकार की सेवा प्रदान करके जाति से बहिष्कृत होने का भय उनके मन में रहता है, जिसके कारण हिन्दू व्यक्ति दीन, दासों की सेवा करने में पीछे रह जाता है। इसी भय और मानसिकता के चलते आदिवासी लोगों को जंगली अवस्था में रहने दिया गया। हिन्दुओं के मन में यह बात कभी नहीं आई कि भविष्य में ये उनके लिए बहुत बड़ा खतरा बन सकते हैं। संकट सदृश स्थिति पैदा कर सकते हैं। अगर ये लोग जंगली अवस्था में रहे तो हिन्दुओं को धोखा नहीं होगा। लेकिन अहिन्दू समाज ने उन्हें अपनाया तो हिन्दू-विरोधी संगठनों के वे प्रमुख आधार बन सकते हैं और अगर ऐसा हुआ तो?...तो फिर हिन्दू स्वयं को और अपनी जाति व्यवस्था की प्रणाली को धन्यवाद देंगे...।''

बाबा साहब का यह अभ्यासपूर्ण विवेचन आज भी (63-64 वर्ष के बाद) वैसा लागू होता है। इससे उनकी दूरदृष्टि का हमें पता चलता है। बाबा साहब का कहना था-- ''अगर आदिवासी जंगली अवस्था में रहे तो हिन्दुओं को धोखा नहीं है और इसीलिए कुछ फासिस्ट लोग स्वयं नेतृत्व हाथ में लेकर आदिवासियों के लिए धार्मिक, आर्थिक, सामाजिक आन्दोलन कागज पर ही चला रहे हैं। यही उनका प्रयास होता है कि आदिवासी शहरी (तथाकथित सुधारित) संस्कृति से दूर रहें। अगर आदिवासी समाज जागृत हो गया और यहाँ पराया कौन और अपना कौन, जान गया और उन्हें इस बात का पता भी लग गया कि वे इस धरती के मूल-निवासी हैं, तो ये जनजातियाँ जान जाएँगी कि वास्तव में पराया कौन है। वे भविष्य में इस स्थिति का डर मन में लेकर अपनी अस्मिता को बचाएँ रखने के लिए प्रतिरोध भी कर सकते हैं। आज ऐसे आन्दोलन चलाए जा रहे हैं। खान देश में चोपडा ताबुका में आदिवासी हिन्दू सम्मेलन का आयोजन किया था। उस सम्मेलन में एक आदिवासी भाई को कार्यक्रम के बारे में

पूछा गया तब उसने जो उत्तर दिया वह निश्चित रूप से विचारणीय है। वह उत्तर इस प्रकार था, 'एक सभा में कुछ कह रहा था। लोग बीच-बीच में तालियाँ बजा रहे थे। हम खिचड़ी खाए और निकले।' इनकी स्थिति अगर ऐसी है तो परिवर्तन हो गया? ऐसा समझना चाहिए। पीछे से कुछ दिनों से सरकार ने मतदान के लिए पहचान-पत्र निकालने की योजना बनाई थी। इस योजना के पीछे सरकार का उदात्त उद्देश्य हो सकता है। लेकिन आदिवासी समाज के लिए ऐसे पहचान-पत्र की आवश्यकता निरर्थक है। इसका कारण यह है कि जो लोग एक जगह रहते नहीं, जिन्हें घर नहीं, अनाज नहीं, वे लोग यह पहचान-पत्र कैसे सँभालकर रख सकते हैं? पहचान-पत्र का उपयोग पाँच साल में एक बार होता है और अगर इनके पास पहचान-पत्र नहीं है तो वे मतदान के हक से भी वंचित रहेंगे और जो लोग निर्वाचन में चुनकर आते हैं, वे लोग निश्चित रूप से आदिवासियों के प्रतिनिधि नहीं होंगे। ऐसे निर्वाचित प्रतिनिधि होंगे तो आदिवासियों के उद्धार के लिए काम क्यों करेंगे?''

आदिवासियों के कल्याण के लिए बाबा साहब ने ऐसा प्रस्ताव रखा था कि साहूकार लोग आदिवासियों की ज़मीन हड़प रहे हैं, इसलिए उनसे बचने के लिए आदिवासियों के ज़मीन का हस्तान्तरण नहीं होना चाहिए। उन्होंने डेक्कन एग्रीकल्चर रीलीफ एक्ट की तहत कानून पास करके या प्रस्ताव रखा कि आदिवासी समाज की भूमि का संरक्षण करना चाहिए। इस प्रस्ताव द्वारा उन्होंने आदिवासियों की ज़मीन का संरक्षण माँगा था। 1974 में महाराष्ट्र सरकार द्वारा आदिवासियों की जमीन-वापसी का कानून बाबा साहब के इस प्रस्ताव का ही अंजाम था।

इससे यह पता चलता है कि बाबा साहब को अस्पृश्यों के समान ही आदिवासी समाज के प्रश्नों के बारे में भी चिंता थी। म.गो. रानडे जी के 101वीं जयन्ती के अवसर पर 17 जनवरी 1943 के दिन दिए गए भाषण में उन्होंने कहा था—''हिन्दू समाज के अपयश और ह्रास का कारण चातुर्वर्ण्य व्यवस्था है। हिन्दू समाज की नीतिवत्ता का स्तर जो दिन ब दिन नीचा होता जा रहा है, उसका जिम्मेदार हिन्दुओं का धर्म और सामाजिक सिद्धान्त है। जिस समाज में कुछ लोग कुछ लोगों के नजदीक नहीं आते, उन्हें छूते तक नहीं, जिनका शरीर इनकी छाया से भी 'अपवित्र' और भ्रष्ट होता है और जिस समाज में ऐसे आदर्शवादी लोग हैं, क्या पृथ्वी पर इस प्रकार का कोई दूसरा समाज है? इस आदिवासी समाज में अभी भी चोर, डाकुओं की टोलियाँ मौजूद हैं। ऐसे समाज का अस्तित्व और कहीं भी नहीं हो सकता। अभी भी ये लोग दुनिया से कोसों मील दूर हैं। इतना ही नहीं जिन्हें अभी कपड़े कैसे पहने जाते हैं इस बात का भी पता नहीं और आज भी पाषाण युग की जिंदगी जी रहे हैं। इनकी संख्या कम नहीं, हज़ारों में नहीं, लाखों, करोड़ों में है।

यह बहुत दुःखद और शोकपूर्ण बात है...करोड़ों अस्पृश्य..., करोड़ों आदिवासी... करोड़ों गुनाहगार...करोड़ों बेघर...।

1951 में किर्वोस्कर विशेषांक (दिल्ली) में दिए गए साक्षात्कार में बाबा साहब ने

कहा था कि–"भारत को अस्पृश्य और आदिवासियों का प्रश्न हल करना ही होगा। जो भी राष्ट्रीय पक्ष इन दो प्रश्नों का समाधान कर सकेगा, मैं निःसंकोच मन से उन्हें सहयोग दूँगा...।"

गुनाहगारी जमात कानून 1971 में ब्रिटिश सरकार ने तैयार किया था। उसके पीछे तत्कालीन स्थितियाँ कारण थीं। आदिवासी समाज ने अंग्रेज़ों को अपना शत्रु माना और बड़े स्वाभिमान से उनसे लड़ते रहे, इतना ही नहीं अपनी तरफ से उनका विरोध किया और अंग्रेज़ों को तंग भी किया। अंग्रेज़ों द्वारा बनाए गए इन कानूनों ने आदिवासियों का मानसिक और भौतिक जीवन बर्बाद कर दिया। भारत को स्वतन्त्रता मिलने के बाद भी आदिवासियों के जीवन में कोई फर्क नहीं पड़ा।

भारतीय संविधान की धारा 14 के अनुसार कानून की नज़र में सभी नागरिक समान हैं और सभी नागरिकों को सुरक्षा की जिम्मेवारी संविधान द्वारा प्रदान की गई है। ऐसा होने के बावजूद भी आज घुमक्कड़, भटकी, विमुक्त जातियों के लिए अलग कानून का उपयोग किया जा रहा है। कानून का उद्घोष करनेवाले लोगों के ध्यान में यह बात अभी तक कैसे नहीं आई, यह आश्चर्यजनक बात है। इस कानून में 1952 में बदलाव लाया गया। उसके लिए आज भी 'गुनाहगार जमाती कानून', इन आदिवासी लोगों को छल रहा है। आज कहीं चोरी हो तो सबसे पहले विमुक्त जनजाति के लोगों को पकड़ा जाता है। आज भी वे अनार्य जमात् माने जाते हैं। डॉ. वर्णकर एवं जगदीश कश्यप जैसे बौद्धिक पंडितों के अनुसार गौतम बुद्ध मौर्य जमात् के थे। 'मिसींद प्रश्न' ग्रन्थ में 'गोंडी' संस्कृति के बीज दिखाई देते हैं। गौतम बुद्ध का सेवक 'वांद' गोंड जाति का था। जे.एफ. हैबीट के अनुसार बुद्ध द्रविड़ियन गण समुदाय के थे। 'माया' शब्द 'गोंडी' भाषा में है। रावण गोंड राजा था। इस प्रकार गोंडी संस्कृति और बौद्ध संस्कृति के बीच जो अनुबन्ध के धागे थे, या सम्बन्ध था, उसको बौद्ध मनीषियों एवं शोधकों ने उजागर किया है। इस दृष्टि से आगे और शोध की आवश्यकता भी है। ऐसा कई लेखकों, शोधकों का मानना है कि 'नाग' संस्कृति बौद्ध संस्कृति थी।

अम्बेडकर के यानी दलितों के आन्दोलनों को चलानेवाले अनुयायियों को आदिवासियों के समूचे प्रश्नों और समस्याओं पर प्रर्याप्त चिन्तन करना ज़रूरी है, इसकी आवश्यकता भी है। इतना ही नहीं केवल चिन्तन करने से काम होगा नहीं, उससे आगे निकलकर सुयोग्य दिशा में कार्य करते-करते दिशा-निर्देश भी करना पड़ेगा। आदिवासी समाज को अलिप्त अथवा दूर रखकर अम्बेडकर आन्दोलन अथवा अम्बेडकरवाद पूर्णत्व नहीं पा सकता। बाबा साहब के विरोधी लोग जानबूझकर ऐसी गलत धारणा समाज में फैला रहे हैं कि बाबा साहब का कार्य अस्पृश्यों तक ही सीमित था, लेकिन इन लोगों का यह षड्यन्त्र सफल नहीं होने देना है। इस षड्यन्त्र का हमें अन्त करना होगा और इसके लिए हमें सदैव जागृंत रहना पड़ेगा।

इसके लिए अम्बेडकरवाद के मानने वाले वर्ग या उसके उत्तराधिकारियों को अपने खोल से बाहर आकर काम करना ज़रूरी है। आदिवासियों की समस्याओं का अनुसन्धान

करके कुछ ठोस कार्य करना ज़रूरी है। अगर ऐसा नहीं हुआ तो फासिस्ट लोग सक्रिय हो सकते हैं और उनकी हरकतों से एक भाई दूसरे भाई का दुश्मन बन सकता है और भाई-भाई को अलग करने की साजिश रच सकता है। इन लोगों ने आदिवासियों का नामकरण वनवासी किया है। जिसकी वजह से समूची आदिवासी संस्कृति को मिटाने का भय पैदा हो गया है। वास्तव में आदिवासी समाज को साक्षर करने की जिम्मेवारी अम्बेडकरवादी अनुयायियों पर ही है। आदिवासी समाज को उनके असली मित्र और शत्रु अथवा अपने-पराए कौन हैं की जानकारी देने की आवश्यकता है और यह दायित्व अम्बेडकरवादी आन्दोलन के उत्तराधिकारियों पर है।

अनुवाद : *डॉ. कंचन जटकर*

(मराठी से अनूदित)

भारतीय संस्कृति को आदिवासियों की देन

डॉ. रामदयाल मुंडा

इस निबन्ध में आदिवासी से हमारा तात्पर्य उन आर्येतर जातियों से है, जिन्हें संस्कृत साहित्य में असुर, निषाद, दस्यु, वानर और राक्षस प्रभृत नामों से सम्बोधित किया गया है। आधुनिक भारत में मोटे तौर पर द्रविड़ और मुंडा भाषा-भाषी जनजातियों को हम इसके अन्तर्गत रख सकते हैं। आर्य जातियाँ जब भारत भूमि में आईं तो उन्हें तथाकथित अनार्य जातियाँ यहाँ पहले से ही बसी मिलीं और चूँकि उनके पहले के भारतीय निवासियों का पता अभी नहीं है, अतः उन्हें ही आदिवासी या प्रथम निवासी कहना उपयुक्त होगा। आदिवासी शब्द का प्रयोग हम यहाँ इसी विस्तृत अर्थ में कर रहे हैं न कि उस सीमित अर्थ में जिसका प्रयोग भारत सरकार कतिपय वन्य जातियों के लिए करती है।

किसी विजयी जाति ने जब भी इतिहास लिखने की कोशिश की है, उसने विजित जाति के प्रति अपना रोब जमाने की कोशिश भी की है। भारतीय आदिवासी जातियों के इतिहास के सम्बन्ध में भी यह बात बहुत अंशों में लागू होती है। किन्तु विजेता और विजित के सम्बन्ध भारतीय परम्परा में इतने कटु नहीं हैं, जितना कि हम अन्यत्र अन्य देशों में देखते हैं। जीत में हार और हार में जीत का एक विचित्र सम्मिश्रण हम यहीं देखते हैं।

वेद भारतीय और विश्व साहित्य के प्रथम ग्रन्थ कहे जाते हैं और 'असुर' शब्द यहीं प्रथम बार आया है। इसके दो अर्थ साधारणतया किए जाते हैं--(1) सुरविहीन और (2) सुराविहीन। सुर-विहीन इसलिए कि वे आर्य देवताओं के विरोधी थे। मुख्यतया इन्द्र को बार-बार इनके विरुद्ध लड़ना पड़ा। वृत्र, शंबर और मधु इनके नेता थे। ये हज़ारों गायों और धन-सम्पत्ति के स्वामी थे, जिससे इन्द्र को ईर्ष्या होना स्वाभाविक ही था। यह द्रष्टव्य है कि ये तीनों नाम बोरतो, सम्बरए और मोगो (मगु, मंगु) के रूप में मुंडा भाषा-भाषी आदिवासियों में चले आ रहे हैं। सुराविहीन के अर्थ में असुर शब्द का प्रयोग देव और दानवों द्वारा समुद्र-मंथन और उसके निष्कर्ष के रूप में प्राप्त अमृत (सुरा) के भोग में असुरों का वंचित हो जाने के सन्दर्भ में किया जाता है।[1] सुराविहीनाः असुराः। किन्तु कठिनाई यह है कि आर्यों के देवता, इन्द्र, अग्नि और वरुण को भी अनेक जगह

असुर कहा गया है।[2] तब मात्र उपर्युक्त व्याख्याओं से काम नहीं चलता। इन देवताओं को सुराविहीनाः की श्रेणी से बचाने के लिए एक नई व्याख्या की आवश्यकता है, जो निषेधात्मक न होकर शक्तिबोधक हो। हमारी दृष्टि से एक तीसरी व्याख्या (केनापि) 'सुरेन अशासिता-असुराः' सर्वाधिक सम्यक् प्रमाणित होगी। छोटानागपुर को असुर जनजाति के सन्दर्भ में और अन्य भारतीय आदिवासी कथाओं में भी यह शब्द अप्रतिम शक्ति का परिचायक है। ऐसी बात नहीं है कि आदिवासियों के देवता ही नहीं होते। देवता हैं किन्तु दूसरों की भाषा में वे भूत-प्रेत ही रह जाते हैं। आदिवासियों के देवताओं को भूत-प्रेत कहकर उन्हें दुष्ट देवताओं की श्रेणी में रख दिया गया है। आधुनिक सुधारवादी धर्मसमाजों ने यही बात दुहराने की कोशिश की है और हिन्दुओं के साथ ईसाई मिशनरियों को भी इसमें सम्मिलित किया जा सकता है। इसमें अधिक सोचने की आवश्यकता नहीं है कि आदिवासियों के देवता क्यों दूसरों को बुरे भूत-प्रेत लगते हैं। किसी आदिवासी का जवान पुत्र मर जाए, कारण चाहे विज्ञान सम्मत ही क्यों न हो, तो कह दिया जाता है कि किसी भूत ने उसे खा डाला। वही लड़का यदि किसी धार्मिक हिन्दू या ईसाई परिवार में मरता है तो कहा जाता है कि भगवान ने उसे अपने पास बुला लिया। देवताओं के भले-बुरे होने के सम्बन्ध में और भी कई उदाहरण दिए जा सकते हैं। इन्द्र का स्मरण एक बड़े देवता के रूप में किया जाता है, किन्तु क्या हम कह सकते हैं कि वे अपने बड़प्पन को उठाए रखने में सदा सफल रहे हैं? किसी की महानता का आदर्श यह है कि उसे अपने समानान्तर बढ़ती हुई किसी की महानता से द्वेष नहीं होता वरन् प्रसन्नता ही होती है। इन्द्र के चरित्र में हमने इसका परिचय कभी नहीं पाया। जब भी कोई अपने विकास के लिए तप करता दिखाई देता है, तो इन्द्र को लगता है कि वह स्वर्ग का राज्य ही ले लेने के लिए उतारु है। चारित्रिक दृष्टि से तो उनकी गणना बिल्कुल गए-गुजरों में ही होगी—सबसे महत्त्वपूर्ण उदाहरण सम्भवतः उनका ऋषिपत्नी अहिल्या के साथ छल से सहवास करना, दिया जा सकता है। तब भी इनके देवत्व में कोई अन्तर नहीं पड़ता।

भारतीय मस्तिष्क की ऊँची-ऊँची उड़ान का साझी हमारा उपनिषद साहित्य माना गया है। वस्तुतः भारतीय दर्शन उपनिषदों में आकर ही प्रौढ़ता प्राप्त करता है। वैसे ऋग्वेद में ही 'एक सद्विप्रा बहुधा वदन्ति' कहकर निराकार ब्रह्म के सम्बन्ध में जिज्ञासा प्रारम्भ कर दी गई है किन्तु अधिकांश ऋचाएँ मानव की मूलभूत (भौतिक) समस्याओं के समाधान का ही मार्ग ढूँढ़ती है। उपनिषदों की संख्या 108 मानी गई है परन्तु प्रारम्भिक 11 ही सर्वाधिक महत्त्वपूर्ण हैं। इन 11 उपनिषदों में कम से कम दो मुंडक और ऐतरेय का सम्बन्ध, जैसा कि इनके नाम से ही पता चलता है, आदिवासियों से है। प्राचीन भारतीय साहित्य मनीषियों ने अपने व्यक्तिगत जीवन के बारे में कुछ भी नहीं कहकर हमें अँधेरे में ही छोड़ दिया है। ऐसी स्थिति में केवल नाम 'मुंड' के आधार पर उनके बारे में अन्दाजा लगाने के सिवा और कोई साधन नहीं है। यह कुछ अंशों तक ही सही माना जा सकता है कि उपनिषत्काल में ज्ञान विज्ञान के क्षेत्र में क्षत्रिय

(राजन्य) वर्ग की प्रधानता रही। मुंड का अर्थ भी प्रारम्भ में किसी वन्य क्षेत्र या जनसमूह का प्रमुख ही रहा होगा। ऐसे ही किसी मुंड पुत्र ने इस उपनिषद् की रचना कर विद्या-अविद्या, जीवात्मा-परमात्मा, ब्रह्मविद्या एवं भगवद्भक्ति की बात वन्य-जीवन के उदाहरणों द्वारा समझाई है।

ऐतरेय उपनिषद् के नाम से पता चलता है कि उसके रचनाकार किसी आर्येतर जाति से आते हैं। कई आचार्यों ने उपनिषद्कार को शूद्र माना है, किन्तु शूद्रों को आर्येतर कहना शास्त्रविरोधी बात होगी। उपनिषद्कार के आदिवासी कुल से आने के प्रमाण में एक बात तो यह है कि ऐतरेय उपनिषद् में जो सृष्टिकथा कही गई है, वह मुंडा भाषा-भाषी आदिवासियों के बीच में भी कुछ अलग रूप में विद्यमान है। प्रारम्भ में केवल पानी-ही-पानी था। उसे सुखाकर ही अन्नोत्पादन के लायक ज़मीन बनी। सृष्टिकार ने जल को तपाया। उन तपते हुए जलों से पृथ्वी उत्पन्न हुई। वही अन्न (आधार) हुई।[3]

छान्दोग्य उपनिषद् में एक आदिवासी की चर्चा आती है। सत्यकाम एक दासी-पुत्र है किन्तु इस तथ्य को उसकी माता के सिवा और कोई नहीं जानता। सत्यकाम जब ज्ञान सम्बन्धी जिज्ञासा करने की उम्र को प्राप्त हुआ तो उसने अपनी माता से अपना गोत्र पूछा—आज की ही तरह उस समय भी विद्यार्जन के लिए आचार्य के आश्रम में नाम लिखाना पड़ता था, व्यक्ति के नाम के साथ गोत्र का नाम आवश्यक था। माता सत्य को बहुत दिनों तक छिपा नहीं सकती थी। उसने पुत्र को साफ-साफ बता दिया—पुत्र, मैं नहीं जानती तू किस गोत्र का है। मैंने युवावस्था में अनेक व्यक्तियों की सेवा करते हुए तुम्हें पाया...मेरा नाम जाबाला है और तुम सत्यकाम हो, (इसलिए) कह देना कि तुम जाबाल सत्यकाम हो। इसके अनन्तर सत्यकाम एक ऋषि के पास जाता है और अपनी ब्रह्मजिज्ञासा सम्बन्धी बात प्रकट करता है। ऋषि के पूछने पर वह अपनी माँ की बताई हुई बात दुहरा देता है। सत्यकाम के सत्य और निर्भीक कथन से मुनि अत्यन्त प्रभावित होते हैं और उसे उपनयन की दीक्षा दे देते हैं। आज का शिष्य गुरुसेवा के नाम पर बहुत हुआ तो बाज़ार जाकर गुरुजी के लिए सब्जी-वब्जी खरीद लाने का काम करता है या यदि वह देहाती हुआ तो गुरुजी की आवश्यकता जानकर पड़ोस के बगीचे से आम चुराकर लाता है। सत्यकाम के जमाने में बात ज़रा और कठिन थी। ऋषि साधारणतया बड़े ही व्यावहारिक बुद्धिवाले होते थे। उन्हें गायें पालने में विशेष रुचि होती थी और गुरुसेवा के नाम पर चेला जी को लाठी लेकर गायों के पीछे-पीछे घूमना पड़ता था। सत्यकाम को भी यही करना पड़ा। लगता है सत्यकाम के आने के पहले ऋषि गौतम के गायों की व्यवस्था में बड़ी ढिलाई हो गई थी क्योंकि उनके आश्रम की बहुत सी गायें असमय ही दाना-पानी के अभाव में बुढ़िया हो गई थीं। उन्हें दुर्बल गायों में से 400 को निकालकर गुरु ने आदेश दिया कि तुम इन्हें चराओ, मोटी-तगड़ी बनाओ और तब तक नहीं आना जब तक इनकी संख्या बढ़कर 1000 न हो जाए। गायों को घासवाले वनांचल में चराकर आवश्यकतानुसार घास काटकर उनके स्वास्थ्य में सुधार

लाने का काम तो दो-चार महीने ही में हो सकता था किन्तु उनकी संख्या बढ़ाकर 1000 कर देना, उसके वश की बात नहीं थी। इसके लिए समय की आवश्यकता थी। सो, सत्यकाम इस कोर्स को पूरा करने में वर्षों इन्तजार करता रहा। इस बीच गुरु से ज्ञान पाने की आशा तो वह सँजोए ही रहा। स्वतंत्र रूप से ही ब्रह्मज्ञान सम्बन्धी शोध में प्रभृत हुआ। इस तरह जब गायों की संख्या 1000 पूरी हो गई तो सत्यकाम गुरु के चरणों में वापस आया और उसने अपनी जिज्ञासा दुहराई। 1000 गायों के लिए घास काटते-काटते सत्यकाम की हालत पतली हो गई थी और परिणामतः उसके शरीर में काफी परिवर्तन आ गया था। असमय ही वह बुजुर्ग जान पड़ता था। आचार्य ने उसकी इस गम्भीरता का फायदा उठाकर उससे कहा–

''तुम तो ब्रह्मज्ञानी की भाँति, देदीप्यमान् प्रतीत होते हो, सत्यकाम, तुम्हें किसने अनुशासित किया?'' सत्यकाम भला क्या उत्तर देता?

"गायों के स्वास्थ्य और उनकी नस्ल सुधारने की चिन्ता दिन-रात लगी रहती थी। ज्ञान मैं किससे सीखता?" तब गुरु ने उसे यह कहकर टरका दिया कि वही ब्रह्मज्ञान है और इसे जान लेने के बाद और कुछ भी जानना शेष नहीं रह जाता। गुरु गौतम को मनचाही स्वस्थ गायें मिल गईं और सत्यकाम अपनी लाठी वहीं छोड़, वहाँ से चल दिया।

उपनिषद्काल तक आते-आते आर्य विचारधारा में काफी परिवर्तन आ गया था। याज्ञिक कर्मकांड की जगह ध्यान और तप पर अधिक बल दिया गया। वेद जहाँ सांसारिकता पर जोर देते हैं वहाँ उपनिषद् संन्यास की बात करते हैं। वेद जहाँ अनेक देवताओं की बात करते हैं, उपनिषद, ब्रह्मविद्या पर ही आ टिकते हैं। विचारों के इस क्रान्तिकारी परिवर्तन में आर्येतर जातियों का भी हाथ रहा और वे आर्येतर जातियाँ और कोई नहीं उस समय की आदिवासी जातियाँ ही थीं।

जिस प्रकार महाकवि वाल्मीकि और व्यास ने क्रमशः रामायण और महाभारत की कथा को व्यवस्थित रूप दिया, उसी प्रकार भारतीय षड्दर्शन प्रणाली में शबर स्वामी ने मीमांसा दर्शन की व्याख्या प्रस्तुत की! शबर स्वामी उत्कलप्रदेश की शबरा (मुंडा भाषा-भाषी) आदिवासी जाति के ही पूर्वज रहे होंगे। पतंजलि का योगदर्शन सूत्र रूप में संस्कृत में ही है, लेकिन इसका आगम आदिवासी समाज से ही हुआ है। जिस इंद्रिय संयम और ब्रह्मदर्शन की चर्चा हम योग दर्शन में पाते हैं वह आदिवासी समाज में भी देखा जा सकता है। अन्तर मात्र इतना है कि किसी पतंजलि के द्वारा संस्कृत भाषा में प्रस्तुत न किए जाने के कारण वह प्रेतदर्शन कहलाता है। यह तो ऐसा ही हुआ जैसा कि कोई बात अंग्रेज़ी में लिखी जाकर अधिक महत्त्वपूर्ण हो गई और हिन्दी में लिखी जाकर बिन पहचानी रह गई।

अधिकांश पौराणिक कथा-कहानियों का आधार जनजातीय ही कहा जा सकता है। पौराणिककाल तक आते-आते इन्द्र और अग्नि जैसे देवता, जिनकी चर्चा हम वेदों में अनेक बार पाते हैं, प्रायः नगण्य हो जाते हैं। ब्रह्मा और विष्णु की चर्चा वहाँ कम ही

होती है किन्तु पुराणकाल में वे प्रमुखता को प्राप्त होते हैं। पुराणकाल में ही एक नए देवता शिव का आगमन होता है और ब्रह्मा-विष्णु-महेश की त्रिमूर्ति स्थापित होती है। मरुतस् के रूप में विद्वानों ने शिवजी को वेदों में देखने की कोशिश की है किन्तु ऐसा करने में उन्हें अनावश्यक खींचतान करनी पड़ती है। वस्तुतः शिव एक आदिवासी देवता हैं। आदिवासी सभ्यता के ही अवशेष के रूप में सिन्धु घाटी की खुदाई में उपलब्ध शिव जैसी मूर्ति पशुओं से घिरी मिलती है। शिवजी का पशुपति नाम इसी कारण से है। उनकी वेशभूषा आदिवासियों की ही तरह है। वे राक्षसों, वानरों, असुरों और दानवों के पूर्वज माने जाते हैं। आर्य समाज के प्रारम्भ में वे एक बाह्य और नीची श्रेणी के देवता के रूप में ही माने जाते थे। उदाहरणतः सागरमंथन के समय उन्हें भकुआ समझकर ही विष पीने को दे दिया जाता है। लेकिन उन्होंने विष को भी पी लिया। अभी भी कट्टर हिन्दू, पुरी (शैव आधारित वैष्णव तीर्थ) जैसे तीर्थ स्थानों से वापस आने के बाद फिर से मुंडन संस्कार द्वारा अपनी शुद्धि करते हैं। देवघर जैसे शैव मन्दिरों के पंडों को नीचे दर्जे का ब्राह्मण कहा जाता है। अधिकांश शिव मन्दिर गाँव के बाहर बनाए जाते हैं। वस्तुतः शिव के बाह्यत्व ने ही इन्हें प्रलय और संहार के देवता के रूप में प्रतिष्ठित किया है। यह उनकी बाह्यता ही है कि विवाह के अवसर पर दूल्हे (शिव के प्रतीक) के प्रति गाए जानेवाले गीतों में उन्हें असभ्य एवं अन्य उन वाचक उपसर्गों से विभूषित किया जाता है। यही बात मातृसत्ता की प्रतिनिधि देवी काली के सम्बन्ध में भी कही जा सकती है, जिसे हम शिव की अर्द्धांगिनी के रूप में प्रतिष्ठित देखते हैं।

जिन कृष्ण के चारों ओर भारतीय (एवं भारत इतर) भागवत सम्प्रदाय और भक्ति साहित्य फैला हुआ है, वे मूलतः आदिवासी ही कहे जा सकते हैं। उपनिषदों ने 'नेति-नेति' कहकर जिस ब्रह्म की चर्चा की है, उसे समझने के लिए ऊँचे ज्ञान की अपेक्षा होती है, वह जनसाधारण के लिए दुर्बोधगम्य ही है। इसी ब्रह्म को जनमानस के लिए सुलभ बनाने के लिए अवतारवाद की कल्पना की गई—उस अज्ञेय को प्रतीक के रूप में समझाने का प्रयत्न किया गया, उस निर्गुण निराकार को गुण और आकार दिया गया। गुण और रूप के आदर्शों की स्थापना के लिए ऐसे ऐतिहासिक चरित्रों को आधार बनाया गया, जो जनमानस में पहले से ही विद्यमान थे। श्रीकृष्ण ऐसे ही आदर्श चरित्र के विकसित रूप कहे जा सकते हैं। यदि खींचतान न की जाए तो वैदिक साहित्य में उनका कहीं पता नहीं है और उपनिषद् साहित्य में तो उनका उल्लेख मात्र एक विद्यार्थी के रूप में होता है। कहते भी हैं कि भक्ति द्रविड़ देश में उपजी।[4] यह भी द्रष्टव्य है कि विष्णु के अवतार, जिनमें एक कृष्ण भी हैं, काले ही कहे गए हैं जबकि आर्यों को गौर कहा गया है। भागवत पुराण में कृष्ण से सम्बन्धित जो प्रेम स्वातन्त्रय दिखाई देता है, वह आदिवासी समाज के लिए जाना-पहचाना सा लगता है।

वामन पुराण के राजा बलि को भी हम एक आदिवासी राजा कह सकते हैं। पड़ोसी जाति का किसी भी अर्थ में उन्नति करना आर्यों को बुरा लगता रहा है। किसी को बढ़ने से रोकने के प्रयास में उन्होंने कई बार अपने को नीचे गिराया है। वामन पुराण

उल्लिखित भगवान विष्णु का अवतार भी इसका एक उदाहरण है। मुश्किल तो यह है कि भगवान को लगता है कि वे बलि को ठग रहे हैं, जबकि बलि को इस बात का पूरा पता है कि ब्राह्मण वेशधारी वह याचक कौन है। फिर भी अतिथि-सत्कार के लिए किसी को कहना तो पड़ता है कि—"कहा जाए, मैं आपकी क्या सेवा कर सकता हूँ?" इस औचित्य का शाब्दिक अर्थ लगाकर अपनी आवश्यकताओं की पूरी सूची दे देना वामनजी के लिए एक लज्जा की बात होनी चाहिए थी। जब भगवान स्वयं भिखारी बनकर माँगने लगें तो बलि जैसे राजा की तो बात ही क्या, कोई अकिंचन भी अपना सर्वस्व देने के लिए उद्यत हो जाता! इससे देनेवाले की दीनता नहीं, लेनेवाले की हीनता ही प्रकट होती है।

अब हम भारतीय जनजीवन को सबसे अधिक अनुप्राणित करनेवाले ग्रन्थों, रामायण एवं महाभारत में आए हुए आदिवासियों की चर्चा करेंगे। इन दोनों ग्रन्थों में कौन पहले रचा गया था, इस बात को लेकर विवाद चलते रहे हैं किन्तु रामायण की अपेक्षाकृत अधिक प्राचीनता के पक्ष में अधिकांश मत हैं। जो भी हो, इस तथ्य का प्रस्तुत लेख से सीधा सम्बन्ध नहीं है।

रामकथा को दलगत रुचियों से ऊपर उठाने के लिए उसे एक धार्मिक पृष्ठभूमि में देखने के लिए आग्रह किया जाता रहा है। फिर भी इसकी ऐतिहासिकता को बिल्कुल ही निषेधात्मक दृष्टि से नहीं देखा जाना चाहिए। बालकांड में प्रसंग है कि राजा दशरथ का समय जा रहा है और वे पुत्र कामना से चिन्तित हो उठे हैं। उन्हें पुत्रेष्ठि यज्ञ करने की सलाह दी जाती है और वे यज्ञ का आयोजन करते हैं। यज्ञ के सम्पादन के लिए एक युवा तपस्वी शृंगी ऋषि को आमन्त्रित किया जाता है। यज्ञ के प्रसाद के रूप में तीनों रानियों को ऋषि खीर खिलाते हैं और इसके परिणामतः तीनों रानियाँ गर्भवती होती हैं। समयानुकूल कौशल्या से राम, कैकेयी से भरत और सुमित्रा से लक्ष्मण और शत्रुघ्न का जन्म होता है। पुत्र-प्राप्ति की इस किंचित अस्वाभाविक कथा ने विद्वानों को बार-बार सोचने के लिए विवश किया है। हिन्दी के मूर्धन्य कथाकार यशपालजी ने एक कहानी लिखी है, 'भगवान के पिता के दर्शन' जिसे पढ़कर धार्मिक प्रवृत्ति के पाठक के मन को क्लेश होता है किन्तु उसमें उठाए गए प्रश्न यशपालजी के व्यक्तित्व के अनुरूप ही क्रान्तिकारी अवश्य हैं।[5] कहानीकार ने राजा दशरथ और राजा जनक दोनों को ही नपुंसक के रूप में चित्रित किया है और इस कथन के प्रमाणस्वरूप उन्होंने कहा है कि यदि वे नपुंसक नहीं होते तो वे परशुराम—जिन्होंने अपने पिता की एक क्षत्रिय द्वारा हत्या का बदला लेने के लिए सारी दुनिया को क्षत्रियविहीन कर देने का प्रण किया था, की कुठार के शिकार अवश्य हो गए होते। नपुंसकों की हत्या करना युद्ध नीति के विरुद्ध होने के कारण परशुराम जी ने उन्हें छोड़ दिया था। राजा दशरथ को वंश चलाने की चिंता थी, किन्तु उनके लिए नियोग द्वारा सन्तान उत्पत्ति कराने के सिवा और कोई उपाय नहीं था। सन्ततिप्राप्ति की यह विधि शास्त्रानुमोदित है और इसके लिए उन्होंने अपने सलाहकारों की राय से अखंड ब्रह्मचारी शृंगी ऋषि को चुना। लेकिन युवा ऋषि

अपने पिता के कठोर अनुशासन में बँधे थे। प्रश्न था कि उन्हें अपने पिता की आँखों से बचाकर कैसे राजधानी में लाया जाए। अन्ततः अवसर मिल ही जाता है। वृद्ध पिता किसी यज्ञ के सम्पादन के लिए बाहर चले जाते हैं और उसी समय युवा शृंगी एक प्रकार से चुरा लिए जाते हैं। कार्य सम्पादन के पश्चात् ऋषि वापस कर दिए जाते हैं और कालान्तर में रानियों को पुत्ररत्न प्राप्त होते हैं। पुत्रोत्सव की सूचना वृद्ध ऋषि को भी दी जाती है और जब यह सूचना किसी तरह युवा ऋषि के राजधानी हो आने की बात का पता चलता है, तब वे अपना क्रोध पीकर भगवान के दर्शन की इच्छा त्याग देते हैं, क्योंकि स्वयं भगवान राम के पिता घर पर सुलभ हैं। एक भारतीय आचार्य के अनुसार, जो बात यशपालजी की लेखनी से निकलते-निकलते रह गई वह यह कि शृंगी ऋषि एक आदिवासी थे, जो अपने लम्बे जटाजूट बालों को सींग से बनी कंघी द्वारा बाँधे रहते थे और जिसका उपयोग अब भी कई आदिवासी जातियों में होता है।

उल्लेख है कि राजा जनक को सीता हल चलाते समय मिलीं। किन्तु सीता शब्द की उत्पत्ति संस्कृत में अस्पष्ट ही कही गई है। दूसरी ओर प्रायः सभी मुंडा आदिवासी भाषाओं में सीता का अर्थ हल चलाना और अब वर्तमान क्रियास्पदबोधक प्रत्यय के रूप में प्रयुक्त होता है। मुंडारी भाषा में एक जदुर गीत भी गाया जाता है जिसकी प्रथम दो पंक्तियों का अर्थ है :

"हमने हल चलाते समय उसे पाया था।
हम इसे सीता नाम ही देंगे।"[6]

कहने की आवश्यकता नहीं कि सीता के प्रति संस्कृत भाषा-भाषी आर्यों का जितना दावा है, उससे कम आदिवासियों का नहीं है। प्रस्तुत गीत की पंक्तियाँ न केवल सीता को वरन् जनक को भी आदिवासी बना देती हैं। वस्तुतः वाल्मीकि चित्रित सीता के लिए जो भी कहा जाए थोड़ा है। स्त्रीजन्य कमजोरियों के बावजूद उनका चरित्र भारतीय नारी की प्रतिमूर्ति-सा उभर आया है। उनकी कहानी करुणापूर्ण बन गई है, जो भारतीय इतिहास में आगे चलकर द्रौपदी और शकुन्तला के रूप में दुहराई जाकर और भी प्रभावपूर्ण हो गई है। मैथिलीशरण गुप्त ने 'आँचल में है दूध और आँखों में पानी' कहकर नारी का जो चित्रण किया है उसमें सीता की भी कहानी सम्मिलित है। एक स्त्री के जीवन में जब सबसे अधिक सहारे की आवश्यकता होती है, उस समय बिना कारण बताए सीताजी दूसरी बार वन भेज दी जाती हैं। श्री राम के लिए सीता को पाक दामन प्रमाणित करने के लिए अग्निपरीक्षा काफी नहीं थी। क्या ऐसा करके उन्होंने अपनी बीमारग्रस्त मानसिक स्थिति प्रकट नहीं की है? बंगला के प्रसिद्ध उपन्यासकार श्री बुद्धदेव बोस ने ठीक ही कहा है कि 'यह सीता की परीक्षा नहीं थी वरन् स्वयं श्री राम की परीक्षा थी।'[7]

वाल्मीकि रामायण में आदिवासियों के विभिन्न दलों का निर्धारण करना एक कठिन काम है, फिर भी मोटा-मोटी तौर पर दो प्रकार के आदिवासियों को तो दिखाया ही जा सकता है। एक प्रकार के आदिवासी राक्षस या असुर कहे गए हैं, जिनमें रावण आदि

की गणना की जा सकती है। ये राम-रावण युद्ध में रावण का पक्ष लेते हैं। द्रविड़ भाषा-भाषियों का अधिकांश भाग इस श्रेणी में आता है।[४] यह उल्लेखनीय है कि छोटानागपुर के कुड़ुख भाषा-भाषी उराँव आदिवासी अपने को रावण का वंशज कहते हैं। भाषाविज्ञान के दृष्टिकोण से भी उराँव और रावण शब्दों का नजदीकी सम्बन्ध स्पष्ट है। दूसरे प्रकार के आदिवासी वानर कहे गए हैं, जो श्रीराम की मदद करते हैं। वानर कहे जानेवाले आदिवासियों का निकट सम्बन्ध भालू, गिद्ध और रीछ कहे जाने वाले आदिवासियों से है। यह भी द्रष्टव्य है कि वानर, असुर और राक्षस एक-दूसरे से बहुत भिन्न नहीं है। उनका आपसी सम्बन्ध बहुत पुराना जान पड़ता है। उदाहरणतः कई नाम ऐसे आते हैं, जो असुर-राक्षस और वानर-रीछ परिवार में समान रूप से व्यवहृत होते हैं। वानर और राक्षस आदिवासियों के साथ कम-से-कम और दो बातें समान रूप से पाई जाती हैं। एक तो उनमें से अधिकांश की उत्पत्ति सामान्य प्रसव क्रिया से न होकर किसी देवता के छींकने, खाँसने आदि शारीरिक विकारों के आधार पर हुई है। उदाहरणतः हनुमान (जिसकी ठुड्डी में गड्ढा हो), कुम्भकर्ण (जिसके कान घड़े की तरह हो), मन्दोदरी (जिसका पेट खराब हो)। रामायण की रचना करते समय आदिवासियों को वानरों और राक्षसों के रूप में चित्रित करने के पीछे आदि कवि (और उनके अनुगामी समस्त मध्ययुगीन कवि-कंबन, तुलसीदास, कृत्तिवास आदि) के मन में क्या भावना थी, यह कह पाना कठिन है किन्तु नर को वानर या किन्नर के रूप में देखकर मन में क्लेश ही होता है। उन वानरों में से कुछ के चरित्र ऊपर उठाकर भी वानर समाज का जो चरित्र-चित्रण हमें रामायण में मिलता है, वह खेदजनक है।

रामायण के आदिवासियों में हनुमान का नाम सर्वोपरि रखा जा सकता है। इनका परिचय हमें श्रीराम और सुग्रीव के बीच वार्तालाप में एक दुभाषिए के रूप में मिलता है। इस प्रथम सम्पर्क के बाद श्री राम से उनका सम्बन्ध उत्तरोत्तर बढ़ता ही जाता है और ये राम परिवार के एक अंग ही हो जाते हैं। श्री राम के साथ ही हनुमान का नाम भी अमर हो गया है। एक आदर्श सेवक के रूप में तो उनसे बढ़कर और कोई उदाहरण नहीं मिलता। हनुमान का चरित्र लंकादहन, पर्वत वहन और युद्ध के प्रकरणों में विशेष रूप से उभरता है। युद्ध प्रकरण में तो हनुमान का चरित्र इतनी दूर तक उठाया गया है कि स्वयं श्रीराम का चरित्र भी कुछ समय के लिए उसके नीचे दब जाता है। रावण जब अपनी अन्तिम शक्ति लगा देता है तो श्री राम की सेना भयभीत हो उठती है। हनुमान के सिवा अन्य सारे लोग अपना साहस खो बैठे हैं। इन भयभीत लोगों में स्वयं श्री राम भी हैं। तभी तो हनुमान उन्हें कन्धे पर उठाकर युद्ध में प्रवृत्त करते हैं। हनुमान को इसी रूप में प्रस्तुत कर आदि कवि ने सचमुच ही उन्हें राम-लक्ष्मण से भी ऊपर उठा दिया है। समुद्र लाँघकर लंका पर अकेले चढ़ाई कर वे वानरों में तो सहज ही सर्वश्रेष्ठ प्रमाणित होते हैं। व्यक्तिगत रूप में भी वे लक्ष्मण से अधिक शक्तिशाली दिखाई देते हैं, शारीरिक शक्ति में ही नहीं, अपनी व्यवहार कुशलता एवं आचरण की शुद्धता में भी वे रामायण के पात्रों में सबसे अधिक जाज्वल्यमान हैं। लक्ष्मण के चरित्रता पर

सीताजी सन्देह करती हैं। किन्तु हनुमान के प्रति तो ऐसी भावना कभी उठी ही नहीं। विनम्रता इतनी कि अपनी शक्ति का अन्दाजा उन्हें कभी नहीं रहा।

एक सहयोगी मित्र के रूप में सुग्रीव रामचरित मानस के एक अभिन्न अंग हो गए। श्रीराम के प्रति मित्रता निभाने के पीछे इनकी जो सम्भवतः सबसे बड़ी मनोवृत्ति थी, वह यह कि अपने बड़े भाई बालि द्वारा राज्यनिष्कासित किए जाने पर इन्होंने पत्नीविहीन श्रीराम में अपनी प्रतिच्छाया देखी। श्रीराम की मदद करने में इन्होंने कोई कसर न उठा रखी। अपनी सारी सेना, अपना सारा खजाना उनके लिए निस्संकोच समर्पित कर दिया। फिर भी उनका चरित्र आदि कवि के हाथों, हनुमान की तुलना में, ठीक से उभर नहीं पाया। रामायण के सारे पात्रों में हम सुग्रीव के चरित्र में सर्वाधिक संघर्षशील एवं उद्विग्न मानसिक प्रवृत्ति होने की सम्भावना देखते हैं। श्रीराम की मित्रता एक प्रकार से खरीदी हुई मित्रता थी। यह मित्रता एक सन्धि थी, जिससे सुग्रीव और श्रीराम दोनों के स्वार्थ सधते थे। बालि मरा, लेकिन वह छल से मारा गया—श्रीराम ने वृक्ष की आड़ में छिपकर उस पर वाण चलाया। मान लिया जाए कि सुग्रीव ने अपनी खुशी के लिए ही श्रीराम से बालि के प्राणान्त करने को कहा, पर इसके पक्ष में मर्यादा पुरुषोत्तम राम का निर्णय देना क्या उचित था? बालि का क्रोध सर्वथा अनुचित नहीं कहा जा सकता। अगर गुफा के द्वार पर से चट्टान हटाने में बालि सफल नहीं होता तो उसके लिए मरने के सिवा और रास्ता ही क्या था? हम मानते हैं कि सुग्रीव ने बालि को मारने की नीयत से नहीं वरन् राक्षस के डर के मारे गुफा का दरवाजा भारी चट्टान से बन्द कर दिया था। पर इसका परिणाम तो बालि को भुगतना ही पड़ता। सुग्रीव ने अपने भाई की शक्ति आँकने में भूल की थी। उसे बालि से क्षमा माँग लेनी चाहिए थी। उसने यह नहीं किया। मृत्यु के मुँह से बच निकले को क्रोध के सिवा और क्या आ सकता था? क्रोध भी क्या, उसने सुग्रीव को फिर भी अपना भाई ही समझा—उसकी जान के पीछे तो नहीं पड़ा। शारीरिक कष्ट दिया, लात-घूँसे दिए किन्तु जान से मार डालने की नीयत उसमें कभी नहीं थी। सुग्रीव ने इसका बदला उसे जान से मरवाकर ही लिया। उसने अपना एकमात्र पराक्रमी भाई खो दिया। बचपन का एक अन्तरंग मित्र खो दिया। सुग्रीव के लिए इससे अधिक शर्म की बात और क्या होगी कि उसने छल से अपने भाई की हत्या कराई? छद्म जो अन्ततः छद्म नहीं रह पाया—बालि ने वृक्ष की आड़ में छिपे, धनुष-बाण ताने, कायर राम को देख लिया!

बालि की मृत्यु पर ठंडे दिल से सोचने पर श्रीराम पर क्या गुजरी होगी? अगर मान भी लिया जाए कि बालि ने सुग्रीव को घर से निकालकर अति कर दी, तो क्या इसके लिए उसे जान से मार डालकर ही सजा दी जा सकती थी? समझौता का कोई दूसरा रास्ता अपनाया नहीं जा सकता था? सुग्रीव की शिकायत तो उन्होंने सुन ली, पर क्या बालि को एक भी बात कहने का मौका दिया? मात्र सुग्रीव की ही बात पर निर्णय कर लेना श्रीराम के चरित्र को अत्यन्त ही कमज़ोर बना देता है! क्या ऐसा नहीं कहा जा सकता है कि उन्होंने पत्नी के विरह में उद्विग्न मानसिक स्थिति में यह दुर्भाग्यपूर्ण निर्णय कर डाला?

बालि की प्राणरक्षा कर श्रीराम के लिए लंकाविजय और भी आसान हो जाती। अत्यधिक कष्ट तो श्रीराम को तभी हुआ होगा जब वे अपना छल छिपाने के लिए कुतर्क का सहारा लेते हैं। श्रीराम कहते हैं—मैंने तुमसे सीधे युद्ध किया अथवा नहीं किया, मैं एक क्षत्रिय हूँ और तुम एक वानर हो, शाखामृग हो, तुम्हें किसी भी उपाय से मार डालने में मेरा कोई दोष नहीं होगा। सम्भवतः इसी बाल बुद्धिपूर्ण तर्कजनित श्रीराम की कमज़ोरी को छिपाने और उन्हें अपमानित होने से बचाने के लिए श्री राजगोपालाचारी ने वाल्मीकि रामायण के अपने अंग्रेज़ी अनुवाद में इस सन्दर्भ को बिल्कुल ही गायब कर दिया है और पाठकों से एक उदारदृष्टि की अपेक्षा की है।[10]

वानरादि दल में कुशल अभियन्ता के रूप में नल-नील (जिनकी निगरानी में पुल बना), योग्य सेनानायक के रूप में जामवन्त और प्रसिद्ध वैद्य के रूप में सुषेण (जिन्होंने युद्ध में मर्माहत लक्ष्मण को जिलाया) का उल्लेख किया गया है। युद्धपूर्व श्रीराम के वनवास काल में निषादराज गुह और शबरी की भी चर्चा वाल्मीकिजी ने बड़े ही उदार शब्दों में की है।

सारे रामायण में रावण का चरित्र-चित्रण एक क्रूर निर्दयी राक्षस के रूप में किया गया है। किन्तु यदि हम एक उदार दृष्टि से देखने की कोशिश करें तो प्रश्न उठता है कि क्या वह सचमुच उतना नालायक था? व्यक्तिगत जीवन में वह शिवा का अनन्य भक्त है। एक कर्मयोगी है। एक राजा की हैसियत से उसका भौतिकता के प्रति झुकाव होना स्वाभाविक ही कहा जा सकता है। जब उसे किसी के विरुद्ध युद्ध ठानना पड़ता है, तो यह उसकी मूर्खता या दम्भ के ही कारण से है, ऐसा कह देना स्थिति का सरलीकरण या अवमूल्यन मात्र होगा। यदि हम राम-रावण युद्ध के विशेष कारण पर एक मानवीय दृष्टि डालें तो रावण की श्रीराम से बदला लेने की प्रवृत्ति को हम घृणित नहीं कह सकते। ऐसा कौन भाई होगा, जो अपनी बहन की नाक कट जाने पर चुप रहेगा? सूर्पणखा ने अगर राम-लक्ष्मण से विवाह प्रस्ताव भी किया तो वह कौन-सी बुरी बात हुई? उनके नहीं चाहने पर वह वहाँ रह कैसे सकती थी? दो-तीन दिन कोशिश करने के बाद वह खुद भाग जाती। सीधा ना न कहकर उल्टे वे उसे चिढ़ाने लगे। राम उसे लक्ष्मण के पास भेजते और लक्ष्मण उसे फिर राम की ओर वापस भेज देते। अपने यौवन का उपहास किसी को अच्छा नहीं लगता। उस युवती ने जब थोड़ी नोच-खरोंच दिखाई तो कोमल राजकुमारों द्वारा उसका ऐसा करना सहा नहीं गया और उन्होंने उसकी नाक काटकर अपनी बहादुरी का रोब जमाया। औरतों के साथ मार-पीट करने का यह पहला अवसर नहीं था। विवाह पूर्व भी राम ने ताड़का नाम की एक औरत की जान ले ली थी। रावण को जब इसका पता चलता है तो उसे श्रीराम के प्रति क्रोध आना स्वाभाविक ही है। यदि वह चाहता तो राम-लक्ष्मण से सीधे जाकर लड़ सकता था किन्तु वह जानता था कि सीता के वियोग में राम का जो कष्ट होगा, वह युद्धजनित कष्ट से कहीं गहरा होगा। उसने राम को बौखला डालनेवाली मानसिक स्थिति में डाला। सीता के वियोग में राम कैसे कमज़ोर हो गए हैं, इसकी चर्चा हम पहले ही कर चुके हैं।

रावण के चरित्र-चित्रण में जो सबसे अधिक उपहासास्पद बात लगती है, वह है वाल्मीकि का उसे मानव सुलभ संवेदनविहीन जीवन के रूप में देखने का आग्रह। चुराए जाने के बाद सीता को डर होता है कि रावण के विवाह प्रस्ताव के ठुकराए जाने पर वह कहीं उसे खा न जाए। ऐसा लगता है कि रावण को आदमी खाने के सिवा और कुछ आता ही नहीं था। मध्ययुगीन रामकथाकारों ने रावण को एक रामभक्त के रूप में चित्रित कर उसे ऊँचा तो अवश्य उठाया, किन्तु इस प्रक्रिया में रावण की मानवीयता जाती रही (दानवीयता की तो बात ही क्या?), साथ ही रामायण की नाटकीय गहराई भी। रावण वहाँ ऐसा दिखाई देता है, जैसा कि वह राम के द्वारा मारे जाने के लिए ही लालायित हो। क्यों नहीं, उसे स्वर्ग जाने का मोह जो था!

आदिकवि वाल्मीकि ही की तरह महाभारतकार व्यास भी अंशतः आदिवासी कहे जा सकते हैं। उनके पिता पराशर थे और माता थीं सत्यवती, जो कि एक आदिवासी स्त्री थीं। उनके काले होने के कारण उन्हें कृष्ण भी कहा जाता है। युधिष्ठिर, भीम, अर्जुन, नकुल और सहदेव क्रमशः धर्म, वायु, इन्द्र और अश्विनी कुमारों की सन्तान कहे गए हैं। कहा गया है कि ऋषि दुर्वासा के वरदान के फलस्वरूप कुन्ती और माद्री मनचाहे पुत्र पा सकीं। वस्तुतः वायु, इन्द्रादि देव वर्ग को पिता बनाने की कला बहुत पुरानी है और यह बात असुर सन्तानों (रावणादि) के साथ भी लागू होती है। ग्रन्थकारों ने कटु सत्य कहकर समाज को झटका देना नहीं चाहा। पांडु महाराज को मुफ्त सन्तान दिलाने की कुन्ती की इस करामात का पता तो बाद में चलता है—कर्ण के सन्दर्भ में। उसे भी तो आरम्भ में सूर्यपुत्र कहा गया है, किन्तु जब एक प्रतियोगिता में अर्जुन को चुनौती देने का प्रश्न उठता है और शर्त के रूप में जब पूछा जाता है कि कर्ण के पिता कौन थे तो क्यों नहीं सूर्य भगवान आकर उसके सम्मान की रक्षा किए? कर्ण के जन्म की बात और भी स्पष्ट रूप से उभर आती हैं। जब युद्ध की स्थिति टालने और अपने लाड़लों को कर्ण की चपेट से बचाने के लिए कुन्ती कर्ण से अपने सम्मानित पुत्रों के प्राणों की भिक्षा माँगती है। पांडवों के वर्णसंकर होने की बात भारतीय जनमानस में सदा किसी-न-किसी रूप में कायम रही, इसके बावजूद अर्जुन महाभारत के अन्तर्गत गीता के सन्दर्भ में वर्णशुद्धि पर जोर देते हैं।[11] हम तो पांडवों को अंशतः आदिवासी ही कहेंगे। यदि उनके पिता आर्य होते तो सामाजिक रूप से इस बात को ग्रहण करने में आपत्ति नहीं होनी चाहिए थी। कर्ण क्योंकि वह किसी आदिवासी के यहाँ पाला गया, इसलिए गया-बीता रह गया और पाँच पांडवों को पांडु का राजमहल मिला तो वे राजकुमार कहलाए। स्वार्थ में पड़कर ही सही, कर्ण को मात्र दुर्योधन ने मान्यता दी, जबकि भीष्म जैसे न्यायी बुजुर्ग भी उसे अपमानित ही करते रहे।

एकलव्य के आदिवासी होने के सम्बन्ध में हमें अधिक कहने की आवश्यकता नहीं होगी। इतना ही कि जिस जाति और गोत्र को लेकर पांडवों के गुरु द्रोणाचार्य एकलव्य के पीछे पड़े और उसे शिष्य बनाने से इनकार कर दिया, क्या उन्हें स्वयं अपनी जाति का पता था? एकलव्य को अपमानित करने के पहले उन्हें अपने 'दोने' से उत्पन्न होने की

बात याद करनी चाहिए थी। द्रोण खुद आदिवासी तो थे ही, पर वे आर्य संरक्षण में पलकर और राजपरिवार की छाया में रहकर अपना आदिवासीपन भी भूल गए थे। उन्होंने अपने ही एक तेजस्वी बान्धव एकलव्य का अँगूठे कटवा लिया। अपना स्वार्थ बचाने के लिए और राजपरिवार में अपना पद ठीक-ठाक रखने के लिए उनके पास कोई दूसरा रास्ता भी तो नहीं था। एकलव्य के रहते अर्जुन को कौन पूछता? मिथ्या गुरुदक्षिणा के बहाने एकलव्य को पंगु बनाकर पांडवों पर, ख़ासकर अर्जुन पर लादी हुई श्रेष्ठता एक बोझ-सी लगती है और यह गुरु द्रोणाचार्य को ही लघु बनाती है।

महाभारत में कुछ अन्य लोगों को भी दासीपुत्र कहा गया है। आंशिक रूप में उन्हें आदिवासी ही कहा जाना चाहिए। सन्तान में माता और पिता दोनों का ही अन्तरण होता है। सन्तान में मात्र पिता को देखकर और माता को नगण्य मानकर शास्त्रों ने निष्पक्षता नहीं निभाई। भारतीय इतिहास के दास-दासी और कोई नहीं आदिवासी ही हैं, जिन्होंने विजेता जाति की सेवा में अपनी जिन्दगी बिताई और सन्तानें भी दीं। तथाकथित अनार्य स्त्रियों के आर्य समाज में आने के साथ ही उनकी अनेक संस्कार सम्बन्धी बातें भी आईं। आर्य संस्कारों के स्रोत गृह्य सूत्रों में कहा गया है कि कन्यापक्ष की स्त्रियाँ जो संस्कार करती हैं, वे शास्त्रोल्लिखित न होकर भी किए जाएँ। इस तरह से नए संस्कार जो प्रारम्भ में शास्त्र मर्यादित नहीं थे, वे भी धीरे-धीरे नए संस्करणों में संस्कृत भाषा में लिखे जाकर अनुमोदित होने लगे। फिर ऐसा भी नहीं है कि मात्र स्त्रियों से सन्तति उत्पन्न की, जिसका शास्त्रों में उल्लेख बाहुल्य नहीं है। फिर भी हम इस तरह की सम्भावनाओं का अन्दाजा लगा ही सकते हैं। उदाहरणतः कहा जाता है कि महाभारत की लड़ाई में पांडवों को छोड़कर अन्य सारे वीर मारे गए। तब प्रश्न उठता है कि उनकी स्त्रियों का क्या हुआ। सन्तान कैसे बढ़ी? जवाब ढूँढ़ना उतना भारी नहीं है, लेकिन कष्टकर अवश्य है। स्पष्ट है कि सन्तान बढ़ी और उन पुरुषों से बढ़ी जो महाभारत की लड़ाई से बच गए थे। पुरुषों की संख्या का अधिकांश आदिवासी माना जा सकता है, जो बलराम की तरह युद्ध में सम्मिलित नहीं हुआ था या जो लोग जंगल में ही रह गए थे।

आदिवासियों की चर्चा संस्कृत व्याकरण में भी यत्र-तत्र आती है। पतंजलि ने अपने (पाणिनि कृत अष्टाध्यायी के) महाभाष्य में उच्चारणशुद्धि पर जोर देते हुए लिखा है कि असुर लोग 'हे अरयः' की जगह 'हे अलयः' कहते हुए परास्त हो गए।[12] विद्वानों ने इस कथन को सैकड़ों बार दुहराकर इसे आदिवासियों की उच्चारणगत कठिनाई का प्रमाण मान लिया है। वस्तुस्थिति यह है कि आदिवासी भाषाओं में 'र' और 'ल' का अपना स्वतंत्र वर्णध्वन्यात्मक अस्तित्व है और इन्हें उच्चारण करने में इनको कोई कठिनाई नहीं होती। यदि व्यंजन वर्णों में अल्पप्राण और महाप्राणत्व या स्वर वर्णों में ह्रस्व और दीर्घत्व के आधार पर पतंजलि ने कोई आक्षेप इन भाषा-भाषियों पर किया होता तो वह युक्तिसंगत होता। अपनी बात प्रमाणित करने के लिए ऋषि ने एक संदिग्ध उदाहरण पर बल देकर अपना भ्रम ही प्रदर्शित किया है। वस्तुतः उन्होंने मुंडा परिवार की भाषाओं के हेलय 'भाइयों,

आओ' को ही अरयः की तरह सुन लिया है। अचानक शत्रुदल का सामना होने पर मुंडा भाषा-भाषी आदिवासी का अपने सहयोगियों को हेलय (वकल्प से एलय) कहकर बुलाना अस्वाभाविक नहीं है। इसे संस्कृत भाषा की अशुद्धि मानकर मज़ाक उड़ाना पतंजलि की मुंडा भाषाओं के प्रति अज्ञानता के सिवा और कुछ नहीं कहा जा सकता। किन्तु ऐसा कहते हुए हम पतंजलि के महत्त्व को कम नहीं करना चाहते। वे अब भी पाणिनी के बाद संस्कृत के सर्वश्रेष्ठ वैज्ञानिक हैं।

जब जातियाँ सम्पर्क में आईं, तो उनकी भाषाएँ भी एक-दूसरे से प्रभावित हुईं। संस्कृत में सैकड़ों शब्द ऐसे हैं जिनकी व्युत्पति के सम्बन्ध में संस्कृत के व्याकरण मौन हैं या संदिग्ध स्पष्टीकरण देते हैं। संस्कृत वर्णों में मूर्धन्य व्यंजन वर्णों के आगम में द्रविड़ एवं मुंडा परिवार की भाषाओं का महत्त्वपूर्ण योग है। पूरब की मागधी प्राकृत निर्गत आर्यभाषाओं (बंगला, असमी, उड़िया एवं अन्य) में जिनका सम्बन्ध आदिवासी भाषाओं के साथ रहा, स्वर-दीर्घता का ह्रास और शब्द रचना में स्वरसाम्य के सिद्धान्त की आंशिक पुष्टि इस बात के प्रमाण हैं कि पड़ोसी आदिवासी भाषाओं ने इन्हें प्रभावित किया है। शाब्दिक स्तर पर ही नहीं, व्याकरण के अन्य स्तरों पर भी आदिवासी भाषाओं ने संस्कृत और तज्जनित आधुनिक भारतीय भाषाओं को प्रभावित किया है। उदाहरण के तौर पर लिंगभेद को लिया जा सकता है। संस्कृत में तीन लिंग माने गए हैं, किन्तु आधुनिक भारत के नक्शे में जैसे-जैसे हम पूरब की ओर बढ़ते हैं, लिंग का महत्त्व घटता जाता है। हिन्दी में दो ही लिंग रह जाते हैं और उड़िया, बंगला और असमी तक आते-आते लिंग-भेद रह नहीं जाता। यह पड़ोसी मुंडा भाषाओं के ही प्रभाव का कारण माना जा सकता है, जहाँ लिंग-भेद, शब्द या वाक्य रचनागत विशेषता नहीं है।

संगीतशास्त्र के लय-सिद्धान्त में नि निषाद के स्थान में आता है। नि भले ही मधुरतम न हो—प (पंचम) को इसका श्रेय है—किन्तु उच्चतम माने जाकर इसने एक सीमा निर्धारित कर दी है। आदिवासी गीतों की ऊँची तान का रहस्य पड़ोसी आर्यों को बहुत पहले ही मालूम हो गया था। उनके गीतों की यह विशिष्टता आज भी उसी रूप में विद्यमान है, ऊँचे स्वर में गाने की परम्परा अब भी वहाँ सुरक्षित है और आदिवासियों को इसके लिए गौरवान्वित होना चाहिए।

आयुर्वेद के सबसे बड़े आचार्य धन्वंतरी ने अपने शिष्यों को दीक्षान्त के समय बताया कि वैद्यक का जो भी ज्ञान मैंने तुम्हें बताया है, वह तत्सम्बन्धी ज्ञान का अल्पांश ही है। यदि तुम इससे भी अधिक जानना चाहते हो तो वनवासियों, आदिवासियों के पास जाओ, वे तुम्हारी ज्ञान-पिपासा को तुष्ट करेंगे। ऐसा पढ़कर मन गद्‌गद हो उठता है किन्तु क्या ज्ञान के भूखे शिष्य सचमुच उन वनवासियों के पास गए? आज आयुर्वेद एक विरामावस्था पर पहुँच गया है और कालान्तर में उस ज्ञान में भी ह्रास होते-होते वह आज एक विपन्नावस्था पर आ गया है।

अन्य अनेक काव्यग्रन्थों में भी आदिवासियों का चरित्र-चित्रण हुआ है। उदाहरणतः कालिदासकृत मेघदूतम् का यक्ष जो अपने स्वामी के शाप से निष्काषित होकर कालेपानी

की सजा भुगत रहा है। दंडस्वरूप एकान्तवास के समय उसे अपनी प्रेयसी की याद सताती है और जनसम्पर्क के अभाव में वह आषाढ़ के मेघ को ही अपना दूत बनाकर अपना सन्देश पढ़ाता है। अन्यत्र भी बाणभट्ट की कादम्बरी प्रभृत अन्य रचनाओं में आदिवासियों का भव्य चित्रण हुआ है। किन्तु उनका महत्त्व ऐतिहासिक दृष्टिकोण से कम ही होगा, इसलिए हम इनकी चर्चा यहाँ नहीं करेंगे।

भारत में आदिवासियों के पूर्व अस्तित्व के कोई असंदिग्ध प्रमाण पुरातत्त्व वैज्ञानिकों को नहीं मिल पाए हैं। यह आश्चर्य की बात है। वैसे अब तक के सारे विचार सीमित खुदाइयों पर ही आधारित हैं। सिन्धु घाटी खुदाइयों में ही लोग इतने व्यस्त हैं कि अन्यत्र कोई काम विशेष तौर पर उठाया नहीं गया है। भारत सरकार के पुरातत्त्व विभाग के निदेशक डॉ. लाल के साथ वार्तालाप के सिलसिले में पता चला कि उन्हें गंगा-यमुना के दोआब पर ताँबे के कुछ ऐसे अवशेष मिले हैं जो आर्य, द्राविड़ सभ्यता से भी पहले के माने जा सकते हैं। यत्र-तत्र पूर्वी भारत में सामुद्रिक तत्त्वों के अवशेष मिले हैं, जिनका सम्बन्ध प्राचीनतर आदिवासी सभ्यता के साथ दिखाया जा सकता है।

प्रस्तुत निबन्ध में हमने यह दिखाने का प्रयास किया है कि आर्येतर आदिवासी जातियों का भारतीय संस्कृति के निर्माण में महत्त्वपूर्ण योग रहा है। आर्य जब यहाँ आए तो अपने साथ वेदोल्लिखित देवता—अग्नि, इन्द्र, वरुण आदि—भी लेते आए, किन्तु कालान्तर में उन देवताओं की प्रभुता में अन्तर आया। मात्र ब्रह्मा ही एक ऐसे देवता रह गए, जो पुराणकाल में ईश्वर के रूप में प्रतिष्ठित हो सके। विष्णु (जिसके अवतारस्वरूप राम, कृष्णादि दस देवता माने जाते हैं) और महेश (तथा उनका मातृशक्तिरूप काली) आदिवासी देवता प्रतिष्ठित हुए। धार्मिक आचारों के साथ-साथ आर्यों के सामाजिक संस्कारों ने भी नया रूप लिया, जिसमें आदिवासियों की अनेक प्रथाएँ भी सम्मिलित हुईं। भारतीय संस्कृति के निर्माण में यह श्रेय आदिवासियों को ही दिया जाना चाहिए कि जिनके सम्पर्क के साथ ही मनुष्य देवत्व को प्राप्त हो गए। राम, कृष्ण और वामन जैसे मनुष्यों के देवत्व प्राप्त करने के पीछे रावण, कंस और बालि का चरित्र है। अधर्म के विरुद्ध तो युधिष्ठिर, भीम, अर्जुन आदि ने भी लड़ाई लड़ी किन्तु वे राम-कृष्ण की ऊँचाई कहाँ पा सके? मनुष्य ही रह गए। यदि आधुनिक भारतीय समाजमनीषी आचार्य श्रीनिवास क्षमा करें तो हम यह कहने की भी धृष्टता करते हैं कि भारतीय संस्कृति अनार्यों के सांस्कृतिकरण से अधिक आर्यों के अनार्यीकरण की कहानी है।[13]

(साभार : 'आदिवासी अस्तित्व और झारखंडी अस्मिता के सवाल' पुस्तक से)

सन्दर्भ

1. श्री सुरेन्द्र प्रसाद सिन्हा ने अपने एल्यूजन्स टू सम नन-आर्यन् ट्राइब्स इन ऋग्वेद शीर्षक निबन्ध (बुलेटिन ऑफ बिहार ट्राइबल रिसर्च इंस्टीट्यूट, वाल्यूम, 6, नं. 2) में वैदिक असुरों के सम्बन्ध में किंचित अधिक विस्तार के साथ लिखा है।

2. उदाहरण के लिए निम्नलिखित मन्त्र में अग्नि को असुर कहा गया है;

त्वमग्ने रुद्रो असुरो महोदिवस्त्वं शर्धों मारुतं पृक्ष ईशिये।

त्वं वातैररुपैर्वासि शड्मयस्त्वं पूषा विधतः पाति नु त्मना!!

3. सीअपोअभ्यतपत् ताभ्योऽमितप्ताभ्यो मूर्तिरजायत ऋग्वेद 2,1,6,

वा वै सा मूर्तिरजायतान्नं वै तत्!

ऐतरेयोपनिषद् 3,2

4. उत्पन्नाद्रविड़े भक्ति वृढं कर्नाटके गता

क्वचित्क्वचिन्महाराष्ट्रे गूजरे प्रलयं गता।

5. यशपाल : मेरी प्रिय कहानियाँ, दिल्ली (राजपाल एंड सन्ज़), 1970, में संकलित।

6. मुंडारी मूल :

सीतान रेगे होबु नामेलिआ

सीता नुतुमेबु नुतुमिआ।

7. बुद्धदेव बोस : प्रबन्ध संकलन, क़लकत्ता, 1967, में संकलित रामायण शीर्षक निबन्ध।

8. ऐसा लगता है कि मुंडा भाषा-भाषी जनजातियों में केवल महाराष्ट्र एवं पड़ोसी क्षेत्रों की कोर्कू जाति ने श्रीराम के विरुद्ध (रावण के पक्ष में) लड़ाई लड़ी। इसका संदिग्ध प्रमाण यह है कि वहाँ कई गीतों में रावण को एक सुन्दर राजकुमार कहा गया है और पर्णकुटी में अकेली सीता का मन स्वाभाविक रूप से उसकी ओर आकर्षित होता है। वह राम-लक्ष्मण की अनुपस्थिति में रावण के साथ चली जाती है।

9. यान्ति राजर्षवश्पात्र मृगयाँ धर्मकोविदाः

तस्मात्त्वं निहतो युद्धे मया वाणेन वानर

अयुद्वन्प्रनियुद्धन्वा यस्माच्छाखामृगोह्यति।

वाल्मीकि रामायण, किष्किंधा, 18, 40

10. राजगोपालाचारी सी. : रामायण, बम्बई (भारतीय विद्या भवन), 1956

11. गीता, 1, 41-42

12. पतंजलि : महाभाष्य, शब्दानुशासन प्रकरण

13. श्रीनिवास एम.एन.; संस्कृताइज़ेशन इन मॉडर्न इंडिया, कैलिफोर्निया यूनिवर्सिटी ऑफ कैलिफोर्निया प्रेस, 1967

आदिवासी समाज की पारम्परिक संस्कृति का वर्तमान सच

अशोक सिंह

हमारे समय का सच यह है कि सच को सच कहना विद्रोहियों की सूची में नाम दर्ज कराना है, लेकिन उससे भी बड़ा सच यह है कि सच को सच न कहना झूठ को जीवन देना है। क्या यह हमारे समाज का सच नहीं कि आज अति उर्वर मस्तिष्कवाले भाषा के कुशल करतबबाज लोग 'आदिवासी' शब्द को तरह-तरह से भुना रहे हैं। लेखक-पत्रकार लिखने के लिए लिख रहे हैं, आदिवासी जीवन पर अपनी पहचान बनाने के लिए। छायाकारों को नई-नई अनोखी तस्वीरें चाहिए तो स्वयंसेवी संस्थाओं को कुछ करने का स्कोप। किसी में सच्ची जिज्ञासा और वास्तविक सहानुभूति की दृष्टि नहीं दिखती बल्कि अस्वस्थ कुतूहल और ढोंगी भावुकता की दृष्टि ही अधिक दिखती है।

आज जबकि आदिवासी के दर्द के प्रति चिन्तित समाज के एक बड़े तबके को उसकी अस्मिता से कोई खास मतलब नहीं है, फिर भी पता नहीं क्यों इन दिनों वर्तमान समाज इनके जीवन और उनकी समस्याओं में इतनी रुचि ले रहा है? पता नहीं इनकी संस्कृति के प्रति चिन्तित लोगों और समुदायों को क्या मिलेगा, दो दिन के परिचय, सुनी-सुनाई बातों तथा अर्द्धसत्य एवं अर्द्धकल्पनाओं के आधार पर इन आदिवासियों की विचित्र प्रथाओं और अनोखे रीति-रिवाजों के रोमांचक वर्णन से?

सच तो यह है कि आज आदिवासी समाज की अवस्था को लेकर जो तरह-तरह की व्याख्याएँ दी जा रही हैं, उसकी संस्कृति का जो विश्लेषण किया जा रहा है, उसमें वास्तविकता से परे जाकर बदलावों को दरकिनार कर दिया जाता है, जिससे समकालीन चुनौतियों को समझना आज कठिन हो गया है। ऐसी रणनीति अपनाई जाती है कि उसमें समानता तथा सामाजिक न्याय के पहलू बहस के केन्द्र में नहीं उभरे।

किसी भी परम्परागत समाज के अन्तर्विरोधों और उसकी प्रक्रिया को समझने के लिए उसके और यथार्थ के बीच के अन्तर को समझना होगा। सवाल चाहे नए समाज की रचना का हो या पुरातन प्रणाली के रचनात्मक और सकारात्मक सम्बन्धों को विकसित करने का, इस राह से गुजरना ही होगा। परम्परा के बारे में भी साफ और स्पष्ट समझ विकसित करने के लिए यह ज़रूरी है, ताकि उन भ्रमों से मुक्त हुआ जा सके, जो इतिहास के एक खास दौर में पैदा होकर परम्परा और अन्धविश्वास में गहन

तालमेल कर देते हैं। इससे समाज अपने ही इतिहास के बारे में भ्रान्ति का शिकार हो जाता है और वैज्ञानिकता तथा गतिशीलता के बदले जड़ता को ही परम्परा मान लेता है। वैसे भी आज परम्परा का सवाल वास्तव में बार-बार परीक्षण की माँग करता है। खासकर आदिवासी समाज और परम्परा को समझने के लिए इतिहास और समाजशास्त्र की दोहरी जानकारी ज़रूरी है और उसके लिए चाहिए एक देशज और एथनिक नज़रिया। आज का आदिवासी समाज परम्परा के ऐसे सन्तुलन के लिए बेचैन है, जिसमें वह अपनी पहचान भी कायम रख सके और विकास की दौड़ में पीछे भी न छूटे। वह यह भी चाहता है कि उसकी परम्परा केवल इतिहास अध्ययन का विषय नहीं रहे बल्कि वह एक क्रान्तिकारी विकल्प बने।

इससे साफ जाहिर होता है कि आज आदिवासी समाज में विकास की नई चेतना जाग चुकी है लेकिन उसकी इस चेतना को एक बनी-बनाई लीक में नहीं समझा जा सकता। वैसे भी परम्परा के भीतर जो सार्थक संवाद है, उसे नकारकर किसी भी समाज की व्याख्या नहीं की जा सकती। खासकर आदिवासी समाज की तो कतई नहीं। आज परम्परा की दुहाई देनेवालों में एक समूह ऐसा भी है, जो केवल प्रतिगामी या समय के थपेड़ों से पस्त हो चुकी चीजों को ही ज़रूरी तथ्य साबित करने की कोशिश करता है। ऐसे तत्त्व आमतौर पर साम्राज्य के समय थोपे गए कई विचारों और प्रवृत्तियों को ही असली तथ्य बताते हैं, जबकि सच्चाई यह होती है कि आदिवासी समाज की बनावट से उसका कोई सिलसिला नहीं बैठता। चूँकि आदिवासी समाज में इधर हाल के चार-पाँच दशकों में भारी बदलाव हुए हैं, इसलिए मनोगत विचारों से दूर इसकी वर्तमान स्थिति का वस्तुपरक मूल्यांकन करना होगा। साथ ही यह भी ध्यान रखना होगा कि वर्तमान बदलावों को समझने के क्रम से हम अतीत से कहीं कट न जाएँ, नहीं तो जमीनी हालात को ठोस तरह से समझने की बजाय हम इससे मोहग्रस्त हो जाएँगे या फिर उसे ठुकराने की बात करने लगेंगे। दोनों ही हालात में समाज के बेहतर मूल्यों के संवर्द्धन में आरोपित जीवन दृष्टि को अपनाने का प्रचलन बढ़ेगा।

वैसे भी आज आदिवासी समाज कई विडम्बनाओं का शिकार है। सबसे बड़ी विडम्बना तो यह है कि उसके पास लिखित दस्तावेजों का अभाव है, जिस कारण निहित ताकतों को अपने मनोनुकूल अवधारणाएँ गढ़ने का अवसर मिल रहा है और वे आदिवासी समाज-संरचना के जनवादी विचारों को अतीतोन्मुखी बताकर अपने अनुसार विचार और मिथक बनाने की कोशिश को अंजाम दे रहे हैं, जिससे आदिवासियत को लेकर भ्रम पैदा कर दिया जाता है और व्यापक आदिवासी समाज में विभाजन की रेखा खींच दी जाती है। आदिवासी संस्कृति और परम्परा की ऐसी ही व्याख्याओं का परिणाम है कि आज व्यापक आदिवासी एकता और अनुगुंथित सामाजिकता को तोड़ने में उन्हें सफलता मिल रही है।

आज चारों ओर से एक सुनिश्चित साजिश के तहत आदिवासियों को मुख्यधारा में आने से रोका जा रहा है। उन्हें यथास्थिति में बनाए रखनेवाले लोग जहाँ उन्हें

जनजातीय कहकर उनके आदिवासी होने की अवधारणा को मानने से इनकार करते रहे हैं, वहीं उनके परम्परागत समाज और संस्कृति की अपने अनुरूप व्याख्या कर उन पर अपने विचारों को थोपने लगे हैं। ये वे लोग हैं जो अपनी सभ्यता-संस्कृति को श्रेष्ठ बताकर उन्हें घृणा और हेय की दृष्टि से देखते हैं। पिछड़ा, असभ्य, जंगली कहकर दोयम दर्जे का प्राणी समझते हैं। इतना ही नहीं हमेशा उसे कुछ न कुछ सिखाने के मूड में रहते हैं, उससे कुछ सीखने की कोशिश कभी नहीं करते। जबकि सच्चाई यह है कि अपने को श्रेष्ठ, सभ्य और सुसंस्कृत समझनेवाले इन तथाकथित बुद्धिवादी लोगों को अभी इनसे बहुत कुछ सीखने की ज़रूरत है। आवश्यकता है अपने बने-बनाए फ्रेम से बाहर निकलकर स्वस्थ मानसिकता और सच्ची जिज्ञासा से उनके जीवन में सूक्ष्मता से झाँकने की।

आज धर्म को लेकर भी इसमें खींचातानी चल रही है। एक ओर जहाँ ईसाई मिशनरी बड़ी सूक्ष्मता और शालीनता से इन्हें ईसाई बनाने में लगी है, वहीं दूसरी ओर लोक-धर्म आज खतरों से घिर गया है। हिन्दूत्ववादी शक्तियाँ इनके हिन्दूकरण में सक्रिय दिख रही हैं। ऐसे में उनकी अपनी पहचान मिट रही है और ये एक ऐसे चौराहे पर आकर खड़े हो गए हैं, जहाँ चारों ओर से तरह-तरह के झूठे प्रलोभन और बेबुनियाद तर्क देकर उन्हें अपनी ओर खींचने की कोशिश की जा रही है। अब धीरे-धीरे वे इन षड्यंत्रों को समझने लगे हैं। उनकी विकासमान चेतना आज स्वतः अपना मार्ग तलाश रही है। कीनिया के लेखक युगी वा थ्योंगो के विचार जिससे सारी दुनिया के आदिवासियों को दिशा मिलती रही है, जोर देकर कहा है कि परम्परा वास्तव में वह नहीं है जो साम्राज्यी और सामन्ती ताकतों ने व्याख्या करके बता दिया है, बल्कि वह है जो आम आदमी के जीवन में मौजूद है और जिसके कारण इतने हमलों के बाद भी आदिवासी अपनी पहचान बचाने में कामयाब रहे हैं।

आज आदिवासी समाज के लिए तो यह भारी चुनौती है कि वह अपने लायक और अपनी संवेदनात्मकता के अनुरूप इतिहास का अभिलेखीकरण करें तथा आरोपित इतिहास दृष्टि से भी अपने को मुक्त कर लें। आदिवासी समाज को यह समझना होगा कि उनके लिए परम्परा का मतलब मृत रीति-रिवाजों को ढोना नहीं है। रीति-रिवाजों में अगर कुछ ऐसी रूढ़ियों ने जगह बना ली है, जिसका आदिवासी समाज की अवधारणामूलक चिन्तन से कोई मेल नहीं है तो उसे नकारकर अपनी परम्परा के वास्तविक व्यवहारों से पैदा हुए जीवन-बोध को स्थापित करें। ऐसा करने में जितनी देरी होगी, आदिवासी समाज का उतना ही नुकसान होगा और समकालीन चुनौतियों से जूझने की उसकी क्षमता जाती रहेगी।

विकसित सभ्यता के नए दौर ने आज निजी सम्पत्ति की अवधारणा को मजबूत कर दिया है, जिससे वर्गवाद का जन्म हुआ। बावजूद अत्यन्त विकसित सभ्यता के वाहक होने के आदिवासी समाज की मूल अवधारणा में आज भी निजी सम्पत्ति के प्रति घृणा का भाव है और वे सामूहिक अधिकार की अवधारणा को आज भी अपनी पहचान का

हिस्सा मानते हैं। ऐसा इसलिए भी सम्भव हुआ कि आदिवासी समाज में श्रम का स्थान सम्मानजनक है और वह अपनी इस मूलभूत दृष्टि को आगे भी जारी रखना चाहते हैं। आदिवासी समाज शासकीय दृष्टि से भले ही गुलामी का शिकार हुआ हो लेकिन उसमें व्यवस्था के खिलाफ प्रतिकार की पूरी क्षमता है। बिरसा मुंडा का आन्दोलन तो इसका जीवित रूप है, जिसने परम्परा की देशज व्याख्या करके दिखा दिया कि बाहरी हमलों के खिलाफ किस तरह जनता का संघर्ष खड़ा किया जा सकता है।

संस्कृति के मुद्दे से जुड़े विभिन्न पहलुओं को भी कुछ इस तरह ही समझा जा सकता है। संस्कृति का सम्बन्ध मनुष्य और समुदाय की उस पूर्णता से है, जिसे वह गढ़ता है और निरन्तर विकासमान भी रखता है। संस्कृति-समाज और लोगों के व्यवहार के साथ-साथ उसकी दर्शन चेतना का भी हिस्सा है और कोई समाज अपनी रचना की विधि का विकास किस तरह करता है, यह भी इससे समझा जा सकता है। संस्कृति का सर्वाधिक महत्त्वपूर्ण पहलू यह भी है कि वह आदमी के सोचने-समझने, देखने और फिर उसे समयानुकूल बना लेने की चेतना भी प्रदान करता है।

जिस तरह सामन्तवाद के खिलाफ पूँजीवाद ने अपने लायक दृष्टिकोण गढ़ा, उसी तरह जब उत्पादन के साधनों के बारे में नजरिया बदलेगा तो मूल्यबोध को भी बदलना होगा। ऐसे में समाजवाद की यह भूमिका होगी कि वह नए मूल्यबोध के अनुरूप लोगों को बदले क्योंकि किसी भी पुराने समाज की कुछ बातें और आदतें नए समाज के अनुरूप नहीं होती हैं। इस कारण नई व्यवस्था को अपना पूरा परिप्रेक्ष्य ही गढ़ना पड़ता है।

वैसे व्यवस्था को बनाए रखनेवालों के लिए यह प्रक्रिया सहज ग्राह्य नहीं होती और वे एक सुनिश्चित साजिश के तहत इसे रोकने की हरसम्भव कोशिश करते हैं लेकिन उन्हें यह नहीं भूलना चाहिए कि अब वक्त काफी बदल चुका है। आदिवासी समाज की विकासमान चेतना नया आकार ले रही है। उन्हें व्यवस्था के उन हिमायती लोगों की पहचान हो गई है जो अपने इतिहास ज्ञान के प्रति तटस्थ बनाने की सुनिश्चित चेष्टा करते रहे हैं और उनके समाज की सच्चाइयों को स्वीकारने की बजाय उस पर ठहराव का बेबुनियादी आरोप लगाते आ रहे हैं। उसे जंगली, पिछड़ा, असभ्य और अविकसित कहकर अपना दम्भ प्रकट करते रहे हैं। अब वे धीरे-धीरे अपने ऊपर आरोपित विचारों के जाल-फांस को तोड़कर बाहर आएँगे और अपने अतीत की क्रान्तिकारी चेतना को आधार बनाकर नए समाज की रचना करेंगे। इतना ही नहीं अब वे संसाधनों पर हक के साथ-साथ उत्पादन के लक्ष्य पर भी नई बहस खड़ी करेंगे, जिससे अर्थतंत्र की वर्तमान व्यवस्था को पुरजोर चुनौती मिलेगी और व्यवस्था पोषक ताकतों के लिए अपने को बचाए रखना मुश्किल हो जाएगा।

आधुनिक खासी समाज का विकास

आर. टोकिन रॉय रिम्बई

19वीं शताब्दी के दूसरे तथा तीसरे दशक में ब्रिटिशों का खासी प्रदेश पर आधिपत्य हो जाने तक, खासी लोग अपनी पहाड़ियों में, जो उनकी स्मृतियों और कथाओं के अनुसार सृष्टि की प्रभात वेला से ही उनका घर रही हैं, अकेले ही रह रहे थे। एक खासी जनश्रुति से हमें एक दिलचस्प कथा मालूम होती है कि आरम्भ में ईश्वर ने किस प्रकार सोलह खासी परिवारों की सृष्टि की और उन्हें अपने साथ स्वर्ग में रखा। इन परिवार के लोगों को स्वर्ग से पृथ्वी पर आने की स्वतन्त्रता थी, जिसके लिए वे स्वर्ग से 'सोहपेत ब्नेड' (स्वर्ग नाभिका) नामक पर्वत के शिखर तक बनी स्वर्ण सीढ़ी का प्रयोग करते थे। अन्ततः एक दिन उन परिवारों में से सात ने शेष नौ को स्वर्ग में ही छोड़ स्वयं पृथ्वी पर रहने का निर्णय किया। उस दिन से ईश्वर ने उक्त सीढ़ी को सदा के लिए हटा लिया। ये सात परिवार 'कि हाइन्यू हा तबियान' (नीचेवाले सात) कहलाए, जबकि स्वर्ग में रह गए नौ 'कि खाइन्दाय हा जरोंग' (ऊपरवाले नौ) कहलाए। खासी लोग इस चिरकालिक कथा के अनुसार उन्हीं सात परिवारों के वंशज हैं। जाति की आबादी में वृद्धि होने पर धीरे-धीरे वे सोहपेत ब्नेड के चारों ओर फैली आज की सुन्दर खासी भूमि में फैल गए। आज भी खासी-जन ईश्वर की अपनी प्रार्थना में उन नौ परिवारों का भी आह्वान कर भूलवश हुए पाप के लिए क्षमा-याचना करते हैं। इसे वे 'का लाइत का लेत' कहते हैं।

यहाँ प्रयुक्त शब्द 'खासी' में प्नार भी सम्मिलित हैं, जो खासी लोगों को स्वयं से अलग बताने के लिए खाइनरियम भी कहते हैं। दूसरी ओर ये खाइनरियम भी प्नार लोगों के लिए सिन्तेङ, जैन्तिया या प्नार नाम का प्रयोग करते हैं और स्वयं अपने समुदाय के लिए खासी। खाइनरियम ग्रुप में ही भोई, वार तथा लिङ्न्गम आते हैं, जबकि प्नार ग्रुप में वार, लबङ, नाङ्तुङ खाइखङ और नङफाइलुत उपजातियाँ आती हैं। इस प्रकार वार उपजाति दोनों ग्रुप में शामिल है और अपने निवास स्थान जैन्तिया पहाड़ियों अथवा खासी पहाड़ियों के अनुसार वार जैन्तिया या वार प्नार तथा वार खाइनरियम प्नार तथा खाइनरियम लोगों में इस प्रकार का भेद उनके बीच की शताब्दियों पुराने राजनैतिक विभाजन का परिणाम है। यह विभाजन इतना ज्यादा हो गया है कि एक ही जाति का

होने के बावजूद उन्हें खासी प्नार तथा खासी जैन्तिया के नाम से बुलाया जाता है क्योंकि प्नार लोग–जैन्तिया नाम से भी जाने जाते हैं, हालाँकि यह गलत है। आजकल लोग स्वयं को खासी प्नार कहते हैं और यह स्वीकारते हैं कि वे कि हाइन्यू ट्रेप की सन्तान हैं।

ब्रिटिशों के आगमन से काफी पहले खासी प्नार पहाड़ी प्रदेश से आसन्न मैदानी भाग के लोगों के सम्पर्क में थे। पर यह सम्पर्क व्यापार-धन्धे तक सीमित था जिसका अवसर मैदानी भाग के हाटों में जाने पर मिलता था। मैदानी भाग के कुछ परिवार कभी-कभार पहाड़ियों में आकर बस जाते थे, पर उन लोगों ने अन्य लोगों, जिन्हें खासी प्नार छापा मारकर लूट लिया करते थे, की तरह खासी जीवन-शैली अपना ली, यहाँ तक कि उनका धर्म तथा उनकी विलक्षण मातृप्रमुख सामाजिक व्यवस्था भी अपना ली। इस प्रकार, खासी समाज ब्रिटिशों के अपने साथ मैदानी लोगों को लेकर आने और पहाड़ी प्रदेश पर औपनिवेशिक व्यवस्था स्थापित करने तक अपने प्राचीन रूप में ही बना रहा था, पर उसके बाद मैदानी लोगों ने वहाँ न केवल अपनी पहचान अक्षुण्ण रखी बल्कि अपना प्रभाव भी व्यापक बनाया। 1871 में खासी पहाड़ी प्रदेश में आए रेवरेंड जॉन राबर्ट्स की कविता की निम्न पंक्तियाँ अपनी कहानी स्वयं बताती हैं–

ला वान यू फरेङ, ला क्यु यू उखार
का सुक का रि खासी, का शय रूह कदार

(ब्रिटिश आए और उनके पीछे-पीछे मैदानी लोग। खासी भूमि अभी शान्त है और वहाँ सभ्यता विराजती है।)

यहाँ जिस शान्ति की प्रशंसा रेवरेंड जॉन राबर्ट्स ने की है वह कब्र की शान्ति है और खासी प्नार लोगों की क्षीण पड़ती युयुत्सा की ओर संकेत करती है। उनकी वह सभ्यता पश्चिमी सभ्यता का अनुकरण है, जिसे अपनी सभ्यता को भुलाकर उन्होंने अर्जित किया था।

प्नार लोगों के मामले में बाहरी लोगों से सम्पर्क की स्थिति ज़रा भिन्न थी। सम्भवतः 14वीं शताब्दी के आसपास प्नार लोग अपने दक्षिण में स्थित क्षेत्रों, जो आज सिलहट तथा कछार जिले के रूप में विद्यमान हैं, में बड़ी संख्या में फैल गए और गोभा के नाम के नाउगोङ जिले के हिस्सों पर कब्जा जमा लिया। पर उन्होंने उसे वहाँ के राजा के शासन में ही रहने दिया। बाद में दलोई लोगों ने सुतन्गा वंश के अपने राजाओं, जो सुतन्गा में रहते थे, के लिए अपना निवास जैन्तिया परगना स्थित जैन्तियापुर में स्थानान्तरित करना बेहतर समझा क्योंकि सुतन्गा शहर सुतन्गा के दलोइयों के अधीन पड़ता था। प्नारों के क्षेत्र पर दलोई राजाओं और उनके दरबारियों का अपने-अपने क्षेत्र में, जिन्हें लका कहते थे शासन था। राजा जिसे आरम्भ में वे आम सहमति से चुनते थे, उनका उपाधिकारी प्रमुख था। शाही निवास के जैन्तियापुर में स्थानान्तरित हुए अधिक समय नहीं बीता था कि ये राजा ब्राह्मणों के प्रभाव में आ गए और उन्होंने हिन्दू धर्म अपना लिया। बावजूद हिन्दू धर्म अपनाने के मातृकुलीय परम्परा के अनुसार उन्होंने

शासक राजा का उत्तराधिकारी उसके भांजे, जिसका पिता प्नार समुदाय का था, ही बना। बाद में दलोई के उत्तर के मैदानी प्रदेश पर बेहतर नियन्त्रण के लिए नाइरतियाङ के दलोई की सहमति से यह निर्णय लिया गया कि जैन्तिया राजा ग्रीष्मकाल में नाइरतियाङ में ही रहेंगे। राजा लोग अपने साथ एक ब्राह्मण भी नाइरतियाङ लाए, जिससे वहाँ के लोगों पर तथा शेष प्नार लोगों में भी हिन्दू धर्म के प्रभाव में विशेष वृद्धि हुई। किन्तु ब्रिटिशों के आगमन तक उनकी जीवन शैली, रस्म-रिवाज और खासी-प्नार प्रचलन पहले की ही तरह चलते रहे। मांस्माय-सोहरा के खासी लोगों का दक्षिण के मैदानी प्रदेशों पर, तथा नॉङस्टोइन, नॉङखलॉ, नॉङबाह, सोहियोङ आदि के खासी लोगों का उत्तर के मैदानी प्रदेशों पर कब्जा था। चूँकि उनके राजाओं ने अपना निवास स्थान मैदानी प्रदेश में स्थानान्तरित नहीं किया, इसी कारण वे किसी रूप में भी ब्राह्मणों के प्रभाव में नहीं आए। पहाड़ी प्रदेश पर कब्जा जमाने के बाद अंग्रेज़ों ने नॉङवाह राज्य को मनमाने ढंग से समाप्त कर दिया।

खासी प्नार लोगों का अंग्रेज़ों से पहला सम्पर्क 18वीं शताब्दी में 1717 ई. के आसपास हुआ। उस काल में सिलहट के नाम से जाना जानेवाला प्रदेश बंगाल की दीवानी का एक भाग था। अंग्रेज़ों को मुगल सम्राट शाहआलम द्वारा ईस्ट इंडिया कम्पनी को दिए अनुदान से बंगाल की दीवानी प्राप्त हुई। 11 जनवरी, 1771 को जॉन सुम्नर नाम का व्यक्ति सिलहट राज्य का निरीक्षक बना। इस अधिकारी ने अपनी तैनाती के ग्यारह दिनों बाद ढाका स्थित अपने उच्चाधिकारियों को 22 जनवरी, 1771 के अपने पत्र में लिखा, "आपको यह सूचित करना उचित होगा कि इस राज्य (सिलहट) से सटी पहाड़ियों (खासी-जैन्तिया पहाड़ियों) पर अधिकार रखनेवाले राजाओं के पारस्परिक सम्बन्ध आजकल शत्रुतापूर्ण हैं। पांडुआ शहर के एकदम निकट क्षेत्र, जहाँ हमारे तथा उनके व्यापारियों का कारोबार चलता है, दो प्रतिस्पर्द्धी राजाओं में दो बार लड़ाइयाँ हो चुकी हैं और सिलहट से एक दिन की यात्रा की दूरी पर, लगभग सिलहट तथा पंडुआ के मध्य एक दूसरे राजा ने पंडुआ को मिलाकर, यहाँ के राजा के विरुद्ध शत्रुतापूर्ण व्यवहार शुरू कर दिया है।"

उक्त अधिकारी ने उपरोक्त बातें ग्यारह दिनों के अपने ठहरने के दौरान अर्जित अनुभव के आधार पर नहीं लिखी होंगी। कम्पनी के मुस्लिम कर्मचारियों के मुँह से सुनी कथा-कहानियों के आधार पर उसने यह निष्कर्ष निकाला होगा। हमारे आज के नेताओं को हमारे राजाओं के परस्पर संहारक सिरफुटौवल और लड़ाइयों के प्रसंग पर ज़रा रुककर विचार करना चाहिए। अंग्रेज़ों ने हमारे राज्यों को आसानी से जीतने के लिए बड़ी चतुरता से इस फूट का इस्तेमाल किया। वे इसमें सफल भी रहे, क्योंकि आपसी फूट का यह नासूर हमारे लोगों की आत्मा में अब भी पल रहा है। समाज को आक्रान्त करने वाले बड़े मसलों की बजाय हम अपनी निकटस्थ मंडलियों से जुड़े छोटे-मोटे मामलों को अंग्रेज़ों के साथ इस प्रदेश के राजाओं का सम्बन्ध मुख्यतः व्यापार और वाणिज्य तक सीमित था। पर 1824 ई. में अवा के राजा की ओर से बंगाल को उत्पन्न खतरे

को देखकर, डैविड स्कॉट ने जैन्तिया के राजा राम सिंह से सन्धि की। इस सन्धि के अनुसार राजा कम्पनी की सेना की सहायता के लिए गुवाहाटी के पूर्व में स्थित शत्रु (बर्मी सेना) के विरुद्ध सेना भेजेगा और इसके बदले में कम्पनी असम पर विजय प्राप्त करने के बाद, उस प्रदेश का एक भाग जैन्तिया राजा को दे देगी। आखिर बर्मी सेना हार गई और अंग्रेज़ों के साथ हुई सन्धि (1926) की शर्तों के अनुसार अंग्रेज़ों को एक करोड़ रुपये हर्जाने के रूप में तथा असम और अराकान प्रदेश जैन्तिया राजा राम सिंह को सौंपने थे किन्तु विश्वासघाती अलबियॉन ने एक करोड़ रुपये में से जैन्तिया के राजा को एक फूटी कौड़ी भी नहीं दी और न ही उसे असम की इंच भर ज़मीन दी। दलील यह दी गई कि राजा ने उसकी मदद में सेना भेजने की बजाय, मुट्ठीभर अपने चाकर भेजे थे। 1826 ई. में डेविड स्कॉट तथा उसके उत्तराधिकारियों ने खासी सरदारों के साथ कई सन्धियाँ की। इन सन्धियों में प्रायः यह देखा गया कि हर सरदार ने दूसरे सरदार के विरोध में कम्पनी की सहायता का वचन ही नहीं दिया बल्कि किसी खासी सरदार के आक्रमण का खतरा उपस्थित होने पर कम्पनी की रक्षा के लिए अपनी भूमि पर अपने अधिकार भी छोड़ने का वादा किया। इस प्रकार अंग्रेज़ों ने 'फूट डालो और शासन करो' की कुटिल नीति का बेशर्मी से प्रयोग किया। मिशनरियों के आने से पूर्व तक अंग्रेज़ों के साथ इस क्षेत्र के लोगों का सम्बन्ध प्रायः राजनैतिक एवं व्यापारिक था। अंग्रेज विशेषतः खासी-जैन्तिया पहाड़ियों की दक्षिणी ढलान पर स्थित चूना पत्थर के भंडार तथा नारंगियों के बागों में रुचि रखते थे।

मिशनरियों ने लोगों की शिक्षा, चिकित्सा और धर्मान्तरण का लक्ष्य रखकर अधिकाधिक खासियों को न केवल ईसाई बनाया बल्कि पश्चिमी लोकाचार और तौर-तरीकों के अनुकरण पर आधारित जीवन-शैली में भी ढाला। पहला ईसाई मिशनरी जो खासी पहाड़ी प्रदेश में चेरापूँजी में आकर बसा, सेरामपुर के बैप्टिस्ट मिशन का रेवरेंड अलेकजैन्डर बी. लिश था। वह चेरापूँजी में 1832 में आया और 1838 तक रहा। खासी जैन्तिया पहाड़ी प्रदेश में बैप्टिस्ट मिशन ने अपना काम त्याग दिया। उसने अपने प्रवास काल में चेरा, मॉमलुह तथा मॉस्मय में तीन प्राथमिक स्कूल खोले। उसने बांग्ला लिपि में सेंट मैथ्यूज के 'गॉस्पेल' का खासी में अनुवाद किया। पर इतने के बावजूद खासी-जैन्तिया पहाड़ी क्षेत्र में मिशनरी कार्य का वास्तविक उत्साह से आरम्भ 1841 से ही हुआ, जब वेल्श प्रेसबिटरियन चर्च ने रेवरेंड थॉमस जोन्स तथा उनकी पत्नी को खासी प्नार लोगों के बीच काम करने के लिए चेरापूँजी में डेरा जमाने को भेजा। स्वतन्त्र विचार और उदार प्रकृतिवाले प्रतिभाशाली थॉमस जोन्स ने समझ लिया कि खासी लोगों को ईसाई धर्म में लाने तथा पश्चिमी आदर्शों तथा विचारों में ढालने के लिए उन्हें पढ़ना-लिखना सिखाना ज़रूरी था ताकि वे बाइबल तथा पश्चिम की दूसरी, विशेषतः ईसाई धर्मविज्ञान से सम्बद्ध अनूदित पुस्तकों को अपनी मातृभाषा में पढ़ सकें। खासी हिल्स में जब थॉमस जोन्स पहली बार आया था तो उसका खासी प्नार तथा पूर्व के अन्य लोगों के बारे में ज्ञान बस इतना ही था, जो कि प्रत्येक मिशनरी को अपने वतन

में बताया जाता था कि धन और पत्थरों की पूजा करनेवाले ये असभ्य लोग हैं। उनकी संस्कृति और धर्म को लेकर उसका ज्ञान शून्य था। कइयों ने जानने की कोशिशें छोड़ दी थीं। इसलिए एक मिशनरी के रूप में उसे अनुभव हुआ कि ईश्वर ने उस प्रदेश के लोगों को ईसाई धर्म में लाकर उनकी आत्मा की रक्षा के लिए उसे चुना है। रेवरेंड जोन्स रोमन लिपि के प्रयोग के लाभों को समझ गए थे और उन्होंने बांग्ला लिपि त्याग दिया। रेवरेंड जोन्स और उनकी पत्नी दोनों समर्पित मिशनरी थे और उन्होंने स्वयं को इस कार्य में बिना समय गवाँए झोंक दिया तथा अपने वहाँ आगमन के वर्ष यानी 1941 में ही पहली पुस्तक 'खासी प्राइमर' का किताब 'बा नाइङ्कोङ' और दूसरी 'को कोत तिकिर' (ईसाई धर्म की प्रश्नोत्तर वाली पुस्तक) छपवाई। रेवरेंड लिश के स्थापित स्कूलों को उन्होंने पुनर्स्थापित किया। इन दोनों पुस्तकों के पश्चात् 1845 में एक अन्य पुस्तक प्रकाशित हुई—'का गॉस्पेल यू मैथाइओस' (संत मैथ्यू का गॉस्पेल)।

1845 ई. में पत्नी की मृत्यु का थॉमस जोन्स पर बहुत गहरा प्रभाव पड़ा। तब तक उन्होंने खासी लोगों (जिनके बीच वे रह कर काम कर रहे थे) के धर्म, संस्कृति, रीति-रिवाज़ और प्रचलनों के बारे में जानने की परवाह नहीं की थी। अब उन्होंने इनका अध्ययन शुरू किया और शीघ्र ही गहरी समझ के साथ उनका सम्मान करने लगे। उन्होंने पाया कि खासी एक ईश्वर, जिसने आकाश-पृथ्वी तथा उनके मध्य स्थित प्रत्येक वस्तु की सृष्टि की थी, की पूजा करते थे। उनका विश्वास था कि ईश्वर सर्वज्ञ, सर्वशक्तिमान तथा सर्वव्यापी है। वह निराकार है और इस कारण किसी मूर्त रूप में उसकी कल्पना नहीं की जानी चाहिए, जिसने उन्हें एक धर्म दिया, जिसने उन्हें सदाचारपूर्ण जीवन जीना और अपने साथियों और नाते-रिश्तेदारों की सेवा करने हेतु ईश्वर की सेवा की शिक्षा दी।

उन्होंने यह भी पाया कि उनके समाज में प्रचलित भूमि काश्तकारी प्रणाली की स्थापना में खासी लोगों की मनुष्य की आधारभूत आवश्यकताओं की अन्तर्जात सूझबूझ अन्तर्निहित है। ईश्वर ने मनुष्य को भूमि दी है ताकि उससे प्राप्त उपज से मानव जीवन का पोषण हो सके। अतः प्रत्येक व्यक्ति को अपने जीवन के लिए जितनी भूमि ज़रूरी हो उतनी ही अपने पास रखने का अधिकार है, उससे अधिक नहीं, ताकि दूसरों को वंचित न होना पड़े। इस कारण खासी समाज में भूमि राजस्व का अस्तित्व नहीं है। इसी कारण उनके यहाँ यदि तीन साल से अधिक अवधि तक कोई भूखंड या खेत लगातार परती पड़ा रह जाता है, तो वह समुदाय के स्वामित्व में चला जाता है। उत्तराधिकार की प्रणाली पूर्वजों की सम्पत्ति को परिवार में रखने की है, जिसका प्रबन्ध और नियन्त्रण माँ के भाई यानी मामा या मामाओं के तथा परिरक्षा सबसे छोटी बेटी के जिम्मे होती है। इस नए ज्ञान की प्राप्ति से थॉमस जोन्स को विश्वास हो गया कि परिवर्तनशील खेती के तरीके और छोटे व्यापार पर आधारित अपनी प्राचीन अर्थव्यवस्था तथा लिखित साहित्य की कमी के सिवाय खासी प्नार असभ्य और बर्बर जाति नहीं थे जैसा कि पश्चिम जगत में पूर्व मिशनरियों ने प्रचारित कर रखा था। इसके विपरीत वे अत्यधिक

सुसंस्कृत और सभ्य लोग थे। इस बात का अहसास होते ही धर्मान्तरण के द्वारा खासी प्नार लोगों की आत्मा के उद्धार की बजाय उन्होंने उनकी अर्थव्यवस्था सुधारने में अपना समय लगाया। उन्होंने लोगों को आलू की खेती का परिष्कृत तरीका सिखाया तथा चूना-पत्थर को कोयले के साथ जलाने की विधि भी सिखाई, जो कि लकड़ी के साथ जलाने के उनके परम्परागत तरीके से किफायती और अधिक उत्पादनकारी है। इसके अतिरिक्त मद्य के आसवन का अधिक वैज्ञानिक और स्वास्थ्यकर उपाय बताया। उनके ये गैर-मिशनरी काम वेल्स स्थित होम मिशन के निर्देशों के अनुरूप नहीं थे और उनके साथी मिशनरियों को यह सब पसन्द नहीं था। दो साल गुजरते-गुजरते इन लोगों ने खासी पहाड़ी प्रदेश में उनका रहना असम्भव बना दिया। 1847 में वे यह काम छोड़ कलकत्ता चले गए और व्यापार करने लगे। दुर्भाग्यवश दो साल बाद ही 39 वर्ष की युवावस्था में ही उनका देहावसान हो गया।

1849 के अन्त तक मिशनरियों ने अपना कार्यक्षेत्र चेरा तथा इसके कस्बों मॉसमाय तथा मॉमलुह तक सीमित रखा। उस समय तक ईसाई धर्म अंगीकार करनेवाले लोगों की संख्या मात्र 19 थी। कुछ अन्य उनके द्वारा चलाए जा रहे स्कूल में आते थे। इन लोगों ने लिखना-पढ़ना और गणित सीख लिया था। 1850 के बाद इन मिशनरियों ने अपने काम को सुव्यवस्थित रूप से विस्तार दिया तथा पूरे खासी-जैन्तिया पहाड़ी प्रदेश को अपना लक्ष्य बनाया। तब तक कुछ खासी लोग अपने लोगों में ईसाई धर्म को फैलाने के लिए धर्म प्रचारक (Evangelist) बन गए थे। कुछ अन्य गाँव के स्कूलों में लिखना-पढ़ना सिखाने लगे तथा कुछ और दूसरे कम्पनी में नौकरी करने लगे तथा कई अंग्रेज़ों द्वारा शुरू की गई अनाज, फलों और सब्जियों की खेती में लग गए। इस प्रकार कहा जा सकता है कि आधुनिक खासी समाज के जिस बीज को रेवरेंड लिश ने 1832 में बोया था तथा जिसकी निगरानी थॉमस जोन्स तथा अन्य के हाथों 1841 से होती रही, वह 1850 में जाकर धर्म प्रचारक (Evangelists) के रूप में सामने आया और तब से इसका विकास जारी है। समय बीतने के साथ अधिकाधिक खासी प्नार शिक्षा ग्रहण करने लगे, न केवल प्राथमिक स्कूलों में बल्कि सेकंडरी स्कूल तथा कॉलेजों में भी। इस काल में अधिकाधिक संख्या में खासी प्नार लोगों को धर्मान्तरित किया गया—न केवल वेल्श प्रेसबिटरियन चर्च में बल्कि इसके बाद आनेवाले अन्य चर्च, यथा—रोमन कैथोलिक चर्च, एंग्लिकन चर्च (चर्च अब भारतीय चर्च कहलाता है) आदि में भी। एक या दो परिवारों को छोड़कर किसी अन्य धर्म या मत को खासियों द्वारा अपनाने का उदाहरण नहीं है। खासी प्नार लोग बड़ी संख्या में सरकारी नौकरियों तथा दूसरे व्यापार तथा धन्धों में आए। इसके साथ ही मैदानी भाग से भी लोगों की बड़ी तादाद सरकारी नौकरियों में तथा खुदरा और थोक व्यापार शुरू करने शिलांग आई। इससे खासी प्नार लोगों का उनके साथ परस्पर सम्पर्क बढ़ा। धीरे-धीरे खासी प्नार लोगों ने पश्चिमी जगत तथा मैदानी लोगों के आचार-व्यवहार को कई प्रकार से जैसा उन्होंने उनकी दुनिया को देखा-समझा—अपना लिया। पर वे उनके निकट तथा आत्मीय सम्पर्क में नहीं थे। अंग्रेज

लोग अपने साम्राज्यवादी चरित्र के कारण एक प्रकार की दूरी बनाए रहे तथा मैदानी लोग सामाजिक अलगाव की स्थिति। सारांशतः उनके नए तौर-तरीकों को अपनाने का यह प्रक्रम उथला और सतही था। इससे उनकी अपनी जीवन-शैली अंशतः अपनी जड़ों से तो कट ही गई। अपनी नई आदतों के कारण वे अपनी जीवन-शैली को रुग्ण मानने लगे थे। इससे भी बुरी बात यह थी कि वे पश्चिमी तौर-तरीकों का अनुकरण कर स्वयं को गौरवान्वित महसूस करने लगे तथा अपनी पुरानी शैली से चिपटे रहनेवालों को हेय दृष्टि से देखने लगे। उनकी सोच-समझ में आया इस प्रकार का परिवर्तन 19वीं सदी में आठवें तथा नवें दशक में जोरों पर था; उन दिनों उनके समाज के शीर्ष पुरुष तथा नेता पूरी तरह से ईसाई धर्म तथा पश्चिमी कला और संस्कृति के स्तुतिगान में जुट गए थे।

ऐसे समय में महान दूरदृष्टि सम्पन्न विभूति यू बाबू जीवन राय (1838-1903) ने समझ लिया कि समय के साथ चलने में जहाँ कई लाभ तथा सम्भावनाएँ जुड़ी हुई थीं, वहीं अपनी ज़मीन से कट जाने तथा भारत के अपने ही भाइयों के विचार और आदर्शों से हटने से खासी प्नार लोगों के अपनी पहचान, अपनी कला, संस्कृति और धर्म का बड़ा खतरा भी जुड़ा था। तब तक मिशनरियों द्वारा तैयार की गई पुस्तकों में पश्चिमी दुनिया के महापुरुषों, उनके विचारों तथा कार्यों का बखान था। बाइबल तथा अन्य ईसाई धार्मिक पुस्तकों के अनुवाद या पश्चिम की प्रशंसा से सम्बद्ध रचनाएँ शामिल थीं। खासी प्नार लोगों को जो शिक्षा दी गई थी वह प्राथमिक स्तर की थी जिससे कि लोग गाँव के स्कूल में शिक्षक या फिर गाँव के पादरी-पुरोहित बन सकें और ईसाई धर्म का प्रचार तथा पश्चिमी सभ्यता की प्रशंसा कर सकें। यू जीवन राय ने देखा कि खासी प्नार की उन्नति सुनिश्चित करने हेतु उनकी उच्च शिक्षा आवश्यक है, जिससे उस समय तक हाई या एंट्रन्स स्कूल (उस समय वही नाम प्रचलन में था) उनकी पहुँच से बाहर होने के कारण वे वंचित थे। उनके अथक प्रयासों से ही शिलांग में पहला एंट्रन्स स्कूल स्थापित हो सका, जिससे खासी युवकों के लिए उच्च शिक्षा के द्वार खुल सकें। उन्होंने प्रदेश के लोगों को स्कूली शिक्षा ग्रहण करने तथा उसके बाद मैदानी प्रदेशों के कॉलेजों में उच्च शिक्षा के लिए जाने को प्रेरित करने का यथाशक्ति प्रयास किया। वे स्वयं बहुत कम, यूँ कहें कि प्राथमिक स्तर की स्कूली शिक्षा ग्रहण कर पाए थे जिसमें पढ़ने-लिखने और जोड़-घटाव करने का आरम्भिक ज्ञान दिया जाता है। दरअसल सारी शिक्षण संस्थाएँ खासी पहाड़ी प्रदेश में अपने शैशव काल में थीं। पर जीवन राय वास्तविक अर्थों में शिक्षित थे। उन्होंने स्वयं से ही शिक्षा प्राप्त की—बिना किसी शिक्षक के। शिक्षित खासी व्यक्ति का आदर्श उनके मन में यह था कि व्यक्ति को केवल घर का काम नहीं बल्कि बाहर के भी किसी काम के लिए सफल होने के योग्य बनना चाहिए अर्थात् एक खासी शिक्षित व्यक्ति को व्यापक जीवन-दृष्टि सम्पन्न उदारचरित व्यक्ति होना चाहिए। उन्होंने स्वयं 1858 में सरकारी सेवा में सेकंड क्लर्क के निम्नतम रैंक में प्रवेश किया था। अपनी योग्यता तथा गुणों के आधार पर प्रोन्नतियाँ पाते गए और अन्ततः 1894

में सीनियर एक्स्ट्रा असिस्टेंट कमिश्नर के पद से सेवानिवृत हुए, जो ऐसा उच्चतम पद था जिसे कि उस शताब्दी में देश के उस भू-भाग के लोग पा सकते थे या पाने की महत्त्वाकांक्षा पालते थे। जीवन राय को पश्चिम के अन्धानुकरण के पीछे अपनी सांस्कृतिक की आत्महत्या का खतरा छिपा महसूस होता था, इसलिए उन्होंने खासी में पुस्तकें लिखने का बीड़ा उठाया। उन्होंने खासियों को उनके अपने भूतकाल से परिचित कर अपने गौरवमय इतिहास की सुधि दिलाने भर के लिए नहीं बल्कि उन्हें अपनी उदार परम्पराओं से परिचित कराने के लिए भी पुस्तकें लिखीं। इतना ही नहीं, वे सोचते थे कि भारतीय क्लासिकी साहित्य में गुँथे महान भारतीय विचारों का ज्ञान खासी प्नार लोगों को यदि नहीं दिया जाता तो उनकी शिक्षा अधूरी रह जाएगी। इसलिए उन्होंने रामायण, हितोपदेश तथा बुद्धचरित्र के खासी अनुवाद तैयार किए। उन्होंने चैतन्य का जीवन-चरित्र तथा भारत का इतिहास भी खासी भाषा में लिखा ताकि उनके अपने शब्दों में हम भारतीय लोगों के लिए यह ज़रूरी है कि हम अल्पवय में ही अपने देश को भली-भाँति जानें। निश्चय ही यह उदात्त, सर्वोत्कृष्ट विचार था। वे जानते थे कि कूपमंडूक रहकर लोग वास्तविक उन्नति प्राप्त नहीं कर सकते। इसलिए उन्होंने लोगों से अपने पहाड़ी प्रदेश से बाहर जाने को प्रोत्साहित किया ताकि वे देखें कि अन्य लोगों का जीवन कैसा है और वे स्वयं को सुधारने के लिए बाहर से विचार भी प्राप्त कर सकें। जीवन राय के जीवन में चूना-पत्थर का उद्योग बाहरी लोगों के हाथ में था। जीवन राय प्रथम खासी व्यक्ति थे जिन्होंने सिलहट जिले की ओर स्थित ढलान क्षेत्र पर खुली खदानें खुदवाईं और चूना-पत्थर निकलवाकर मैदानी भाग के खुले बाज़ार में भिजवाया। आज भी साहस और जोखिम उठाने की भावना के अभाव में खासी प्नार अपनी ही सीमा के अन्दर सिमटे रहना पसन्द करते हैं, जिससे उनकी प्रगति अवरुद्ध होती है। उनके मन में यह बात पैठ गई थी कि शिक्षा के प्रसार का कोई लाभ नहीं यदि पठन-सामग्री लोगों की पहुँच में सुगमता से उपलब्ध नहीं हो और यह प्रेस के बिना सम्भव नहीं था। अतः 1896 में उन्होंने स्वयं शिलांग का रानी प्रेस स्थापित किया, जो किसी भी निजी उद्यमी द्वारा स्थापित प्रथम प्रेस था। यह राज्य का सबसे बड़ा तथा सर्वाधिक जनप्रिय प्रेस बनकर उभरा जो कि जीवन राय के प्रयासों का कीर्ति-स्तम्भ माना जाना चाहिए। मार्च 1896 में असम के तत्कालीन मुख्य आयुक्त को लिखे उनके पत्र में प्रयुक्त शब्द निश्चय ही उद्धरण योग्य हैं। उन्होंने लिखा था—"इस पहाड़ी प्रदेश में प्रेस की कमी हमारी अपनी भाषा के विकास के रास्ते की एक बड़ी अड़चन है। कुछ धार्मिक पुस्तकें तथा पैम्फलेट ज़रूर हमारे लोकोपकारी मिशनरियों ने प्राइमरी स्कूल आदि के लिए छापे हैं पर हमारे लोगों के सामान्य पाठ के लिए कुछ भी छपा उपलब्ध नहीं है।"

"उन खासी लड़कियों के लिए जो किसी हद तक शिक्षित हैं और अपनी आजीविका स्वयं अर्जित करना चाहती हैं और इसके लिए कोई छोटा काम करने को तैयार नहीं हैं। मैं एक प्रशिक्षण संस्थान खोलना चाहता हूँ जहाँ उन्हें छपाई कला का न केवल निःशुल्क प्रशिक्षण दिया जाएगा बल्कि अपने निर्वाह हेतु थोड़ा-बहुत भत्ता भी

दिया जाएगा।" इस सम्बन्ध में रेवरेंड जे.जे. निकोल्स रॉय द्वारा प्रस्तुत श्रद्धांजलि उनकी महानता की पुष्टि करती है–

"जब मैं मॉखर (शिलांग) में पढ़ रहा था, मैंने बाबू जीवन राय को अपनी बेटी को खासी प्रेस में काम कराते हुए देखा था। उस जमाने में प्रतिष्ठित खासी परिवार की महिलाएँ इस प्रकार के काम को अपनी प्रतिष्ठा से नीचे का कार्य समझ लज्जा का अनुभव करती थीं। यह पहला अवसर था कि खासी औरतों ने इस प्रकार का काम किया। उनकी पहल से दूसरी स्त्रियाँ भी काम करने को प्रेरित हुईं। इस महापुरुष ने भूचाल से पूर्व रास्ता दिखाने का काम किया जबकि दूसरा कोई इस तरह की बात की कल्पना भी नहीं कर पाया। खासी जनों का नेतृत्व करने का रास्ता उन्होंने सबसे पहले चुन लिया था। खासी लोग भूतकाल के विषय में सोचते हुए उसकी तुलना 1897 के भूकम्प से करते हैं जिसमें शिलांग तथा यू जीवन राय का घर तबाह हो गया था। यू जीवन राय की कथनी और करनी में अन्तर नहीं था। हालाँकि वे शिलांग के सबसे खुशहाल परिवारों में से थे। एक व्यक्ति के रूप में श्रम के महत्त्व को वे समझते थे और इस कारण अपनी ही बेटी को प्रेस में टाइप डिस्ट्रीब्यूटर, जो कि प्रेस में काम शुरू करने का सबसे निचला स्तर है, के पद पर प्रशिक्षु के रूप में नियुक्त करने में उन्हें किसी प्रकार का संकोच नहीं हुआ। वे बहुगुण सम्पन्न व्यक्तित्व थे जो सर्वाधिक आदरणीय खासी व्यक्तित्वों में से एक यू जोआव सोलोमन के शब्दों में कहें तो केवल अपनी उन्नति से प्रसन्न होनेवालों में नहीं थे। उनकी खुशी प्रत्येक खासी व्यक्ति की सफलता में निहित थी। यू जीवन राय कृषि तथा पशुपालन में भी रुचि रखते थे। अरबियन तथा लाइबेरियन कॉफी का उत्पादन, जंगली नाशपाती तथा अन्य देशी फलों की कलमें लगाने की शुरुआत उन्होंने की। मवेशी तथा बकरी पालने के लिए खासी लोगों को प्रोत्साहित करने का श्रेय भी उन्हीं को जाता है। वे पहाड़ी प्रदेश में इस व्यवसाय का बड़ा भविष्य देखते थे। उनके प्रोत्साहन से ही कई खासी लोगों ने शाक-सब्जी का काम शुरू किया जो अब शिलांग के आसपास के क्षेत्र में कई परिवारों की आय का मुख्य स्रोत है। अब पूरे खासी-जैन्तिया प्रदेश के लोगों के लिए सब्जियाँ उगाकर मैदानी क्षेत्र में विक्रय बेहद लाभकारी धन्धा बन गया है।"

जीवन राय सच्चे खासी थे, धरती पर रह गए मिथकीय सात परिवार के युग से पीढ़ी दर पीढ़ी चले आ रहे अपने पूर्वजों के धर्म में चट्टान की तरह अटल विश्वासवाले पर साथ ही दूसरे धर्मों के प्रति सहिष्णु थे। उन्होंने कहा था–"यदि आप दूसरे धर्मों की कोई पुस्तक पढ़ेंगे तो यह उद्घाटित होगा कि ईश्वर ही एकमात्र स्रष्टा है, अतः विभिन्न जातियों के सभी मानव उसकी ही सृष्टि हैं। संकीर्ण मन से दूसरे धर्मों की पुस्तकें पढ़ना तथा उनके प्रति अरुचि दिखाना गलत है। अपने ही खोल में स्वयं को सिमटाए रखना गलत है।" किन्तु चूँकि खासी लोगों के अधिकांश पवित्रतम रीति-रिवाज़ तथा प्रचलन उनके अपने धार्मिक सिद्धान्तों से उपजे हैं, वे खासी जाति के किसी ऐसे धर्म के स्वीकार करने में संकट देखते थे जो खासी धर्म के निषेधों की उपेक्षा करता

हो या उनकी अनुमति देता हो। जैसे कि एक ही इयॉबेई (प्रथम पुरखिन) के वंशजों में आपसी विवाह सम्बन्ध होना या ऐसे व्यक्तियों के मध्य विवाह, जिनके पुरखों ने निकट रिश्तेदारी की शपथ ली हो मानो वे समान इयॉबेई के हों। इसलिए उन्होंने 'का नियम जोङ कि खासी' (खासी जनों का धर्म) नामक पुस्तक लिखी जिसकी मुख्य बातें उनके निम्नलिखित शब्दों में मिलती हैं–

"(खासी) धर्म यह है कि जो लोग माँ के वंश से हैं (खासी समाज मातृकुलीन है), वे आपस में विवाह नहीं कर सकते। इस निषेध का अतिक्रमण अक्षम्य तथा अपरिशोधनीय पापकर्म है। जो ऐसा अपवित्र कार्य करते हैं उन्हें कुल से बहिष्कृत कर दिया जाता है और फिर उनका अपने कुल से किसी भी प्रकार का सम्बन्ध नहीं रहता। पूर्वजों की सम्पत्ति में अधिकार से भी उन्हें हाथ धोना पड़ता है। इमारती लकड़ी के ठेकेदार अपने असीमित लोभ के वश में और झूमर की घोर आवश्यकता से दुष्प्रेरित हो कर वनों को इस हद तक नष्ट कर देते हैं कि धरती नंगी हो जाती है, जिससे उर्वर भूमि, हवा तथा अधिक वर्षा के कारण धसक जाती है और इस प्रकार सुन्दर भूमि प्रत्यक्ष व अप्रत्यक्ष रूप से रेत, कंकड़ तथा पत्थर में बदल जाती है। इसी प्रकार खासी प्नार लोगों के धर्म और संस्कृति की समृद्ध विरासत, धीरे-धीरे पर निरंतर अंग्रेज़ों तथा मैदानी भाग के लोगों के आने के कारण तेजी से परिवर्तित हो रही है। यह अजीब बात है कि ये लोग, यहाँ कई पीढ़ियों से बसे होने के बावजूद, जिन खासी लोगों के बीच रह रहे हैं, उनके धर्म प्रथा और प्रचलनों को जानने की परवाह तक नहीं करते। यही नहीं, वे लोग उनकी भाषा तक सीखने की उत्सुकता भी नहीं दिखाते। यहाँ हम उन मिशनरियों और महाजनों की बात नहीं कर रहे हैं, जो खासी भाषा अपने स्वार्थ से प्रेरित होकर सीखते हैं। इस बाहरी धर्म और संस्कृति की खासी धर्म और संस्कृति के बह जाने या डूब जाने का खतरा यू जीवन राय तथा अन्य कुछ खासी-प्नार लोगों ने भांप लिया था। इससे अभिप्रेरित हो उन्हें अपने पूर्वजों के धर्म से उद्‌भूत अपने नियमों, रीतियों, प्रचलनों तथा संस्कृति के संरक्षण-अनुरक्षण तथा प्रचार के उदात्त लक्ष्य को पूरा करने के लिए 'का सेन्ग खासी' नामक संगठन की स्थापना के लिए कदम उठाया। यू जीवन राय ने खासी प्नार लोगों की अपने-अपने साइएम, लिंगदोह, दलोई या सरदार के प्रति निष्ठा प्रदर्शित करने के लिए, विभाजनकारी प्रवृत्तियों को अपनाने की मानसिकता के प्रति बढ़ते सम्मान की निन्दा की, क्योंकि वे चाहते थे कि खासी प्नार लोग पूरी जाति की एकता और एकजुटता के बड़े विचार को अपनाएँ। उन्हें लगता था कि जब तक वे सब एक मंच पर एकजुट होकर खड़े नहीं होते, वे मजबूत, सम्पन्न तथा शक्तिशाली बनने की आशा नहीं कर सकते। अंग्रेज़ों ने उनमें फूट डालने की भरसक कुचेष्टा की थी। यह अपनी सीमा पार कर चुका था। इसलिए उन्होंने अपने समय के समान सोच वाले खासी प्नार लोगों के साथ मिलकर खासी राष्ट्रीय दरबार तथा खासी-जैन्तिया दरबार के संगठन की जोरदार कोशिश की, लहर की तेज़ रफ्तार देख जहाँ सभी साइएम, दलोई, लिंगदोह तथा सरदार मिलकर एक राष्ट्र के रूप में अपने सम्मुख खड़ी समस्याओं पर

चर्चा कर सकें। यह जीवन राय की अथक कोशिशों की सच्ची निष्ठा का नतीजा ही था, जिसने खासी ईसाइयों को अपनी मातृकुलीय खासी परम्परा के बनाए रखने के उपक्रम में दृढ़ रखा और प्रतिकूल पश्चिमी प्रभाव के बावजूद खासी नियम-कानून तथा प्रथाओं के प्रति प्रतिबद्ध बनाए रखा।

निश्चय ही यह जीवन राय के देशभक्तिपूर्ण कार्यों का फल ही है, जिसने खासी प्नार लोगों को, चाहे वे अपने पूर्वजों के धर्म को अभी तक माननेवाले हों या वे जिन्होंने ईसाई धर्म स्वीकार कर लिया है, परस्पर अन्तर्गुम्फित, अपनी मूल संस्कृति तथा पहचान को पश्चिम तथा पूर्व की प्रबल विचारधाराओं, जो कमोबेश उसे अनुछुआ या फिर अनावृत्त भी नहीं रहने देतीं, के बीच भी बनाए रखने की सामर्थ्य दी है। उन्हें महान देशभक्त तथा आधुनिक खासी जगत का जनक कहना उचित ही है।

अनुवाद : *अक़ील क़ैस*

अहिंसावादी रावण : बुद्ध का समकालीन गणनायक

लटारी कवडू मडावी

महात्मा रावण राक्षसगण का गण-प्रमुख जग-प्रसिद्ध महामानव था। स्वयं वाल्मीकि ने रावण को महात्मा कहा है। रावण 'पुलस्त' का पोता तथा 'विरसव' का पुत्र था। कोयतुर बोली में 'पुर्ले' का अर्थ 'सिंह' होता है। पुलस्त का टोटेम (देवता) सिंह था। पुलस्त की पत्नी तृणबिन्द थी और विरसव (विरसव का दूसरा नाम कुबेराव विरेन्द था) की पत्नी कैकसी तथा उनका पुत्र था रावण। रावण का नाम उनके टोटेम से आया है। यूँ रावण का पूर्ण नाम अलग है। रामदेव पासवा ने अपनी पुस्तक 'भारत से आर्य' में लिखा है कि रावण का पूरा नाम 'राऊजानेर वरेन्दु नरेंदर' था और उसका लघुरूप रावण है। (दलित वॉयस, मई 1.5.98) रावण की पत्नी 'मन्दोदरी', 'मय' नामक दानव की कन्या थी। रावण के राक्षसगण दैत्यवंश के थे। उसकी माता भी दैत्यवंश की ही थी।

रावण एक अत्यन्त शक्तिशाली तथा अलौकिक मनुष्य था। एक मुँह, दो हाथ, दो पैर ही उसकी शारीरिक संरचना थी। लेकिन आर्यधर्म के पंडितों ने राक्षसगण के प्रत्येक मनुष्य को विद्रूपता से ही चित्रित एवं सम्बोधित कर समाज के सम्मुख घृणा व्यक्त करने की परम्परा चलाई। उसी प्रकार रावण को भी विद्रूप ही चित्रित किया गया। आर्यों के अब तक के शत्रु इस देश के मूल निवासी हैं और उन्हें राक्षस तथा दैत्य कहा गया है। रावण के दैत्यवंश का होने के कारण उसके दशमुख होने का चित्रण साहित्य में होता आ रहा है। इस सम्बन्ध में एच.डी. सांकलिया कहते हैं—"रामदास का महत्त्वपूर्ण अवदान इस सम्बन्ध में यह रहा है कि रावण और उसके नाते-रिश्तेदार साधारण मनुष्य थे और रावण के केवल एक सिर, दो हाथ और दो पाँव थे।" (रामायण मिथ एंड रिअल्टी, पृ. 47)

("Ramdas' important contribution was to show that Ravana and his kith and kin were ordinarily human beings and Ravana had only one head, two arms and two feet." (Ramayana Myth and Reality, P. 47)

रावण के अत्यन्त शक्तिशाली योद्धा होने के कारण उसे आकाश के ग्रहों की उपमा दी गई है। आकाश के नौ ग्रह तथा स्वयं रावण—इस प्रकार इनका जोड़ बैठाकर उसे आलंकारिक रूप से 'दशमुख' कहा जाता था। उसे दशमुख सम्बोधित करने के पीछे

यह भी अर्थ था कि रावण में दस पहलवानों की शक्ति थी। ''महात्मा बुद्ध को भी 'दश तथागत बलोपेन' कहा गया है। ''तथागत दस बलों से युक्त होने के कारण 'दश तथागत बलोपेन' कहे जाते हैं। (ललित विस्तार, शान्ति भिक्षु शास्त्री, पृ. 808) इस प्रकार रावण भी दस बलों से युक्त शक्तिशाली था, इसलिए उसे दशमुख कहा जाता था।''

महात्मा रावण वर्ण से काला तथा अतिशय सुन्दर सद्गृहस्थ था। वह हँसमुख, विनोदी, वीर, साहसी पुरुष था। उल्लास तथा महत्त्वाकांक्षा उसके रक्त की एक-एक बूँद में भरी थी। स्वयं वाल्मीकि ने भी रावण का वर्णन किया है कि रावण एक महान विद्वान, बड़ा संत, प्रगाढ़ पंडित, प्रजा का दयालु पालनकर्ता, समता तथा न्याय को माननेवाला, अहिंसा का पालनकर्ता था। बंगला रामायण के 'लंकावतार' सूत्र में वर्णन मिलता है कि रावण प्लेटो तथा अरस्तु के समान दर्शनशास्त्र का ज्ञाता था। 'कृतिवास' ने कहा है कि रावण अपनी प्रजा के साथ प्रेम, सौहार्द एवं सम्मानपूर्वक व्यवहार कर अपने देश का शासन किया करता था। रावण ने घोर तपस्या कर दिव्य शक्ति प्राप्त की थी। वह तान्त्रिक विज्ञान का जनक था, संगीतज्ञ था। रावण की संगीतकला प्रत्येक आदिवासी के हृदय को मोहित करनेवाली थी।

गणपद्धति आदिवासी संस्कृति की नींव थी। प्रत्येक गण का टोटेम भिन्न-भिन्न था। वे वृक्षवेलियों तथा पशुओं को अपना टोटेम मानते हैं। जिन टोटेम की आदिवासी पूजा करते हैं, उन्हीं टोटेम को वे पहचानते हैं तथा उन्हीं टोटेम को पूजनीय माना जाता है। रावण भी आदिवासियों के राक्षसगण से था और उसका टोटेम 'ताड़वृक्ष' था। रावण तथा उसके सहायक गण आदिवासियों की टोटेमिक-संस्कृति से मिले हुए थे। यह बात निम्नलिखित उदाहरणों से ज्ञात होगी–

1. रावण – रा = ताड़ (तमिल भाषा में)
   वन = जंगल
   इस प्रकार रावण यानी 'ताड़वृक्ष'।
2. शूर्पणखा – सुर = ताड़ का पत्ता (कोयतुर बोली में)
   सूर्पनखा का टोटेम ताड़ का पत्ता था।
3. ताड़का – ताड़ = ताड़वृक्ष
   ताड़का का टोटेम ताड़वृक्ष था।
4. मारीच – मरा = वृक्ष (कोयतुर बोली में)
   मारीच का टोटेम सालवृक्ष था।
5. शबरी – शबर = बेर
   शबरी का टोटेम बेर का पेड़ था।

रावण के सहकारी-गण वृक्ष पर आधारित टोटेम की पूजा करते थे। रामायण में वानर गण के आदिवासी पशुओं की पूजा करते थे, ऐसा जान पड़ता है :

हनुमान – वानर = कोवा। (कोयतुर बोली में)

बाली	–	इनका टोटेम वानर था। (कोयतुर बोली में)
सुग्रीव	–	कोवे (कोवा) अर्थात् वानर, कोवे चार देवे।
अंगद	–	आदिवासी थे।
जामवंत = भालू	–	जामवंत का टोटेम भालू (सफेद) था।
जटायु = गिद्ध	–	जटायु का टोटेम लाल रंग का गिद्ध था।

रावण के राक्षसगण के (वृक्षों की पूजा करने वाले) आदिवासियों को कोयतुर बोली में 'मरावी' कहा जाता है, मरा अर्थात् वृक्ष। इस प्रकार मरावी का टोटेम वृक्ष था। इस आधार पर रावण के राक्षसगण आज के 'मरावी-गण' से साम्य रखते हैं। इस सन्दर्भ में एम.एस. पूर्णलिंगम पिल्लई अपनी पुस्तक 'शवण किंग ऑफ लंका' में स्पष्ट कहते हैं–"रावण और उसकी राक्षस जमात मनुष्य की नस्ल थी और सम्भवतः वह आज की मारवा जाति की थी।" (पृ. 10)

("Ravana and his tribe Rakshasas belong to the human race and in all probability to the Marava community of present day." p. 10)

इससे यह सिद्ध होता है कि वृक्ष-पूजक महात्मा रावण 'मरावा' हैं अर्थात् वह 'मरावी' गण का था। (वर्तमान 'मरावी' नामक जनजाति) आदिवासी के सात देव होते हैं। इसलिए रावण भी सात देवे 'मरावी' था, यह कहने का पूरा आधार मिलता है। इनके यहाँ देव का अर्थ ईश्वर नहीं होता।

इसी प्रकार बाली, सुग्रीव, अंगद, हनुमान आदि का टोटेम वानर था। उन्हें उनके टोटेम से ही 'वानर' कहकर सम्बोधित किया गया। कोयतुर बोली में वानर को 'कोवा' कहा जाता है। आदिवासी में कोवे चार देवे हैं। इससे यह स्पष्ट होता है कि रामायण के वानर गण के सारे आदिवासी कोवे, चार देवे थे।

मा. एच.डी. संकालिया अपने ग्रंथ में लिखते हैं कि "इस प्रकार यह धारणा उचित प्रतीत होती है कि रावण और अन्य राक्षसगण आदिम थे। सम्भवतः गोंड और वानर दूसरी नस्ल के थे, जैसे कि सवारा तथा कोरको आदि।" (पृ. 47)

("Thus the view that Ravana and other Rakshasas were in truth an aboriginal tribe, most probably the Gondas and Vanaras, belong to other tribes, such as Savaras and Korku, seems to be justified. (Ramayana Myth or Reality. p. 47)

चन्द्रिकाप्रसाद जिज्ञासु के मतानुसार, "वैदिक सम्पत्ति के लेखक के मतानुसार रावण द्रविड़ था, किन्तु अन्य पुराविदों ने यह भी सिद्ध किया है कि रावण गोंड जाति का था और उसकी लंका मध्य भारत में थी। बाली, सुग्रीव, हनुमान आदि रामायण के वानर तथा जामवन्त आदि भालू, उराँव, तथा शबर जाति के मानव थे।" (रावण और उसकी लंका, पृ. 22)

इससे सिद्ध होता है कि महात्मा रावण तमाम आदिवासी गणों का गणनायक था

और भारतीय आर्य ब्राह्मणवाद के विरुद्ध सर्वोच्च न्यायिक राजकर्ता था। एम.एस. पूर्णलिंगम पिल्लई के मतानुसार महात्मा रावण सारे मूल निवासियों का प्रिय राजा था।

(A mystry by GRSN Ravana is represented as the titanic or in other words the Anti Brahmanical Aboriginal fedish worshipping Monarch of Lanka or Ceylon (Ravana, King of Lanka, p. 77)

रावण : वैदिक यज्ञ का विरोधी

मूलतः रावण प्रकृतिपूजक था। वह प्रकृति की वृक्षवेलियों तथा पशु-पक्षियों से प्रेम करता था। आदिवासियों का टोटेम पशु तथा पक्षी होने के कारण उनकी पूजा की जाती थी। अपने टोटेमों का सम्मानपूर्वक आदर करना आदिवासियों का परम कर्तव्य था। आर्य-धर्म के रक्षक तथा आर्य-ऋषि यज्ञ के नाम पर आदिवासियों के टोटेम बने वृक्षों तथा प्राणियों को अग्नि में डालकर भस्म कर देते थे। इस कारण आदिवासियों के टोटेमों की निर्मम हत्या करनेवाले आर्य-ऋषि तथा देवताओं से रावण को घृणा थी। इसी कारण वे निरीह पशुओं की हत्या करनेवाले यज्ञों को तबाह कर रहे थे। पशुवध करना आर्यों का धर्म था। ब्राह्मणों द्वारा यज्ञों की सिद्धि तथा वृद्धि के लिए आदिवासियों के टोटेम बने पशुओं का क्रूरता से वध किया जाता था। हिन्दू धर्म-सुप्रीमो मनु कहता है कि, "मधुपर्क यज्ञ और श्रद्धा तथा देवकर्म, इनमें पशुवध का आदेश है। अन्यत्र नहीं।" (रावण और उसकी लंका, पृ. 66)

यज्ञ का विरोध करने के लिए रावण के राक्षसगण सक्रिय थे। वैदिक यज्ञ का विरोध कर आदिवासी संस्कृति में ईश्वरवाद को भी नकार दिया जाता था। इस कारण आर्य तथा आदिवासियों में संघर्ष का निर्माण हुआ। (रामायण शब्द का उच्चारण करते ही आदिवासी संस्कृति के विरुद्ध आर्य-संस्कृति का सीधा-सरल चित्र खड़ा होता है।)

"विश्वामित्र द्वारा प्रारम्भ किए यज्ञ का विध्वंस करने हेतु मारीच, सुबाहु आदि राक्षस दौड़े चले आए, तब राम-लक्ष्मण ने उनको भगा दिया।" (मराठी विश्वकोश, भाग-14, पृ. 781)

आर्य ब्राह्मणों की वैदिक भावनाओं, उनके वैदिक धर्म को तथा वैदिक यज्ञ का विरोध करनेवाले रावण को आर्य-ऋषि राक्षस एवं दैत्य कहकर गाली देते थे। जब ब्राह्मण सोमरस पीकर यज्ञ करते थे, तब रावण उन्हें दंड दिया करता था। रामास्वामी पेरियार कहते हैं, "रावण को वैदिक देवों और ऋषियों से घृणा थी क्योंकि वे यज्ञ के नाम पर अर्थात् पवित्र अग्नि में (होम करते समय) अत्यन्त क्रूर रीति से निरीह तथा दीन-दुबले पशुओं की हत्या करके दारुण और अक्षम्य अपराध करते थे। इसके अतिरिक्त घृणा का और कोई कारण न था।" (रावण और उसकी लंका—चन्द्रिका प्रसाद जिज्ञासु, पृ.26) दरअसल रावण की घृणा का कारण था, रावण का वैदिक संस्कृति-विरोध और राक्षस-संस्कृति का हिमायती होना।

राक्षसों की रक्ष-संस्कृति–महात्मा रावण ने वैदिक कर्मकांड के विरोध में दीवार खड़ी कर अपने राक्षसगण का बचाव करने के लिए रक्ष-संस्कृति का निर्माण किया। रक्ष यानी अपने साथ समाज की भी रक्षा करना होता है। आचार्य चतुरसेन जी ने अपने ग्रन्थ का नाम 'वयं रक्षामः' रखा है। 'वयं रक्षामः' अर्थात् हम रक्षा करते हैं। यही हमारी संस्कृति है। (वयं रक्षामः, आचार्य चतुरसेन, पृ. 131) महात्मा रावण ने अपनी रक्ष-संस्कृति को काफी फैला रखा था। रक्ष-संस्कृति में आदिवासियों के सभी गणों का समावेश करना ही उसका उद्‌देश्य था। महात्मा रावण के साथ रक्ष-संस्कृति का प्रसार करने के लिए मारीच, ताड़का, सुबाहु, आयामुहा, जटील आदि ने परिश्रम करके रक्ष-संस्कृति को वैदिक आर्य-संस्कृति के विरोध में खड़ा किया था। इस कारण रक्ष-संस्कृति का प्रसार करनेवाले राक्षस आर्यों के मुख्य शत्रु बन गए। आर्यों ने आदिवासी राक्षसों को घृणात्मक भाव से देखा। 'हिन्दू पुराण कथाओं' में राक्षसों को देवता तथा मनुष्य का शत्रु माना है। देवताओं के शत्रु के रूप में उनका वेदों में बार-बार उल्लेख किया जाता है।

शिवपूजक रावण–महात्मा रावण शिव का पूजक था। रावण जिस शिव की पूजा करता था वह काला (श्यामवर्णीय) था और वैदिक यज्ञों को न माननेवाला आदिवासी गणों का प्रमुख था। वैदिक रुद्र आदिवासियों के 'शिवजी' नहीं हैं। आदिवासियों का शिव सत्य तथा सुन्दर (Good) है, ऐसा कहा जाता है। शिव का टोटेम नंदी है और वह दैत्य गणों का राजा था। शिव की न्यायदान व्यवस्था आज भी हमें आदिवासी गण-पंचायतों में देखने को मिलती है।

शिव अत्यन्त शक्तिशाली था। उसने अनेक तप करके योगसाधना के बल पर अद्‌भुत शक्ति प्राप्त की थी। वह ध्यान-तपस्वी था। वह आदिवासियों के गण तथा टोटेमों की रक्षा करनेवाला महात्मा था। ऐसा भी कहा जाता है कि रावण जिस शिव की पूजा करता था, वह प्राचीन बुद्ध ही था।

रावण संगीत द्वारा शिव की साधना किया करता था, जिससे सिद्ध होता है कि रावण स्वयं संगीतज्ञ था। रावण की संगीत साधना अतुलनीय थी। दक्षिण भारत में आज भी रावण के नाम पर 'रावणपदी' नाम का राग गाया जाता है। रावण की आवाज़ अत्यन्त मधुर थी। जब रावण पहाड़ी राग में गाया करता था, तब सारा पहाड़ी इलाका गूँज उठता था। रावण ने वैदिक यज्ञ, कर्मकांडों के विरुद्ध संघर्ष की भूमिका शिवजी की विचारधारा से ली। रावण की विजय के लिए शिवजी का आशीर्वाद भी था, जो उसने वर्षों की तपस्या और योग साधना से प्राप्त किया था। उसने उनसे एक बड़ी उज्ज्वल तलवार भी प्राप्त की थी, जो उसे विजय दिलाती थी। (रावण द किंग ऑफ लंका, एम.एस. पूर्णलिंगम पिल्लई, पृ. 20)

("By his austerities and penances for years he obtained boons from Shiva as congevity and broad bright sword which gave him victory (Ravana King of Lanka, M.S. Purnalingam Pillai, P. 20)

रावण ने शिवजी से तन्त्र विद्या भी आत्मसात् की थी। इसी तरह संगीत तथा योग-विद्या को भी ग्रहण किया था। संगीतशास्त्र में रावण के नाम के अनेक ग्रन्थ हैं। संगीत-शास्त्र पर रावण रचित 'रावणमन्त्र' नामक ग्रन्थ है। 'अर्थप्रकाश' नामक ग्रन्थ रावणकृत है। ('रावण और उसकी लंका', चन्द्रिका प्रसाद जिज्ञासु, पृ.-47)

रावण को तपस्वी एवं योगी बनने के लिए शिव से ही प्रेरणा मिली थी। समानता पर आधारित न्यायदृष्टि रावण को शिवजी के न्यायालय की संकल्पना से ही मिली।

रावण बुद्धकालीन था–सिद्धार्थ गौतम बुद्ध तथा रावण समकालीन थे। रक्ष-संस्कृति तथा बौद्ध दर्शन का सार काफी कुछ मिलता-जुलता है। आदिवासियों पर यज्ञकर्म तथा ईश्वर की संकल्पना लादने के लिए आश्रम-संस्कृति ने जाल बिछाया था, जो आदिवासी गणों की परम्परा के लिए छल था। वैदिक ऋषियों द्वारा आदिवासी गणों में आपसी संघर्ष खड़ा कराने हेतु एक बड़ा षड्यन्त्र रचा गया था। उत्तर भारत में बौद्धों का काफी प्रभाव होने के चलते आर्य उनका विरोध करने के लिए उद्यत हुए।

बौद्ध दर्शन तथा रावण की रक्ष-संस्कृति का वैचारिक सार वैदिक यज्ञ तथा कर्मकांड का विरोध करना था। इसी कारण रावण ने गौतम बुद्ध के साथ यज्ञ कर्मकांड तथा ईश्वर के अस्तित्व के विरुद्ध प्रदीर्घ चर्चा की। धर्म तथा अधर्म, इन विषयों पर वाद-विवाद किया। चन्द्रिका प्रसाद जिज्ञासु ने 'रावण और उसकी लंका' पुस्तक में विश्लेषित किया है–"रावण स्वयं भगवान बुद्ध का समकालीन था। उसने उनसे धर्मोपदेश ग्रहण किया। अहिंसा और करुणा में उसकी दृढ़ निष्ठा थी।" महात्मा रावण अहिंसा का कट्टर समर्थक था। कहा जाता है कि बुद्ध की अहिंसा और करुणा को रावण ने अपनी रक्ष-संस्कृति में अग्र स्थान दिया था।

महायानी बौद्ध ग्रन्थ 'लंकावतार सूत्र' (चीनी भाषा का रूपान्तर) से रावण अहिंसापरायण भगवान बुद्ध का सामयिक बौद्ध विद्वान सिद्ध होता है। उसने भगवान गौतम बुद्ध से स्वयं प्रश्नोत्तर करके उपदेश ग्रहण किए (नरेन्द्र देव के 'बौद्ध दर्शन' पर आधारित)। बोधिसत्व महामती के कहने पर रावण बुद्ध से धर्म और अधर्म के बारे में एक सौ प्रश्न पूछते हैं। ये सभी प्रश्न प्रायः सिद्धान्त से सम्बन्धित हैं। निर्वाण, संसार-सम्बन्ध, मुक्ति-आलय-विज्ञान, मनोविज्ञान, शून्यता आदि गम्भीर विषयों के बारे में तथा चक्रवर्ती गाडलीक, शाक्यवंश आदि के बारे में भी ये प्रश्न हैं। (रावण और उसकी लंका, चन्द्रिका प्रसाद जिज्ञासु, पृ. 53-54)

बुद्ध की निर्वाण संकल्पना को रावण ने आत्मसात् किया। इस प्रकार अहिंसा का अनुसरण कर राजा रावण ने अपनी सत्ता की छाप सारे भारतवासियों पर छोड़ी। पेरियार स्वामी नायकर के मतानुसार रावण अहिंसक बौद्धधर्मी था। इतना ही नहीं जब रावण की मृत्यु हुई तब रावण की पत्नी मन्दोदरी ने आक्रोश से भरकर जनता से कहा था–"वह पंचतत्त्वों में विलीन हो गया है।" बाली की मृत्यु पर तारा ने भी यही कहा था–"वह पंचतत्त्वों में जा मिला है।" (रामायण : एक नया दृष्टिकोण, प.ह. गुप्ता, पृ. 33) इससे स्पष्ट होता है कि महात्मा रावण तथा बाली पंचतत्त्वों में विलीन हो गए

हैं। पंचतत्त्वों में विलीन होना ही निर्वाण प्राप्त होना होता है।

सिद्धार्थ गौतम बुद्ध तथा रावण–सिद्धार्थ गौतम बुद्ध आदिवासी शाक्य गण का था। शाक्य अर्थात् साल (शाल) वृक्ष। इस तरह शाक्य गण का टोटेम 'सालवृक्ष' था। गौतम यानी 'बैल', इस तरह सिद्धार्थ गौतम का टोटेम 'बैल' था। ("In actual fact, there are a number of clans with in the Sakya tribes and one of these gave Budha his name Gotma (Gautma)" (Lokayat Deviprasad Chattopadhyay, p. 472) उसी तरह अशोक का टोटेम दुःखहीन वृक्ष–अशोक वृक्ष था। अशोक के मौर्यगण का टोटेम 'मोर' था। आज उसे राष्ट्रीय पक्षी के रूप में मान्यता मिली है। इसमें यह दृष्टिगोचर होता है कि बुद्धकाल में 'टोटेम' थे और उनकी पूजा भी हुआ करती थी।

महात्मा रावण का गण राक्षस तथा उसका टोटेम ताड़वृक्ष था। ऐसा सन्दर्भ मिलता है कि रावण के आधिपत्य में होनेवाले जंगल में प्रमुखतः साल, ताड़ तथा अशोक के वृक्ष थे। 'दण्डकारण्य' में सालवृक्ष की प्रधानता के कारण उसे शालवन (वामन पुराण, 40-32) भी कहा गया है (आदिवासी अस्मिता और विकास, प्रो. हीरालाल शुक्ल, पृ. 84-85)। बौद्ध तथा रावण की संस्कृति में साल तथा ताड़ के वृक्ष का असाधारण महत्त्व था। वानरराज महाबली बाली का वध करने के लिए राम ने साल वृक्ष के वाण का उपयोग किया था। कारण बाली के गण का टोटेम सालवृक्ष था। साल वृक्ष के सिवा उसे मृत्यु नहीं आएगी, इस सम्बन्ध में सुग्रीव ने राम को पहले से ही बता दिया था। यह राम ही था, जिसने एक तीर से सातों साल के वृक्षों को बींध दिया था। (रामायण मिथ और रिअल्टी, एच.डी. संकलिया, पृ. 11) ("It is Rama with one arrow only pierces all the seven Sala tree." (Ramayana Myth or Reality, H.D. Sankaliya, p. 11) रामायण में वानर सैनिक साल के वृक्षों की लकड़ियों का वाण की तरह उपयोग किया करते थे।

टोटेम-पूजक समाज द्वारा आर्यों के यज्ञ का नाश कर अपने टोटमों की अग्नि से रक्षा की जाती थी। इस तरह बौद्ध, चार्वाक तथा रावण आदि द्वारा आर्यों के यज्ञ तथा वैदिक कर्मकांड का विरोध हो रहा था। इस कारण आर्यों की दृष्टि में रावण, बुद्ध तथा चार्वाक अपराधी थे और दंडनीय भी। इस सन्दर्भ में चन्द्रिका प्रसाद जिज्ञासु अपनी पुस्तक 'रावण और उसकी लंका' में लिखते हैं–"जैसे चोर दंडनीय होते हैं, वैसे ही वेद विरोधी भी। चार्वाक आदि को ऐसा ही समझना चाहिए।" (रावण और उसकी लंका, पृ. 20) बुद्ध तथा आदिवासी रावण के संघर्ष का शत्रु एक ही था। बुद्ध तथा रावण दोनों अहिंसावादी थे। हिंसक आर्यों के विरुद्ध सांस्कृतिक युद्ध के सेनानायक थे रावण और बुद्ध।

रामायण : कालों के विरुद्ध गोरों का संघर्ष

राम आर्यप्रणीत चातुवर्ण्यवाद की चौखट का नायक था तो महात्मा रावण चातुवर्ण्यवाद

की चौखट के बिल्कुल बाहर के आदिवासी गणों का गणप्रमुख था। रावण के गणों में जाति-प्रथा नहीं थी। इस कारण ऊँच-नीच जैसा भेदभाव नहीं था। उसके गण में स्त्री-पुरुषों का समान स्तर था। अगस्त ऋषि की वंश परम्परा द्वारा राम ने अपने श्वेतवर्णी आर्यों की सेना तैयार कर आदिवासियों के एक संघ गण को तोड़ने की नीति का प्रयोग किया था और आदिवासी-आदिवासी के बीच संघर्ष खड़ा करवाया था। विभीषण को रावण के विरोध में, सुग्रीव को बाली के विरोध में खड़ा कर भाई द्वारा भाई का गला काटने की नीति का प्रयोग राम ने आदिवासियों पर किया। ताम्रवर्णी वानरों, कत्थई रंग के मृगों तथा सफेद रंग के भालुओं को (आदिवासी उनके टोटेमों से पहचाने जाते थे) काले वर्ण के राक्षसों के विरुद्ध खड़ा कर आदिवासी और गोरे आर्यों के बीच जबरदस्त संघर्ष छेड़ दिया। "राक्षसों के विरुद्ध राम के अभियान में ताम्रवर्णी वानरों के सक्रिय सहयोग से यह प्रगट होता है कि ऋषियों ने वानरों को सुसभ्य बना दिया था।" (आदिवासी अस्मिता और सभ्यता, पृ. 178) गोरी चमड़ी के ऋषियों ने ताम्रवर्णी वानरों को सुसंस्कृत किया, वैसे ही श्यामवर्णी वानरों को क्यों नहीं किया? इसका सरल और सीधा जवाब यह है कि वैदिक ऋषियों द्वारा अपनी आश्रम संस्कृति में ताम्रवर्णी तथा पीतवर्णी वानरों को धर्मान्तरित कर उन्हें काले वानरों के विरुद्ध खड़ा किया गया। आर्यों की तुलना में राक्षस तथा शाक्य, वानर तथा दैत्यगणों के आदिवासी एकदम काले थे। दक्षिण भारत के सारे द्रविड़ काले थे। इस प्रकार कोयतुर, कोखु, मारवागणों के आदिवासी लोग काले ही हैं, यह आज भी हमें देखने को मिलता है। पुर्णलिंगम् पिल्लाई के अनुसार, "वे गोरे चमकीले वर्णवाले आर्यों के विपरीत रंग के काले थे। रामायण में राक्षसों को काले रंग का कहा और उनकी तुलना काले बादलों से की तथा उन्हें घुँघराले घने बालों, मोटे होंठोवाला बताया और उनकी नस्ल को सोने की चेन, करधनी तथा अन्य चमकीले गहने पहनने का शौकीन बतलाया, जिसकी दक्षिण की सभी नस्लें आज भी शौकीन हैं। (रावण : द किंग ऑफ लंका, पृ. 9-10)

(They were in colour and complexion black and opposed to the Aryan, who were bright or fair in colour and features. It (the Ramayana) represents the Rakshas as Black of hue and compares them with black cloudier and masses of black collyrium, it attributes to them curly, wooly hair and thick lips, it depicts them as loaded with chains, collors and girdle of gold and the other bright ornaments which their race has always loved & in which the kindred races of the southern still delight. (Ravana: The King of Lanka, p. 9-10)

रामायण में वर्णित आदिवासी काले, घुँघराले बालोंवाले, मोटे होंठोंवाले तथा छोटी, चपटी नाकवाले थे। वे यज्ञ तथा ईश्वर आदि को नहीं मानते थे। फ्रेजर के अनुसार, "लंका में राक्षसों के पूर्व भी एक श्यामवर्णी शक्तिमान मानव जाति थी। उन आदिवासियों को मछली खानेवाले काले लोग कहा जाता था। राम ने हिन्द महासागर की काली (श्यामवर्णी लोगों की) संस्कृति को नष्ट किया।" (सीता परित्याग, अरविन्द कुमार, पृ. 5-63) इस

तरह आदिवासियों के श्यामवर्णी (काले) होने का आधार मिलता है। रावण की रक्ष-संस्कृति के गण भी काले वर्ण के थे। रक्ष-संस्कृति में काले रंग को शुभ माना जाता था। उनका ध्वज भी काले रंग का था। रावण काले वर्ण का मनुष्य था, जिसके दो हाथ और एक सिर से अधिक नहीं थे, और जो अपने हाथों से सीता को उठाकर ले गया था। (रामायण : मिथ ऑर रिअलटी, पृ. 61)

(Ravana was dark skinned man who had not more than two hands and one head and he had carried away Sita in his hand. (Ramayana : Myth or Reality, p. 61)

1. रावण पर जिनका प्रभाव था, वे भी श्यामवर्णी थे। रावण ने, जिनसे धर्म, अधर्म, ईश्वर, निर्वाण, मुक्ति, अहिंसा, करुणा आदि तत्त्वों पर दीर्घ चर्चा कर निर्वाण का मार्ग स्वीकारा था, वे महात्मा बुद्ध भी श्यामवर्णीय थे।

2. महात्मा रावण ने, जिनसे सांख्य-दर्शन, योग साधना तथा तन्त्र विद्या का अध्ययन किया, वे आलार कालाम भी श्यामवर्णीय थे।

3. रावण शिवभक्त था, वे भी श्यामवर्णीय थे। उनके होंठ काले तथा गला (कंठ) नीला था। शिव, सिद्धार्थ गौतम के पूर्व के बुद्ध थे।

4. रावण के सखा श्यामवर्णीय थे।

(अ) कुम्भकर्ण, मेघनाद श्यामवर्णी थे।

(आ) शूर्पणखा तथा मन्दोदरी श्यामवर्णी थीं। शूर्पणखा तो स्वप्नसुन्दरी थी।

ताड़का, मारीच, बाली, शम्बूक, आयागुहा, थदमाहा, शबरी, सुबाहु—ये सभी के सभी श्यामवर्णी थे।

भारत में श्यामवर्ण की ही संस्कृति थी। रक्ष तथा बौद्ध संस्कृति में श्यामवर्ण को अस्मिता तथा पवित्रता का प्रतीक माना जाता था। शिव, चार्वाक, बुद्ध, आलार कालाम, रावण आदि महात्माओं ने श्यामवर्ण को यश का द्योतक मानकर अँधेरे से प्रकाश की ओर जाने का मार्ग बताया है। रात के बाद प्रकाश आता है, उसी प्रकार अँधेरे के बाद उजाला होता है, यह उनके दर्शन का सूत्र था। इस श्यामवर्ण के महात्माओं ने वैदिक यज्ञ के कर्मकांड को तथा प्रबुद्ध मनुष्य को गुलाम बनानेवाले यज्ञ को, आर्यों की बकवास कहा है। इस कारण काले रंग को माननेवाले आदिवासियों के विरुद्ध गोरे रंग के आर्यों ने राम के नेतृत्व में अपनी सेना की तैयारी की। राम ने काले आदिवासियों का विनाश करने के लिए चौदह वर्ष वन में रहकर अपनी प्रजा को राजा के बिना जीने के लिए बाध्य किया। आदिवासियों का नाश करने के लिए 14 वर्षों का त्याग राम की कैडर तालीम ही थी। उसे राजभोग की अपेक्षा आदिवासियों का विनाश अधिक प्रिय था।

राक्षस तथा वानरगण में रंगभेद के आधार पर तोड़ने-फोड़ने की नीति के तन्त्र का प्रयोग कर ताम्रवर्णी वानरों का श्यामवर्णी वानरों के विरुद्ध वर्ण-संघर्ष छेड़ दिया (कूटनीति द्वारा)।

राम ने अपनी सेना में ताम्रवर्णी वानर, जैसे–हनुमान, सुग्रीव, अंगद आदि को सम्मिलित किया था। जामबन्त का टोटेम सफेद रंग का भालू था। जटायु का टोटेम ताम्रवर्णी गिद्ध था। विभीषण सफेद पैरोंवाला था, ऐसा कहा जाता था। इस प्रकार राम की सेना श्वेतवर्णी लोगों से बनी थी।

रामायण के संघर्ष में सारे श्यामवर्णी वानर तथा राक्षस मारे गए। उसमें एक भी श्वेतवर्णी मनुष्य नहीं मारा गया।

श्यामवर्ण धारण करने से हत्या

बाली–राजा बाली का टोटेम 'श्यामवर्णी वानर' था। इस कारण श्यामवर्ण उसके यश का प्रतीक बना। राक्षसों की रक्ष-संस्कृति के आन्दोलन का वह आधार-स्तम्भ था। प्रगाढ़ पंडित बाली ने वैदिक-यज्ञ का विरोध कर आश्रम-संस्कृति के विरोध में अपनी आवाज़ उठाई। इस कारण राम ने धोखे से बाली की हत्या कर दी। यह हत्या राम की कायरता का ही लक्षण था, ऐसा कहा जाता है।

मतंग–मतंग काले वर्ण का बौद्ध दार्शनिक था। वह शबरगण का था। मतंग ने आश्रम संस्कृति के विरोध में बौद्ध संघ की स्थापना कर अग्निपूजा तथा यज्ञ-योग का विरोध किया। इसलिए राम ने उसकी हत्या की।

शबरी–शबरी का टोटेम बेर का पेड़ था। वह श्यामवर्णी बौद्ध श्रमणी थी। मतंग से उसने बौद्ध दर्शन की शिक्षा ली थी। एक आदिवासी स्त्री ने यज्ञ के विरुद्ध बगावत की है, यह देखकर राम को आश्चर्य हुआ। फिर राम ने शबरी को गायत्री मन्त्र का जाप करने को बाध्य किया। जब शबरी ने नकारा तो उसे भी आत्मघात करने को बाध्य किया गया।

तपस्वी मारीच–राक्षसगण का श्यामवर्णी मारीच ताड़का का भाई था। ताड़वृक्ष उसका टोटेम था। मारीच ने रावण की रक्ष-संस्कृति को साकार करने के लिए रात-दिन प्रयत्न किए थे। मारीच रावण का एक श्रेष्ठ सहायक था। महात्मा रावण द्वारा अहिंसा की पुष्टि करने के बाद मारीच ने भी अहिंसा को स्वीकारा था। उसने बड़ा तप किया था, इसलिए रावण उसका प्रशंसक था। मारीच ने जिस सुभद्र वट-वृक्ष के नीचे बैठकर तप किया वह जगत् प्रसिद्ध वटवृक्ष है। सुभद्र वट की शाखाएँ बहुत दूर तक फैली थीं। बहुत पुराने वट में एक परम ज्ञानी वीतराग तपस्वी तप कर रहा था। वास्तव में वह बूढ़ा तपस्वी राक्षस मारीच था। (वयं रक्षामः, आ. चतुरसेन, पृ. 230)।

लवणासुर–मथुरा पर श्यामवर्णी लवणासुर का शासन था। लवणासुर ने रावण की रक्ष-संस्कृति को अंगीकार किया था। लवणासुर ने राक्षसगण का होने के कारण राम की अधीनता स्वीकार नहीं की। इस कारण राम ने शत्रुघ्न की सहायता से उसके राज्य पर आक्रमण कर लवणासुर का वध कर डाला।

"मथुरा के शासक लवणासुर ने राम का शासन स्वीकार नहीं किया। इसलिए राम

ने शत्रुघ्न को उस पर चढ़ाई के लिए भेजा। शत्रुघ्न ने घोर युद्ध कर लवणासुर को मार डाला।" (वयं रक्षामः, आ. चतुरसेन, पृ. 429)

ताड़का तथा थदमाई–मारीच की बहन श्यामवर्णी ताड़का राक्षसगण की थी। उसने रावण की रक्ष-संस्कृति का प्रचार करते हुए थदमाई को अपने आन्दोलन में शामिल कर लिया। महात्मा रावण के अहिंसा-तत्त्व को आत्मसात् कर उसने वैदिक कर्मकांड तथा ईश्वर को नकारा। इस कारण राम ने ताड़का तथा थदमाई की हत्या की। "राम ने बहुत-सी स्त्रियों को मार डाला था।" (ताड़का तथा थदमाई–'सच्ची रामायण', पेरियार रामास्वामी नायकर, पृ. 38)

शम्बूक–शम्बूक गण का टोटेम बेर का पेड़ था। शम्बूक अत्यन्त विद्वान, श्यामवर्णी आदिवासी था। शम्बूक ने अपने ज्ञान के बल पर रक्ष-संस्कृति को वैचारिक तथा दर्शन का एक नया रूप दिया था। आर्यों का ढकोसला तथा आदिवासियों के विनाश का कारण बनी आश्रम-संस्कृति तथा गोरी चमड़ी के ऋषियों की धोखेबाजी आदि शम्बूक ने आदिवासी समाज के सामने रखी। एक आदिवासी मनुष्य आर्यों से भी अधिक बुद्धिमान बनकर सामने आ रहा है, यह आर्य संस्कृति का अपमान है–ऐसा सोचकर राम ने शम्बूक पर आरोप लगाकर (बुद्धिसंगत न होना) उसकी हत्या की।

इससे स्पष्ट होता है कि रामायण का संघर्ष गोरी चमड़ी के आर्यों ने काली चमड़ी के आदिवासियों के विरुद्ध खड़ा किया था। इस प्रकार हिन्दू-संस्कृति के विरुद्ध आर्य-संस्कृति ने संघर्ष खड़ा किया था। यह संघर्ष सही अर्थों में श्याम-श्वेत संघर्ष था।

श्यामवर्णी रावण तथा सीता

महात्मा रावण सीता स्वयंवर के समारोह में उपस्थित था। इस कारण राम, लक्ष्मण, सीता के रावण के साथ स्नेह सम्बन्ध नहीं थे, ऐसा कोई नहीं कह सकता। स्वप्नसुन्दरी श्यामवर्णी शूर्पणखा को राम-लक्ष्मण जब दंडकारण्य में मिले, तब शूर्पणखा ने अपना परिचय दिया। जाहिर था कि शूर्पणखा राजा रावण की प्रिय बहन थी। समाज में उसकी प्रतिष्ठा का स्थान था। मर्यादा पुरुषोत्तम, धर्म, मर्यादा तथा पिता के सत्यवचन का पालन करने के लिए वचनबद्ध गोरी चमड़ी का आर्य धर्मरक्षक राम एक स्त्री का आदर करने की बजाय उसका उपहास करे, यह समाज के कलंक का उदाहरण है। सत्यवादी लक्ष्मण ने शूर्पणखा द्वारा रखे प्रस्ताव पर सीधे-सीधे यह क्यों नहीं कहा–"हम विवाहित पुरुष हैं।" राम, लक्ष्मण ने सत्य को छिपाए रखा और इसी असत्य पर रामायण घटित हुई। दूसरी महत्त्वपूर्ण बात यह है कि शूर्पणखा के निर्दोष होने पर भी उसका उपहास क्यों किया गया? दरअसल सच्चाई यह है कि महात्मा रावण ने रक्ष-संस्कृति को निर्मित कर बौद्ध-दर्शन को आत्मसात् कर लिया था। अहिंसावादी दर्शन के आधार पर उन्होंने वैदिक यज्ञ में नरसंहार का विरोध किया। इसका प्रतिशोध लेने के लिए राम ने सीता

की अपेक्षा कई गुना बढ़कर सुन्दर शूर्पणखा की नाक-कान कटवाकर अपने पुरुषार्थ का प्रदर्शन किया।

रावण-राज्य में अपराधों का अवसर नहीं था। अहिंसावादी रक्ष-संस्कृति रावण के लिए वरदान थी, तो भी गण-पंचायत की न्याय-प्रक्रिया के अनुसार अपराधों के मापदंड पर सज़ा देने का प्रमाण निश्चित था, जो हाथ के लिए हाथ, आँख के लिए आँख था। राम ने तो रावण की बहन शूर्पणखा का चेहरा केवल विद्रूप ही नहीं किया बल्कि मानवता को कलंकित करनेवाला असभ्य बर्ताव भी किया था और यह कोई भी भाई सहन नहीं कर सकता। थोड़ी देर हम सोचें कि शूर्पणखा हमारी अपनी बहन होती तो हमने क्या किया होता? आखिर रावण भी तो एक इन्सान ही था। सीता को ले जाने के पीछे रावण की सीता के प्रति कामवासना या बुरी भावना कतई नहीं थी। आदिवासी गण की परम्परानुसार जिस राम ने शूर्पणखा का उपहास किया, उससे सीता के सम्मुख जवाब पूछा जाना था? फिर क्यों रावण सीता को अपने साथ ले गया? सीता-स्वयंवर के प्रसंग में ही रावण से परिचय होने पर भी राम को उसका पता नहीं मालूम था क्या? फिर क्यों सीता को खोजने के लिए वे वन में भटकते रहे? इससे स्पष्ट होता है कि रावण से सीता को छुड़ाने का राम का उद्देश्य गौण था। प्रमुख उद्देश्य था, रावण की रक्ष-संस्कृति को जड़ से उखाड़कर नष्ट करना।

रावण ने सीता को सर्वश्रेष्ठ अशोक वाटिका में अत्यन्त सम्मान के साथ रखकर उसकी सेवा में अनेक दासियाँ भी रखी थीं। सीता को अतिथि मानकर उसके साथ राज-शिष्टाचार पूर्ण व्यवहार किया जाता था। रावण ने सीता का कभी अपमान नहीं किया या उसका बलात्कार भी नहीं किया था। जब रावण ने अपनी प्रिय बहन शूर्पणखा के उपहास और विद्रूपता की घटना सुनाई, तब शूर्पणखा का जीवन ही खत्म करनेवाली इस घटना से वह क्रोधित भी हुई होगी और उसका मन भी भर आया होगा। उसने सोचा होगा कि शूर्पणखा के स्थान पर अगर मैं (सीता) होती तो राम ने क्या किया होता? राम के इस हिंसक कृत्य से सीता के मन में भी राम के प्रति घृणा के बीज पड़ गए होंगे।

वास्तव में, रावण सीता को ले नहीं गया था बल्कि स्वयं सीता ही उसके साथ गई थी। इस आशय के लोकगीत आदिवासियों में आज भी सुनने को मिलते हैं।

कोरकू आदिवासियों में रावण तथा मेघनाद की पूजा करना एक सांस्कृतिक उत्सव माना जाता है। रावण अत्यन्त सुन्दर था, वह संगीत प्रवीण था। उसकी वेशभूषा भी मनोहर, मोहक थी। रावण के इस पहनावे को देखकर सीता रावण के साथ खुशी से चली गई होगी, इस आशय का लोकगीत भी है, जो निम्नलिखित है—

"लंका रावना जुगी चोजमा डोयेम जोय/लंका रावना जुगी चोएम जोय/लंका रावना सोस्टुपी डोएम जोय/लंका रावना जुगी टाउटेन ओलेन/लंका रावना जुगी टाउटेन ओलेन जोय/लंका रावना टीका टेंगा डोएम जोय/लंका रावना जुगी टाउटेन ओलेन/लंका रावना पाय का पिजना डोएम जोय/लंका रावना जुगी

टाउटेन ओलेन/ लंका रावना खंडा झुली ठोएम जाए/लंका रावना जुगी टाउटेन ओलेन/लंका रावना चबूका पींगी डोएम जोए/लंका रावना जुगी टाउटेन ओलेन।"

(कोरक के तीज-त्योहार : ग.भ. प्रधान आदिवासियों के तीज त्योहार : संपा. सरोजिनी बावर, पृ. 55-56)

अर्थात्–

साधु वेश के रावण में तुमने क्या देखा ?/लंका के साधु रावण के सिर का मुकुट देखकर वह उसके पीछे चली गई।/रावण के हाथ में वह सुन्दर छड़ी देखकर वह उसके पीछे-पीछे गई।/लंका के रावण के कन्धे पर लटकती झोली देखकर वह उसके पीछे-पीछे गई।/रावण के होंठों पर बंसी देखकर वह उसके पीछे-पीछे गई।

इस प्रकार सीता स्वयं रावण के साथ लंका गई थी। किन्तु रावण उसे भगा ले गया, यह भ्रम समाज में फैलाकर रावण के प्रति द्वेष की भावना पैदा की गई। इसका कारण यह है कि महात्मा रावण हिन्दू जाति-व्यवस्था के बाहर का अहिंसक करुणा सागर तथा महामानव था।

अरविन्द कुमार की बहुचर्चित कविता 'राम का अन्तर्द्वन्द्व' में भी सीता रावण के साथ खुशी से गई थी, ऐसा भाव उद्घोषित होता है–

"साथ रही जो, प्रेम परीक्षा में जिसको/मैंने समझा सच्ची उतरी है।/यह सीता वही जान मैं कैसे पाऊं?/नहीं जानता रावण उसको ले भगा था?/कैसे कौन कहे वह नहीं गई थी?"

(सीता परित्याग : अरविन्द कुमार)

उपर्युक्त विवेचन से स्पष्ट होता है कि महात्मा रावण, सीता को भगा नहीं ले गया, बल्कि सीता स्वयं रावण के साथ लंका गई थी। इतना ही नहीं सीता जब अशोक वाटिका में थी, तब उसने रावण की गण परम्पराओं को स्वीकारा था। उसने रावण की द्रविड़ियन भाषा भी आत्मसात् कर ली थी। जब हनुमान सीता के पास गया था तब हनुमान ने उससे द्रविड़ियन भाषा में ही सम्भाषण किया था, संस्कृत में नहीं। (रावण : द किंग ऑफ लंका, पृ. 65)

(Hanuman spoke to Sita in Dravidian language which was intelligible to her and not in Sanskrit. Ravana : The King of Lanka, p. 65)

इतना ही नहीं सीता द्रविड़ स्त्री थी, जो शिव की भी पूजा करती थी। (रावण : द किंग ऑफ लंका, पृ. 68)।

Sita was a Dravidian lady worshipping Shiva. (Ravana : King of Lanka, p. 68)

रामजातक तथा रामकथा (अ. 40) के अनुसार आहुल नामक शूर्पणखा की बेटी सीता से रावण का चित्र बनवा लेती है। वही चित्र सीता एक पंखे पर बनाती है और आखिर

उसे अपनी छाती पर रखकर सोती है। यह दृश्य देखकर राम का हृदय ईर्ष्या से जलने लगता है। इस कारण सीता की अग्नि परीक्षा होने पर भी राम उसका परित्याग करता है। इससे राम के मन में सीता के प्रति सचमुच प्रेम था या नहीं, यह प्रश्न उठ खड़ा होता है। कुछ लोगों का कहना है कि ईक्ष्वाकुवंश में विवाह हो जाने पर जनता द्वारा सीता की जाति पर शंकाएँ उठाए जाने से राम ने अन्त में सीता को छोड़ दिया। (रामायण : एक नया दृष्टिकोण–प.ह. गुप्ता, पृ. 105) आखिर जो भी हो अरविन्द कुमार की निम्नलिखित पंक्तियाँ काफी कुछ कह जाती हैं–

> *"लेकिन था कब मैंने/मारा रावण को सीता की खातिर?/था मेरा, मेरे पौरुष का अपमान हरण/सीता का, लेना ही था अपना बदला/मनवाना था अपना पौरुष और आर्य/गणों को फैलाना था दस्यु देश पर/सीता का था नाम, बहाना सीता का था।"*

अनुवाद : डॉ. *प्रतिभा मुदलियार*

(साभार : 'सुगावा' पत्रिका से)

भारतीय मिथक, इतिहास और आदिवासी

हरिराम मीणा

जो इस धरती के मूलवासी थे, उन्होंने लम्बे अर्से तक ज़मीन और प्रकृति से जुड़ी अपनी व्यवस्था कायम की। संस्कृति, धर्म, समाज और भौतिक जीवन की एक मूल्यवान परम्परा विकसित की। बाहर से आक्रान्ता आए और युग-युगों तक चले लम्बे आक्रमण, विरोध, संघर्ष और जय-पराजय की प्रक्रिया में मूल निवासियों को सुविधाजनक परिस्थितियों से महरूम कर दिया। जो पकड़ लिए गए, उन्हें दास-शूद्र बनाकर सेवा के लिए कोल्हू के बैल की तरह जोता गया और उनके ललाट पर अछूत की स्थायी मोहर लगा दी। जो खदेड़ दिए गए उन्हें दूर-दराज के दुर्गम पहाड़ों-जंगलों में शरण लेने के लिए बाध्य कर समाज से ही बहिष्कृत कर दिया गया। इस सबके चलते अब तक उस मानवता को वर्चस्वकारी व्यवस्था के बुलडोजर द्वारा रौंदा जाता रहा, फिर भी वह जन समुदाय जिन्दा है, चूँकि उसमें गजब की प्राणशक्ति है। यह अलग बात है कि अपने अस्तित्व को बचाए रखने के लिए उन्हें लगातार संघर्ष करते रहना पड़ा। अतीत के सुरासुर संग्रामों या आर्य-अनार्य संघर्षों से वर्तमान दौर के विकास के नाम पर विस्थापन तक आदिवासियों को अपने अस्तित्व के लिए लड़ते रहना है। अस्तित्व के संकट के साथ आदिवासियों को पहचान के संकट से भी आदिकाल से ही जूझते रहना पड़ा। थोड़ी देर सुविधा के लिए 'सनातनी' टर्मिनोलॉजी का इस्तेमाल करें तो सतयुग-त्रेता-द्वापर काल खंडों में इन आदिवासियों को असुर, दैत्य, दानव, राक्षस, प्रेत न जाने क्या-क्या संज्ञाएँ देकर मनुष्य जाति होने से नकारते रहने का दुष्चक्र रचा गया और इस कलियुग में उनकी आदिवासी पहचान (इंडिजिनस आइडेंटिटी) को नष्ट करने के लिए उन्हें जनजाति या वनवासी कहकर उनके मौलिक स्वरूप को ही तिरोहित करने का बाकायदा सरकारी ऐलान किया जा रहा है।

कुछ साल पहले विश्व स्तर पर 'इंडिजिनस ईयर' मनाया गया। भारत सरकार ने संयुक्त राष्ट्र संघ को सीधे लिख दिया कि 'भारत में इंडिजिनस लोग' न होने के कारण ऐसा कोई वर्ष नहीं मनाया जाएगा और न ही कोई प्रतिनिधि मंडल वहाँ जाएगा। यही सरकारी रवैया डरबन में सरकार ने दलितों के प्रति अपनाया।

आदिवासियों पर किए जाते रहे अध्ययन-शोध की परम्परा का तनिक विश्लेषण

करें, तो बात थोड़ी और स्पष्ट हो सकेगी। भारतीय आदिवासी समुदायों पर लेखन की शुरुआत औपनिवेशिक दौर में आरम्भ हो गई थी। ओरियंटलिस्ट ने उन्हें कौतूहल व हिक़ारत भरी नज़रों से देखा, नृतत्वशास्त्रियों ने उनके प्रति सामान्यीकृत औपचारिकता का दृष्टिकोण अपनाया, भाषायी अध्येता सतह से नीचे नहीं उतर पाए। जहाँ तक प्रगतिशील नज़रिए का सवाल है, तो डी.डी. कौशाम्बी, डी.पी. चट्टोपाध्याय, भगवतशरण उपाध्याय एवं राहुल सांकृत्यायन जैसी विभूतियों ने आदिवासियों को समझने में गहरी दिलचस्पी ली, लेकिन कुल मिलाकर उनमें भी एक सतही व रोमानी नज़रिया ही हावी होता जान पड़ता है। आगे दिए कुछ उदाहरणों में यह सिद्ध हो जाएगा। वर्तमान में आदिवासियों को लेकर बड़े-बड़े विद्वान चिन्तित और चिन्तनशील दिखाई देते हैं, जिनमें डॉ. ब्रह्मदेव शर्मा, रामशरण जोशी, कुमार सुरेश सिंह, जी.एन. देवी से अलग और भी कई नाम लिए जा सकते हैं, फिर भी किसी ठोस वजह से एक बेचैनी वहीं-की-वहीं उसी मात्रा में बनी रहती है।

कुकुरमुत्तों की तरह ढेर सारे 'एन.जी.ओ.' आदिवासी क्षेत्रों में नज़र आएँगे, मगर अधिकांश में ख्याति और स्वार्थसिद्धि का तत्त्व ही हावी है। इस सारी परम्परा में महाश्वेता देवी जैसे अपवाद हैं। वजह, आदिवासियों के प्रति उनकी सोच काफी सीमा तक विशिष्ट लगती है, जिसमें बहुत कुछ कर सकने की तड़प है। आदिवासी विमर्श की नई पहल रमणिका गुप्ता ने की। उनका नाम इसीलिए मैं यहाँ ले रहा हूँ कि उन्होंने एक महत्त्वपूर्ण बात लगातार कही है, वह यह है कि "साहित्य, संस्कृति, धर्म, परम्परा, साहित्य, समाज किसी भी क्षेत्र से सम्बन्धित आदिवासी अभिव्यक्ति का सवाल हो, नेतृत्व स्वयं आदिवासियों को अपने हाथ में लेना पड़ेगा और अन्य लोग कन्धे-से-कन्धा मिलाकर उनके साथ चलेंगे।"

सारी चिन्ताओं के रहते बात क्यों नहीं बन पा रही है? इस प्रश्न का समाधान शायद हमें रमणिका जी के उक्त विचार में मिल सके, इसीलिए उनकी यह बात मुझे महत्त्वपूर्ण लगती है।

प्रख्यात समाजशास्त्री श्री पूरनचन्द्र जोशी जब "बौद्धिक वर्चस्वशाली परिप्रेक्ष्य से आदिवासी संस्कृति और ज्ञान के 'एक्सक्लूजन' (निष्कासन) पर गम्भीर चिन्ता व्यक्त करते हैं" (कथादेश, अगस्त 2002 में राजाराभ भादू का लेख), तो इससे संकेत यही मिलता है कि पूर्वोक्त बौद्धिक परम्परा के दृष्टिकोण से आदिवासियों की सही तस्वीर का खींचना मुश्किल है, इसलिए अहम् सवाल आज भी ज्यों-के-त्यों सिर उठाए खड़े दिखते हैं—

- आदिवासियों के समृद्ध सांस्कृतिक रिक्थ की मौलिकता को प्रगतिशील विकास के साथ संरक्षित कैसे रखा जाए?
- विकास की प्रक्रिया के साथ उनके पुश्तैनी भौतिक-प्राकृतिक संसाधनों का लाभ उन्हें कैसे मिले?
- धर्म के नाम पर उनके साम्प्रदायिककरण को कैसे रोका जाए?

- साहित्य की उनकी मौखिक परम्परा को लिपिबद्ध कैसे किया जाए?
- उत्थान के साथ उनकी स्वस्थ प्राकृतिक जीवन-शैली को कैसे बचाए रखा जाए?

चौतरफा दबावों के कारण अब यह सम्भव ही नहीं कि समाज की मुख्यधारा से अलग-थलग रहकर जैसी भी स्थितियाँ हैं, उनमें वे अपना जीवन जीते चले जाएँ। सवाल यह उठता है कि मुख्यधारा में लाने की प्रक्रिया में उन्हें दोयम दर्ज़े का जन-समुदाय बनने के सम्भावित खतरे को कैसे टाला जाए?

अनुभव यह बताता है कि आदिवासियों में से जो भी व्यक्ति, परिवार या समूह शिक्षित, उन्नत और आधुनिक बनने लगता है, वही अपनी मौलिक जीवन-शैली और सोच को त्यागकर गैर-आदिवासी जैसा व्यवहार करने लगता है। प्रश्न यहाँ सुविधाओं और साधनों का नहीं है, बल्कि समृद्ध परम्परा का है, उस परम्परा के संरक्षण का है। समान स्तर पर वह आधुनिकता की विकृतियों को भी अपनाने लगता है। यहाँ तक कि वह जान-बूझकर अपनी संस्कृति और संस्कारों को भुलाने लगता है। उसे यह भी होश नहीं रहता कि यह उसकी विवेकसम्मत प्राथमिकता नहीं, प्रत्युत अनाभासित मनोवैज्ञानिक दबाव है। प्रश्न यह है कि इसका विकल्प क्या हो?

अपने त्रासद अनुभव की वजह से जो आदिवासी समूह बाहरी दुनिया के प्रति अत्यन्त शत्रुवत (हॉस्टाइल) हैं, उन्हें जैसे ही विकास या उत्थान की ओर लाने के प्रयास किए जाते हैं तो वे अपने जीवन में आक्रामक हस्तक्षेप मानते हैं। प्रयास चालू रखा गया तो एक असहनीय मानसिक दबाव महसूस करने लगते हैं। यहाँ तक कि मरने लगते हैं। इस विकट और अनूठी समस्या का समाधान क्या हो? अंडमान के आदिवासियों (विशेषकर जारवा और सेंटेनेलीज) के साथ यह सब घटित हुआ है। अन्ततः सरकारी और गैर-सरकारी प्रयासों को रोकना पड़ा और उन्हें उनके हाल पर छोड़ देना पड़ा।

मैं यह महसूस करता हूँ कि इसके लिए नृतत्वशास्त्रियों, समाजशास्त्रियों और मनोविश्लेषकों का संयुक्त दल बनाया जाना चाहिए।

वैश्विक पूँजीवादजन्य व्यक्ति व स्वार्थ केन्द्रित माहौल में आदिवासी सामूहिक जीवन-पद्धति को कैसे बचाया जाए?

भविष्य को बेहतर गढ़ने के लिए अतीत को समझना अनिवार्य होता है। अस्तित्व के संकट की तरह आदिवासियों के इतिहास को जान-बूझकर नजरअन्दाज करते रहना भी अपने आपमें बड़ी समस्या है। 'इस लम्बे इतिहास को लिपिबद्ध' कैसे किया जाए? और यह काम कौन करेगा या कर सकता है?

कुछ सवालों के साथ यह पृष्ठभूमि देना इसलिए ज़रूरी समझा गया कि पहले हम आदिवासियों के प्रति अब तक जो दृष्टिकोण अपनाया गया है, उसे भली-भाँति परख लें। इस दृष्टिकोण के चलते ईमानदारी और समझदारी के साथ आदिवासी इतिहास सम्भव नहीं। मुझे यहाँ विजयदेव नारायण साही की एक कविता की निम्नलिखित पंक्तियाँ काफी प्रासंगिक लगती हैं—

"तुम हमारा जिक्र इतिहासों में नहीं पाओगे/क्योंकि,/हमने अपने को/इतिहास के विरुद्ध दे दिया है..."

ये पंक्तियाँ उन्होंने किसी भी सन्दर्भ में लिखी हों, आदिवासी परिप्रेक्ष्य में इनका अर्थ स्पष्ट हैं, फिर भी अपने-अपने हिसाब से इन पंक्तियों को समझा जा सकता है। निष्कर्ष यही निकलेगा कि जिस इतिहास (व्यापक अर्थ में) के विरोध में आदिवासी युग-युगों से लड़ते रहें, उसमें उन्हें जगह कैसे मिलेगी?

आदिवासियों का वास्तविक इतिहास क्या था, उसकी खोज कैसे की जाए एवं उसे सामने कैसे लाया जाए? यह मूल प्रश्न अपनी जगह है। इसका उत्तर तलाशने से पूर्व हमें इस महत्त्वपूर्ण प्रश्न से मुठभेड़ करनी होगी कि जैसा इतिहास हमें पढ़ाया-सुनाया जाता रहा है, उसमें आदिवासी किस रूप में हैं? इसे समझने के लिए हमें भारतीय मिथक परम्परा में जाना होगा, चूँकि सारी गड़बड़ी वहीं से शुरू हुई है। मिथक एवं इतिहास के साथ सबसे बड़ी दिक्कत यह रही है कि हारी हुई कौमों को विकृत करके चित्रित किया जाता है। वर्चस्वकारी-वर्ग के पक्ष में सारी सोच होती है और प्रायः इतिहासकार स्वयं की वर्ग परम्परा के पक्ष में तथा विपक्ष (जिस भी स्वरूप और मात्रा में) के विरोध में कुछ-न-कुछ पूर्वाग्रहों से ग्रसित होता है। ऐतिहासिक प्रमाण तो निरपेक्ष होते हैं, समस्या यह है कि वे सब मूक होते हैं। जब उनके अधिकांश की व्याख्या-विश्लेषण-निष्कर्ष का मौका इतिहासकार को मिलता है, तो प्रामाणिक सामग्री के अनुरूप उसका तटस्थ और निष्पक्ष हो पाना बहुत मुश्किल होता है। इतिहासकार के संस्कार सोच, दृष्टि और विचारधारा प्रत्यक्ष-परोक्ष या जाने-अनजाने समाविष्ट होकर रचे जा रहे इतिहास को प्रभावित करने लगते हैं। यह किसी के साथ भी हो सकता है। इस उलझन से बचने के लिए हमें 'वाद-विवाद-संवाद' की मेथोडोलॉजी को अपनाकर, उसके माध्यम से विभिन्न दृष्टिकोणों से लिखे और अनलिखे इतिहास का विश्लेषण करके उस निष्कर्ष तक पहुँचना चाहिए, जो बौद्धिक-तार्किक व तथ्यात्मक-वैज्ञानिक तुला पर खरा उतरे। पढ़-सुनकर लगे कि "हाँ, यह प्रामाणिक है, यह सच है, इसे स्वीकार करने में कोई हिचक नहीं।" इतिहास की ऐसी प्रामाणिकता के सामने तथ्यात्मक यथार्थ बनाम मूल्यात्मक आग्रह की असुविधाजनक स्थिति भी पैदा नहीं होनी चाहिए। इतिहास को 'क्या है' के रूप में ही देखना चाहिए, न कि 'क्या होना चाहिए' के रूप में। 'इतिहास के प्रति दृष्टिकोण' पर यह संक्षिप्त चर्चा विषयान्तर नहीं है। जब तक हम इसे न समझें, 'इतिहास और आदिवासी' विषय पूरी तरह हमारी समझ में नहीं आता। हाँ, तो इतिहास-चर्चा से पहले हम मिथकों पर कुछ उदाहरणों के सहारे बात करें।

जहाँ तक मिथकों में आदिवासियों की विकृत प्रस्तुति का प्रश्न है, हमें पुराणों के साथ रामायण और महाभारत में भी जाना होगा। पुराण ई.पू. की दूसरी सदी से ई.पू. की सातवीं सदी के कालखंड में लिखे गए। इनके माध्यम से बुद्ध और महावीर द्वारा आरम्भ किए ब्राह्मण विरोधी आन्दोलन से ध्वस्त पुरोहित वर्चस्व को पुनः स्थापित करने का प्रयास किया गया। ज्ञातव्य है कि सम्राट चन्द्रगुप्त मौर्य ने जैन धर्म के प्रचार-प्रसार

में महत्त्वपूर्ण योगदान किया। जैन ग्रन्थों में इस बात का उल्लेख है कि अन्त में वे जैन मुनि बन गए (भारतीय संस्कृति और हिन्दी प्रदेश खंड-एक, डॉ. रामविलास शर्मा, पृ. 636)। यह तो सर्वविदित है ही कि सम्राट अशोक ने बौद्ध धर्म के प्रसार-प्रचार में जी-जान लगा दी। ब्राह्मण सेनापति पुष्यमित्र अपने स्वामी मौर्य सम्राट ब्रहद्रथ का वध करके जब सम्राट बनते हैं (ई.पू. 184), तभी से ब्राह्मणवादी वर्चस्व पुनः स्थापित होता है, जिसे गुप्तवंशीय राजाओं का भी भरपूर प्रश्रय मिला। यह सारा कालखंड ई.पू. दूसरी सदी से सातवीं सदी तक चलता है। इसी दौरान पुराण लिखे जाते हैं, जिनमें चमत्कार, अतिशयोक्ति एवं मिथकों के माध्यम से ब्राह्मणवादी व्यवस्था को गौरवान्वित किया जाता है, जो अनार्य-आदिवासी विरोधी रहती आई थी और आगे भी विरोधी ही रहती। पौराणिक मिथकों का कुछ अंश रामायण में और अधिकांश महाभारत के माध्यम से पहले ही प्रस्तुत हो चुका था।

रामायण के प्रमुख पात्र राम हैं, जिन्हें पुरुषोत्तम के रूप में अब तक संपूर्ण समाज में स्थापित किया जाता रहा। अगर राम के जीवन में से वनवास के चौदह वर्ष निकाल दिए जाएँ, तो उनके व्यक्तित्व में क्या बचता है? उन महत्त्वपूर्ण चौदह वर्षों में राम आदिवासियों के साथ रहे और उन्हीं की ताकत से अनार्यों (आदिवासियों के विशेष सन्दर्भ में) से युद्धोपरान्त विजयी होते हैं। इस सबके बावजूद राम की व्यवस्था में आदिवासी नायकों की भागीदारी, हस्तक्षेप एवं दर्ज़ा क्या रहा? भद्रजन के लिए यह बड़ा ही असुविधाजनक प्रश्न होगा। निर्दोष शम्बूक के वध के बावजूद राम महान रहेंगे! कितना रोचक होगा, अगर हम 'गुजरात के गोधराकांड'—न्यूटन का सिद्धान्त—'प्रायोजित नरसंहार' के समीकरण की ही तरह 'सूर्पणखा-सीता अपहरण-लंकाकांड' पर न्यूटन के सिद्धान्त को लागू करके देखें। राम-रावण युद्ध में दोनों ही तरफ से मरनेवाले आदिवासी- अनार्य! और युद्ध किसके लिए? इतना ही नहीं—आपके लिए, जो मानव समुदाय शत्रुपक्ष था, उसे मनुष्य न मानकर राक्षस, असुर, दैत्य, दानव न जाने किस-किस तरह विरूपित किया गया और जिन्होंने आपका साथ दिया, उन्हें गिद्ध, रीछ, वानर आदि की संज्ञा देकर जंगली जानवरों की श्रेणी में रख दिया ताकि भविष्य तक में कभी उनकी असली पहचान न हो सके?

महाभारत में चिरपरिचित एकलव्य का प्रसंग आता है। आर्यगुरु ने धनुर्विद्या सिखाने से मना कर दिया। निषादराजपुत्र से फिर भी उसको गुरु मनवा दिया और अपने बलबूते पर धनुर्धर बन जाने पर भी बतौर दक्षिणा अँगूठा काटकर दिलवा दिया। कान पक गए यह कथा सुनते-सुनते। मेरे गले यह कथा इस रूप में कतई नहीं उतरती। तर्कसम्मत यह लगता है कि एकलव्य का अँगूठा जबरन काटा होगा। इस जघन्य अपराध को ढँकने के लिए तथाकथित दक्षिणा का स्वाँग रचकर थोप दिया गया। ध्यान देने की बात है कि महाभारत युद्ध में अधिकांश आदिवासी कौरवों के द्रोणाचार्य ने माँगा या करवाया होता तो वह कदापि उसकी सेना के पक्ष में न लड़ता। अँगूठा काटनेवाला पांडव था, इसलिए वह पांडवों के विरुद्ध लड़ा।

आदिवासी स्त्री हिडिम्बा के पुत्र घटोत्कच का प्रसंग आता है। अर्जुन को बचाने

के लिए उसे शहीद कर दिया जाता है। घटोत्कच के पुत्र बर्बरीक का महत्त्वपूर्ण प्रसंग महाभारत में है। वह किशोरावस्था में ही था, मगर था अत्यन्त बलवान। दुर्योधन कहीं से ढूँढ़कर उसे अपने पक्ष में लड़ने के लिए बुला लेता है। वह कौरवों की तरफ से लड़ता है। हाँ, तो बर्बरीक की कथा यूँ चलती है कि जैसे ही वह युद्धभूमि में आया, तो कृष्ण समझ गए कि अब पांडवों का बचना मुश्किल है। क्या किया जाए? भोले किशोर बर्बरीक को सोलह कला प्रवीण भगवान छलने के लिए चल देते हैं। कहते हैं—"कलियुग में तेरी पूजा का इन्तज़ाम किए देता हूँ। इस वक्त बैकुंठ (या स्वर्ग) धाम में भेजने की गारंटी भी लेता हूँ। बस एक काम कर दे, तू लड़ मत और अपना शीश मुझे सौंप दे।"

जवाब मिलता है—"आप तो भगवान हैं, जो करेंगे ठीक ही होगा। मेरी इतनी-सी इच्छा है कि मैं दोनों ओर से लड़ रहे इन बड़े-बड़े धुरंधरों की लड़ाई देखूँ। मैं इनकी बहादुरी देखना चाहता हूँ।"

शर्त मान ली जाती है। बर्बरीक शीश सौंप देता है। एक मत के अनुसार कुरुक्षेत्र के मैदान के निकट लम्बे बाँस पर बर्बरीक का शीश टाँग दिया जाता है, जहाँ से उसने सारा युद्ध देखा। दूसरे मत के अनुसार कुरुक्षेत्र के निकट सबसे ऊँची पहाड़ी चोटी पर शीश रख दिया जाता है। यह पहाड़ सीकर (राजस्थान) के निकट हर्ष पर्वत है, जिसकी ऊँचाई 3300 फीट है। माउंट आबू के गुरु शिखर (करीब 6000 फीट) के बाद राजस्थान-हरियाणा निकटवर्ती उत्तर प्रदेश-पंजाब के अंचल में यही सबसे ऊँचा पहाड़ है। हर्ष पर्वत और रींगस के बीच खाटू श्याम जी का धर्मस्थल है, जिसमें केवल शीश वाली प्रतिमा है, जिसकी पूजा होती है। इसे 'श्याम बाबा' कहते हैं। शीश मूर्ति से लगता है कि यह बर्बरीक ही होगा। हर्ष पर्वत शिखर से ही उसने महाभारत का युद्ध देखा। हम प्रसंग को यही रोकते हैं और यह देखते हैं कि खाटू श्याम जी में मूर्ति तो बर्बरीक की है लेकिन मान्यता यह चली आ रही है कि यह श्रीकृष्ण का बाल रूप है और उसी की पूजा होती है। सालाना लखखी मेला यहाँ लगता है। विडम्बना यह है कि शीश काटकर देने के बावजूद भी आदिवासी बर्बरीक की जगह कृष्ण को पूजा जाता है।

एक और प्रसंग है महाभारत में। अश्वमेधी यज्ञ के घोड़े की यात्रा के दौरान अर्जुन की लड़ाई बभ्रूवाहन से होती है। यह स्थान पूर्वांचल है। बभ्रूवाहन मणिपुर के आदिवासी राजा चित्रवाहन की राजकुमारी चित्रांगदा का पुत्र था। उल्लेखनीय है, अर्जुन ने चित्रांगदा और नागकन्या उलूपी (दोनों आदिवासी) से विवाह किया था। लड़ाई में अंर्जुन मारा जाता है (बेहोश हुआ होगा) और उलूपी जड़ी-बूटियों से उसे जीवित करती हैं। प्रश्न यह है कि अर्जुन को धूल चटा देनेवाला शूरवीर बभ्रूवाहन महान नहीं माना जाकर अतुलनीय योद्धा अर्जुन को ही बताया जाता है।

एक और प्रसंग। कृष्ण का वध जारा शबर नामक आदिवासी के हाथों होता है। मैंने वधस्थल (गुजरात) की यात्रा की है। घटनास्थल की परख की। किसी भी कोण से देखें, यह सम्भव ही नहीं कि हिरण की आँख समझकर पगतल में चमकते पद्म-चिह्न पर निशाना साधा हो। अगर आखेट था तो शबर का वाण ज़हरीला नहीं हो सकता।

और वाण ज़हरीला था, तो पैर में वाण लगने से कम-से-कम तत्काल तो मृत्यु नहीं हो सकती। इसके लिए पूरे शरीर का 'सेप्टिक' होना ज़रूरी होगा। वह भी तब, जबकि कोई उपचार न किया जाए। आप कहते रहिए अगले जन्म में बाली के हाथों मरने का वरदान राम ने दिया था और जारा शबर ही त्रेतायुग का बाली था। सारे सन्दर्भ देखने पड़ेंगे--खांडव वन दहन में आदिवासी नाग जाति को भस्म करने में कृष्ण एवं अर्जुन द्वारा अग्नि का सहयोग करने से लेकर कंस, शिशुपाल, जयद्रथ वध, एकलव्य का अँगूठा, घटोत्कच-बर्बरीक-बभ्रूवाहन प्रसंग तक। यही नहीं, जाना होगा सतयुग और त्रेतायुग में भी।

आप भीलों की मौखिक और गेय परम्परा का महाभारत पढ़ जाइए ('भीलों का भारथ', श्री भगवानदास पटेल)। पात्र एवं घटना स्थल करीब-करीब वही हैं, लेकिन कथा और सन्दर्भ बदले हुए पाएँगे। वहाँ अर्जुन की जगह नागवंशी आदिवासी राजा वासुकी अतुलनीय योद्धा और बलवान मिलेगा। श्री पटेल भीलों की रामायण भी लिख रहे हैं। उनका यह अत्यन्त महत्त्वपूर्ण योगदान है, आदिवासियों की दृष्टि से भारतीय मिथकों की व्याख्या के परिप्रेक्ष्य में।

पूरा-का-पूरा तथाकथित सतयुग भरा पड़ा है मिथकों से और मिथकों में आदिवासियों के विकृतिकरण से।

इन्द्र का सन्दर्भ ले लीजिए। छल-छद्म, अय्याश, व्यभिचार, यहाँ तक कि बलात्कार (कानूनी परिभाषा और अहल्या प्रसंग), क्या-क्या कुकर्म उसने नहीं किए और मनुष्य में श्रेष्ठ देवता और देवताओं के स्वामी (श्रेष्ठम) इन्द्र की पूजा आप करते रहिए। नारद, तुम्बरु जैसे पात्र अनार्य-आदिवासी थे। नारद के चरित्र को समझिए। इन्द्र की व्यवस्था के विरोध में हर जगह व्यंग्य करता है। उसके कथनों की मूल भावना और उद्‌देश्यों को समझने के लिए दिमाग पर अधिक जोर देने की आवश्यकता ही नहीं पड़ेगी। क्या हैं ये 'महान' चन्द्रवंशी और सूर्यवंशी क्षत्रिय, इन्हीं के समर्थन में लिखे गए शास्त्रों से स्थिति स्पष्ट हो जाएगी। पुरुरवा की अप्सरा (वेश्या) पत्नी उर्वशी की औलाद की पीढ़ियाँ चन्द्रवंशी और अप्सरा (वेश्या) मेनका पुत्री शकुन्तला[1] की औलाद की पीढ़ियाँ सूर्यवंशी हुए। यह पूछना बड़ा ही असुविधाजनक होगा कि "तुम्हारी (दोनों वंशों की) आद्यजननी तो...थीं, फिर तुम महान कुल परम्परा के कैसे हुए?" दूसरी तरफ यह सवाल भी उठता है कि प्राचीन काल में अपनी पुश्तैनी धरती पर शान्ति से जीवन जी रहे आदिम समुदायों पर आपने बाहर से आकर हमला किया, उन्हें मारा, दास बनाया, भगाया और फिर असुर, राक्षस, जंगली जानवरों की संज्ञा दी। फिर तुम श्रेष्ठ कैसे हुए?

आदिवासी इतिहास लिखने से पहले हमें 'मिथकों में आदिवासी' के सारे सन्दर्भों को पुनर्व्याख्यायित करना होगा। आस्था और भावना अपनी जगह है, मगर अतीत का निरूपण तो तथ्यात्मक, तार्किक, बौद्धिक व वैज्ञानिक ही होगा।

अब बात आती है इतिहास में आदिवासियों की। इससे पहले यह देखा जाए कि इतिहास में आम आदमी किस हद तक होता है? इतिहास के नाम पर हज़ारों वर्षों तक

राजा-महाराजाओं का इतिहास ही लिखा जाता रहा। प्राचीन काल से मुगलकाल तक चारण-भाट और दरबारी इतिहासकारों की परम्परा हावी रही। इसमें प्राचीन सम्राटों, तथाकथित गणराज्यों के शासकों, मुस्लिम बादशाहों, रियासती सामन्तों के पक्ष में इतिहास लिखा व लिखवाया जाता रहा। अंग्रेज़ों के शासनकाल में इतिहास लेखन के क्षेत्र में बहुत सारा काम हुआ। अंग्रेज इतिहासकारों की मानसिकता पूरे भारत देश की परम्परा को हेय दृष्टि से देखने की ही रही। उपनिवेशवाद के दौर में यह सम्भव ही नहीं हो सकता था कि इतिहास में आम आदमी को जगह मिले। आज़ादी के बाद इस क्षेत्र में निस्सन्देह महत्त्वपूर्ण कार्य वामपंथी इतिहासकारों ने किया। किसानों व श्रमिकों के आन्दोलनों, सामाजिक व आर्थिक परिस्थितियों, वर्ग संघर्ष की परम्परा आदि को उजागर करने का प्रयास हुआ। लेकिन वामपंथी विचारधारा के सिद्धान्त उन पर इस कदर हावी रहे कि वे देश की परम्पराओं के, समस्याओं के समाधान के सारे सूत्र (ऐतिहासिक दृष्टि से) अन्तर्राष्ट्रीय साम्यवाद में ही ढूँढ़ते रहे। हर प्रश्न का उत्तर मार्क्स, ऐंजिल्स, लेनिन, माओ के विश्लेषण में तलाशते रहे। उदाहरणार्थ, भारत में जाति व्यवस्था के यथार्थ को नज़रअन्दाज़ करते रहे। आज़ादी की लड़ाई के दौरान बाबा साहेब अम्बेडकर के नेतृत्व में समाज का दलित-वर्ग ब्राह्मणवादी वर्चस्व के विरुद्ध मोर्चा थामे आगे बढ़ रहा था तो उन्होंने वामपंथियों के साथ आने का आग्रह किया। इस पर स्वयं ई.एम.एस. नम्बूदरीपाद ने कहा, कि “ ‘दलितों के पचड़े’ में अभी नहीं पड़ना है। साम्राज्यवाद पर विजय प्राप्त करने के बाद दलितों की समस्या अपने आप हल हो जाएगी।”

यही वजह रही कि सर्वहारा के पक्ष में चिन्तित चिन्तनशील वामपंथियों को दलितों ने अब तक स्वीकार नहीं किया है। वर्तमान दौर में तो इतिहास लेखन (पुनर्लेखन) का काम सत्ता पोषित इतिहासकार खुलेआम कर ही रहे हैं और इस मुहिम में वे ब्राह्मणवादी वर्चस्व को पुनः स्थापित करने का प्रयास कर रहे हैं। इतिहासकारों की ऐसी परम्परा व मानसिकता के चलते इतिहास में आदिवासी कहाँ मिलेंगे!

आदिवासियों से जुड़ी एक बड़ी ऐतिहासिक घटना का जिक्र मैं करना चाहूँगा। राजस्थान के बांसवाड़ा जिले में गुजरात सीमा पर एक जगह है, मानगढ़ का पहाड़। अंग्रेज़ों और रियासती सामन्तों के मिले-जुले शोषण के शिकार आदिवासी लोग 17 नवम्बर, 1913 के दिन वहाँ एकत्रित हुए। बनजारा जाति के आदिवासी गोविन्द गुरु की अगुवाई में उपनिवेशवादी-सामन्तवादी व्यवस्था के विरुद्ध यह आदिवासियों द्वारा छेड़ी गई देश की आज़ादी की लड़ाई का हिस्सा था। करीब 15-20 हज़ार आदिवासी वहाँ एकत्रित हुए। बेगार प्रथा, वन सम्पदा के उपयोग पर पाबन्दी एवं भारी लगान के विरोध में यह सभा आयोजित की गई थी। ब्रिटिश कमांडेंट जे.पी. स्टोक्ले के नेतृत्व में जाट रेजीमेंट, राजपूत रेजीमेंट और मेवाड़ भील कोर की चार फौजी कम्पनियों के हथियारबन्द लवाजमों ने उन आदिवासियों पर अचानक धावा बोल दिया। बन्दूकों-मशीनगनों की गोलियों से उन्हें भून डाला। डेढ़ हज़ार आदिवासी शहीद हुए। गोविन्द गुरु के साथ सैकड़ों आदिवासियों को गिरफ़्तार कर लिया गया। यह तिथि माघशीर्ष पूर्णिमा थी। हर

साल इस दिन वहाँ आदिवासियों का विशाल मेला लगता है। अंचल का बच्चा-बच्चा इस घटना के बारे में जानता है। जाहिर है, इस घटना में जलियाँवालाबाग कांड से चार गुना अधिक संख्या में आदिवासी शहीद हुए थे। भारत की स्वतन्त्रता के इतिहास में इस घटना का कहीं जिक्र नहीं है। अंग्रेज़ों ने तो खैर इस घटना को अपने हिसाब से दबा देने का षड्यन्त्र रचा ही, हमारे अपने धुरंधर इतिहासकार भी सोते रहे। इतिहास की दृष्टि से यह घटना इतनी पुरानी नहीं है कि प्रमाण न जुटाए जा सकें। मैंने स्वयं घटनास्थल और क्षेत्र का दौरा किया। कुछ दस्तावेज भी इधर-उधर से जुटाए। इस घटना में तनिक भी सन्देह नहीं। स्थानीय आदिवासी नेताओं ने पिछले कुछ अर्से से आवाज़ उठाई। 15 अगस्त, 2001 को दैनिक भास्कर अखबार में मेरा (सम्पादकीय पृष्ठ पर) लेख इस विषय पर छपा था। 'पहल'-71 पत्रिका में विस्तृत यात्रा वृत्तान्त के रूप में इस घटना को मैंने उजागर किया। यहाँ मैं अपनी बात नहीं कर रहा हूँ, उस अंचल के आदिवासी जागरूक थे। शहीद स्थल के रूप में मानगढ़ के विकास की योजना बनी। शहीद स्मारक का शिलान्यास राजस्थान के वर्तमान मुख्यमंत्री महोदय ने ता. 27 मई, 1999 को कर दिया है। उसी दिन सवा करोड़ की राशि खर्च करने की घोषणा भी की गई। हाल ही में अगस्त 2002, के पहले सप्ताह में भारत सरकार ने भी दो करोड़ तेईस लाख की राशि और स्वीकृत कर दी है और यह मान लिया है कि पहला जलियाँवाला कांड मानगढ़ में हुआ था। आश्चर्य है कि करीब एक सदी तक यह घटना इतिहास का हिस्सा न बन पाई, जिसमें से आधी सदी आजाद भारत के खाते में है। इस चूक पर हमारे महान इतिहासकारों को कम से कम शर्म तो आनी चाहिए उन्हें तो राष्ट्र से क्षमा माँगनी चाहिए कि वे इतिहासकार के रूप में कितने नाकारा साबित हुए!!

एक और ऐसी ही घटना मानगढ़ से थोड़ी दूर गुजरात की विजयनगर रियासत (अब तहसील) के गाँव पालचित्तरिया में घटी थी। मानगढ़ की ही तरह 7 मार्च, 1922 के दिन 1200 आदिवासी शहीद हुए थे। 'इंडिया टुडे' की एक टीम वहाँ गई। कुछ लोग जिन्दा हैं जो घटना के चश्मदीद गवाह हैं, उनसे भी बातें कीं। 'इंडिया टुडे' के 3 सितम्बर, 1997 के अंक में उदय माहूरकर की रपट इस सम्बन्ध में छपी। और तो और बिरसा मुंडा जैसे क्रान्तिचेता को भी बहुत अर्से बाद स्वीकार किया गया।

आदिवासी अंचलों में ऐसी एकाध नहीं, वरन् सैकड़ों घटनाएँ हुई हैं। अतीत से लेकर आजतक का आदिवासी इतिहास संघर्ष का सिलसिला रहा है, जिसे जाने-अनजाने भुलाया जाता रहा।

इतिहास के तथ्यों को कैसे तोड़ा-मरोड़ा जाता है, इसका एक उदाहरण देखिए। महाराणा प्रताप के अत्यन्त विश्वसनीय योद्धा सेनापति राणा पूंजा थे। वे भील थे। उन्हें भीलू राजा भी कहा जाता रहा है। राजीव गांधी जब प्रधानमंत्री थे, तो राणा पूंजा की प्रतिमा का उदयपुर में उन्होंने अनावरण किया। हिरणमगरी (पहाड़ी) जहाँ राणा प्रताप की प्रतिमा है, उसी से कुछ दूरी पर राणा पूंजा की प्रतिमा स्थापित की गई। यह सर्वविदित है कि राणा प्रताप के साथ लड़नेवाले राजपूत अत्यल्प थे। उनके साथ

आदिवासी ही प्रमुख रूप से लड़े थे। कुछ लोगों ने एक कुचक्र रचा। चमचे किस्म के इतिहासकारों की एक कमेटी बनाई। उनसे यह साबित करवाया गया कि राणा पूंजा आदिवासी न होकर राजपूत थे। उनके हिसाब से योद्धा केवल राजपूत ही होते हैं, हो सकते हैं। बाकी सब तो टटपुँजिए हैं। अगर इस साजिश का विरोध न हुआ तो सम्भव है एक न एक दिन ऐसे लोग अपने प्रयासों में सफल हो जाएँ और राणा प्रताप के साथ लड़े आदिवासियों के बलिदान को पूरी तरह भुला दिया जाए।

इतिहास से सम्बन्धित एक और अत्यन्त गम्भीर बात है, आदिवासियों का अपराधी के रूप में समाज के सामने प्रस्तुतीकरण का। यह षडयंत्र अंग्रेज़ों और देसी सामन्तों का मिला-जुला प्रयास था। आदिवासियों की सत्ता और संसाधन छीन लिए जाने पर वे विद्रोही बन गए। राज्यशक्ति के साथ उन्हें कानून की ताकत से दबाने का दुष्चक्र रचा गया। सन् 1871 में क्रिमीनल ट्राइब एक्ट सबसे पहले बोम्बे प्रेसीडेंसी में लागू किया गया। बाद में एक-एक कर अन्य क्षेत्रों में। यद्यपि आज़ादी के बाद यह कानून समाप्त कर दिया गया और इसकी जगह 'आदतन अपराधी अधिनियम' बना दिया गया, जो समूह आधारित न होकर व्यक्ति आधारित है। सवाल यह है कि ऐतिहासिक प्रमाण कहीं सिद्ध नहीं करते कि आदिवासी अपराधी रहे हैं, लेकिन गैर-आदिवासी समाज का अधिकांश सवर्ण तबका अब तक आदिवासियों के प्रति वही मानसिकता अपनाए हुए हैं। आश्चर्य होगा यह जानकर कि राजस्थान स्तरीय प्रतियोगी परीक्षाओं की सामान्य ज्ञान की पुस्तकों में अभी भी मीणाओं, भीलों एवं अन्य आदिवासियों का परिचय यह कहकर दिया जाता है कि 'इनका मुख्य धन्धा चोरी, लूट, डकैती रहा है।' कंजर, सांसी, बावरिया, कालबेलिया, पारधी, बेड़िया जैसे आदिम समूहों को पुलिस चैन से नहीं बैठने देती। इस दौर में यह समाजशास्त्रीय दृष्टिकोण आदिवासियों के प्रति अंग्रेज़ी शासनकालीन व्यवस्था (जो कि अब इतिहास है) और देसी सामन्तवाद की उपज है। उस इतिहास को पढ़कर यह समाजशास्त्रीय धारणा बनती है, जिसका विरोध आदिवासियों एवं कुछ अन्य व्यक्तियों एवं संगठनों के अलावा आम बुद्धिजीवी क्यों नहीं करता? आश्चर्य तो यह है कि ऐसी पुस्तकों के ऐसे घोर 'आपत्तिजनक' अंशों की ओर सरकार व प्रशासन का ध्यान क्यों नहीं जाता? ऐसे लेखकों और प्रकाशकों के विरुद्ध दंडात्मक कार्यवाही क्यों नहीं की जाती?

ये उदाहरण सिद्ध करते हैं कि किस प्रकार प्रायोजित या जाने-अनजाने आदिवासियों से सम्बन्धित महान घटनाओं व राष्ट्र के लिए उनके त्याग, बलिदान व अवदान को इतिहास से बाहर रखा गया। इसके साथ उन्हें बदनाम भी किया जाता रहा।

अहम् सवाल उठता है कि आदिवासियों के इतिहास को सामने कैसे लाया जाए? इतिहास की खोज और लेखन का महत्त्वपूर्ण काम सम्भव कैसे हो? किसी बात को कहने के लिए यदि व्यक्तिगत अनुभव और जानकारी का इस्तेमाल किया जाए तो मैं समझता हूँ, अधिक सहज और आधिकारिक होगा।

जयपुर के निकट बस्सी निवासी श्री झूथालाल नाढला (मीणा आदिवासी) ने वर्षों

मेहनत करके सन् 1968 में 'मीणा इतिहास' छपवाया। बहुत सारी सामग्री एकत्रित की। जागा-पोथियों का अध्ययन, जागाओं की पंचायत, स्थलों का भ्रमण, पुराने दस्तावेज़ों की परख, मौखिक परम्परा आदि का अध्ययन करके यह सामग्री बटोरी। इतिहासकार रावत सारस्वत से यह इतिहास लिखवाया। पूरी इतिहास पुस्तक को पढ़कर लगता है कि मीणा इतिहास के हर पृष्ठ पर स्वयं रावत सारस्वत कहीं न कहीं हस्तक्षेप करते हुए दिखाई देते हैं। उनके माध्यम से उनके अपने ब्राह्मणवादी संस्कार, पूर्वाग्रह, सोच, दृष्टि आदि झलकती दिखती है। बड़ा काम हुआ, मगर ईमानदारी से नहीं हो पाया।

इससे पहले मुनि मगन सागर (मीणा परिवार में जन्मे और बाद में जैन मुनि बन गए थे) ने मीणा आदिवासियों पर गहन अध्ययन किया। मीणों के प्राचीन राज्य, राजवंश, गोत्र आदि पर महत्त्वपूर्ण सामग्री बटोरी। मीणाओं की उत्पत्ति की खोज की। टोटम के रूप में 'मीन' (मत्स्य) के आधार पर मीना, मीणाओं, मारप आदि संज्ञाओं की व्याख्या की। 'मीन पुराण भूमिका' और 'मीन पुराण' के रूप में महत्त्वपूर्ण ग्रन्थ लिखे। उन्हें किसी ने कह दिया कि "काशी में विद्वान पंडित रहते हैं, उनमें से किसी को बुलवाओ और उनकी सलाह लेकर इस सबको अन्तिम स्वरूप दो।" काशी के दो पंडितों के चक्कर में वे पड़ गए जिन्होंने अधिकांश सामग्री के अर्थ का अनर्थ कर दिया। उदाहरणार्थ, 'मीन' को टोटम से बदलकर विष्णु के मत्स्यावतार से जोड़ दिया और यह निष्कर्ष निकलवा दिया कि मीणा लोग आर्यों से सम्बन्ध रखते हैं और क्षत्रिय हैं। वर्णाश्रमी व्यवस्था मीणा आदिवासियों में नहीं मिलती। उनके रीति-रिवाज, मौखिक परम्परा, संस्कृति, धर्म, संघर्ष गाथाएँ, प्रकृति से जुड़ाव, पंचायत व्यवस्था सब कुछ आदिवासी हैं, मगर केवल एक शब्द 'मीन' (मत्स्य) की गलत व्याख्या करने से सब कुछ गुड़-गोबर हो गया। अभी भी कुछ लोग इस गलतफहमी के शिकार हैं।

प्रतिष्ठित इतिहासकारों का आदिवासियों के प्रति रवैया काफी हद तक हमने इस लेख के पूर्वोक्त हिस्सों में देख लिया। अब भी क्या आदिवासी लोग इन्तज़ार करेंगे और उन्हीं की ओर झाँकते रहेंगे कि वे आदिवासियों का इतिहास लिखने के लिए अधिकृत और सक्षम हैं? जब यह सिद्ध हो चुका है कि आदिवासियों द्वारा लिखा गया साहित्य तुलनात्मक दृष्टि से किसी और साहित्य से कम नहीं है, प्रत्युत आदिवासी विषय-वस्तु के परिप्रेक्ष्य में तो उससे अधिक गुणात्मक व आधिकारिक है, तो आदिवासी ही आदिवासियों का इतिहास क्यों न लिखें? इन प्रश्नों का सीधे-सीधे 'हाँ' या 'ना' में उत्तर देना कुछ उलझन पैदा कर सकता है। उचित यह होगा कि जागरूक और बुद्धिजीवी आदिवासी लोग एवं आदिवासी समाज को लेकर प्रतिबद्ध गैर-आदिवासी प्रबुद्धजन दायित्वबोध के साथ गम्भीर होकर इस मुद्दे पर विचार करें। अपने-अपने स्तर पर या टीम बनाकर इस काम में जुट जाएँ और कुछ सार्थक करके बतलाएँ। इतिहासकारों ने अब तक जो भूल की है, वे उसका पश्चाताप करें और इतिहास में, जो महत्त्वपूर्ण छूट गया है, उसे जोड़ने का मूल्यवान काम तुरन्त हाथ में लें।

इतिहास लिखने/लिखवाने या उसे प्रकाशित करवाने की समस्या इतनी बड़ी नहीं

है, जितनी बड़ी चुनौती इतिहास को खोजने की है। इसके लिए निम्न सुझाव उपयोगी हो सकते हैं–

- आदिवासियों से सम्बन्धित भारतीय मिथकों की पुनर्व्याख्या की जाए।
- ऐसे प्राचीन शिलालेख, ताम्रपत्र, सिक्के, पट्टे, परवाने तथा अन्य लिपिबद्ध प्रमाण, जो किसी भी प्रकार आदिवासियों से सम्बन्ध रखते हों।
- ऐसी प्राचीन हस्तलिखित पोथियाँ, पीढ़ियाँ, वंशावलियाँ और स्फुट बातें जिनमें आदिवासियों का उल्लेख हो।
- ऐसे शास्त्रों, ग्रन्थों, महाकाव्यों, जहाँ आदिवासियों के सन्दर्भ आए हैं, की सही व्याख्या।
- ऐसे प्राचीन गढ़, किले, मन्दिर, देवले, बावड़ी, तालाब, कुएँ, हथाई तथा अन्य ऐसी इमारतें जिनका ताल्लुक आदिवासियों से रहा हो।
- आदिवासियों के बारे में जागाओं, भाटों, गायकों द्वारा कही जाती रही बातें।
- राणाओं तथा अन्य याचकों द्वारा गाए जानेवाले गीत, कवित्त, दोहा एवं कहावतों का अध्ययन।
- आदिवासी समाज में प्रचलित लोकगीत, लोकगाथाओं आदि में आए सन्दर्भों का संकलन।
- आदिवासी उत्सव, मेलों, खेल प्रतियोगिताओं, शौर्यगाथाओं, मुहावरों, पहेलियों से निकलनेवाली ऐतिहासिक महत्त्व की बातें।
- आदिवासी समाज में प्रचलित जन्म, विवाह, मृत्यु, श्राद्ध, पितर, लोकदेवता, टोटम आदि से सम्बन्धित परम्पराओं का अध्ययन।
- आदिवासियों की जीवन-शैली एवं जीवन-दर्शन के विविध आयामों का वैज्ञानिक-तार्किक विश्लेषण, जो एक परम्परा का भान कराता है।
- अन्धविश्वासों एवं कुरीतियों के पीछे वास्तविक कारणों की खोज।
- आदिवासियों की पंचायती परम्परा, स्वशासन पद्धति, सामाजिक-आर्थिक जीवन आदि की जानकारी, जो परम्परा के सूत्र बताती हो।
- आदिवासियों का अतीत उथल-पुथल से भरा पड़ा है। आक्रमण, विरोध, हार-जीत, एक स्थान से दूसरे स्थलों की ओर पलायन आदि-आदि के अनेक किस्से बड़ों-बूढ़ों की जुबान पर अब भी हैं। इनका संकलन और विश्लेषण।

देश के अंचल-अंचल में आदिवासी बिखरे हुए हैं लेकिन धर्म, संस्कृति, सामाजिक-व्यवस्था, आर्थिक जीवन, स्वभाव, बाहरी दबाव, शोषण, शोषण का प्रतिरोध और अस्मिता के लिए निरन्तर संघर्ष आदि ऐसे तत्त्व हैं जो हर आदिवासी समुदाय को आपस में एक सूत्र में बाँधे हुए हैं।

अब देखिए ना, जब बिरसा मुंडा झारखंड अंचल में आदिवासियों को संगठित कर जागरूक कर रहे थे और अंग्रेज़ों एवं देसी शासकों के विरुद्ध लड़ रहे थे, उसी दौर में गोविन्द गुरु के नेतृत्व में आदिवासी राजस्थान व गुजरात में अंग्रेज़ों और रियासती

व्यवस्था से लोहा ले रहे थे। देखने की बात यह है कि उनके बीच कोई संवाद-सम्प्रेषण नहीं था, फिर भी लड़ाई एक ही दौर में एक-सी शैली में हुई। भाषा का क्या, भाषा-बोली तो हर बारह कोस पर बदलती जाती है। फिर भी कुछ शब्द होते हैं जो पुरानी पहचान कराते रहते हैं। उदाहरणार्थ, 'जोहार' ऐसा शब्द है जो अभिवादन के लिए हर अंचल में इस्तेमाल किया जाता है। फर्क इतना-सा ही मिलेगा कि झारखंड में 'जोहार' है तो राजस्थान में 'जुहार'। देश के किसी भी क्षेत्र के सामूहिक आदिवासी आयोजन को देख लो, नज़ारा एक-सा मिलेगा। वाद्ययन्त्रों की बनावट व सुर और गीतों की धुन में समानता मिलेगी। प्रकृति प्रेम और मानव स्वभाव सभी आदिवासी समूहों में एक समान कारक मिलेगा। कहने का तात्पर्य यह है कि किसी भी अंचल के आदिवासी हों, उनका अतीत एक जैसा रहा है, तो उनका एक इतिहास भी सामने आना चाहिए। ऐतिहासिक सामग्री व्यापक स्तर के साथ आंचलिक स्तर पर भी एकत्रित करनी होगी। इस प्रक्रिया में कुछ सीमा तक सम्भव है, आंचलिक झलकियाँ-झाँकियाँ देखने को मिलें। उनको भी एक सूत्र में पिरोना होगा।

यह सब करने से ही इतिहास में आदिवासियों को पहचान मिल पाएगी, अन्यथा नहीं।

पौराणिक मिथकों की आदिवासी व्याख्या

ताराम सुन्हेर सिंह

भारत मूल निवासियों का द्योतक नाम नहीं है। 'शंभु द्वीपे रेवा खंडे' नाम अनार्यों के भौगोलिक परिदृश्य का द्योतक है। इस द्वीप के आदि निवासियों की संख्या चौदह करोड़ से अधिक (घुमन्तू और डी-नोटिफाइड आदिवासियों की इनमें गणना नहीं होती) है। आदिवासी समाज छह सौ से अधिक कबीलों में विभक्त है। ये मूलतत्त्व समाज व्यवस्था से बँधे हैं। पृथ्वी निर्मिति से लेकर आज तक जो मानव विकास हुआ, उस विकासक्रम की जो यात्रा इस देश में निरन्तर होती रही है, उसकी झलक इस लेख में देने का प्रयास किया गया है।

मूल निवासियों की उत्पत्ति, भूगोल, जीवन-यात्रा, पृथ्वी का इतिहास जानने के बाद मानव विकास को ज्ञात करना आवश्यक होगा। पृथ्वी निर्माण की यात्रा करोड़ों वर्षों की है। इस यात्रा में विस्फोटक यौगिक क्रियाएँ सम्भावित थीं। इस प्रक्रिया से पंचतत्त्व की निर्मिति को नहीं भुलाया जा सकता। विस्फोट से ग्रह-नक्षत्र बने। पंचतत्त्व में चुम्बकीय तत्त्व का निर्माण होना भी सम्भव हुआ। स्वयंमेव चुम्बकीय तत्त्व पैदा होने से ग्रह-नक्षत्र अपने अक्ष में केन्द्रित हो गए। सूर्य स्थिर है, बाकी चुम्बकीय तत्त्व के कारण गतिमान हैं। ऋण-धन तत्त्व के आकर्षण से ग्रह अपने विपरीत तत्त्व की ओर खिंचता है। इस ऋण-धन तत्त्व की यात्रा से पंचतत्त्व—अग्नि, वायु, जल, धरती और आकाश बने। पंचतत्त्व से उद्‌भूत जीव-जगत वनस्पति की उत्पत्ति का मूल वैज्ञानिक सिद्धान्त है। इन तत्त्वों की यौगिक क्रिया से जीव, पशु-पक्षी, वनस्पति का उत्पन्न होना स्वाभाविक क्रिया है। पशु-पक्षी वनस्पति का विकसित रूप और अन्तिम विकास मनुष्य है। मूल निवासी अपने को इनका वंश रूप बताकर इन तत्त्वों को 'टोटम' मानते हैं।

जल के आसरे, भोजन के सहारे विश्व परिक्षेत्र में जलाशयों, नदियों, झीलों, पहाड़ों, जंगलों, मैदानों में मनुष्य का प्रादुर्भाव हुआ। गोरे, पीले, ताम्बाई और काले चार रंग के मनुष्य की उत्पत्ति पृथ्वी से हुई। इस लेख में ताम्बाई रंग की मानव जाति का ही उल्लेख किया जा रहा है, जिनका भारत के भू-भाग से सम्बन्ध है। भूगोल के अनुसार इसे प्रायद्वीप, शंभुद्वीप, सिंगारद्वीप, कोयामुरी द्वीप, कोयागण खंडाक कहा जाता था। (गोंडवाना मिथकों या लोकगीतों के अनुसार) विश्व की अति प्राचीन नदियाँ—नारगोदा,

मावानाद, गोइन्दारी, संयु मेट्टा, येरुंग गुट्टाकोर, वनांचल में प्रथम मानव 'सिंगामाली आदिवाहुड परियोल' की वंश बेल बढ़ी। अमूरकोट में सिंगामाली परियोल की वंश-बेल का विस्तार हुआ। अमूरकोट में सिंगामाली परियोल के वंश 'भीड़ि जायजन्तोर कुलितमारा' थे। वही आदि 'शंभुसेख' हुए। शंभुसेख ने अपना निवास स्थान धूपगढ़ (जहाँ सूरज किरणों का प्रथम दर्शन) महादेव (मट्टा-सातपुड़ा की सबसे ऊँची चोटी) में किया। तब तक विश्व की आयु काफी बीत चुकी थी। 35 करोड़ वर्ष 'नारगोदा' की आयु है। हिमालय की आयु 5 करोड़ वर्ष है। नारगोदा के उत्तर में वनांचल, मट्टा का उत्तरीय भाग टेथिस सागर था, जिसके प्रमाण स्वरूप वनांचल के उत्तरी भाग में सामुद्रिक भूमि और मिट्टी का पाया जाना है। इसी मिट्टी से रेगिस्तान और बीहड़ का निर्माण होता है। वनांचल के दक्षिण में संयुमेट्टा परिक्षेत्र में गोंडवाना पत्थर की चट्टानें हैं। गोंडवाना बेल्ट धरती के गर्भ में कोयला का अपार भंडार पाया जाता है। यहाँ कोयला और गोंडवाना पत्थर है। ये पत्थर विश्व के अनेक द्वीपों में पाए जाते हैं।

इस शंभु द्वीप में आदिमानव की वंशबेल का विस्तार हुआ, जो 10 हज़ार वर्षों के इतिहास से ज्ञात होता है। ये पाषाण-काल, पशुपालक-काल और कृषि-काल में समाज-परिवार, कुटम्ब व कबीला बनकर पूरे शंभु द्वीप के विभिन्न क्षेत्रों में फैल गए। शंभुसेख के वंशजों की अट्ठासी पीढ़ियों का इतिहास संचित है। इस कोयमूरी द्वीप में गणपद्धति राज्य-व्यवस्था से प्रत्येक समूह का एक गण था। शंभु के वंशजों में ये कहावत प्रचलित है—

> *आरूरं शंभू आरूरं शंभू,/जोहार हो शंभू महादेवा।/मावा शंभू सेखा राजाल,/पहलीर पाटा लिंगो न।।/पहली डाका राजाल हो—आरूरं शंभू*

यानी अन्तिम अट्ठासीवाँ शंभु इच्छाशक्ति से सम्पूर्ण कोयमूरी द्वीप का भ्रमण अपने वाहन से करता था। पहांदी पारी कुपार लिंगो उम्मोगुट्टाकोर (पश्चिमोत्तर सीमाप्रान्त) का पुत्र शिव राजा और हिरवा माता का पुत्र था। तब शंभुद्वीप के चार सम्भाग थे।

1. **उम्मोगुट्टा कोर**—(शंभु द्वीप के पश्चिमोत्तर) 2. **येरूंगगुट्टा कोर** (मध्य) 3. **समयागुट्टा कोर** (दक्षिण) 4. **अयफोफा गुट्टाकोर** (शंभु द्वीप के दक्षिण समुद्र का द्वीप समूह)। इन सम्भागों में शंभुसेख के वंशज फैलकर मानव जीवन के उच्चतम शिखर पर पहुँच कर, ऐश्वर्यपूर्ण जीवन जीते थे। इसकी राज्य-व्यवस्था के अनेक उदाहरण यहाँ की भाषा, संस्कृति व समाज-व्यवस्था में पाए जाते हैं। धातुओं का आविष्कार, उनके निर्माण की विद्या, विकास और प्रयोगशालाएँ तथा कुबेर का पुष्पक विमान आदि इस बात के प्रमाण हैं कि शंभु द्वीपवासी विश्व के नक्शे में स्वावलम्बन, सहयोग, सहकार, स्वाभिमान और श्रमनिष्ठा में दुनिया के अन्य मानव समाज से आगे थे। उम्मोगुट्टा कोर (स्यालकोट) में अनेक राजा हुए। राज भी कैसा? इनके राज में किसान, सैनिक, पुरोहित, शिक्षक, सब समान थे—कोई भिखारी नहीं था। बिना परिश्रम के भोजन प्राप्त न करना, किसी की सम्पत्ति व खाने की वस्तु न हड़पना, प्रकृतिप्रदत्त शक्तियों का अनुगमन करना, इन्हीं की उपासना करना, इन्हीं में श्रद्धाभक्ति रखना ही इनका सिद्धान्त था।

शंभु द्वीप में–शंभुसेख–फडापेन, पेरसापेन, सिंगबोंगा, मारुं बुरु, नागा, भिलोटा सिंगामाली परियोल के वंशज थे जिनका सम्पूर्ण द्वीप में वंश विस्तार था। इन्हीं के प्रति सब में श्रद्धा थी और इन्हीं की उपासना होती थी। इनकी अन्तिम जीवन-यात्रा समाप्त होने पर, ये श्रद्धा स्थानों में विलीन हो गए जिसके आज भी प्रमाण मिलते हैं।

शंभु द्वीप के स्वर्णकाल की किरणें अन्य दुनिया के क्षेत्रों में पहुँची। व्यापार, आयात, निर्यात से शंभु द्वीप की जानकारी यूरेशिया को हुई। गोरे रंग के लोग इस दिशा में प्रवेश करने की जुगाड़ लगाने लगे। पामीर के पठार एवं साइबेरिया के निवासी दक्षिण की ओर प्रस्थान किए।

शंभु द्वीप के गण व्यवस्थापक महान देशभक्त–राजा शंभर, वाणासूर, आलेसूर, बकासूर, महिसासूर, जयकासूर, नारायणसूर, तांबेसूर, लोहासूर, कुबेर, राहुड़, अहेराहुड़ राजा सागर, हिरणाक्ष्य, हरिण्यकश्यप, राजा बली, राजा बाली जलान्धर, राजा चन्द्रचूड़ जैसे वैज्ञानिक राजा अनेक धातु तथा अनेक जीवनोपयोगी वस्तुओं का निर्माण कर चुके थे। महान सम्राट राहुड़ की प्रयोगशाला में स्वर्णनिर्माण करने की विद्या थी। चाँदी, पीतल, कांसा, वस्त्र और कई विभिन्न वस्तुओं का ज्ञान शंभु द्वीप के निवासियों को हो गया था। जीवन-मृत्यु की औषधि, आयुर्वेद विज्ञान, वनस्पति शास्त्र के ज्ञाता दवगन गुरु ने जीव-जगत व वनस्पति पर उपचार कर मृत्यु को जीतने की कला हासिल कर ली थी। शिल्पकार, कारीगर, लोहार, सोनार, तमेरा, ठठेरा, बुनकर, राजगीर व सड़क, भवन, सुरंग और पहाड़ों में गुफा बनाने की कला शंभु द्वीप के वासियों को ज्ञात हो गई थी। तब तक एथेंस के वेनिस और इजिप्त का कोई नामोनिशान नहीं था। इन्हीं शिल्पकलाओं के अवशेष–इन प्राचीन नगरों की खुदाई से ज्ञात हुए।

अली कुराद, अमीर, बालाकोट, चहुनदाड़ो, डाबरबांट डोरा, काट डिज्जिया, गाजीशाह, हड़प्पा कालीगंया, कोटला निहंग लोचल, लोहाड़ी मोहन-जोदड़ो, रोपड़, सीखरी, सोनाका, साहे, सतमान, जनदौर थाना, बुलिस्थान, मिखाना, बाराडोरा, आलमगीर, कौशाम्बी अमरकोट आदि नगरों में निकास, सड़कें, बाजार, रास्ते, नालियाँ, जन सुविधाएँ, पेयजल, निस्तार के लिए नदी, तालाब, घाट, सीढ़ी और पशु चारागाह, चरोखर की भरपूर व्यवस्था थी। गण और गणपति का निवास और नगर की अन्तर पशुशाला एवं बाजार-हाट का स्थान निश्चित था।

इन न्यासी नगरों को देख, दूसरे मुल्क के व्यापारी और पर्यटक आकर्षित होते थे। इन्हीं आकर्षणों पर आर्य रीझे और पामीर के आर्यों की महत्त्वाकांक्षाओं का ही परिणाम था, शंभु द्वीप में प्रवेश एवं देवासुर संग्राम।

आर्यों का प्रवेश (18 सौ वर्ष ईसापूर्व)–आर्य लोग शंभु द्वीप में जीवन का ठौर खोजते-खोजते, अति हिमपात और भोजन के अभाव से पीड़ित होकर, अपने माल-असबाब के साथ दक्षिण की ओर प्रस्थान किए। उन्होंने पामीर के पठार से तजिकिस्तान समरकन्द, काबुल, गन्धार, हिन्दुकुश, काराकोरम, खैबर, बोलन की घाटियों को कठिनाई से पार किया। पुष्कलावती सौवीर पुरुषपुर में आर्यों-अनार्यों का घोर संघर्ष

हुआ। अनार्यों में असुर, दैत्य एवं दानव-वंश की शंभुवंशीय मानव जातियाँ थीं। आर्यों के जत्थों ने आकर असुरों के शांत और सुखमय जीवन जीनेवाले लोगों के बड़े-बड़े नगरों को जला दिया और उनके घरों को उजाड़ना शुरू किया। काबुल के पास तक्षशिला में सैकड़ों वर्षों तक आर्य डेरा डाले रहे। आर्यों का न कोई घर-द्वार था, न गाँव और न ही कोई नगर। तम्बुओं में उनका डेरा, घोड़े और ऊँट उनकी सवारी, भेड़ और बकरी ही उनका मालमत्ता थे। अंगिरा नामक आर्य योद्धा ने वशिष्ठ, विश्वामित्र, भारद्वाज, भृगु, कुर व याज्ञवल्क्य की शिष्टमंडली बनाकर असुरों को जीतने की योजना बनाई। इस योजना के तहत उन्होंने अपने पूर्वज वरुण को विष्णु का नाम देकर संसार का राजा यानी भगवान की उपाधि दी और पुरूहुत को इन्द्र की उपाधि देकर स्वर्ग का राजा एवं आर्यों का प्रथम सेनापति बनाया। एक काल्पनिक नाम गढ़ा गया—ब्रह्मा। उसे सृष्टि का रचनाकार कहकर प्रचारित किया गया और विष्णु की नाभि में फूल खिलाया। यह प्रचार किया गया कि इस नाभि में ब्रह्मा निवास करता है। इसी आर्य शिष्ट मंडल ने 'ऋग्वेद' की आड़ लेकर, राज्य के संचालन करने का जो कायदा बनाया, उसे 'मनुस्मृति' कहा। मनु की इस आचारसंहिता को राजा द्वारा क्रियान्वयन करवाने का निर्देश दिया। आर्यवंश ने अपने आपको वर्णों में बाँटा। पुरोहितों को श्रेष्ठ करार दिया। राजा और सैनिक द्वितीय एवं रसदपूर्ति, व्यापार व आवश्यकताओं को पूरा करनेवाले वणिक्य तीसरे वर्ग में रखे गए। खेतों में, घरों में और जो भी सेवा के काम थे वे गुलामों पर थोप दिए गए। यह चौथा वर्ण शूद्र कहलाया। इस योजना को क्रियान्वित करने हेतु उन्होंने अपनी आर्य सेना को प्रशिक्षित किया। कब किस समय असुरों के पुरों को तोड़ना है, अनार्यों को मारना है, की विधिवत सूचना दी जाती थी। हिमवान (काश्मीर), पुष्कलावती—कुनार, पंचकोरा, स्वात, चन्द्रभाग व सिंध को पार कर रात्रि में असुरों के नगरों में आग लगाना, असुरों के हाथियों की आँख भाले से फोड़ना, लद्दूबैल एवं युद्धों की सामग्री पर धावा बोलना, खूँखार कोड़ों से तेज भाले और तीक्ष्ण हथियारों को नष्ट करना आदि तरीके अपनाकर, योजनाबद्ध तरीके से उन्होंने अपना अभियान चलाया।

मोहनजोदड़ो, हड़प्पा, सियालकोट, चाहुनदड़ो के अनेक भव्य नगर मिट्टी में मिला दिए गए और राजा को बन्दी बनाकर प्रजा को कत्ल कर दिया गया एवं स्त्रियों को दास बनाकर आर्य लोग अपने डेरों में ले गए। लूट का माल उन्हें अपार सम्पत्ति के रूप में मिला। शंभु द्वीप में प्रवेश करने का मार्ग खुल जाने से अंगिरा के शिष्टमंडल को हार्दिक खुशी हुई। तत्पश्चात् उन्होंने तक्षशिला में आर्य नवयुवकों को प्रशिक्षण देना शुरू किया ताकि उनके ज्ञानी लोग उनकी बोली और भाषा को सीखकर स्वयं उनका अर्थ समझकर अपने लोगों को जानकारी दे सकें। इसके लिए जासूस भी रखे गए।

देवासुर संग्राम की विजय यात्रा से उनका भाग्य खुल गया। पंचाल, मय, मद्र, मल्ल व अंग पर वे काबिज हो गए। लाखों असुरों को दास बनाया गया। जवान स्त्रियों को उन्होंने जानवरों की तरह बाँधकर रखा। बूढ़ों व बच्चों को उनके सामने ही भेड़-बकरी की तरह कत्ल कर दिया गया।

ईसा पूर्व पाँचवीं सदी में तक्षशिला में उन्होंने युद्ध विद्या, कूटनीति, राजनीति, भाषा एवं मिले-जुले शब्दों की रचना की और अपने पूर्वजों को भगवान कहकर उनकी स्तुति करना शुरू किया।

आर्यों के इस शिष्टमंडल के ज्ञानियों की प्रथम रचना ऋग्वेद है, जिसमें उन्होंने अपने पुरखों की गाथा का उल्लेख किया है। यह भाषा उन्होंने अपने तक सीमित रखने के लिए बनाई थी। विजित परिक्षेत्र का राजा, आर्य योद्धा जेता को बनाया गया। इसके बाद, दिवोदास और फिर सुदास राजा हुए। राज्य को संचालित करने हेतु पुरोहित, सेनापति, सेना और रसद पूर्ति करने के लिए वणिकों का गठन आर्य राज्य व्यवस्था की बुनियाद बना। उन्होंने ही असुरों के पुर (नगर) जीते थे। वहाँ की जनता की देख-रेख वे घोड़े से किया करते थे। उन्हें बाँधकर रखते थे। जनता को सेवा के काम के बदले, उन्हें जीने के लिए कुछ भोजन दिया जाता था।

स्वाभिमानी अनार्य असुर, दैत्य व दानव आर्यों के बढ़ते प्रभाव एवं अपने राजपाट, महल, नगर तथा परिवारों के नष्ट होने पर दक्षिण की ओर जंगल में चले गए। आर्यों ने शंभु द्वीप के शंभु के वंशज, अनार्यों, जो उनके कब्जे में नहीं आए को असुर, दैत्य, दानव की संज्ञा दे दी जो येण-केण-प्रकारेण—कैसे भी करके, अपने तथा अपने परिवार को लेकर जंगल व पहाड़ों में भाग गए। उन्होंने उन जंगलों में जोखिम उठाकर खुद को ही जिन्दा नहीं रखा बल्कि अपनी संस्कृति, भाषा, रीति-नीति को भी जीवित रखे। इस प्रकार पराजित होने के बाद वे स्वयं ही जंगल, पहाड़ में आश्रय लेकर आर्यों की पहुँच के बाहर हो गए।

आर्यों का दूसरा झुंड पश्चिम भू-भाग में गया था। उनमें से कुछ इस शंभु द्वीप विजेताओं की तरफ आ गए। जो पश्चिम में गए, वे यूनान, परशिया, अरब, जर्मन, फ्रांस, इंग्लैण्ड में जाकर आर्यों की नस्ल को फैलाए। बाद में यरुसलम में वे ही ईसा मसीह के अनुयायी हुए। यूनान, परशिया, अरब में मो. पैगम्बर के पैदा होने पर वे ही आर्य इस्लाम के अनुयायी हो गए। जो आर्य पश्चिम की ओर गए थे वे यूनानी, परशियन, अरेबियन, फ्रेंच व जर्मन हो गए। वे ही यूनानी, परशियन, हूण, शाक्य, यवन के रूप में शंभु द्वीप में आने लगे। उन्होंने यहाँ से दास-दासियों को खरीदकर ले जाने का सिलसिला प्रारम्भ किया। दास-दासियों में शिल्पकार, कारीगर व खेतों-बागों में जानवरों को चरवाने के लिए चरवाहे के रूप में भी दासों को ले गए। काबुल-कंधार में दास-दासियों के हाट लगाने का कार्य इन्हीं आर्यों ने शुरू किया।

आर्यों ने तक्षशिला में युवाओं को ज्ञान देकर तैयार किया। उनके मुख्य प्रवर्तक अंगिरा ने वशिष्ठ, विश्वामित्र, भृगु, भारद्वाज, कुर, याज्ञवल्क्य ने शंभु द्वीप में आर्य धर्म की परिपाटी को कार्यान्वित किया। उन्होंने तय किया कि नियम, कायदे, व कानून, पुरोहित वर्ग बनाएगा। राजा उसे समाज और प्रजा में लागू कराएगा।

उन्होंने जब शंभु द्वीप के मय, अंग, पंचाल, पुरुषपुर, सौवीर को अपने अधीन कर लिया, तब विजेता आर्यों के पुरोहित विश्वामित्र ने मेनका नाम की आर्यकन्या को भोगा।

उससे शकुन्तला नामक कन्या पैदा हुई। राजा दुष्यन्त जो पांचाल की गद्दी पर आसीन था, ने विश्वामित्र के आश्रम में युवती शकुन्तला को देखा और उसे भोगा। आर्यों की कोई आचार संहिता नहीं थी। कोई भी किसी को पकड़कर अपने शरीर की भूख मिटा सकता था। कोई रिश्ते-नाते का परहेज नहीं था। प्रारम्भ से ही आर्यों में ऐसा प्रचलन था। स्त्री केवल भोग की वस्तु समझी जाती थी। राजा दुष्यन्त से शकुन्तला को एक लड़का पैदा हुआ, वही राजा दुष्यन्त के बाद पांचाल का राजा भरत कहलाया। आर्यों के प्रवेश के बाद तीन सौ साल ईसा पूर्व राजा भरत, इस शंभु द्वीप में राजा हुआ था। तब से आर्यों ने 'आर्यावृत्ते भरत खंडे' का राग अलापना शुरू किया। शंभु द्वीप को विकृत कर जम्बूद्वीप अर्थात् अनार्यों के द्वीप जम्बू (वन मानस) कहने लगे। ये सब बातें उनके शास्त्रों में लिखी हैं।

शंभु द्वीप कैसे आर्यावृत और फिर भरतखंड हुआ, यह उपरोक्त तथ्यों से स्पष्ट हो जाता है। शंभुसेख के अनुयाइयों को वश में करने की एक चाल आर्यों ने फिर चली। शंभुसेख का कृत्रिम नाम शंभु से शिव बना दिया गया। शिव को भगवान का दर्ज़ा देकर प्रस्थापित किया गया। शिव के नाम से घोषित भगवान को पर्वत राजा हिमवाना ने अपनी कन्या को जबरदस्ती सौंपा। इस प्रकार आर्य अनार्य का वर्ण शंकर, शंकर बना। अपने राज्य विस्तार को मुख्य लक्ष्य बनाकर, मेल-मिलाप करने हेतु कूटनीति के तहत शिवा का परिवर्तित नाम शंकर किया गया।

तब तक अट्ठासी शंभुसेख गुजर चुके थे। उनके भक्त व अनुयायी महान योद्धा के रूप में इस भूमि में विख्यात थे। आर्य लोग सुरापान नहीं करनेवाले मूल निवासियों को असुर (तब तक शंभु द्वीप में मद्य, सोमरस, नशीली वस्तु का प्रचलन नहीं था), परिवार, कुटुम्ब, समाज, देश, पशु, पक्षी, वनस्पति, रीति-नीति, परम्परा, सभ्यता, संस्कृति के रक्षकों को राक्षस कहने लगे। जो लोग पशु-पक्षी, वनस्पति आदि पर दयाभाव रखते थे व उनके प्रति उदार थे और दया-करुणा व प्रेमभाव रखते थे, उन्हें आर्यों ने दैत्य कहा। असुरों की परिपाटी दान-पुण्य की थी। याचक ने जो भी वस्तु अपने काम के लिए माँगी, उसे सहयोग के लिए सहायता मिलती थी। ऐसे अनेक गुण दानव-समूह में थे। राजा बलि ऐसा ही एक उदाहरण है, जिन्हें अनार्यों का महान सम्राट कहा जाता है। आर्यों ने उस दानवीर समूह को दानव कहा।

आर्यों ने असुर और अनार्यों को गुलाम बनाकर उन्हें व्यवस्था के अनुसार हिन्दु संस्कार में ढालना शुरू किया और असुरों की भाषा सीखी। आर्य प्रचारक अगस्त दंडकारण्य में रावण के रक्ष संस्कृति पर हमला करनेवाला पहला व्यक्ति था। विश्वामित्र ने लोहा से लोहा काटने की युक्ति निकाली, इसलिए उसने शृंगी नामक अनार्य ज्ञानी विद्वान को पकड़कर साकेत के राजा की रानी के गर्भ में अनार्य बीज डलवाया। उस गर्भ में शृंगी का पुत्र, दशरथ का मानद पुत्र राम पैदा हुआ, इसलिए उसने बड़ा होने पर सम्पूर्ण राक्षस जाति को समाप्त करने का काम किया और अपने ही भाई-बन्धुओं के साथ समाप्त हो गया। नागों को भी खांडौवन में घेरकर जला दिया गया। अन्तिम

कालिया नाग को कृष्णा ने जमुना में मार डाला। नाग जाति मनुष्य ही थी।.

इन असुर, अनार्य, दैत्य, दानवों को आर्यों ने वर्ग बनाकर योजनाबद्ध तरीके से मारा और भारतवर्ष के महान राजाओं की राजधानियों पर कब्जा किया। अनार्यों के श्रद्धास्थलों, उपासनागृहों, शक्तिपीठों पर अपना कब्जा कर नियोजित ढंग से अपना इजाफ़ा किया। उन संस्थानों में आर्यों ने अनार्य पुजारी के रहते अपना पुरोहित बिठाना शुरू किया।

आर्यों के वंशज अन्य पश्चिम देशों में फैले थे, वे भी आने लगे। यवन, परशियन, हूण, शाक्य, यूनानियों न, उत्तर-पश्चिम देशों में अपनी पहचान यूनानी, फारसी, हूण, शाक्य व अरेबियन के रूप में बना ली। ई. सन् 622 में फारस देश के मक्का मदीना में मोहम्मद पैगम्बर ने इस्लाम धर्म की स्थापना की। सौ वर्षों में पूरे एशिया व योरोप में इस्लाम धर्म के अनुयायी बन गए। इस्लाम धर्म योरोप, एशिया व मध्यपूर्व में फैल गया। मोहम्मद बिन कासिम ने आर्यों के निमंत्रण पर सातवीं सदी में भारत पर आक्रमण किया। तब यहाँ हर्षवर्धन का राज्य पतन की ओर अग्रसर था। मूलनिवासी जन समूह कपिलवस्तु के राजकुमार सिद्धार्थ गौतम, बौद्ध धर्म की सहायता से पुनः अपनी शक्ति संचय करना चाहते थे। कोइतूरो ने मध्य क्षेत्र में अपना गढ़कटंगा राज्य स्थापित किया। संतालों ने रोहतासगढ़ की स्थापना की और सौवीर में भीला, मीना आदि का और रणथांबोर में छोटे-छोटे शक्ति केन्द्रों का उदय हो गया। बौद्ध धर्म के विहारों तथा राज्यों में विलास लीला एवं अराजकता फैल गई थी। उन्मुक्त यौन सम्बन्धों से सम्पूर्ण भारतवर्ष संक्रमण काल से गुजर रहा था। ई. सन् 870 में देवगढ़, खेरला; 840 ई. में दक्षिण चांदागढ़ एवं आन्ध्र में तैलांगना राज्य कायम हो चुका था। मूल निवासियों द्वारा सत्ता, सम्पदा व राज्य कायम किए जाने पर आर्य फिर सतर्क हो गए। दक्षिण में उत्तर से भागकर बसनेवाले नम्बुद्री आर्यपुत्र एवं इजिप्त से समुद्रीमार्ग से आनेवाले जितप्लावन आर्यों ने आर्यधर्म का झंडा पुनः खड़ा करने हेतु कमर कस ली। मथुरा के राजा सुधन्वा, अवन्ती के राजा एवं तन्जोर की सेना ऐसे कई आर्य राजाओं की सेनाओं के सहयोग से बौद्ध धर्म के विहारों एवं उपासना ग्रहों को नष्ट किया गया। वहाँ व्याप्त उन्मुक्त यौनाचार एवं सुरा-सुन्दरी के नग्नतांडव को समाप्त कर आर्यधर्म को सुदृढ़ करने हेतु नम्बुद्री शंकर आगे आए।

नम्बुद्री शंकर का यह अभियान उन्मादी आतंकवाद से कम नहीं था। “हिन्दू धर्म मानो, नहीं तो मरने को तैयार हो जाओ”, ऐसा हौव्वा खड़ा किया गया। चारों धाम में चार तीर्थ, 18 पुष्कर, 4 कुंभ एवं अनेक स्थानों को स्थापित कर उन्हें पवित्र घोषित किया गया और उनके दर्शन व स्नान को पुण्य कर्म कहा गया। 10वीं सदी में मूल निवासी कोल, भील, संताल, मुंडा, गोंड, नागा ये इस आतंकवाद में कहीं शरीक नहीं थे। वे तो अपने अस्तित्व के रक्षार्थ अपने को घने बियाबान जंगलों में केन्द्रित कर लिए थे।

नगर और मैदानी एरिया में इन आर्य धर्म-प्रचारकों का काफिला चला। प्रत्येक धाम

में परिक्षेत्र के राजा और प्रजा को काबू में लाया गया। तब आर्य पुरोहितों की चाँदी कटने लगी। यही पुरोहित मिलकर आर्यों के वेद, शास्त्र, उपनिषद एवं पुराण लिखने लगे।

पराजित होनेवालों को असुर, अनार्य, दैत्य, दानव आदि अपमानसूचक नाम देकर उन्हें विकृत रूप से चित्रित किया जाने लगा। मूलवंश के इन महान प्रतापी योद्धाओं, वैज्ञानिकों, ज्ञानियों को विद्वान होने पर भी निम्न स्तर के सम्बोधनों से नवाज़ा गया। छल-बल, धूर्तता, साम-दाम-दण्ड भेद की अनेक कुटिल चालों से असुर राजाओं को परास्त किया गया। प्रजा को कत्ल करना, बूढ़ी औरतों को मार डालना, जवान औरतों को भोगने के लिए गुलाम बनाना, उनके द्वारा पैदा की गई सन्तानों को अस्पृश्य शूद्र बनाकर भंगी, मेहतर, चमार का काम जन्म से कराना शुरू हुआ। इन दासों की जिन्दगी, जीना-मरना सब इन आर्यों के हाथ में था। इस परिपाटी को विजेता आर्यों ने प्रारम्भ से--अर्थात् दो हज़ार वर्ष पूर्व और दो हज़ार वर्ष बाद--यानी लगभग 4 हज़ार वर्षों से जारी रखा। भारत में आर्यों ने अपने को हिन्दू कहा और वे अपने गुलामों को भी हिन्दू कहने लगे, जबकि वे असुर समुदाय के थे। विडम्बना तो यह है कि ये गुलाम आज भी अपने को हिन्दू कहते हैं।

वर्तमान में असुर अनार्य, दैत्य, दानव, मूल निवासी, आदिवासी, वनवासी, गिरीजन, कोइतूर और कोयावंशी के नाम से जानें जाते हैं। आर्यों ने भले इन मूल निवासियों को युद्ध में परास्त कर दिया था और उनके राज्य, वैभव, सत्ता, सम्पत्ति सब कुछ हरण कर लिया था, किन्तु वे उनकी भाषा, सभ्यता, संस्कृति, आचार-विचार, रीति-नीति तथा परम्परा को हड़प नहीं सके, चूँकि वे अपने अस्तित्व की रक्षा करने जंगल-पहाड़, कन्दराओं में जा बसे थे। इनकी स्त्रियों ने अपने को बचाने हेतु पूरे शरीर पर गोदना गुदवाकर अपने को विकृत एवं कुरूप बनाकर, अपनी इज्जत को बचाया।

कोयां लम्बकना की लिपि एक रेखा संकेत है--एक रेखा जो पूरे वाक्य का बोध कराती है। इसकी झलक मोहनजोदड़ो, हड़प्पा और अन्यत्र खुदाई में पायी जानेवाली रेखा लिपि है। सत्य, ईमान, कठोर परिश्रम, कैसी भी परिस्थिति में अपने जीवन को कायम रखना, इनकी जीवन-शैली है। ऊने-पूने (सम-विषम) गोत्र व्यवस्था से वैवाहिक सम्बन्ध बनाना, रक्तशुद्धता का पालन करके जीवन को बचाना और नये वंश की उत्पत्ति करना, मिश्रण रक्त का परित्याग, अन्तर्जातीय सम्बन्ध से वंश नष्ट हो जाएगा--इसलिए इससे बचना, (नोबल पुरस्कृत वैज्ञानिक डॉ. हरगोविंद खुराना के शुक्राणों का सिद्धान्त) इनकी मान्यताएँ हैं। इनका विश्वास है कि वर्णशंकर नस्ल अधिक लम्बे समय तक जीवित नहीं रहती, दूसरी-तीसरी पीढ़ी के बाद वह नस्ल समाप्त हो जाती है। किसी के धन-दौलत को न हड़पना, किसी की भूमि या राज्य व दूसरे के कमाए धन का उपयोग अपने लिए न करना, उसे मिट्टी समझना आदि मूल निवासियों के सिद्धान्त हैं। स्वावलम्बन, सम्मान, सहयोग, स्वाभिमान से जीना, अपने परिवार, कुटुम्ब व कबीले को सामूहिक जीवन के लिए संस्कारित करना ही आदिवासी सभ्यता है। इन्हीं गुणों से

जंगल, पहाड़, खोह, कन्दरा में रहकर भी वे अपने अस्तित्व को जीवित रखते हैं। दुनिया की पूर्ण चकाचौंध भौतिक सम्पदा एकत्र करना, उनके जीवन का लक्ष्य नहीं है। जीवन के लिए धन आवश्यक है, पर संग्रह कर अकूत सम्पत्ति का संग्रह उनका स्वभाव नहीं है।

मध्यकाल में बौद्ध धर्म के पतन के बाद पुनः अनार्यों ने सत्ता, सम्पदा, सम्मान के लिए शक्ति संचय किया। अरण्यांचलों में अनार्य, असुर तथा दैत्य, दानव अपने बाहुबल से छोटे-छोटे गणराज्य स्थापित करने लगे। भीलवाड़ा (सौ वीर), पूर्व में नागा, संताल परगना में कोल, संताल, मुंडा और मध्यम में गोंडवाना पुनः एक शक्ति के रूप में खड़े होने लगे। 10वीं सदी में मोहम्मद गजनबी, फारस के आर्य बादशाह ने मुस्लिम धर्म के प्रचार हेतु आर्य हिन्दुस्तान पर आक्रमण किया। वह अनेक राज्यों को रौंदकर अपार धन-सम्पत्ति लेकर अपने साथ हज़ारों दास-दासियों को भी बन्दी बनाकर ले गया और आर्यावृत भरतखंड में अपना प्रतिनिधि गुलाम बादशाह कुतबुद्दीन ऐबक को छोड़ गया।

भीलवाड़ा में भील, मीना और मिश्रित जातियों के नाम से भीलवाड़ा बनाया। मध्य गोंडवाना में कोइतूर जमात ने गोंडवाना बनाया।

1. ई.सं. 157 में योद्धा यदुराय 17 सौ वर्षों तक मडावी संस्थापक, जिसके राजवंश की 68 पीढ़ियों ने यानी, 1751 ई. तक राज्य किया। जिसमें 14 हज़ार कोस वर्ग क्षेत्रफल, 250 नगर, 12 सौ गाँव, पचास लाख आबादी थी।
2. खेरला राजवंश वीर धनसूर की ई.सं. 870 ई. में स्थापना हुई। इसका 7 सौ वर्ग कोस क्षेत्रफल था जिसमें, 50 नगर, 350 गाँव, 5 लाख आबादी थी। ये 7 सौ वर्षों तक राज्य किए। 1751 में इनका विलय मराठा राज्य में हो गया।
3. चांदागढ़ (दक्षिण गोंडवाना) में सन् 790 ई. में योद्धा भीम बल्लाड़ सिंह आत्राम ने सिरपुर में अपने राज्य की स्थापना की। इस वंश ने 6 हज़ार वर्ग कोस, एक सौ नगर, 750 गाँव, 20 लाख आबादी पर सौ साल तक यानी सं. 1751 ई. तक राज्य किया।
4. देवगढ़ राजवंश वीरभान सिंह ने सन् 1330 ई. में हरियागढ़ में अपने राज्य की स्थापना की। इस वंश ने 2 हज़ार वर्ग कोस, 50 नगर, 6 सौ गाँव में 10 लाख आबादी पर पाँच सौ वर्ष यानी सन् 1751 ई. तक राज्य किया। दक्षिण में सातदेवधारी (सात वाहन), वारंगल, गोदावरी परिक्षेत्र में, दंडकारण्य में कोवे वंशीय काकतेय राजवंशों का उदय हुआ। संताल परगना में रोहतास गढ़, गढ़ बंगाला में संताल, मुंडा व कोलों की शक्ति स्थापित हो गई। दक्षिण में गोंडकुंडा, विजयनगर में आदिवासियों के राज्य को आर्यों ने हिन्दू राज्य घोषित किया।

दक्षिण में ईजिप्त, फारस, अरब के आर्यों ने समुद्री मार्ग से आकर दक्षिण-पश्चिमी तट से प्रवेश किया। उत्तर से आए आर्यों से भिन्नता दर्शाने हेतु उन्होंने ब्राह्मण होकर—इस्लाम धर्म के नाम से बहमनी राज्य ब्राह्मण सुल्तान बनकर स्थापित किया। उन्होंने ही

बाद में कोकणक ब्राह्मण और फिर उत्तर से आए ब्राह्मण नम्बुद्रियों से मिलकर शंकर नामक आर्ययोद्धा को तैयार किया। "जनजातियों की शक्ति बढ़ रही है, बौद्ध धर्म को इस देश में समाप्त करना है," कहकर हिन्दू आर्य धर्म के प्रचार में खड़े हो गए। शंकर, नम्बूद्री, ब्राह्मण, कुमारिल भट ने मथुरा के राजा सुधन्वा की सेना, आवंती की सेना, काशी और सांकेत की सेना लेकर सम्पूर्ण भारतवर्ष में प्रजा को आतंकित कर दिया। हिन्दू लोग आर्य धर्म का प्रचार उत्तर से दक्षिण, पूर्व से पश्चिम, 4 धाम, 6 कुंभ, 18 पुष्कर स्थापित करके, करने लगे। वे सारी प्रजा को स्वर्ग-नरक, पाप-पुण्य का भय दिखाकर भाग्यवाद, चमत्कार व अन्धविश्वासों को जीवन-मरण से मोक्ष व मुक्ति का रास्ता सिद्ध करने लगे। गुलाम सुल्तानों का सूर्यास्त हो गया। मुगलों का उदय हुआ तो मध्य गोंडवाना में गढ़ मंडला, (कटंगा), देवगढ़, खेरला और चांदागढ़ का स्वर्ग युग था। राजा संग्राम शाह, दलपत शाह, रानी दुर्गावती, राजा बक्त बुलन्द शाह, राजा बीरशाह तथा रानी हिरई के वैभवशाली राज्य के स्मारक आज भी अपने काल की शिल्पकला को देखने हेतु आकर्षित करते हैं। मुगलों ने मराठा आर्यों के इशारे पर बचे-खुचे शूद्र राजाओं के दस्तावेज नेस्तनाबूद कर दिए। मुगल सल्तनत के 15वीं सदी से 17वीं सदी तक के बीच के दो सौ वर्षों के अन्तराल में इस्लाम का बोलबाला हो गया। मुगल भी आर्य थे। मुगल राज्य के संस्थापक तैमूर लंग और चंगेज खाँ ने मगदूनिया, सिंकन्दरिया, अमूदरिया, समरकन्द में इस्लाम धर्म का झंडा गाड़ा था। उसके पोते बाबर ने भारत में उसी आर्य नस्ल की इस्लामिक मुगलवंश की नींव रखी। स्वयं अकबर आर्य कन्या का पुत्र था। अकबर ने भी अनेक आर्य कन्याओं से विवाह किया था। बीरबल ने अपनी भांजी उससे ब्याही थी। भगवान दास ने अपनी बेटी, टोडरमल ने अपनी भतीजी तथा मानसिंह ने अपनी बुआ उसे सौंपी थी। इस मुगल राज्य में आर्यों की कन्या ही रानियाँ बनी थीं। उन दिनों भारत में सत्ता इस्लाम की, नस्ल आर्यों की, राज्य व्यवस्था मुगलों की कायम हुई। 16वीं सदी के अन्त में कोकण का मराठा सरदार, जो आर्य मान्यता के अनुसार शूद्र वर्ण का था, हिन्दू राष्ट्र की स्थापना करने में सफल हो गया था, किन्तु अधिक दिनों तक उसके वंश को हिन्दू सम्राट बना नहीं रहने दिया गया। पुरोहित, आर्य, पंडा कोकणक, पेशवा उस पर काबिज हो गए। उसका शासनकाल मात्र सौ वर्ष रहा।

17वीं सदी में दक्षिण में, अंग्रेज, फ्रेंच और पोर्तगीज़ तथा डच लोग पश्चिम देशों के आर्य ईसामसीह का धर्मप्रचार करने आए। वे भी आर्य ही थे। अपनी सत्ता कायम करने हेतु उन्होंने भारत में जी-तोड़ कोशिश की और अभूतपूर्व कौशल दिखाया। अंग्रेज़ों को सफलता मिली। मुगलों और मराठों का पतन हुआ। अंग्रेज़ों ने भारत पर 300 वर्षों तक शासन किया।

अंग्रेजी राज्य भारत में आया तो ये आर्य ही सबसे पहले ईसाई बने। केरल, मद्रास, कोकण, बंगाल के जितने पढ़े-लिखे उच्च जातीय हिन्दू थे, उन्होंने अंग्रेज़ी हुकुमत के सामने घुटने टेक दिए। ब्राह्मण, नम्बूद्री, कोकणक, जितप्लावन, सारस्वत, नागर, कान्यकुब्ज और बंगाली, उड़िया, अंग्रेज़ों के गुलाम बनकर विदेशों में पढ़ने और उनकी

नौकरी करने में सबसे पहले आगे आए थे। 17वीं सदी में मन्दिरों, मठों और तीर्थस्थलों से आर्यधर्म के प्रचार में रामायण, महाभारत, गीता, पुराण, भागवत के प्रचारक देश भर में घूमने लगे। उन ग्रन्थों को रोम व इंग्लैंड में ईसाइयों द्वारा ही छपवाया गया और यहाँ वितरित किया गया। आदिवासियों में इस प्रचार का कोई असर नहीं हुआ तो रामलीला, कृष्ण लीला, नाटक, महाभारत को नाटक, नौटंकी द्वारा मेले बाजारों में दिखाना शुरू किया गया। पंडिताई, पुरोहिताई, तीरथ, व्रत और श्राद्ध जैसे कर्मकांडों द्वारा लोगों को आकर्षित करने हेतु प्रचार सामग्री से आदिवासियों को घेरने का षड्यन्त्र शुरू हुआ जो अभी तक जारी है। उनके प्रचार के प्रति आदिवासियों की न कोई रुचि है, न ही आकर्षण, फिर भी आदिवासियों को हिन्दू धर्म में बाँधने की उनकी असमर्थ कोशिशें जारी है।

आज संताली, कुडूख, असमिया, मनीपुरी, नागा, गोंडी जैसी आदिवासी भाषाओं में काफी साहित्य आ चुका है। गोंडी भाषा मध्यप्रदेश, महाराष्ट्र, आन्ध्र, कर्नाटक, उड़ीसा, छत्तीसगढ़ में लगभग 3 करोड़ लोग बोलते हैं। ग्रामीण अंचल में गोंडी के अलावा अन्य भाषाओं का प्रयोग कम ही किया जाता है। इसी तरह कोलामी, कोरकू, हलबी और भिली है। महाराष्ट्र, मध्यप्रदेश, गुजरात, राजस्थान, आन्ध्र, कर्नाटक में भीलों की संख्या काफी है। भाषा किसी जाति की नहीं है। जिस परिक्षेत्र में जो भी रहेगा उसका उस भाषा से परिचय हो जाएगा। गोंडी, कोरकू, कोलाम में साहित्य लिखा जा चुका है, आवश्यकता है उसकी व्यवस्था करने की।

आदिवासी शब्द को संविधान ने मान्यता नहीं दी है। इस शब्द की भी आर्यों ने उपेक्षा की है। उन्होंने 'जनजातीय' शब्द जबरदस्ती हमारे समूह पर थोपा है। इस शब्द का प्रयोग 1940 ई. के पूर्व नहीं था। मुझे लगता है यह शब्द मूल निवासियों के गौरव, स्वाभिमान, आत्मसम्मान को ऊँचा नहीं उठा सकता। जिस शब्द में गौरव की अनुभूति न हो, वह शब्द हमारी अस्मिता व स्वाभिमान को कैसे जगा सकता है? आदिवासी साहित्य भंडार में अनेक गौरवपूर्ण शब्द हैं, आवश्यकता बस खोजने भर की है।

हिन्दू अतिवाद का इतिहास

अजीत जोगी

भारतीय धर्म, संस्कृति, इतिहास और वाङ्मय में 'सेकुलरिज्म' नाम के विचार का कोई स्थान नहीं है क्योंकि भारतीय मानसिकता सदैव से अपनी समग्रता में इतनी व्यापक और उदारवादी मान ली गई है कि यहाँ कभी भी एक नए धार्मिक-उदारवादी चिन्तन की आवश्यकता ही महसूस नहीं की गई। जब विदेशों में ईसाइयों ने 'क्रूसेड' या मुसलमानों ने 'जेहाद' के नाम पर खून-खराबा किया तब भारत में 'धर्मयुद्ध' के नाम पर युद्ध को भी उदारता और सहिष्णुता साबित किया गया। यही कारण है कि किसी भी भारतीय भाषा में 'सेकुलरिज्म' शब्द का सही पर्याय नहीं मिलता। वस्तुतः यह एक पाश्चात्य दर्शन की अवधारणा है, जो शनैः-शनैः भारत की ज़रूरत बन गई है। ऋग्वेद का 'वसुधैव कुटुम्बकम्' या कुरान शरीफ का 'रब्ब-उल-आलीमीन' या बाइबल का 'पहाड़ी उपदेश' जिस उदारता व विशालता का सन्देश देते हैं, उसमें सेकुलर सोच निहित है, किन्तु व्यावहारिक धरातल पर किसी भी लोकतंत्र के लिए आज के बहुआयामी समाज में यह आवश्यक हो गया है कि सेकुलर अवधारणा को संवैधानिक स्वरूप देकर बहुसंख्यकों (मेजारिटी) या अल्पसंख्यक (माइनारिटी) अतिवाद के खतरे से बचने का रास्ता निकाला जाए तथा व्यक्ति को यह स्वतन्त्रता दी जाए कि वह अपनी स्वेच्छा से अपना धर्म चुन सके।

धर्म या पंथनिरपेक्षता का सेकुलरिज्म के नकारात्मक पहलू से सम्बन्ध है और सर्वधर्म समभाव का उसके सकारात्मक पहलू से। वास्तव में सेकुलरिज्म की अवधारणा दोनों को मिलाकर इस प्रकार बनी है कि पंथ/धर्म निरपेक्षता एवं 'सर्वधर्म समभाव' इस एक ही सिक्के के दो पहलू के रूप में देखे जाएँ। ऐतिहासिक और सामाजिक कारणों से भी आजाद भारत के संविधान में इस अवधारणा को समुचित स्थान देना और भी आवश्यक हो गया था। जिस प्रकार आज़ादी के आन्दोलन के दौरान हिन्दू और मुस्लिम अतिवाद नए-नए रूप लेकर सामने आए, उससे यह अनिवार्य हो गया कि बँटवारे के बाद के हिन्दुस्तान में सभी धर्म के लोगों को समान अधिकार और धार्मिक स्वतन्त्रता सुनिश्चित की जाए। यह अतिवाद एक ओर राष्ट्रीय स्वयं सेवक संघ, हिन्दू महासभा, रामराज्य परिषद इत्यादि स्वरूपों में पनपा तो दूसरी ओर मुस्लिम लीग और जमायते

इस्लामी इत्यादि संस्थाओं ने इसका भरपूर पालन-पोषण किया। महात्मा गांधी की कांग्रेस में सभी विचारधारा के लोग अवश्य थे, पर सैद्धान्तिक रूप से यह संस्था सहिष्णुता का मुखौटा पहने हुए थी। यह अतिवादी और उदारवादी धाराएँ स्वतन्त्रता संग्राम की अवधि में समानान्तर चल रही थी, पर अन्ततोगत्वा इनकी परिणति भारतवर्ष के दुःखद बँटवारे में हुई। धर्म के नाम पर एक राष्ट्र पाकिस्तान बना और सेकुलरिज्म के नाम पर दूसरे राष्ट्र भारतवर्ष का निर्माण हुआ। बँटवारे की हिंसा की आग की लपटों ने भारतीय जनमानस को इतना झुलसा दिया कि भारतीय राष्ट्र में सेकुलरिज्म की अवधारणा को ही स्थान देना अनिवार्य हो गया।

संक्षेप में हिन्दू अतिवाद के हाल ही में हुए पुनर्जन्म के इतिहास की एक झलक देखना आवश्यक है। इस शताब्दी के प्रारम्भ से हिन्दुत्व के पुनर्जन्म का अच्छा खासा आन्दोलन चला, जो 'हिन्दुत्व खतरे में है' की बुनियाद तथा भावना पर आधारित है। इस शताब्दी के प्रारम्भ में जो कारण इस हिन्दू अतिवाद के पुनर्जन्म के लिए जवाबदार थे, वे ही कारण अस्सी के दशक के बाद इस अतिवाद के पुनर्जन्म के लिए उत्तरदायी रहे हैं। इन्हीं के कारण राष्ट्रीय स्वयं सेवक संघ के प्रभाव में इन दिनों आशातीत वृद्धि हुई और अन्ततः इस अतिवाद की परिणति अयोध्या में 6 दिसम्बर 1992 को बाबरी मस्जिद (या ढाँचा) के गिराए जाने के रूप में हुई। यह कहना भी यहाँ शायद गलत न हो कि हिन्दू अतिवाद का यह विकास अचानक ही नहीं हुआ। इसके विकास के पीछे वर्षों की लगन, तन्मयता और योजना रही है। 'हिन्दू राष्ट्र' की परिकल्पना कोई अनायास नहीं हुई है। इसके पीछे अतिवादी विचारवाली कट्टरवादी सोच का लम्बा इतिहास रहा है। यद्यपि आर.एस.एस. का गठन 1924 में हुआ पर इस हिन्दू कट्टरवाद का प्रारम्भ उसके काफी पहले हो चुका था। हिन्दू कट्टरवाद अपने आप में चाहे बहुत खतरनाक न हो, किन्तु जब इसका उपयोग राजनीतिक स्वार्थ की सिद्धि में होने लगे तो यह विकराल रूप धारण करके हिटलर के जर्मनी और मुसोलिनी के इटली की तरह स्वरूप धारण कर सकता है। हिन्दुत्व का वर्तमान आक्रामक तथा विस्तारवादी स्वरूप वह खतरा है, जिसे भारतीय अस्मिता को बचाने के लिए टालना आवश्यक है।

हिन्दू और मुस्लिम साम्प्रदायिकता के विषय में पंडित जवाहरलाल नेहरू ने एक चेतावनी इन शब्दों में दी थी—"बहुमत की साम्प्रदायिकता का सबसे बड़ा खतरा यह है कि वह अपने को राष्ट्रीयता और प्रजातांत्रिक स्वरूप में बड़ी आसानी से पेश कर सकता है, किन्तु अल्पमत की साम्प्रदायिकता को उतनी ही आसानी से 'अलगाववादी' करार दिया जा सकता है।" यह स्पष्ट है कि पंडित नेहरू के अनुसार यद्यपि हिन्दू और मुस्लिम साम्प्रदायिकता और कट्टरवाद दोनों ही अनुचित हैं किन्तु दोनों में भारतीय प्रजातंत्र के लिए अधिक खतरनाक 'बहुमत' का कट्टरवाद है।

सन् 1923 में जब बी.डी. सावरकर की प्रसिद्ध किताब 'हिन्दू कौन है' प्रकाशित हुई तो उसमें सबसे पहली बार 'हिन्दू' की एक ऐसी परिभाषा दी गई, जो हिन्दू कट्टरवाद की आधारशिला बन गई। सावरकर के अनुसार 'वह व्यक्ति जो सिन्धु नदी से समुद्र

तक फैले भौगोलिक क्षेत्र भारतवर्ष को अपनी पितृभूमि और पुण्यभूमि (अर्थात् अपने धर्म की जन्मभूमि) दोनों माने वह ही हिन्दू है।' इस परिभाषा से भारत के मुसलमानों और ईसाइयों के राष्ट्रप्रेम पर सवालिया निशान लग गया, क्योंकि वे इस पितृभूमि में अपने धर्म की पुण्यभूमि कैसे ला सकते थे (मक्का मदीना, बैतलहम या यरूशलम तो भारत में हैं नहीं)। हिन्दुत्व की इसी संकीर्ण परिभाषा को आधार मानकर डॉक्टर केशव बलीराम हेडगेवार ने वर्ष 1925 में आर.एस.एस. की स्थापना की, जिसमें प्रारम्भ में हिन्दू महासभा, हिन्दू स्वयं सेवक समिति और हिन्दू संरक्षण समिति के पाँच लोगों को रखा गया। वह विजयादशमी का ही दिन था, जिसे शायद जानबूझकर इसलिए चुना गया था कि वह पवित्र दिन होने के अतिरिक्त मुस्लिम रूपी रावण पर हिन्दू रूपी राम की विजय का दिन बन सके। प्रारम्भ से ही आर.एस.एस. का मुख्य लक्ष्य मुसलमान ही रहे और ईसाइयों तथा अंग्रेज़ों के प्रति आर.एस.एस. का रुख उतना कट्टरवादी नहीं था। डॉ. हेडगेवार के बाद आर.एस.एस. के प्रमुख माधव सदाशिव गोलवलकर ने अपनी पुस्तक 'हम या हमारी राष्ट्रीयता की परिभाषा' में ब्रिटेन विरोधी राष्ट्रीयता पर प्रहार करते हुए लिखा था–"अंग्रेजों के विरुद्ध होने को राष्ट्रभक्ति और राष्ट्रीयता का पर्याय माना जाने लगा। इस प्रतिगामी विचार का सम्पूर्ण आज़ादी के आन्दोलन, उसके नेताओं और आम आदमियों पर बड़ा खराब असर पड़ा।" सच्चाई तो यह है कि आर.एस.एस. के नम्बर एक के दुश्मन अंग्रेज न होकर मुसलमान थे। गोलवलकर ने स्वतः लिखा है–"विशेषकर सभी मुसलमान, परिभाषा से ही राष्ट्र विरोधी हैं। वे अब भी यह सोचते हैं कि वे भारत में विजय प्राप्त करने और अपना राज्य स्थापित करने आए हैं। शत्रु का साथ देना और भारत माँ को असहाय छोड़ देना–मुसलमानों का यह रुख राष्ट्रद्रोह नहीं तो क्या है।" कुछ ऐसी ही बातें, पर कुछ कम कठोर शब्दों में, उन्होंने ईसाइयों (वे अंग्रेजी भाषा को प्राथमिकता देते हैं), बौद्ध और जैन धर्मावलम्बियों के लिए (आर्थिक और भारतीय दर्शन के क्षेत्र में योगदान न करने के लिए) भी लिखी हैं। मुसलमानों के प्रति घृणा के यह जो बीज बोए गए थे, वे ही अपने वीभत्स और विकराल स्वरूप में 1989 के लोकसभा चुनाव के पूर्व प्रचार-भाषणों में सुनने को मिले। यहाँ तक कि संघ परिवार की ऋतम्भरा और उमा भारती जैसी नेत्रियों ने भी इस घृणा के प्रचार में किसी को नहीं बख्शा। शिला पूजन, कार सेवा, इत्यादि-इत्यादि स्वरूपों में इस कट्टरवाद को खाद-पानी मिलता रहा।

यह भी महज एक संयोग नहीं कि आर.एस.एस. व अन्य हिन्दू अतिवादी संस्थाएँ सनातन धर्म के अन्य अद्वितीय ग्रंथों को अपना आधार न मानकर 'मनुस्मृति' और 'अर्थशास्त्र' को अपना मुख्य आधार मानते हैं। गीता, वेद, उपनिषद, पुराण, मानस या रामायण उनके दर्शन के मुख्य स्तम्भ नहीं हैं। यह इन सभी अतिवादी विचारकों की पुस्तकों के अध्ययन से स्पष्ट हो जाता है। जहाँ मनुस्मृति जन्म पर आधारित वर्ण व्यवस्था को समाज का आधार मानकर सवर्ण लोगों को अन्य लोगों पर राज्य व आधिपत्य का जन्मसिद्ध अधिकार देती है, वहीं अर्थशास्त्र एक ऐसे राजनीति के विज्ञान

का ग्रन्थ है जो एक चक्रवर्ती तानाशाह के अधीन एक मजबूत राष्ट्र की परिकल्पना है। आर.एस.एस., जो मेरे विचार से हिन्दू अतिवाद की पैतृक संस्था है, विश्व हिन्दू परिषद, जो अपने को एक सामाजिक संस्था कहती है और जनसंघ या भाजपा जो राजनीतिक संस्थाएँ हैं—इन्हीं दोनों शास्त्रों पर आधारित दर्शन और चिन्तन के सहारे चलती हैं।

आर.एस.एस. की एक पुस्तक 'चर्चा का विषय—मुख्य सूत्र' में लिखा है—'संघ समाज में संगठन नहीं, समाज का संगठन है।' अर्थात् यह कि हिन्दू समाज को सुधारने की आवश्यकता नहीं पर संगठित करने की आवश्यकता है। आर.एस.एस. की मुख्य शक्ति देश में फैली उसकी असंख्य 'शाखाएँ' हैं, जिनका एक पूर्णकालिक 'प्रचारक' होता है। इसके प्रमुख सरसंघचालक होते हैं, जो अपने पूर्वाधिकारी द्वारा नामांकित होते हैं। 'प्रमुख प्रचारक' सभी प्रचारकों के कार्यों को देखते हैं। संस्था का यह ढाँचा नागपुर में सम्पन्न हुई संघ की 9-10 नवम्बर 1929 की मीटिंग में बनाया गया था जो अब तक विद्यमान तथा यथावत है। उस समय इसका आधार 'एकचालकानुवर्तित्व' था। अर्थात् एक नेता के पीछे चलना बनाया गया था। यह प्रस्ताव व सुझाव अप्पाजी जोशी ने दिया था। संघ के पिरामिड में सबसे नीचे 'शाखा', उससे ऊपर तीन-चार शाखाओं की 'मंडल कमेटी', उसके ऊपर 10-12 मंडलों के प्रभावी नामांकित संघचालक के अधीन 'नगर कमेटी', उसके ऊपर प्रान्तीय प्रतिनिधि सभा (जो अब लुप्तप्राय व अधिकार विहीन है) जिसमें प्रति पचास स्वयं सेवकों द्वारा निर्वाचित एक सदस्य होता है, जो मिलकर प्रान्तीय संघ चालक का चुनाव करते हैं (पर वह वास्तव में संघ द्वारा नामांकित पुराने कार्यकर्ता होते हैं, जो सरसंघ चालक द्वारा नामांकित किए जाते हैं), उसके ऊपर एक अन्य अधिकार विहीन संस्था अखिल भारतीय प्रतिनिधि सभा होती है, जिसके प्रान्तीय प्रतिनिधि सभा के डेलीगेट होते हैं। इस तरह आर.एस.एस. की आधारशिला और ढाँचा प्रजातांत्रिक न होकर अनुशासनबद्ध और आज्ञापालक है। इस ढाँचे का औचित्य बताने के लिए इनकी तुलना भारतीय परिवार या कुटुम्ब से की गई थी। यही कारण है कि आर.एस.एस. को नाजीवाद या फासीवाद पर आधारित कहा जाता है। गोलवलकर ने स्वतः इसे कई बार अपनी किताब 'हम और हमारी राष्ट्रीयता की परिभाषा' में लिखा है। एक स्थान पर वह लिखते हैं—

"जर्मन निवासियों का राष्ट्रप्रेम व सम्मान आज आम चर्चा का विषय है। अपने राष्ट्र की शुद्धता और संस्कृति बनाए रखने के लिए, जर्मन राष्ट्र ने यहूदियों का सफाया करके पूरी दुनिया को आश्चर्यचकित कर दिया है। यह श्रेष्ठ राष्ट्रीयता और राष्ट्रप्रेम का दर्शन है। जर्मन ने यह भी दिखाया है कि किस तरह ऐसी जातियों और संस्कृतियों के लोगों के लिए, जो बुनियादी तौर पर भिन्न हैं, एक होना असम्भव है। यह हम हिन्दुस्तानियों के लिए अच्छा सबक है। हमें इसका लाभ उठाना चाहिए।" जिस प्रकार हिटलर 'लेबेन्सराम' नाम की एक विशुद्ध आर्य समाज की स्थापना दुनिया के सभी यहूदियों का सफाया करके करना चाहता था, कुछ वैसी ही सिफारिश हिन्दू राष्ट्र की

स्थापना के लिए करते हुए गोलवलकर ने लिखा है–

"हिन्दुस्तान में निवास करनेवाली विदेशी जातियों को या तो हिन्दू संस्कृति को अपनाना होगा, हिन्दू धर्म का सम्मान करना सीखना होगा, हिन्दू धर्म और संस्कृति के वैभव को स्वीकारना होगा, अपनी अलग पहचान खोकर हिन्दू समाज में आत्मसात होना होगा या फिर वे भारत में तब ही रह सकेंगे, जब वे अपने आपको हिन्दू राष्ट्र के अधीन रखकर कोई भी अधिकार, सुविधा और प्राथमिकता न लें, यहाँ तक कि नागरिक अधिकारों की भी माँग न करें।"

जब गोडसे ने 30 जनवरी, 1948 को महात्मा गांधी की हत्या की तो 4 फरवरी, 1948 को आर.एस.एस. पर प्रतिबन्ध लगा दिया गया। तब 'साम्यवाद' के खतरे की ओर ध्यान दिलाकर गोलवलकर ने पंडित नेहरू को लिखा था–"साम्यवाद पर अकेली प्रभावी रोक लगानेवाली संस्था आर.एस.एस. अब विद्यमान नहीं है।" उन्होंने जेल से पं. नेहरू को लिखा था–

"सरकार को आर.एस.एस. से प्रतिबन्ध हटा लेना चाहिए, जिससे वह सम्मानजनक रूप से कार्य कर सके और अपने सांस्कृतिक आधार पर साम्यवाद के घिनौने खतरे का सामना कर सके।" पंडित नेहरू के प्रभावित न होने पर गोलवलकर ने सरदार पटेल से निवेदन किया क्योंकि वे जानते थे कि सरदार पटेल के विचार पं. नेहरू से भिन्न हैं। सरदार पटेल ने 6 जनवरी, 1948 को लखनऊ की आमसभा में यहाँ तक कहा था कि–

"मुसलमान दो घोड़ों की सवारी नहीं कर सकते। जो लोग विस्थापित हो चुके हैं, वे हिन्दुस्तान में नहीं रह सकते। क्योंकि उनके लिए वातावरण की गर्मी बर्दाश्त के बाहर होगी।" पर उस समय सरदार पटेल भी उनकी मदद नहीं कर पाए, जब छह लाख हस्ताक्षर लेकर पुनः आर.एस.एस. ने प्रतिबन्ध हटाने की माँग की। फिर जी.डी. बिरला की मध्यस्थता में सरकार से चर्चा प्रारम्भ हुई। अन्त में संघ ने स्वीकार किया कि वह सदस्यों का बाकायदा शाखावार रजिस्टर रखेंगे, पालकों की अनुमति के बिना बच्चों को प्रवेश नहीं देंगे, केवल सांस्कृतिक क्षेत्र में कार्य करेंगे, एक लिखित संविधान बनाकर उसका पालन करेंगे, जो प्रजातांत्रिक होगा, जैसा कि हम जानते हैं, इनका कोई पालन नहीं हुआ। जब 12 जुलाई, 1949 को आर.एस.एस. से प्रतिबन्ध हटा तो गोलवलकर ने निम्नलिखित बयान जारी किया था–

"संघ की कोई राजनीति नहीं है और वह विशुद्ध रूप से सांस्कृतिक गतिविधियों से जुड़ा है। स्वयं सेवक अपनी व्यक्तिगत हैसियत से किसी भी ऐसे राजनीतिक दल के सदस्य बन सकते हैं, जो हिंसात्मक और गोपनीय तरीकों से अपने उद्देश्य की पूर्ति करने में विश्वास न करता हो।...हमारा लक्ष्य विभिन्नता से भरे हिन्दू समाज को एक करना है और हम अपने उद्देश्य की प्राप्ति के लिए शान्तिपूर्ण और वैधानिक रास्ता ही अपनाएँगे।" यह बात और है कि इस बात से डरकर कहीं सच में स्वयं सेवक अलग-अलग राजनीतिक दलों के सदस्य न बन जाएँ, वर्ष 1951 में संघ के आशीर्वाद

से नई राजनीतिक पार्टी 'जनसंघ' का जन्म हुआ। इमरजेंसी के बाद जब सभी गैरकांग्रेसी राजनीतिक दल एक हुए तो 'जनता पार्टी' में उसका विलय कर दिया गया पर 77 से 80 के कटु अनुभव के बाद यह पुनः नया नाम लेकर भाजपा के रूप में सामने आई।

इस लेख में समय तथा स्थान की कमी के कारण मैं हिन्दू अतिवाद के समानान्तर पनप रहे मुस्लिम कट्टरवाद के इतिहास व प्रसार का जानबूझकर उल्लेख नहीं कर रहा हूँ, क्योंकि जैसा कि मैं ऊपर पं. नेहरू को उद्धृत करके कह चुका हूँ कि किसी भी समाज में विघटन तथा बिखराव का जितना खतरा बहुसंख्यक अतिवाद से होता है, उतना अल्पसंख्यक अतिवाद से नहीं होता। पर यहाँ इतना उल्लेख करना ही पर्याप्त होगा कि जाने-अनजाने में मुस्लिम अतिवाद ने भी भारत में हिन्दू अतिवाद को बढ़ावा ही दिया है। जिस प्रकार शाहबानो प्रकरण में सर्वोच्च न्यायालय के फैसले के बाद धर्मगुरुओं के आह्वान पर हजारों-लाखों मुसलमानों ने पूरे देश में जगह-जगह पर प्रदर्शन किए और जिस तरह से न्यायालय के उस आदेश को संसद में संशोधन करके निष्प्रभावी किया, उससे स्वाभाविक रूप से हिन्दू अतिवाद 'बैकलैश' (प्रतिक्रिया) के रूप में पनपा। उसी तरह अयोध्या के राममन्दिर आन्दोलन के समय उत्तरप्रदेश के तत्कालीन मुख्यमंत्री मुलायम सिंह यादव ने बाबरी मस्जिद को बचाने और मुसलमानों को संरक्षण देने के बहाने जैसी भाषा का इस्तेमाल किया और तमाम हिन्दू श्रद्धालुओं और विश्व हिन्दू परिषद के कार्यकर्ताओं को रोकने में बल प्रयोग किया, उससे भी तथाकथित मुस्लिम तुष्टिकरण के खिलाफ हिन्दू कट्टरवाद को शक्ति मिली। कांग्रेस, जनता दल, साम्यवादी पार्टियाँ, समाजवादी पार्टी, बसपा इत्यादि गैर भाजपाई दलों ने मुस्लिम वोटों को आकर्षित करने के लिए कई बार सेकुलरिज्म की मान्य संयमित भाषा की लक्ष्मण रेखा पार करके जिस प्रकार बातें की, उसे भी भाजपा ने छद्म सेकुलरिज्म तथा मुस्लिम तुष्टिकरण कहकर हिन्दू अतिवाद को पनपाने में सफलता पाई।

धीरे-धीरे बहुसंख्यक कट्टरवादियों की भावना इतनी बढ़ गई कि एक समय ऐसा आया जब ऐसा लगने लगा था कि कहीं जर्मनी व इटली की तरह भारत में भी ये शक्तियाँ सफल तो नहीं हो जाएँगी। संसद में दो सीटों से बढ़कर जब भाजपा की ताकत क्रमशः 90 और 120 सीटों की हो गई और बिहार तथा हरियाणा को छोड़कर उत्तर भारत के सभी राज्यों में भाजपा अपनी सरकार बनाने में सफल हो गई तो साम्प्रदायिकता और कट्टरवाद एक राजनीतिक सच्चाई बन गए थे। साम्प्रदायिक ताकतों का प्रभाव बढ़ता जा रहा था पर अपनी रणनीति में एक बड़ी भूल करके हिन्दू अतिवाद फिर बचाव की मुद्रा में आ गया। अयोध्या की बाबरी मस्जिद/राममन्दिर इन ताकतों की राजनीति का केन्द्र बिन्दु बन गया था। वह सेकुलर ताकतों के लिए भी प्रतीक था। 6 दिसम्बर, 1992 को उ.प्र. में भाजपा की कल्याण सिंह सरकार के रहते, संसद व सर्वोच्च न्यायालय में दिए गए आश्वासनों को दरकिनार कर जिस प्रकार से इन ताकतों ने पूरे राष्ट्र के समक्ष इस ढाँचे को ध्वस्त किया, उससे एक आम सहिष्णु हिन्दू के सामने

उनका चेहरा बेनकाब हो गया। इसी कारण जब चारों प्रदेशों उत्तर प्रदेश, मध्यप्रदेश, हिमाचल प्रदेश तथा राजस्थान में उनकी सरकारें बर्खास्त की गईं तो किसी ने उफ् भी नहीं किया। बाद में हुए चुनावों में तीन राज्यों में उनकी सरकारें नहीं बन पाईं और राजस्थान में भी स्पष्ट बहुमत नहीं मिला। इस विध्वंस के एक हादसे ने भाजपा जैसी ताकतवर पार्टी को राजनीतिक रूप से अस्पृश्य बना दिया और सभी राजनीतिक दल उससे कन्नी काटने लगे। भाजपा 'हिन्दुत्व' के अलावा अन्य मुद्दों की तलाश करने लगी और अनुशासन एवं ईमानदारी के पिछले दरवाजे से हिन्दू साम्प्रदायिकता को भारतीय राजनीति के केन्द्र बिन्दु पर लाने का प्रयास करने लगी। उनके दुर्भाग्य से अहमदाबाद में वाघेला कांड और दिल्ली में हवाला कांड से इन दोनों मुद्दों को अहमियत भी बहुत कम हो गई है।

इसी बीच सर्वोच्च न्यायालय के एक विवादास्पद व बहुचर्चित फैसले ने फिर से हिन्दू कट्टरवादी ताकतों के मनोबल को बढ़ाया। जैसे ही महाराष्ट्र के मुख्यमंत्री मनोहर जोशी की चुनाव याचिका पर सर्वोच्च न्यायालय की तीन सदस्योंवाली पीठ ने अपना चौंकानेवाला फैसला दिया, वैसे ही पूरे राष्ट्र में न्यायविदों तथा बुद्धिजीवी राजनीतिज्ञों ने सार्वजनिक रूप से इसकी आलोचना करना प्रारम्भ कर दिया। मैंने भी एक जनवरी को राष्ट्र के प्रधानमंत्री को पत्र लिखकर इस फैसले का पुनरावलोकन करने हेतु केन्द्र सरकार की ओर पहल करने का निवेदन किया। यद्यपि मुझे उनका उत्तर शीघ्रता से मिला तथापि यह स्पष्ट है कि केन्द्र सरकार ने इस बीच इस दिशा में अपनी ओर से पहल नहीं की। लेकिन दूसरी ओर भारतीय जनता पार्टी इस फैसले का भरपूर राजनीतिक लाभ उठाने के लिए एक योजनाबद्ध अभियान चला रही है।

ज्ञातव्य है कि बम्बई उच्च न्यायालय ने डॉ. रमेश प्रभु (1987, विधानसभा उपचुनाव), मनोहर जोशी एवं तीन अन्य (1990, विधानसभा चुनाव) तथा दो सांसदों राम कापसे और मोरेश्वर सावे के चुनाव इस आधार पर अवैध घोषित किए थे कि या तो उन्होंने या उनकी पार्टी की ओर से उनके वरिष्ठ नेताओं ने उनकी सहमति से धर्म के आधार पर वोट माँगे थे। बम्बई उच्च न्यायालय ने यह फैसला भी दिया था कि उपरोक्त जनप्रतिनिधियों के नेता सर्वश्री बाल ठाकरे, छगन भुजबल, प्रमोद महाजन, ऋतंभरा इत्यादि ने कानून की दृष्टि में धर्म के नाम पर वोट माँगकर भ्रष्ट आचरण किया था, इसलिए वे आगामी छह वर्ष तक कोई भी चुनाव लड़ने के लिए अयोग्य रहेंगे। इन सभी ने सर्वोच्च न्यायालय के समक्ष अपील की और सर्वोच्च न्यायालय ने एक विधायक सूर्यकान्त महाडिक के चुनाव को अवैध करार दिया एवं बाल ठाकरे को उपरोक्त भ्रष्ट आचरण का दोषी पाया। अन्य सभी को सर्वोच्च न्यायालय ने अपने उपरोक्त फैसले में बरी कर दिया। यह फैसला न केवल चौंकाने वाला है अपितु यह सर्वोच्च न्यायालय और विभिन्न उच्च न्यायालयों द्वारा इस सम्बन्ध में पूर्व में दिए गए कई फैसलों की भावना के पूर्णतः विपरीत है। विशेषकर भाजपा की चार राज्य सरकारों को बर्खास्त करने को वैधानिक ठहराते हुए सर्वोच्च न्यायालय की नौ सदस्यीय पीठ ने प्रसिद्ध

'बोम्बई-प्रकरण' के हवाले से स्पष्ट तौर पर यह व्यवस्था दी थी कि सेकूलरिज्म भारतीय संविधान के बुनियादी ढाँचे का हिस्सा है, इसलिए किसी धर्म विशेष के आधार पर सरकार नहीं चलाई जा सकती और कोई भी राजनीतिक पार्टी अपने चुनावी घोषणा-पत्र को साम्प्रदायिक रूप नहीं दे सकती। इस बार न्यायमूर्ति सर्वश्री वर्मा, सिंह और वेंकटस्वामी की तीन सदस्यीय पीठ ने पूर्व में इसी सर्वोच्च न्यायालय की नौ सदस्यीय पीठ द्वारा 'बोम्मई केस' में जो फैसला दिया था, उसे क्यों नहीं माना, इसकी भी विवेचना अपने फैसले में नहीं की है।

सर्वोच्च न्यायालय के 64 पृष्ठों के फैसलों को पढ़कर मैं भी अवाक् रह गया। इस फैसले में सेकूलरिज्म के विषय में अब तक मान्य अवधारणा को पलट दिया गया है। मनोहर जोशी वाले प्रकरण में मुख्य विवाद उनके उस भाषण को लेकर है, जिसमें उन्होंने अपने विधानसभा क्षेत्र में कहा था—'पहला हिन्दू राज्य महाराष्ट्र में स्थापित होगा।' स्पष्ट है कि यह हिन्दू धर्म के नाम पर वोट माँगने की अपील थी किन्तु सर्वोच्च न्यायालय ने माना कि—

"उनका यह बयान अपने आप में धर्म के नाम पर वोट माँगने की अपील नहीं, अपितु यह मात्र एक आशा की अभिव्यक्ति है। यह बयान भले ही घृणित और निन्दनीय हो किन्तु इसे धर्म के नाम पर वोट माँगने की अपील नहीं कहा जा सकता।" सामान्य ज्ञान के आधार पर कोई भी कहेगा कि मनोहर जोशी का उपरोक्त बयान धर्म के नाम पर प्रलोभन देकर वोट माँगने की अपील थी, किन्तु खंडपीठ ने उसे मात्र एक आशा की अभिव्यक्ति से अधिक क्यों नहीं माना, यह समझ से परे है। 'आशा' और 'अपील' के बीच कहाँ रेखा खींचनी चाहिए, इसका भी इस फैसले में कोई खुलासा नहीं हुआ। मनोहर जोशी का यह कहना कि मुझे या मेरी पार्टी को वोट देने से महाराष्ट्र में पहला हिन्दू राज्य स्थापित होगा, अगर धर्म के नाम पर वोट माँगना नहीं है तो और क्या है? क्या यह हमारे पंथ निरपेक्ष, सर्वधर्म समभाव और लोकतांत्रिक राष्ट्र के संविधान की आत्मा के विपरीत नहीं है? स्वतः सर्वोच्च न्यायालय ने और लगभग सभी उच्च न्यायालयों ने पूर्व में कई बार यह व्यवस्था दी है कि महत्त्वपूर्ण यह है कि आमसभाओं में जो भाषण होते हैं, उन्हें सुननेवाले आम आदमी उसका क्या मतलब निकालते हैं न कि यह कि कोई बुद्धिजीवी उसकी क्या विवेचना करता है। शिवसेना हिन्दू राज्य कायम कर देगी इसका आम लोग क्या अर्थ निकालते हैं, यह इस फैसले का आधार होना था, न कि 'हिन्दू' और 'हिन्दुत्व' शब्दों की विशद व्याख्या। किसी भी भाषा में कही गई बात का मतलब तो स्थान, समय, सन्दर्भ और परिस्थितियों से ही तय होना चाहिए। यदि मनोहर जोशी के महाराष्ट्र में हिन्दू राज्य की स्थापना के बयान को हम गलत नहीं मानते हैं तो क्या खालिस्तान राज्य की स्थापना की माँग करनेवाले अलगाववादी सिखों और मुस्लिम राज्य की स्थापना की माँग करनेवाले अलगाववादी मुसलमानों की बात को हम गलत कह पाएँगे। फिर सिमरनजीत सिंह मान को देशद्रोह के नाम पर, इस आधार पर गिरफ्तार करना कि उन्होंने खालिस्तान राज्य की स्थापना की घोषणा की थी और

शेख अब्दुल्ला को इस आधार पर जेल में रखना कि उन्होंने आजाद कश्मीर की बात की थी, पूर्णतया गलत था। इसी तरह मिजोरम में लालडेंगा ने जब ईसाई धर्म के आधार पर राज्य की स्थापना की घोषणा की थी, तो उन्हें भी इस फैसले के आधार पर गलत मानना उचित नहीं होगा।

इस लम्बे फैसले में खंडपीठ ने 'हिन्दुत्व' और 'हिन्दुइज्म' शब्दों की विस्तृत विवेचना करने का प्रयास किया है और यह निर्णय दिया है कि इन शब्दों के प्रयोग मात्र को धर्म के नाम पर अपील नहीं माना जाना चाहिए, क्योंकि ये शब्द धर्म विशेष से सम्बन्धित न होकर सम्पूर्ण भारत के लोगों की संस्कृति, मान्यताओं और जीवन-यापन करने के तौर-तरीकों से सम्बन्धित हैं। खंडपीठ का यह मानना है कि चूँकि इन शब्दों का इतना व्यापक अर्थ है, इसलिए यदि कोई इन शब्दों का प्रयोग करके वोट माँगता है तो उसे गलत नहीं मानना चाहिए। सम्भवतः यह पहला अवसर है, जब सर्वोच्च न्यायालय ने हिन्दुत्व की इस तरह से सनातन हिन्दू धर्म के पर्याय के रूप में व्याख्या की है। वीर सावरकर के अतिरिक्त हिन्दू धर्म की व्याख्या करनेवाले किसी भी दार्शनिक या विचारक ने हिन्दुत्व को इस परिवेश में कदापि स्वीकार नहीं किया है। उचित होता कि खंडपीठ इस तरह हिन्दुत्व की व्याख्या और उसके अर्थ को समझने और समझाने की कोशिश नहीं करती।

एक और बात जो इस फैसले में स्पष्ट रूप से गलत दिखती है, वह यह कि इस बार सर्वोच्च न्यायालय ने अपनी पूर्व व्यवस्थाओं को बदलते हुए यह फैसला दिया कि किसी राजनीतिक पार्टी के नेता द्वारा दिया गया भाषण, चाहे कितना भी भड़कानेवाला क्यों न हो, उसके लिए उस पार्टी के उम्मीदवार को तब तक जबावदेह नहीं ठहराया जा सकता, जब तक कि स्पष्ट साक्ष्य से यह सिद्ध न कर दिया जाए कि उसके नेता द्वारा वैसी बातें कहने की उम्मीदवार ने स्वीकृति दी थी। पूर्व में न्यायालयों ने यह व्यवस्था दी थी कि राजनीतिक पार्टी के बड़े और मान्य नेताओं द्वारा अपने उम्मीदवारों के प्रचार के लिए उन उम्मीदवार के क्षेत्रों में कोई बात कही जाती है तो उसमें उम्मीदवार की स्वीकृति निहित मानी जानी चाहिए और ऐसी स्वीकृति को अलग से प्रमाणित करना आवश्यक नहीं है। उदाहरण के लिए अगर अटल बिहारी वाजपेयी अपनी पार्टी के उम्मीदवारों के प्रचार के सन्दर्भ में उनके क्षेत्र में कोई बात अपने भाषण में कहते हैं तो यह प्रमाणित करने की कोई ज़रूरत नहीं होगी कि वाजपेयी को यह कहने की मौन-स्वीकृति उनकी पार्टी के उम्मीदवार ने दी थी। यह व्यवस्था पूर्ण रूप से सही थी। पर उसको भी इस बार खंडपीठ ने क्यों बदल दिया, यह समझ में नहीं आता। इसी तरह इस फैसले में सर्वोच्च न्यायालय ने यह व्यवस्था भी दे दी है कि किसी भी राजनीतिक पार्टी की मान्य विचारधारा या चुनाव घोषणा-पत्र में यदि कोई ऐसी बात हो जो धर्म के नाम पर वोट माँगने से सम्बन्धित हो तो उसके लिए भी उस पार्टी के किसी उम्मीदवार को जवाबदेह नहीं ठहराया जा सकता। यह व्यवस्था भी आजाद भारत के इतिहास में आज तक इस मुद्दे पर उच्च न्यायालय और सर्वोच्च न्यायालय द्वारा इसके

पूर्व जो भी फैसले दिए गए हैं, उनके विपरीत है।

मेरे जैसे बहुत से लोग जो विभिन्न राजनीतिक दलों से सम्बन्धित हैं तथा अन्य बहुत से ऐसे लोग जिनका राजनीति से कोई सम्बन्ध नहीं है, इस फैसले में दी गई व्यवस्था से चिन्तित हैं। मुझे विश्वास है कि सर्वोच्च न्यायालय की यह नई व्यवस्था बहुत दिनों तक नहीं रहेगी और शीघ्र ही इसी न्यायालय की दूसरी खंडपीठ इस व्यवस्था को पुनः परिवर्तित कर देगी। जब तक ऐसा नहीं होता तब तक इसके लिए जनमत तैयार करना आवश्यक होगा। यदि हिन्दू राज्य की स्थापना की बात करने वाला हिन्दू अलगाववादी नहीं है तो हम खालिस्तान की बात करनेवाले सिख और आजाद काश्मीर की बात करनेवाले कश्मीरी मुसलमान एवं क्रिश्चियन राज्य की बात करनेवाले उत्तर-पूर्व के आदिवासी नेताओं को न तो अलगाववादी कह सकेंगे और न ही देशद्रोही। हिन्दू बाहुल्य राष्ट्र में हिन्दू अलगाववादी हो ही नहीं सकते पर सिख, मुसलमान और ईसाई अलगाववादी और देशद्रोही हो सकते हैं—यह मानना हमारे संविधान की आत्मा के सर्वथा विपरीत होगा। जिस दिन हम राष्ट्रीयता को किसी धर्म विशेष से जोड़ने लगेंगे, उस दिन यह देश भारत महान नहीं रह जाएगा। उस दिन से हम अपने आपको गर्व से एक सर्वधर्म समभाव, पंथ और धर्मनिरपेक्ष, समाजवादी प्रजातांत्रिक गणराज्य के नागरिक नहीं कह पाएँगे। यही सोचकर मैंने स्वतः अपनी व्यक्तिगत हैसियत से सर्वोच्च न्यायालय में ही लम्बित एक अन्य विधायक के प्रकरण में (जिसके तथ्य बिल्कुल मनोहर जोशी प्रकरण के जैसे ही हैं, लेकिन जिसमें अन्तिम फैसला होना शेष है) आवेदन देकर 'इन्टरवीनर' बनने का आवेदन पेश कर निवेदन किया कि उपरोक्त गलत व्याख्या को बदला जाए।

मुझे यह पूरा विश्वास है कि संविधान के तीसरे अध्याय में उल्लेखित मौलिक अधिकार और संविधान की प्रस्तावना (प्रीएम्बल) में जिस सेकुलर गणतंत्र की अवधारणा का उल्लेख है, उसके मुख्य रूप से तीन आवश्यक अंग हैं—

1. भारत का अपना कोई अधिकृत धर्म नहीं है (धर्म निरपेक्षता) अपितु भारत में हर धर्म को समान स्थान तथा सम्मान दिया गया है (सर्वधर्मसमभाव)।
2. प्रत्येक व्यक्ति को भारत में अपना धर्म चुनने, मानने व उसका प्रचार-प्रसार करने की स्वतन्त्रता है पर बलात् एवं प्रलोभन आधारित धर्मपरिवर्तन नहीं किए जा सकते। राज्य किसी भी व्यक्ति को इस सन्दर्भ में बाध्य नहीं करेगा, क्योंकि धर्म पूर्णतः उसके व्यक्तिगत विश्वास का विषय है।
3. राजनीति और धर्म अलग-अलग हैं, इसलिए धर्म को आधार मानकर राजनीतिक लाभ नहीं उठाया जा सकता अर्थात् वोट नहीं माँगे जा सकते।

उक्त तीनों तथ्य तो वे ही हैं, जिन्हें पाश्चात्य दर्शन भी मान्यता देता है, पर भारतीय परिवेश में जहाँ अल्पसंख्यक मुस्लिम जनसंख्या न तो नगण्य है और न ही इतनी अधिक कि शक्ति के मामले में वह बहुसंख्यकों की बराबरी में खड़ी हो सके, इसलिए मेरे विचार से भारतीय सेकुलर गणतंत्र की अवधारणा का एक चौथा अविभाज्य अंग

भी है, जो केवल भारत के सन्दर्भ में ही विशिष्ट रूप से लागू होता है। वह निम्नानुसार है—"भारतीय गणतंत्र बहुसंख्यक हिन्दुओं पर यह अतिरिक्त जवाबदेही लादता है कि वे न केवल अल्पसंख्यकों को संरक्षण दें, बल्कि ऐसे कारगर कदम भी उठाएँ जिससे वे अपना बहुमुखी विकास करके भारतीय मुख्यधारा में सबके समकक्ष आ सकें।"

(साभार : सुभाष गाताडे एवं अनिल जैन द्वारा सम्पादित 'राष्ट्रीयता बनाम हिन्दुत्व' पुस्तक से)

धर्मान्तरण : कारण और उसकी सार्थकता

लाल सिंह चौहान

धर्मान्तरण किन-किन कारणों से हो रहा है, इस सन्दर्भ में मैंने सामाजिक और ऐतिहासिक तथ्यों को पेश करने की कोशिश की है कि क्या धर्मान्तरण वास्तव में धर्मान्तरण है या फिर यह एक राजनीतिक चाल है, जिससे सभी वर्गों का ध्यान एक ही बात पर केन्द्रित करने की कोशिश की जा रही है। दरअसल यह आदिवासियों को भयभीत करने की चाल है। क्या जिन आदिवासियों ने या शूद्रों ने धर्मान्तरण किया है या जीवन में पहली बार किसी धर्म को स्वीकार किया है, उसे कट्टरपंथी बर्दाश्त नहीं कर पा रहे हैं और यह दंगा-फसाद उसी का नतीजा है? क्या वास्तव में आदिवासी हिन्दू हैं या उन्हें जबरन हिन्दू माना जा रहा है?

यदि आदिवासी हिन्दू हैं तो फिर इस देश के मूल निवासी, जो इस देश में सदियों से रहते आ रहे हैं (आर्यों के आने से पहले से) जिनका असली नाम द्रविड़ है, वे कौन हैं और उनका हिन्दू-धर्म से क्या रिश्ता है? क्या ये वही लोग हैं, जो आर्यों से युद्ध में हारने के बाद जंगलों में छिप गए या भगा दिए गए थे और बाकी जो लोग खेतीबाड़ी करके अपना जीवन निर्वाह कर रहे थे, पकड़े गए और गुलाम बना लिए गए और आज वे ही सदियों से इनकी सेवा कर रहे हैं।

अर्थात भारत में दो अलग-अलग जातियों का अस्तित्व था, जो आर्य और अनार्य कहलाती थीं। अनार्यों का अपना कोई धर्म नहीं था और न ही उनके कोई नामजद देवी-देवता हैं, जैसे कि आर्यों में कई देवी-देवता हैं और हर एक का अलग-अलग नाम है। ये अनार्य अथवा द्रविड़ ही आधुनिक भाषा में आदिवासी हैं, जो यहाँ के मूल निवासी थे। जिनका कोई धर्म नहीं था, पर वे निराकार ईश्वर के नाम से पत्थर पर सिन्दूर, कलई लगाकर पूजा-पाठ करते थे। पूजा के दौरान उस पर शराब छिड़की जाती थी तथा बकरा काटकर उसके खून को छिड़का जाता था, जो आर्यों के धर्म से एकदम विपरीत था। यह पूजा आज भी भारत के आदिवासियों में देखी जा सकती है। यह रस्म सिर्फ़ पूजा तक ही सीमित थी, इसी कारण इसे धर्म की परिभाषा में नहीं लिया जा सकता क्योंकि धर्म को तो धारण करना पड़ता है। अर्थात् जिसकी उपासना करते हैं, उसके आदर्शों को व कार्यों को धारण करना और उसका अनुगमन करना। इसके विपरीत आर्यों के

इष्ट देवता थे। जिनके नाम भी थे और अलग-अलग मन्दिर भी, जहाँ शूद्र व आदिवासी का प्रवेश वर्जित था। दोनों जातियों में हर बात का अन्तर था, फिर आदिवासी को हिन्दू कहना कहाँ तक उचित लगता है?

क्या आदिवासी अपनी सभी परम्पराएँ छोड़कर हिन्दू समाज में घुल-मिल गए हैं? क्या उनका आपस में शादी-ब्याह कर, रोटी-बेटी का रिश्ता कायम हो गया है या वैसा का वैसा रिश्ता जो बाप-दादों से चला आ रहा है, कायम है? क्या यह रिश्ता अलगाववाद और वर्ग-विभाजन का नहीं है? क्या सभी एक साथ बैठकर मन्दिर में पूजा-पाठ करते हैं? यदि नहीं तो हिन्दू-हिन्दू भाई-भाई कहना कहाँ तक अच्छा लगता है? ऐसे हाव-भाव किसी में देखने को नहीं मिलते जिससे आदिवासी को हिन्दू मान लिया जाए।

एक धर्म को माननेवालों का सब हक समान होता है। उसमें ऊँच-नीच, छुआ-छूत का कोई स्थान नहीं होना चाहिए। जब से हमारे देश में अंग्रेजों का शासन आया, तभी से सह-शिक्षा का श्रीगणेश हुआ। नहीं तो शिक्षा सिर्फ़ उच्च वर्ग तक ही सीमित होकर रह गई थी। ऐसे अनेक प्रश्न हमारे सामने आ खड़े होते हैं कि समाज में इतना वर्ग-विभाजन होने से सब एक कैसे हो सकते हैं? शूद्रों में अति शूद्र अर्थात् आदिवासी को हिन्दू कहना कहाँ तक ठीक है क्योंकि हिन्दूधर्म तो उच्च वर्ग अर्थात् ब्राह्मणों का धर्म है, तब वह शूद्र का कैसे हो सकता है?

हमारे देश में करोड़ों लोग तो ऐसे हैं, जो इस देश का इतिहास तक नहीं जानते और बातें आसमान की करते हैं। इस पर कुमारी मायावती (ब.स.पा. नेता) ने ठीक ही कहा है कि जिस व्यक्ति को इस देश का इतिहास नहीं मालूम उसमें और जानवर में कोई ज्यादा फर्क नहीं। इस देश का नागरिक होने के नाते हमें इस देश का इतिहास जानना बहुत ही ज़रूरी है ताकि हम हर मानव के साथ समान रूप, भेद-भाव रहित भावना की कल्पना कर सकें। इसके लिए शिक्षा सबसे अहम् व अनिवार्य होनी चाहिए क्योंकि शिक्षा ही ज्ञान का वह दीपक है, जो इन्सान को अँधियारे से उजाले की ओर ले जाता है और रहन-सहन व ज्ञान-विज्ञान की एक नई दिशा देता है और व्यक्ति को शान से सर उठाकर जीने की प्रेरणा देता है—"जिओ और जीने दो।"

इन सभी बातों को गहराई से सोचने व समझने के लिए हमें अपने देश के पिछले इतिहास को देखना होगा और अपने जीवन में उसका मूल्यांकन करना होगा। प्राचीन भारतीय इतिहास बताता है कि आर्यों के आने से पूर्व हमारे देश में द्रविड़ जाति के राजाओं का राज्य था, जो लड़ाई के दौरान आर्यों से हारने पर छिप गए। कुछ खेतिहर मजदूर बनकर रह गए और जो पकड़े गए वे उच्च वर्ग के दास बना लिए गए, जिन्हें शूद्र का नाम दिया गया।

जहाँ तक अधिकार की बात थी, वह ब्राह्मणों तक ही सीमित था। अगर कोई वर्ग अपने कार्य के अलावा अन्य कोई कार्य करता था तो उसे धर्मभ्रष्ट माना जाता था और समाज से बहिष्कृत कर दिया जाता था। समाज में वर्ग विभाजन ने ऐसा रूप ले लिया था कि आधे से कम लोग तो मनुष्य की जिन्दगी जी रहे थे तो आधे से ज्यादा पशु

का जीवन जी रहे थे।

हिन्दू धर्म मूलतः ब्राह्मणों का धर्म होने के कारण चारों मठाधीश ब्राह्मण वर्ग से ही नियुक्त किए जाने का अधिकार था, जो अभी तक बरकरार है। चारों वर्णों में ब्याह-शादी ब्राह्मणों द्वारा ही कराए जाते थे। वर्ग-विभाजन के कारण शूद्र और अतिशूद्र आदिवासियों को शिक्षा देने पर रोक थी। न वे शस्त्र धारण कर सकते थे, न ही उन्हें लड़ने का हक था। ऐसा करने पर धर्मभ्रष्ट होने का खतरा था। ब्राह्मण ही शूद्रों की तमाम सम्पत्ति का मालिक होता था। आदिवासी इस देश के मूल निवासी होते हुए भी गुलामों की जिन्दगी जी रहे थे। वैदिक-धर्म की रचना ही यहाँ के मूलनिवासियों को दास बनाने के लिए की गई थी। धर्म का ऐसा जंजाल फैलाकर रखा गया कि उसमें से इन्सान चाहकर भी बाहर नहीं निकल सकता था क्योंकि उसे विपरीत कार्य करने पर समाज से बहिष्कृत होने का डर व देवी-देवताओं के प्रकोप का डर समाया रहता था। किसी को उसके खिलाफ बोलने की हिम्मत नहीं थी। उच्च-वर्गवाले चाहे जो करें, उसका कोई पाप नहीं, पर अगर शूद्र भूल से कोई गलती कर बैठे, तो उसे महापाप माना जाता है।

सम्राट अशोक, चन्द्रगुप्त मौर्य ने बौद्ध धर्म स्वीकार कर इस वर्ग-विभाजक समाज और धर्म से मुक्ति पाने के बाद इस देश में कई बौद्ध-मठ बनाए जहाँ हज़ारों लोग भिक्षु बनकर रहने लगे। लेकिन ब्राह्मणों ने शाक व हूणों को साथ लेकर बाद में बौद्ध मठों को और उनकी संस्कृति को नष्ट-भ्रष्ट कर पुनः वैदिक संस्कृति कायम की। उसका एक ही मुख्य कारण था कि गौतम बुद्ध ही वह पहले इन्सान थे, जिन्होंने 'गौ हत्या बन्द करो' का नारा लगाया था और ब्राह्मणों को चुनौती दी थी।

1. तुलसीकृत रामायण में तुलसीदास कहते हैं–
   "सापत ताड़त पुरुष कहंसा, विप्र पुजत आस गाँवहि संता।"
   "पुजित विप्र शील-गुण हीना, शूद्र न गुण-गण ज्ञान प्रवीना।"
   अर्थात भले ही ब्राह्मण शाप देते हों, नीच गुणोंवाले हों, निन्दनीय हों तो भी वह पूजा के योग्य है, जबकि शूद्र चाहे कितना ही गुणवान, चरित्रवान क्यों न हो वह पूजा का अधिकारी नहीं है।
2. "ढोल, गँवार, शूद्र, पशु, नारी ये सब ताड़न के अधिकारी" अर्थात, ढोल, गँवार, शूद्र और स्त्री सभी मारने के लायक हैं।
3. शूद्र और स्त्री यदि भूल से भी वेद-वाक्यों को सुन ले तो उसके कान में शीशा पिघलाकर उसे जला देना चाहिए और अगर वेद-वाक्य का उच्चारण करे तो उसकी जीभ काटकर अलग कर देनी चाहिए ताकि ऊँच-नीच की जो दीवार खड़ी की गई है, वह बरकरार रहे।

आदिवासी एकलव्य का उदाहरण हमारे सामने ही है कि किस प्रकार छल-कपट से उसका अँगूठा कटवा लिया गया ताकि दूसरा कोई आदिवासी आगे निकलने की हिम्मत न करे।

मुगल सम्राटों ने करीब आठ सौ साल तक इस देश पर राज्य किया पर उन्होंने

सामाजिक व्यवस्था पर कोई ध्यान नहीं दिया, लेकिन जब ब्रिटिश सरकार का राज्य आया तो उन्होंने इन तमाम बुराइयों और कुप्रथाओं का गहराई से अध्ययन कर इस पर रोक लगाई और कानूनी लिबास पहनाया।

अंग्रेजों का चाहे जो उद्देश्य रहा हो पर हिन्दू समाज की इस सामाजिक बुराई को रोकने का श्रेय अंग्रेज़ों को ही जाता है, जिन्होंने समाज की बुराइयों को समाप्त कर, समाज-सुधार के साथ लोगों को शिक्षा के नाम पर नई दिशा दी क्योंकि इससे पहले शिक्षा सिर्फ़ आर्यों तक ही सीमित थी। तक्षशिला मेयो कॉलेज, होल्कर कॉलेज आदि अनेक ऐसे जीते-जागते उदाहरण हैं, जहाँ शिक्षा में भेदभाव था, जिसे अंग्रेज़ों ने सार्वजनिक स्कूल, कॉलेज खोलकर समाप्त कर दिया, जहाँ हर कोई बिना भेद-भाव के शिक्षा-दीक्षा लेने के हकदार थे। शूद्र लोग न अच्छा कपड़ा पहन सकते थे, न अच्छा नाम रख सकते थे। न अच्छा खाना खा सकते थे, न तर्क-वितर्क व आना-जाना कर सकते थे। पर अंग्रेज़ी हुकूमत ने सबके लिए समान रास्ते खोल दिए। देश में वास्तविक जीवन की शुरुआत भी अंग्रेज़ों ने की थी ताकि शूद्र-वर्ग को भी ऊँचा उठने का समान अवसर मिले।

अधिकतर लोग इसी कारण अंग्रेज़ों को गालियाँ देते हैं कि उन्होंने हमारी सामाजिक व्यवस्था को नष्ट-भ्रष्ट कर दिया। पर यदि अंग्रेज़ों का राज्य न होकर किसी और का राज्य होता जैसे मुगलों का या कट्टरपंथी हिन्दुओं का, तब क्या सबको समान अवसर मिलता? तब हमारे देश की गिनती दुनिया के अन्य देशों के मुकाबले कहाँ होती?

एक उदाहरण पेश है कि जब शुरू-शुरू में रेलवे लाईन बिछाने का कार्य चल रहा था, तब कट्टरपंथियों ने जगह-जगह धरने देकर इसका विरोध किया था कि हमारी भारत माता को ये लोग लोहे के मोटे-मोटे पट्टों से जकड़ रहे हैं। अवरोधक खड़ा करने के लिए जहाँ से रास्ता जाने का तय होना था, वहाँ वे मूर्तियाँ गाड़कर रख देते थे ताकि आगे कार्य ही बन्द करना पड़े, पर अंग्रेज़ी हुकूमत को तो आम जनता का हित देखना था। शिक्षा के लिए यहाँ से कई लोगों को विलायत भेजा गया ताकि उच्च शिक्षा हासिल कर देश की सेवा करें। इसके पहले विदेश जाना धर्म भ्रष्ट करना माना जाता था। शिक्षा के नाम पर भी लोगों ने विरोध जताया, क्योंकि सह-शिक्षा के कारण सबको साथ-साथ बैठना पड़ता था, एक ही बर्तन में पानी पीना पड़ता था आदि-आदि।

वैदिक-संस्कृति और धर्म दुनिया की सबसे प्राचीन सभ्यताओं में से मानी गई है पर यहाँ के लोग गरीबी की रेखा से भी नीचे हैं। शिक्षा के नाम पर यहाँ 70 प्रतिशत लोग अनपढ़ हैं, इन सब कमियों का दोष किसे दिया जाए? सभ्यता पुरानी होने के नाते हमारे देश में सबसे ज्यादा लोग साक्षर होने चाहिए थे और उन्हें दुनिया में जाकर हिन्दू-संस्कृति को फैलाना चाहिए था। पर हुआ उल्टा।

इस दृष्टिकोण को स्वामी विवेकानन्दजी ने बड़ी गहराई से समझा था और उच्च वर्ग के लोगों से आह्वान किया था कि तुम्हारे मन की कुत्सित भावनाओं ने ही इस देश को कभी ऊपर उठने नहीं दिया। उन्होंने खुले शब्दों में समाज के ठेकेदारों को लताड़ा

और कहा था कि–

"हे उच्च वर्ग के लोगों, क्या तुम शूद्रों पर जुल्म करके अपने आपको सर्वश्रेष्ठ समझ रहे हो और जीवित होने का दावा करते हो? तुम तो सबके सब लाश हो, तुमने ही वर्ग-विभाजन कर मानव को मानव से दूर रखा और पशु बना दिया, तुमने शूद्रों को गुलाम बनाकर उन्हें शिक्षा और मानवीय अधिकारों से वंचित कर उचित नहीं किया। चाहिए तो यह था कि तुम उन्हें शिक्षा देते, उन्हें पढ़ाते-लिखाते ताकि आनेवाली पीढ़ियों तक वे तुम्हें याद करके पूजते और तुम्हारा एहसान मानते, इन्हें शिक्षा देने की बजाय तुमने इनको शिक्षा से दूर रखा, यही तुम्हारा सबसे बड़ा अपराध है, जो कभी माफ नहीं किया जा सकता। तुमने उनके बीच में ऊँच-नीच के बीज बोए और छुआछूत को जन्म दिया। जिन लोगों से तुम बैर रखते हो उन्हीं की बदौलत तुम्हारी संस्कृति और सम्पन्नता पनपी है लेकिन जिस दिन ये लोग ज्ञान रूपी प्रकाश से जाग जाएँगे, उस दिन वे तुम्हें कभी माफ नहीं करेंगे। तुम्हारे जुल्मों का गिन-गिन कर बदला लेंगे। यही लोग जो तुम्हारी संस्कृति इस देश में लाए हैं, वे तुम्हें खत्म भी कर देंगे। इसलिए मैं तुम उच्च वर्गवालों से कहता हूँ कि समय रहते इन्हें शिक्षा दो, उनकी दुःख-तकलीफों को अपना समझकर उनकी मदद करो और जो सोए हुए हैं, उन्हें ज्ञान-रूपी प्रकाश से जागृत करो। इसी में तुम्हारा कल्याण है, जब तक इस देश में गरीबी है, तब तक उनकी सेवा करो और उन्हें ऊँचा उठाने की कोशिश करो। मेरी कही ये बातें जब तक प्रत्येक देशवासी अपना कर्तव्य समझकर पूरा नहीं करेगा तब तक वे सच्चे देशभक्त कहलाने लायक नहीं। वे देशद्रोही ही कहलाने के योग्य हैं।"

स्वामी जी की शिक्षा का लोगों पर क्या असर हुआ? देखने में आ रहा है कि लोगों की भावनाएँ उनके विचारों के विपरीत अभी भी हैं।

आज ईसाई मिशनरी न सिर्फ़ भारत में ही नहीं बल्कि पूरी दुनिया में ऐसे ही ज़रूरतमन्द लोगों की मदद कर रहे हैं और धर्मान्तरण कर उनको विश्वास में लिया जा रहा है कि तुम भी ऐसा ही कार्य करना जैसा स्वामी जी या ईसा मसीह ने कहा था कि तुमने बहुतायत की आशीषें प्राप्त की हैं। उसमें से ज़रूरतमन्दों को भी दो ताकि उन्हें समय पर भोजन मिल सके। जैसा तुम अपने शरीर से प्यार रखते हो और उस पर अनगिनत पैसा खर्च करते हो, वैसा ही दूसरों के लिए भी करो, जिन्हें तुम्हारी मदद की आवश्यकता है।

पोप जान पाल के भारत आगमन के पूर्व भी लोगों ने उनके आने का सख्त विरोध किया था पर बनारस के शंकराचार्य ने पोप जान पाल के विरोधियों की भर्त्सना की और कहा कि धर्म के नाम पर ऐसा विरोध जताकर विरोधियों ने दुनिया में हमारा मान घटाया है। यह हमारे देश पर एक कलंक है। स्वामी विवेकानन्द की इच्छा के मुताबिक या ईसाई धर्म के प्रवर्तक ईसा मसीह की इच्छा के मुताबिक हमें हर इन्सान का दिल प्यार से जीतना चाहिए। किसी गरीब की मदद करना हजारों तीर्थ-यात्राओं से कहीं ज्यादा बेहतर है। ईसाई मिशनरी धर्म फैला रहे हैं। क्या हम धर्म का सही अर्थ समझते हैं? धर्म का

सम्बन्ध धार्मिकता, मानवता, सदाचारिता, ईमानदारी, मानव-सेवा, मानव-प्रेम, लगन, त्याग आदि बातों का समावेश है। जिसमें इन्सान जो भी कार्य करता है उसमें मानवता के दर्शन होते हैं। उसमें छुआछूत, ऊँच-नीच का कोई स्थान नहीं होता। सब मनुष्य बराबर हैं। सबका हक समान है। यही असली धर्म का स्वरूप है।

यदि किसी धर्म में इन सभी बातों का अभाव हो और लोग इन बातों को मन में उतारकर दूसरे धर्म को ग्रहण कर मानवतावाद का बोध ग्रहण करें, तो किसी को क्या एतराज हो सकता है। धर्म तो मानव को दूसरे की सेवा करने, त्याग करने और अपने आपको शून्य कर देने की प्रेरणा देता है, जो मन, विचार और इच्छा पर लगाम लगाता है।

यह मानवाधिकार में आता है कि इन्सान का विवेक जैसा कहे वह वैसे ही करे। जैसे हर व्यक्ति की पसन्द अलग होती है, वैसे ही मन को राजी रखने के सभी मन्त्र धर्म में हैं। कौन से धर्म का मंत्र किसे खुश करे या दूसरे शब्दों में किस प्रवचन से किसका मन प्रसन्न हो, यह व्यक्ति पर निर्भर करता है। धर्म के ऊपर किसी का कोई अधिकार नहीं होता। ये तो खुले विचार हैं, कौन कब, किस विचारधारा या धर्म से प्रभावित हो जाए, कहना कठिन है। जैसे नेता पार्टियाँ बदलकर अपने मन को खुश करते हैं, कुछ वैसा ही हाल धर्म का भी है। धर्म की कोई सीमा नहीं होती, न ही यह किसी देश तक सीमित रहनेवाला है। भारत का नागरिक इंग्लैण्ड, अमरीका में रहकर भी हिन्दू-धर्म मान सकता है और अगर दूसरे धर्म की बातों से प्रभावित होता है, तो वह जब चाहे धर्मान्तरण भी कर सकता है। उसके विचारों पर किसी का जोर नहीं चलता। 'आजाद दुनिया के आजाद नागरिक' हर तरह से आजाद हों, यही सच्ची स्वतन्त्रता है। धर्मान्तरण तो मानव का मौलिक अधिकार है, जिसे जब चाहे, अपना ले और जब चाहे छोड़ दे। अक्सर आवाज़ें उठती रही हैं कि हिन्दुस्तान में रहना हो तो हिन्दू बनकर रहना होगा। इस तर्क के अनुसार हमें अगर इंग्लैण्ड, अमरीका या अरब में जाकर रहना हो तो क्या हमें ईसाई या मुसलमान बनकर रहना होगा?

आजकल सब तरफ अफवाहें फैला दी जा रही हैं कि ईसाई मिशनरी लालच दे-देकर लोगों को ईसाई बना रहे हैं। यदि लालच से ही हिन्दुस्तान में ईसाई बनाते तो मेरे ख्याल से 80 प्रतिशत जनता, जो अनपढ़ व गरीब हैं को वे पैसा देकर ईसाई बना लेते। पैसा या खाना-पीना इन्सान की पहली ज़रूरत है। धर्म से इन्सान का पेट नहीं भरता, धर्म तो पेट भरने के बाद याद आता है। पहले इन्सान आया फिर धर्म आया, जब लोगों ने उसकी आवश्यकता को महसूस किया कि सुखी जीवन में हम ईश्वर को कैसे याद करके उसे धन्यवाद दें और उसका (ईश्वर का) उपकार मानें। अब तो ईश्वर को धन्यवाद देने के अच्छे दिन भी लद चुके हैं। गरीब और गरीब होता जा रहा है। गरीब को मुसीबत में क्या चाहिए—धर्म या भोजन और वस्त्र? जहाँ से भी ये दोनों वस्तुएँ गरीब को मिलेंगी वे उन्हीं का गुण गाएँगे। अर्थात् जो मुसीबत में काम आए वही सच्चे साथी। क्या उनकी गरीबी पर हमने कभी तरस खाया है और उनकी दुःख-तकलीफ को

समझने की कोशिश की है? यह काम हर कोई नहीं कर सकता। मेरे ख्याल से ईसाई मिशनरियों से बढ़कर सेवा में कोई उनकी बराबरी नहीं कर सकता क्योंकि उनके मन में लगन, त्याग व प्रेम है। मानव-सेवा के नाम से लोग करोड़ों रुपया दान देते हैं पर क्या उनके साथ बैठकर खाना खाते हैं? उनके प्रति प्यार रखते हैं? उनसे मिलकर अपने मन में खुशी महसूस करते हैं? क्या वे उनके हाथ का खाना खा सकते हैं?

जिन लोगों को हज़ारों वर्षों से ताड़ना, डाँट-डपट के सिवाय कभी कुछ नहीं मिला हो, क्या आधुनिक जिन्दगी की ये सब चीजें उन्हें नहीं चाहिए, जिसकी हर कोई कामना करता है? कहावत है डूबते को तिनके का सहारा। आज हर गरीब किसी न किसी से सहारे की या मदद की उम्मीद करता है। हम तो सबके सब पैसों के पुजारी हैं, उनकी मदद खुले हाथ से नहीं कर सकते। फिर जो मदद करते हैं, उनकी भी मुँह खोलकर बुराई करते हैं। तब हमें सोचना पड़ता है कि सच क्या है, क्या धर्म सर्वोपरि है या मानवता?

क्या पूजा-पाठ करने से ही हमारा जीवन सार्थक बन सकता है या मानव की सेवा करने से? इन तमाम बातों पर हमें गहराई से सोचना होगा कि कहीं हम आम लोगों की नजरों में दोषी तो नहीं हैं या हम गरीबों के सुख में बाधक तो नहीं?

धर्मान्तरण के सम्बन्ध में जैसा पहले कहा गया है कि हर बात का एक समय होता है। पहले लोग सुखी थे तो धर्म को महत्त्व देकर उसे मानते थे। अब लोगों को धर्म से कोई खास लगाव नहीं रहा, अब तो लोगों को घर-गृहस्थी चलाने के लिए जी तोड़ मेहनत-मजदूरी करनी पड़ती है, फिर भी उसका मन सन्तुष्ट नहीं। इस कारण धर्म का मोह भंग हो रहा है।

माननीय सुप्रीम कोर्ट ने भी हिन्दू धर्म को धर्म की श्रेणी में नहीं माना। बल्कि उसे रहने की संस्कृति ही बताया है कि हिन्दू धर्म रहन-सहन की संस्कृति भर है। धर्म उसे कहते हैं, जिसमें भगवान द्वारा बताए गए आदर्शों के कार्य को करना और चाल-चलन को धारण करना होता है, अर्थात् शिक्षा या आदर्श का अनुसरण करना पड़ता है। इसे ही धर्म की संज्ञा दी गई है, खाली पूजा करना धर्म में नहीं आता।

सुप्रीम कोर्ट के फैसले के बाद यह बात साफ हो जाती है कि जो लोग ईसाई धर्म अपना रहे हैं, उसे धर्मान्तरण कैसे कहा जा सकता है? रहन-सहन की संस्कृति को तो सबसे पहले उन्हीं लोगों ने बदल दिया है जो धर्म और संस्कृति दोनों को खतरे में बता रहे हैं। किसी भी देश का निवासी उसके निवास या पहनावे से पहचाना जाता है। हम क्या लिबास अपना रहे हैं, सर मुँडवा कर, सर पर चोटी रखते हैं, पहले इन बातों पर गौर करना होगा, धर्मान्तरण तो दूर की बात है। क्या वेश-भूषा से ही किसी देश के नागरिक की पहचान होती है। सब कुछ पाश्चात्यकरण कर लेने के बाद भी कट्टरपंथी लोग ईसाइयों को ही दोष देते हैं कि उन्होंने हमारे देश की संस्कृति को तहस-नहस कर डाला।

क्या शूद्र या आदिवासी लँगोटी ही पहनते रहेंगे या पैंट-बुशर्ट भी पहनेंगे, जो एक

पाश्चात्य पहनावा है? क्या शहरी लोगों ने अपनी संस्कृति (रहन-सहन की) स्वयं बदली है या किसी के कहने से? फिर दोषी दूसरा ही क्यों? क्या सभ्यता के मार्ग पर कदम रखना गुनाह है? आज़ादी के बाद जो शूद्र-वर्ग या आदिवासी बसों में सफर करते थे, अपने पहनावे के कारण कभी भी बसों में सामने की सीट पर नहीं बैठ सकते थे, यदि बैठ भी जाते थे, तो उन्हें उठाकर पीछे की सीटों पर भेज दिया जाता था और आगे की सीटों पर पैंट-बुशर्ट पहननेवाले बैठा दिए जाते थे। धीरे-धीरे जब इन आदिवासियों ने समय के साथ-साथ अपना पहनावा बदला और पैंट-बुशर्ट पहनने लगे तो यात्रा के दौरान अगर वे अगली सीट पर बैठ जाते हैं, तो उन्हें पीछे भेजने की किसी की हिम्मत नहीं होती।

मनुष्य समझता है कि उसके द्वारा अपनाई गई हर चीज़ या काम, अटल होता है, पर क्या प्रकृति के रहस्यों के बारे में कभी सोचा है? मजबूत से मजबूत दीवार में भी समय आने पर दरारें पड़नी शुरू हो जाती हैं, तो फिर जिन बातों की कोई नींव (आधार) ही न हो, वे समय के चक्र के आगे कैसे स्थिर रह सकती हैं? मनुष्य की सोच या विचार समय के साथ-साथ बदलते जाते हैं, चाहे वे विचार धार्मिक हों या राजनैतिक! कौन जाने कब किस सोच पर मन अटक जाए? इतिहास इस बात का गवाह है कि जब-जब प्रकृति ने अपना विकराल रूप दिखाया, तब-तब मानव के हाव-भाव, खान-पान, बोल-चाल, रीति—रस्म पर असर पड़ा है। जगह-जगह पर भयंकर अकाल पड़े हैं? ऐसे समय में धर्म की क्या भूमिका होती है? ऐसे संकट के समय तो मानवता ही काम आती है, चाहे वे किसी भी पंथ के क्यों न हों?

यदि यहाँ के गरीब को यह समझ में आ जाए कि धर्म ही उनकी उन्नति में बाधक है तो वह रूस व चीन के समान वे यहाँ भी क्रांति ला सकता है। तब भारत में रहनेवाला क्या बन कर रहेगा? हिन्दू या कम्युनिस्ट। फिर धर्म माननेवाले आपस में लड़ते रहेंगे कम्युनिस्टों के साथ? कम्युनिज्म तो इस देश में रूस-चीन आदि देशों के साथ ही आ जाता पर, न आने का कारण यहाँ के लोगों का अनपढ़ होना था। जिस रोज हर शूद्र और आदिवासी शिक्षा के महत्त्व को समझकर उसके पीछे पड़ जाएगा, उस समय धर्म की जड़ें खोखली हो जाएँगी और भारत में कम्युनिज्म आ जाएगा क्योंकि कम्युनिज्म की बारी आना भारत में बाकी है, तब धर्म के ढिंढोरा पीटनेवालों का क्या होगा? समय किसी की राह नहीं जोहता। जैसे यूरोप में शिक्षा का प्रभाव बढ़ता गया, वैसे-वैसे लोगों ने अपने विचारों को बदला और पूरी दुनिया को छान मारा, नई खोजें की गईं। इंग्लैण्ड जो कभी मुस्लिम राष्ट्र था, वह ईसाई राष्ट्र हो गया। रूस में धर्म का महत्त्व कम है क्योंकि उन्हें वह अपनी उन्नति में बाधक लगा। चीन में कन्फूसियस व बौद्ध-धर्म का प्रभाव था, जो समाजवाद में बाधक बन रहा था उसे खत्म कर दिया गया। ऐसे अनेक उदाहरण हमारे समाने हैं। तानाशाही खत्म होने पर प्रजातंत्र आया।

जैसे-जैसे मनुष्य की बुद्धि का विकास होता गया, उसकी सोच, उसके विचार विकसित और विस्तृत होते गए। उसे अपना अस्तित्व समझ में आने लगा। वह अब

खुलेपन का वातावरण ज्यादा पसन्द करने लगा है। धर्म का अंकुश कुछ हद तक हर देश में था। उसमें लचीलापन आने लगा। स्वयं पोप, जो कभी कट्टरवादी थे, समय के साथ-साथ उन्हें भी लोक विचारों से सहमत होना पड़ा और धार्मिकता का अंकुश ढीला करना पड़ा।

हमारे देश भारत में भी यही सब कुछ हुआ। लोग हिन्दू धर्म छोड़कर सिख, बौद्ध, जैन, ईसाई और मुसलमान बन गए। कहने का तात्पर्य यह है कि धर्म जैसी बातें मनुष्य के विचारों की उपज हैं, जो विचारों के साथ बदल भी सकती हैं। धर्म के ऊपर कभी कोई प्रतिबन्ध होता ही नहीं, न कभी होना चाहिए। जहाँ प्रतिबन्ध हुआ कि अराजकता मुँह फाड़े सामने आकर खड़ी हो जाती है, जो पूरे राष्ट्र को आग में झोंक देती है। फिर वहाँ बरबादी के सिवाय कुछ नहीं मिलता। स्वतंत्र व्यक्ति के स्वतंत्र विचार ही देश की उन्नति के स्रोत हैं। अन्त में मैं कहूँगा कि किसी भी संगठन द्वारा किसी भी धर्म का विरोध करना, लोगों को सताना, दुःख देना, उतना ही जुर्म है, जितना धोखा देना क्योंकि भारतीय संविधान में अच्छी तरह से दर्शाया गया है कि हमारे देश में कोई भी व्यक्ति किसी भी धर्म को स्वीकार कर सकता है और अपने धर्म का प्रचार कर सकता है। यदि राजनीति से प्रेरित होकर व्यक्ति या संगठन इन मौलिक अधिकारों का विरोध करता है, तो भी सरकार को इसे जुर्म मानने का कानून बनाना चाहिए, तभी इस देश की व्यवस्था पर काबू पाया जा सकता है।

आदिवासी जो अनार्य और द्रविड़ कहलाते हैं वे ब्राह्मणों द्वारा बताए गए इन चार वर्णों में नहीं आते! इन चार वर्ण से आदिवासियों का कोई परोक्ष या अपरोक्ष सम्बन्ध नहीं है, फिर उन्हें जबरन हिन्दू मान लेना क्या उचित है?

अंग्रेजों ने इन बातों को अच्छी तरह से जाना-परखा था कि आदिवासियों का मन्दिरों में प्रवेश निषेध है। उनके प्रवेश से मन्दिर अपवित्र होना बताया गया है, इस कारण जब अंग्रेज़ी मिशनरियों ने सहशिक्षा के स्कूल खोले तो शूद्रों और आदिवासियों को ऊपर उठाने के लिए आर्थिक मदद के साथ धार्मिक शिक्षा भी देनी शुरू की क्योंकि हिन्दू मन्दिरों में इनका प्रवेश बन्द था। इसलिए उन्होंने इनको चर्च के लायक बनाया ताकि वे उनके साथ बिना भेदभाव, छूआछूत की भावना से दूर होकर निराकार ईश्वर की उपासना कर सकें, जहाँ किसी भी प्रकार का कोई प्रतिबन्ध नहीं। पूर्वी भारत में लाखों-करोड़ों आदिवासी पढ़-लिखकर मानवता की जिन्दगी बिता रहे हैं। अन्य राज्यों में भी शिक्षा का स्तर आदिवासियों में 80 प्रतिशत से 90 प्रतिशत हो जाता लेकिन कट्टरवादियों ने अपने जाल से लोगों को कभी निकलने ही नहीं दिया। वे आज तक लोगों को अपने जाल में फँसा कर रखे हुए हैं और एक-दूसरे का विरोधी बनाकर आपस में लड़ाने की जुगत भिड़ाते रहते हैं। भूखे पेट को भोजन चाहिए, धर्म नहीं! धर्म की ज़रूरत तो पेट भरने के बाद पड़ती है।

ईसाई एवं सरना धर्मावलम्बियों का आपसी सम्बन्ध

बास्ता सोरेन

झारखंड राज्य में आदिवासी आबादी का एक अंश ईसाई धर्म माननेवालों का है। इनकी और सरना धर्म के अनुयाइयों की भाषा, सांस्कृतिक तथा आर्थिक परिस्थितियाँ एक-सी हैं। इनमें खून का आपसी सम्बन्ध है। इनकी कृषि एवं वासगीत भूमि पर मिल्कीयत एक-दूसरे के साथ अभिन्न रूप से जुड़ी हुई है। कानूनी मामलों में भी वे एक समान ही हिन्दू उत्तराधिकार कानून के मातहत संचालित होते हैं। इनमें सरना धर्मवालों के समान ही विवाह, विवाह-विच्छेद, सामाजिक विवाद एवं उत्तराधिकार का परम्परागत रीति-रिवाजों के अनुसार निपटारा करने की व्यवस्था है। जन प्रतिनिधित्व कानून में भी आदिवासियों के प्रतिनिधि बनने के लिए खून को आधार बनाया गया है। जात-पाँत से विभाजित हिन्दू समाज में बहिर्गमन का रास्ता तो खुला रहता है, मगर उसमें प्रवेश के लिए रास्ता नहीं है। इस सन्दर्भ में आदिवासी समुदाय में सामाजिक लचीलापन है। ईसाई आदिवासी यदि चाहें तो पुनः पुराने समाज में वापस जा सकते हैं। समाज में इसका स्वागत होता है। ईसाई धर्म से वापसी की मिसालें अनेक हैं। इसमें भी आदिवासी लोग खून को ही आधार बनाते हैं।

शिक्षा के मामलों में ईसाई धर्म ग्रहण कर चुके आदिवासी आगे बढ़े हुए हैं। जिस समय भारतीय समाज में आदिवासियों को असभ्य, जंगली कहकर दूर रखा जाता था, उस समय ईसाई मिशनरियों ने उन्हें मनुष्य का दर्ज़ा देकर पढ़ना-लिखना सिखलाया था। इसका लाभ ईसाई आदिवासियों को मिला था। फलस्वरूप अन्य आदिवासियों की तुलना में आज वे अपना अगुआ स्थान बनाए हुए हैं। सरकारी कैडरों में आदिवासियों में से अधिकतर लोग ईसाई धर्म से आते हैं। इन सब बातों के होते हुए यह तथ्य निर्विवाद है कि आदिवासी जनता चाहे वह ईसाई हो या सरना, तमाम लोग आर्थिक, सामाजिक एवं सांस्कृतिक रूप से शोषित-पीड़ित रहते हैं एवं उनका दमन, उत्पीड़न समान रूप से चलता है, जो आज तक समाप्त नहीं हुआ है।

हमने अनेक हिंसक ऐतिहासिक मोड़ बतौर 'त्रासदी' झेले हैं। बहुसंख्यक समुदाय के कट्टर धर्मगुरुओं द्वारा फैलाए गए क्रूर उन्माद का शिकार आम जन बना है। कभी-कभी कईयों ने अपनी जमीन-जायदाद, घर-द्वार गँवाकर एक स्थान से अन्य स्थान

में जाकर अपने जीवन अस्तित्व को बचाया। कईयों ने तो अपने जीवन को खो भी दिया।

1765 में अंग्रेज़ों के आगमन के साथ-साथ छोटानागपुर के आदिवासियों के जीवन में ऐसा ही एक संकट आया था। अंग्रेज़ों का इरादा था कि वे आदिवासियों की भूमि-व्यवस्था एवं ग्राम-व्यवस्था को तोड़कर जमींदारी-व्यवस्था कायम करें। वे छोटानागपुर की धरती पर ऐसे नए शोषक एवं शासक वर्गों को बाहर से लाकर प्रतिष्ठित करना चाहते थे, जो अपना स्वार्थ साधने के लिए जनता को दबाते तो रहे ही, वे अंग्रेज़ों का साथ भी देते रहे और साथ ही साथ वे जनता से टैक्स वसूल कर सरकार के पास पहुँचा भी दें। पहले तो उन्होंने सोचा कि राजाओं को अपने हाथ में ले लेने से उनका सारा काम आसान हो जाएगा, जैसा कि भारत की समतल भूमि (मैदानी) पर उन्होंने किया था। परन्तु परिस्थिति ऐसी नहीं हुई। उनको लगातार 1900 ई. तक एक के बाद एक खूनी संघर्षों का सामना करना पड़ा था।

अंग्रेज जिस भूमि-व्यवस्था एवं प्रशासनिक-व्यवस्था को कायम करना चाहते थे, इसे लेकर उनका आदिवासियों के साथ हर कदम पर टकराव होने लगा। इन बातों को गहराई से समझने के लिए नीचे दिए गए कुछ तथ्यों पर ध्यान देना ज़रूरी है।

छोटानागपुर की धरती घने जंगलों से भरी थी, उसमें हिंसक जंगली जानवरों का उपद्रव था एवं आवागमन का रास्ता नहीं था। ये बातें निर्विवाद हैं कि उस समय जंगलों को साफ कर उबड़-खाबड़ धरती को समतल बनाकर आदिवासियों ने ही सबसे पहले उसमें सुन्दर-सुन्दर गाँवों एवं कृषि भूमि का निर्माण किया था। हॉफमैन ने अपनी पुस्तक 'एनसाईक्लोपिडिया मुंडारिका' तथा एच. मैकफारसन की 'सर्वे सेटलमेंट रिपोर्ट' और एस.सी. राय की 'मुंडाज एंड देयर कन्ट्रीज़' में निम्न टिपण्णियाँ दी हैं–

इतिहासकारों का कहना है कि ईसा मसीह के जन्म के 500 वर्ष पूर्व राँची जिला में मुंडा लोग इस प्रकार के ग्रामों का निर्माण कर चुके थे।

"17वीं शताब्दी के अन्त तक आदिवासी समुदाय भारत के स्वतंत्र किसान थे। वन सम्पदाओं समेत भूमि तथा सभी प्रकार की वस्तुएँ, जो ग्राम-सीमा के अन्तर्गत आती थीं, ग्राम समुदायों के नियन्त्रण में होती थीं। उन्हें उपभोग के लिए व्यक्तियों को दिया जाता था। सामन्ती, जमींदारी अथवा भूस्वामी प्रथा की अवधारणा आदिवासियों में नहीं थी और ना ही उनकी भाषाओं में ये शब्द हैं।"

"1765 में बिहार के साथ छोटानागपुर भी अंग्रेज़ों के शासनाधीन हो गया था एवं 1809 में राजा को पुलिस थानों की स्थापना एवं चौकीदारों की बहाली करने का आदेश दिया गया था। इससे मुंडाओं में रोष पैदा हुआ।

1817 में छोटानागपुर ईस्ट इंडिया कम्पनी के प्रशासनिक दायरे में आ गया था। इसका अर्थ यह हुआ कि एक अंग्रेज अधिकारी के अधीन 12,500 वर्ग मीलवाला जिला आ गया। उसके अधीन काम करनेवाले अधिकारी बंगाल एवं बिहार के हिन्दू एवं मुसलमान परिवारों से आए थे। इन लोगों को आदिवासियों के बारे में न तो जानकारी

थी और न ही सहानुभूति।

“1822 में जगन्नाथ साही 19 वर्ष की उम्र में छोटानागपुर के राजा बने थे। उनका खर्च अनियमित एवं आवश्यकता से अधिक था, जिसके कारण मुंडारी भूमि-व्यवस्था ध्वस्त हो गई थी। सिख घोड़े व्यापारी एवं मुस्लिम वस्त्र व्यापारी लोग राजा को सारे सामान उधार दे जाते थे। उस बकाया राशि को चुकता करने के एवज में राजा ने उन्हें अस्थायी लीज़ पर कुछ गाँव दे दिए थे। यह कानून एक निश्चित समय सीमा तक कर्ज़ वसूलने का एक अधिकार मात्र था जो केवल राजा से ही प्राप्य था। लेकिन गुपचुप सहमति यह थी कि ये लोग, जिन्हें बाद में ठेकेदार कहा जाने लगा था, प्रवंचना या हिंसा द्वारा गाँवों से अपनी रकम वसूल लेंगे। राजा द्वारा पहले बुलाए गए बाहरी लोग, जिन्हें जागीरदार कहा जाता था, को जितने दिन उनके पुरुष उत्तराधिकारी रहेंगे, उतने दिनों तक बने रहने के लिए मंजूरी दी गई थी। इन जागीरदारों को मुंडाओं के प्राचीन कालीन अधिकारों पर 18वीं शताब्दी के अन्त तक किसी प्रकार की दखलअन्दाजी करने का साहस नहीं था। मगर ठेकेदारों ने जब अपने आपको नीच प्रकार के लुटेरों के रूप में प्रस्तुत करना शुरू किया तो जागीरदार भी उनके द्वारा दिखाए गए रास्ते का अनुसरण करने लगे, जिसके फलस्वरूप 1831 में आम विद्रोह हुआ था।”

“1833 में छोटानागपुर में जमींदारी पुलिस व्यवस्था कायम की गई थी। यह विश्वास किया जाता था कि यह व्यवस्था बिहार एवं बंगाल में सन्तोषजनक रूप से कार्य करती है। सम्भव है कि ऐसा हो भी। मगर छोटानागपुर में यह व्यवस्था भेड़ चराने के लिए भेड़ियों की बहाली के बराबर थी। इसमें छोटानागपुर के कुछ मध्यभोगी लोग नियमित मजिस्ट्रेट भी हुआ करते थे।”

“यह व्यवस्था मुंडाओं के अधिकार एवं स्वतन्त्रता पर कुठाराघात थी। बाहरी लोगों की क्रूर लालसाओं के कारण मुंडा लोग अपने गाँव छोड़कर नई जगह एवं ज़मीन खोजने के लिए जंगलों में चले गए, जैसा कि पिछले युगों में वे करते आए थे। मगर अब वैसा जंगल नहीं रह गया है। उनके सामने अब भूखों मरने अथवा अपनी ही धरती पर गुलाम बनकर रहने या करीब-करीब उपवास रहकर जिन्दा रहने के सिवाय दूसरा रास्ता नहीं बचा है।”

“जब 99 प्रतिशत गाँवों से सामुदायिक व्यवस्था को नष्ट कर दिया गया तो दुश्मनों ने आदिवासियों को भूईहारी एवं राजहस (निजी जोत की) जमीनें, जो वे जोत रहे थे, से हटाने के लिए प्रयास किया। उन्होंने आदिवासियों के खिलाफ ज़मीन की दखलदारी को लेकर झूठे मुकदमों की बाढ़ लगा दी। करीब-करीब सभी मुकदमों में हमलाकारियों के पक्ष में ही फैसले हुए।”

“परिस्थितियाँ इस प्रकार बनाई गईं कि पूरे क्षेत्र में ‘आरकाटिस’ (कमीशन एजेन्ट) के माध्यम से अपराधजनक कार्यों के लिए अनुकूल वातावरण तैयार कर दिया गया। इसमें कोई सन्देह नहीं है कि प्रत्येक साल 30,000 से 45,000 की संख्या में आसाम के चाय बगानों में काम करने हेतु आदिवासी लोग चले जाते थे क्योंकि ऐसा नहीं करने

से उन्हें भूखों मरना पड़ता। मगर यह सभी लोग जानते थे कि इनमें से अनेक को जमींदारों द्वारा आरकाटिस के पास बेच दिया जाता था।"

"जमींदारों द्वारा जो वेठ-बेगारी वसूला जाता था, वह सामान्य रूप से निम्न प्रकार था—तीन दिन हल, तीन दिन कुदाल का कार्य, तीन दिन धान बुनाई या रोपनी का कार्य एवं तीन दिन एक व्यक्ति द्वारा धान कटनी, एक दिन एक व्यक्ति द्वारा धान झड़ाई, एक दिन भंडार में धान जमा करना, 100 बोझा पुआल या घास आपूर्ति करना, एक बोझा बाँस एवं दो छोटे रोले (टिम्बर) पहुँचाने के कार्य के अतिरिक्त जमींदार जब भ्रमण में निकले तो उनका बोझा ढोकर ले जाने का कार्य भी करना पड़ता था।"

यूरोपीय मिशनरियों का आगमन एवं उनकी भूमिका

छोटानागपुर के ऐसे ही परिवेश में सन् 1845 से लेकर 1850 तक चार चर्चों का निर्माण हुआ था। इन पाँच सालों में चार उराँव एवं तीन मुंडा जनजाति यानी कुल मिलाकर सिर्फ़ सात लोगों ने ही ईसाई धर्म ग्रहण किया था। बाद में 1860 तक 1700 आदिवासी ईसाई बने थे। इसके बाद के वर्षों में इसमें प्रतिवर्ष क्रमशः 322, 809, 1296, 2100, 829, 1024 की संख्या में वृद्धि हुई।

इससे यह पता चलता है कि प्रारम्भिक स्तर में ईसाई बनने की गति धीमी थी। यह धीमी गति बाद के वर्षों में तेज होने लगी। इसका मुख्य कारण था ठेकेदार एवं जमींदारों द्वारा आदिवासियों की ज़मीन छीनना, वेठ-बेगारी की सीमाहीन वसूली एवं तरह-तरह के जुल्म तथा अत्याचारों से आदिवासी जनता को तबाह करना। सच कहा जाए तो उस समय उनसे हमदर्दी दिखाने के लिए भी कोई सामने नहीं आता था। सामन्ती व्यवस्था क्या होती है, उसके शोषण एवं उत्पीड़न के प्रसंग में आदिवासियों को तनिक भी जानकारी नहीं थी।

उनका मान-सम्मान, जीवन-अस्तित्व खतरे में पड़ गया था। उनके ऊपर जैसे आसमान गिर पड़ा हो। इतने दिनों तक जिसे वे न्याय समझते थे लोग उसे अन्याय कहने लगे। जिसे वे अन्याय समझते थे, उसे लोग न्याय कहने लगे। उनकी नज़रों के सामने ही जो सच था, वह झूठ बनता गया और जो झूठ था, वह सच। सब कुछ उन्हें पहेली जैसा लगता था, जिसका उत्तर उनके पास नहीं था।

इस बीच 1857 का सिपाही विद्रोह हुआ। उसे दबा दिया गया। 1858 में महारानी विक्टोरिया भारत आईं। यह समाचार आदिवासियों के कानों तक पहुँचा तो वे समझ गए कि राज बदल गया है एवं महारानी ईसाई है। इससे आदिवासियों में उम्मीद जगी कि ईसाई बनने से हो सकता है, उन्हें एक सहारा मिल जाए।

जहाँ आदिवासियों के साथ कुत्ते-बिल्लियों से बदतर व्यवहार किया जाता था, वहाँ ईसाई मिशनरियों ने उन्हें इन्सान का दर्ज़ा देकर अपनाया। उन्होंने उनकी शिक्षा के लिए प्राथमिक विद्यालयों से प्रारम्भ कर उच्च शिक्षा के लिए प्रतिष्ठानों का निर्माण भी

करवाया और चिकित्सा के लिए अस्पताल एवं तकनीकी शिक्षा के लिए भी संस्थान खड़े करके, उन्हें प्राथमिकता के आधार पर शिक्षा देने लगे। उन्होंने मेधावी छात्र-छात्राओं को इंग्लैंड तक पढ़ाने की व्यवस्था की। मिशनरियों ने उनकी भाषाओं का अध्ययन कर भारतीय लिपि एवं रोमन लिपि का प्रयोग किया तथा उनकी मातृभाषा के माध्यम से किताबों को प्रस्तुत कर आदिवासी भाषाओं में पढ़ाई के लिए आदिवासियों को प्रोत्साहित किया। संताली, मुंडारी, कुड़ुख, माल्टो, हो आदि भाषाओं में जो भी शोध कार्य या तथ्यों का संग्रह किया गया था, आज आदिवासियों के भविष्य के विकास के लिए वह अमूल्य सम्पदाओं का भंडार बन गया है। मिशनरियों ने जिस काल में मानवीय मूल्यों से ऊपर उठकर आदिवासियों को प्रशिक्षण देने का कार्य किया था एवं आज भी जो वे कर रहे हैं, उनके सामने धर्म की बोली, मात्र बोली छोड़कर कुछ नहीं रह जाती। युगों का इतिहास देखने से पता चलता है कि धर्मगुरु सरीखे लोगों ने भी हमेशा ही शासक वर्ग का साथ दिया है। ईसाई मिशनरियों का भी इससे भिन्न अवस्थान नहीं था। मगर उन्होंने जिन शोषित-पीड़ित आदिवासियों को ईसाई बनाया था, उनकी जीवन समस्याओं से वे भाग नहीं सकते थे। वे राजनीतिक दलों के अमानवीय शोषण और दमन को सीमित करना चाहते थे। इसलिए वे ईसाई आदिवासियों को सलाह एवं सही संवाद देकर मदद करना चाहते थे। फलस्वरूप वे भी ठेकेदार एवं जागीरदारों के हमलों का शिकार हुए। उनके खिलाफ भी सरकार के पास शिकायतें दर्ज हुई थीं एवं उनके विरुद्ध हिन्दू ठेकेदार तथा जागीरदारों को संगठित करने का प्रयास भी किया गया था। मगर यह प्रयास विफल रहा। ठेकेदार एवं जमींदार गैर-ईसाई का भेद नहीं करते थे। उनका शोषण और दमन इतने सूक्ष्म स्तर तक था कि वे आदिवासियों के मन में दिकु-विरोधी भावना को घटा या छोटा नहीं कर सकते थे। ईसाई-आदिवासियों को मिशनरी के लोगों ने जो भी मानसिक सहायता पहुँचाई थी, उससे उनकी चेतना बढ़ी, मगर अंग्रेज साम्राज्यवादी मुहिम के सामने उसका मूल्य बहुत की कम था।

ईसाई मिशनरियों ने आदिवासियों के साथ रहकर उनकी भूमि एवं सामाजिक व्यवस्था, उनकी भाषा, संस्कृति का अध्ययन कर सरकार एवं दुनिया को जानकारी दी थी। बिरसा विद्रोह समाप्त होने के बाद मुंडा राष्ट्र की भूमि व्यवस्था के सम्बन्ध में भारत के गवर्नर के समक्ष 6 मार्च 1905 को एक मेमोरेंडम प्रस्तुत किया गया था, जिसमें छोटानागपुर की भूमि व्यवस्था के सम्बन्ध में विस्तृत विवरण दिया गया था। यह मेमोरेंडम रेवरेंड फादर होफमैन एस.जे. एवं इ. लिस्टर, आई.एस. द्वारा प्रस्तुत किया गया था।

इसमें आदिवासी भूमि व्यवस्था के बारे में परिचय दिया गया है, जो बाद में छोटानागपुर काश्तकारी कानून बनाने के समय एक आधारशिला बना। इस प्रकार ईसाई मिशनरियों ने छोटानागपुर में विशेषकर आदिवासियों की भूमि, भाषा के सम्बन्ध में जानकारी तथा शिक्षा आदि के मामलों में अग्रणी भूमिका निभाई थी, जिसे साम्राज्यवादी क्रियाकर्मों के साथ एक ही 'बाँट' बटखरे से तोला नहीं जा सकता।

अंग्रेज साम्राज्यवादी शक्ति ने बहुत ही क्रूरता के साथ आदिवासियों का दमन किया था एवं आदिवासियों की भूमि व्यवस्था तथा सामाजिक व्यवस्था को तोड़ने का प्रयास किया था। अपनी प्रशासनिक व्यवस्था एवं न्यायपालिका को आदिवासियों के विरुद्ध राजा, जमींदार, ठेकेदार एवं जागीरदारों को प्रतिष्ठित करने हेतु उनके अनुकूल भरपूर प्रयोग किए गए थे। इस काल में अंग्रेज़ों ने आदिवासियों को जो नुकसान पहुँचाया, शायद उसकी भरपाई कभी भी नहीं होगी।

राँची के राजा के पास गाँव के एक मुंडा के बराबर भी खेती की ज़मीन नहीं थी, मगर 1903 के सर्वे सेटलमेंट में देखा गया कि राँची जिले में उस समय कुल खेती की ज़मीन 3614 वर्ग मील थी, उसमें से 2,804 वर्ग मील खेती की ज़मीन महाराजा एवं जमींदारों के हाथ में चली गई। 405 वर्ग मील ज़मीन महाराजा एवं जमींदारों की व्यक्तिगत सम्पत्ति बन गई थी। आदिवासियों के हाथ में केवल 405 वर्ग मील खेती ज़मीन बच गई।

उपरोक्त नाज़ुक परिस्थितियों में राँची के आदिवासियों ने अपने जीवन अस्तित्व को बचाए रखने के आशय से हज़ारों की संख्या में ईसाई धर्म को ग्रहण किया था। हमें ऐसा नहीं लगता है कि ऐसा करके उन्होंने कोई बहुत बड़ा अपराध किया था।

आदिवासी ईसाइयों में परिवर्तन की हवा

भारत के स्वतंत्र होने के बाद आदिवासी जनसमूह में एकता की चेतना जागने लगी। झारखंड क्षेत्र में अलग झारखंड राज्य बनाने की माँग को लेकर अंग्रेज शासनकाल में ही आन्दोलन शुरू हो गया था। वह बढ़ने लगा। इस आन्दोलन के जन्मकाल से ही आदिवासी ईसाइयों की भूमिका महत्त्वपूर्ण थी—यह सर्वविदित है। सामाजिक रूप से भी ईसाई एवं सरना धर्मवालों के बीच दुराव को दूर करने के लिए अनेकों ने चिन्तन शुरू किया एवं आपस में इस खाई को पाटने के लिए वार्तालाप भी शुरू किया गया। ऐसी परिस्थिति में ही 25 जनवरी 1959 में आहूत वेटिकन द्वितीय महासभा ने ईसाई समुदायों को निर्देश दिया कि वे अपनी-अपनी भाषा और संस्कृति को अपनाते हुए, उसी के अनुकूल ईसाई धर्म की चर्चा करें। तब से विशेषकर, कैथोलिक ईसाई समुदाय में व्यापक तरीके से नया मोड़ लेने के लिए कदम उठाए गए, जो अब तक चल रहे हैं। इन ईसाइयों ने संताल, हो, मुंडा आदि भिन्न-भिन्न सांस्कृतिक परम्पराओं के अनुसार जन्म और मृत्यु के समय सरना की परम्परा के अनुसार सामूहिक नहान, हजामत आदि करना शुरू किया है।

ईसाई आजकल आदिवासी परम्पराओं के अनुसार ही पर्व-त्योहार के अवसर पर उसी के नियमानुसार अपने अनुष्ठानों को भी परिवर्तित कर रहे हैं। इसमें कोई सन्देह नहीं है कि इस प्रकार व्यापक परिवर्तन के लिए एक लम्बे समय की ज़रूरत है।

वर्तमान में 1996 में केन्द्रीय सरकार द्वारा अनुसूचित क्षेत्रों के लिए विशेष कानून

बनने के बाद ग्रामसभा का महत्त्व अधिक बढ़ गया है। ग्रामीण एकता को मजबूत बनाने की दृष्टि से ईसाई चर्चों में ग्रामीण ईसाई सदस्यों को इसे पूर्णरूप से सहयोग करने की हिदायत दी गई है। इसके पूर्व भी उन्हें संस्कार एवं सांस्कृतिक व्यवधानों को दूर करते हुए दैनिक जीवन प्रवाह में घुल-मिल कर कार्य करने के लिए निर्देश दिए गए हैं। ईसाइयों की ओर से यह कदम निश्चित रूप से अच्छा एवं स्वागत योग्य कदम माना जाएगा। इससे ईसाई एवं सरना धर्म के बीच खाई को पाटने में सहायता मिलेगी एवं भाषाई तथा सांस्कृतिक एकता की बुनियाद और मजबूत बनेगी।

(साभार : बास्ता सोरन की 'सरना' पुस्तक से)

आदिवासी किसान वैश्वीकरण के जाल में

पूरन बोरो

वैश्वीकरण एवं उदारीकरण साम्राज्यवादी देशों का वह हथियार या यन्त्र है, जिसके द्वारा वे हमारे देश का शोषण जारी रख सकते हैं। वैश्वीकरण से हमारे देश और सामान्य जनता को कोई लाभ नहीं हुआ है। परन्तु साम्राज्यवादी देशों ने अपने संकट का बोझ हमारे देश पर लाद दिया है। इंटरनेशनल मॉनिटरी फंड, वर्ल्ड बैंक एवं विश्व व्यापार संगठन वैश्वीकरण के उपकरण हैं। अतः साम्राज्यवादी देश हमारे देश का शोषण करेंगे, उसे लूटते रहेंगे। वे ब्याज पर क़र्ज़ा देंगे और उसके बाद वे बड़ी पूँजी, ब्याज सहित लौटाने के लिए फिर क़र्ज़ा देंगे। इस प्रकार हमारा देश क़र्ज़े के मकड़जाल में फँस जाएगा और उससे बाहर आ भी नहीं सकेगा। वे हमारी खनिज सम्पदा, उद्योग का कच्चा माल आदि सब ले जाएँगे, उनसे अपना काम लेंगे और अपनी आय बढ़ाएँगे। यदि हमारे देश को औद्योगिक माल और विकृत संस्कृति उनसे मिलती है तो भी वैश्वीकरण किसी भी दशा में आय बढ़ानेवाला नहीं होगा बल्कि व्यय बढ़ानेवाला होगा। यद्यपि यह वैश्वीकरण वित्तीय पूँजी से सम्बद्ध होगा परन्तु इससे हमारे देश का कोई हित नहीं सधेगा। यह पूँजी शेयर बाज़ार में काम आती है। औद्योगिक या कृषि विकास में कोई निवेश नहीं किया गया है, परिणामस्वरूप संकट बढ़ा है। उद्योग एक के बाद एक बन्द हो रहे हैं। बेरोज़गारों की संख्या प्रतिदिन बढ़ रही है। इस साम्राज्यवादी वैश्वीकरण से संकटीय वैश्वीकरण ने जन्म ले लिया है।

यह संकट विभिन्न देशों में फैल गया है। मलेशिया, इंडोनेशिया, मैक्सिको आदि तो इस संकट से तंग आ गए हैं। वैश्वीकरण से साम्राज्यवाद का प्रभुत्व स्थापित किया जा रहा है, वित्तीय पूँजी की निर्बाध गतिशीलता पर लगाया गया नियन्त्रण एशिया, अफ्रीका एवं लैटिन अमेरिकी देशों से हटाना पड़ेगा।

ऐसी स्थिति में ढाँचागत सामंजस्य के अनुरूप खुली बाज़ार नीति को अपना वर्चस्व स्थापित करना पड़ेगा। हमारे जैसे ग़रीब देश में ऐसी व्यवस्था इस तरह से है–मानो हमें उर्वरकों, बीज, सिंचाई, बिजली इत्यादि को आर्थिक सहायता की तो आवश्यकता ही न हो। दूसरी ओर अमेरिका, जापान जैसे धनाढ्य देश सबसे अधिक आर्थिक सहायता देते हैं। यह आर्थिक सहायता न केवल कृषि क्षेत्र में दी जाती है बल्कि अन्य क्षेत्रों में भी अपने देश के हित में दी जाती है। हमारे देश में तो आर्थिक सहायता के साथ पी.डी.एस. तक

भी जारी नहीं रखा जाएगा। सरकारी एजेंसियाँ उन फ़सलों को भी प्राप्त नहीं करेंगी जो अच्छी क़ीमत देने योग्य हैं। यदि अच्छी क़ीमत के अभाव में किसान अपनी क्रय-शक्ति खो देता है, तो दरअसल खुला बाज़ार किसानों के लिए खुला नहीं है।

कृषि सम्बन्धी गतिविधियाँ लाभकारी होनी चाहिए, उनसे कुछ फ़ायदा मिलना चाहिए। लाभ अर्जित करने के लिए उद्योगों की तरह, कृषि में भी पूँजी निवेश करना पड़ेगा। इसका अर्थ यह हुआ कि कृषि को भी भविष्य में उद्योगों की श्रेणी में ही लिया जाएगा।

खेती विदेशों की माँग को देखकर की जानी चाहिए। फ़सल उत्पादन की विधा में परिवर्तन किया जाना चाहिए और उस फ़सल के उत्पादन पर बल दिया जाना चाहिए, जिसकी विदेशों में माँग हो। यदि ऐसा करने पर खाद्य फ़सल उपजाने में आत्मनिर्भरता में कमी आती हो, तो हमारे यहाँ कोई परवाह नहीं करता। उलटे ऐसा समझा जाता है कि कुछ नहीं हुआ, जबकि धनाढ्य देश खाद्य फ़सल में आत्मनिर्भरता की कमी नहीं आने देते। इस मामले में साम्राज्यवादी देश अधिक सतर्क हैं—वैश्वीकरण के नाम पर अपने हितों की रक्षा कर रहे हैं और अन्य देशों के हितों की अनदेखी कर रहे हैं।

यद्यपि खेती के लिए संस्थागत कर्ज़ की सख्त ज़रूरत है तथापि क़र्ज़ की राशि में कमी आई है। नरसिंघम एवं आर.डी. गुप्ता की समिति ने इस सम्बन्ध में अपनी अभिशंसा की है, अतः भविष्य में गाँवों में बैंकों की संख्या और क़िस्तों में कमी की जाएगी। बैंकों द्वारा कृषि पर दिए गए कर्ज़ में काफ़ी कमी हुई है। सन् 1990 के बाद आठ वर्षों में यह क़र्ज़ 17.8% से घटकर 11.7% रह गया है। सम्पूर्ण क़र्ज़े में गैर-संस्थागत क़र्ज़ के हिस्से में बढ़ोत्तरी हुई है। सूदखोरीवाले क़र्ज़ के बोझ ने हमारे किसान को कमज़ोर बना दिया है। विगत वर्षों में कुछ राज्यों में कई किसानों ने क़र्ज़ा न चुका पाने के कारण आत्महत्या तक कर ली।

जहाँ तक ज़मीन के स्वामित्व का प्रश्न है, ज़मीन की अधिकतम सीमा जो कि सीलिंग कानून में निर्धारित की गई है, अब रहेगी ही नहीं। पट्टा भू किरायादारी में अब खुला बाज़ार वाली नीति का ही वर्चस्व रहेगा। अब किसी पर बड़े से बड़ा भू-खंड ख़रीदकर भू-स्वामी बनने में कोई पाबन्दी नहीं रहेगी। अब विदेशी, बहुराष्ट्रीय कम्पनियों के लिए भी ज़मीन (भू-खंड) ख़रीदने हेतु कोई मनाही नहीं है। सीलिंग के क़ानून अब बहुत नर्म कर दिए गए हैं और उनमें बहुत छूट दे दी गई है। इस बीच आधुनिक कृषि के नाम पर हज़ारों एकड़ ज़मीन बहुराष्ट्रीय कम्पनियों को दे दी गई है। बहुराष्ट्रीय कम्पनियाँ जो अब गाँव में प्रवेश कर गई हैं, इस फ़िराक में हैं कि गाँववाले उन पर निर्भर हो जाएँ ताकि उनके साम्राज्यवादी हित सध सके। कृषि आधारित कम्पनियों ने ऐसे बीज उत्पन्न किए हैं जो उत्पादन के लिए केवल एक बार ही प्रयुक्त किए जाते हैं। इसका अर्थ यह हुआ कि किसानों को हर वर्ष फ़सल उपजाने के लिए बीज कम्पनियों से ख़रीदने पड़ेंगे। साथ ही कीटनाशक, उर्वरक भी इन्हें उन्हीं कम्पनियों के ख़रीदने पड़ेंगे, जहाँ से बीज ख़रीदे गए हों। ऐसा किए बिना अन्य कम्पनियों के कीटनाशक प्रभावी नहीं होने का सन्देह रहेगा।

हमारे देश में पेटेंट क़ानूनों में संशोधन हुए हैं, इसलिए उर्वरकों, बीजों इत्यादि के पेटेंटीकरण व मार्केटिंग में बाधाओं की बात समाप्त हो गई है। एक बार किसी फ़सल या

पौधे का पेटेंट हो चुका है, तो कोई अन्य लोग उन्हीं गुणोंवाले पौधों या फ़सल का पेटेंट नहीं करवा सकेंगे। ऐसा करना ग़ैर कानूनी होगा। वैश्वीकरण के इस युग में अमेरिका या जापान की कोई कम्पनी पूर्ण स्वाधिकार स्वामित्व प्राप्त कर सकती है, यदि वह हमारी ही किसी फ़सल में मामूली परिवर्तन कर उसे अन्यत्र पेटेंट करवा ले। यह स्वामित्व अधिकार की बात विश्व के किसी भी देश पर लागू हो सकती है। इस प्रकार इस बीच पेटेंटिंग के बाद एक से अधिक फ़सलों का स्वामित्व अन्य देशों के पास चला गया है।

केन्द्रीय सरकार ने उदारीकरण की नीति अपनाते हुए देश के दरवाज़े अन्य देशों के लिए खोल दिए हैं। आयात की मात्रा पर से अंकुश हटा दिए जाने के कारण किसान प्रभावित हुआ है। 1929 वस्तुओं पर से आयात सीमा शुल्क कम कर दिया गया है। दूसरी ओर विदेशों से उन चीज़ों को, जो हमारे देश में भी उत्पादित होती हैं, आयात करने की इजाज़त दे दी गई है। उनमें पाउडर, दूध, नारियल, अचार आदि भी शामिल हैं। परिणाम स्वरूप किसानों द्वारा उत्पादित वस्तुओं की क़ीमत में गिरावट आ गई और किसानों को कई हज़ार करोड़ रुपयों तक का नुक़सान सहना पड़ा। कृषि में सार्वजनिक निवेश में भी कमी आई जिससे उत्पादन भी गिरा।

कृषि में निवेश जो 1980-81 में था, वह 1998-99 में आकर लगभग आधा रह गया है। कुल फ़सलों के उत्पादन की वृद्धि दर जो अस्सी के दशक में 3.19% थी, वह नब्बे के दशक में 1.30% हो गई है। खाद्य फ़सलों की उत्पादन दर 1.71% हो गई, जो पूर्व में 2.85% थी। किसानों में सरकारी लेवी और खाद्य सामग्री का वितरण दोनों बंद कर दिए जाने हैं। मन्दी प्रभावित बिक्री (Distress Sale) के समय किसानों को बचाने व वसूली की पुष्टि करने में सरकार कोई पहल नहीं करेगी। किसान बड़े व्यापारियों द्वारा लूटे जा रहे हैं।

केन्द्रीय सरकार एवं ग़ैर-वामपंथी राज्यों की कृषक विरोधी नीतियों के कारण कृषि के क्षेत्र में असमानताएँ बढ़ी हैं। अधिकांश लोगों में उपभोक्ता वस्तुओं के प्रति व्यक्ति उपयोग की मात्रा घटी है। उदारीकरण के बाद ग्रामीण क्षेत्र के लोगों में ग़रीबी रेखा के नीचे जीनेवाली संख्या बढ़ी है। कृषक मज़दूरों के कार्य दिवसों की संख्या घटी है और उनकी दशा पहले से ख़राब हुई है। लाखों स्त्री व पुरुष बेकाम हो गए हैं। सन् 1980 के बाद पन्द्रह वर्षों में देश के कुल कामगार समुदाय में जो कामगार कृषि में नियोजित हैं, उनका अनुपात 70% से 64% नीचे आ गया है। कृषि में पहले की अपेक्षा बेरोज़गारी बढ़ी है। हमारे देश में उर्वरकों का उपयोग मात्र 720 कि.ग्रा. प्रति हेक्टेयर है। यह मात्रा हमारे पड़ोसी देशों के उर्वरकों की तुलना में काफ़ी कम है। उदाहरणस्वरूप श्रीलंका से 244 कि.ग्रा. कम और बंगलादेश से 312 किलोग्राम कम है। चीन में उर्वरक उपयोग 3005 किलोग्राम प्रति हेक्टेयर है। उर्वरक उपयोग में हमारा देश बहुत पीछे है। दूसरी ओर खाद्यान्न खेती की फ़सल का क्षेत्र लगातार फ़सलों की कटाई के नमूने (cropping pattern) में परिवर्तन के कारण कम हो गया है परन्तु निर्यात नहीं बढ़ा, यद्यपि यह कहा जाता था कि उदारीकरण के बाद निर्यात बढ़ेगा, परन्तु ऐसा नहीं हुआ। 50 के दशकों

में देश के कुल व्यापारिक निर्यात में कृषि की भागीदारी 44% थी और अब वह घटकर 20% तक आ गई है। दूसरी ओर कृषक परिवारों में भूख से या कम भोजन मिलने से पीड़ित होनेवालों की संख्या उत्तरोत्तर वृद्धि पर है, जबकि हमारी केन्द्र सरकार एवं राज्य सरकारों के पास खाद्य के विशाल भंडार विद्यमान हैं। आशय यह कदापि नहीं है कि हमारे देश में उत्पादन बढ़ा है। पी.डी.एस. ढाँचागत समायोजन व उदारीकरण से प्रभावित हुआ है। केन्द्र सरकार ने सन् 1996 में लक्ष्यांक पी.डी.एस. को दो हिस्सों में—एक तो ग़रीबी रेखा के ऊपर और दूसरा ग़रीबी रेखा के नीचे, पृथक् कर दिया था। दोनों में विभाजन की राशि एवं क़ीमत का अन्तर रख दिया गया है। परन्तु पिछले चार वर्षों में आटा और चावल की क़ीमतें तीन गुना बढ़ गई हैं। ये वस्तुएँ ग़रीब लोगों की पहुँच के बाहर हो गई हैं। ग्रामीण ग़रीबों की क्रय शक्ति में कमी के कारण खाद्य फ़सलें सरकारी गोदामों में सड़ रही हैं।

ऐसी स्थिति में हमारी कृषि एवं कृषक समुदाय पर साम्राज्यवाद के वैश्वीकरण एवं उदारीकरण रूपी तन्त्र का संयुक्त आक्रमण हो गया है। इस आक्रमण का मुक़ाबला करने में किसान महत्त्वपूर्ण भूमिका निभा सकते हैं। किसानों के अलावा मज़दूरों एवं कर्मचारियों पर भी वैश्वीकरण व उदारीकरण का शिकंजा कसा जा चुका है। इस आक्रमण के विरुद्ध संयुक्त मोर्चा खोलकर आन्दोलन प्रारम्भ किए जाने की आवश्यकता है।

अनुवाद : *एन.एम. मेहता*

सामाजिक न्याय बनाम निजीकरण

शंकर लाल मीणा

पिछले दिनों किसी 'राष्ट्रीय दैनिक' में एक स्वघोषित विचारक महोदय (यहाँ प्रचारक भी कह सकते हैं) का एक आलेख पढ़ा, जिसमें उन्होंने सामाजिक न्याय और आरक्षण की पूरी अवधारणा को ही 'न्यूसेंस' घोषित करते हुए यह फैसला भी सुना दिया कि इस अवधारणा को जन्म देनेवालों, फैलानेवालों को इतिहास के कूड़ेदान में डाला जा चुका है। यह बात वे इतने अधिकार से लिख गए मानो इतिहास लिखने का टेंडर उन्हीं के नाम से खुला हो और किसे कूड़ेदान में फेंकना है तथा किसे अलमारी में सजाना है, इसका अख्तियार भी उन्हीं को मिल गया हो। आगे उन्होंने बताया कि किस तरह आरक्षण वगैरह से योग्यता कुंठित हो रही है और 'अपात्र' राज करने लगे हैं।

यह सिर्फ़ एक आलेख या एक विचारक (प्रचारक) की बात नहीं है, इन दिनों प्रायोजित चिन्तकों/विचारकों/लेखकों की एक पूरी जमात दिखाई पड़ रही है जो ज़रूरत-बेज़रूरत अपना 'ज्ञान' उगलते नहीं थकते और यह साबित करने में कोई कसर छोड़ना नहीं चाहते कि आरक्षण व्यर्थ है, इससे कुछ नहीं होनेवाला। कुछ विद्वानों ने तो विचार और विश्लेषण के क्षेत्र में लगभग कमाल करते हुए यह निष्कर्ष भी निकाल डाला कि आरक्षण दरअसल दलित-पिछड़े आदिवासी समुदाय के खिलाफ है। एक प्रसिद्ध पत्रिका ने तो अपने सम्पादकीय में सरकार को सलाह दी है कि उच्चतम न्यायालय के सरकारी सेवाओं में पदोन्नति के सन्दर्भ में दिए गए निर्णय पर विचार करने की ज़रूरत नहीं है, बल्कि यह हिसाब लगाने की ज़रूरत है कि ये लोग अब तक कितना 'हड़प' चुके हैं।

बहरहाल कुछ भी हो, अब यह तय है कि दलित, पिछड़े, आदिवासी और कमज़ोर तबकों की चिंता को लेकर सामाजिक-न्याय का जो कीड़ा कुलबुलाने लगा है, उसकी हत्या राजनैतिक स्तर पर करना असम्भव है, सम्भवतः इसीलिए इस कीड़े को निजीकरण की कब्र में दफनाने पर विचार हो रहा है, बल्कि पूरी तैयारियाँ भी हो चुकी हैं। आर्थिक शक्तियों को पहले यह भ्रम था कि वे अपने धन, प्रभाव, साधन, शक्ति, अखबार, पत्रिकाओं, टी.वी. चैनलों, अन्तर्राष्ट्रीय सम्पर्कों, लाबिंग, ब्रेनवाशिंग, किराए के विचारकों, रिश्वत, कमीशन, ब्लैकमेलिंग आदि के बलबूते पर, संसाधनों पर अपने

एकाधिकार कायम करने के षड्यन्त्र को जनकल्याण, राष्ट्रकल्याण जैसा कोई नाम देने में सफल हो जाएँगी, पर ऐसा हुआ नहीं, लिहाजा अब उन्होंने तय किया है कि परदे के पीछे से नहीं बल्कि मंच पर खुलेआम सामाजिक-न्याय के इस 'न्यूसेंस' से आर्थिक तौर पर निपटा जाएगा।

इस वक्त जबकि ईश्वर से लेकर इतिहास तक, सत्ता से लेकर न्याय तक, धर्म से लेकर व्यवस्था तक लगभग हर चीज़ सन्देह के घेरे में आ गई हैं, बहुत से सच उजागर होने लगे हैं, तो वैचारिक बेचैनी बढ़ने लगी है। एक तरफ सामाजिक न्याय की उम्मीद में तीन-चौथाई वंचित-शोषित जनता है, तो दूसरी तरफ मुट्ठी भर, किन्तु अधिकांश संसाधनों और सम्पत्ति के स्वामी हैं। इनके बीच में है राजसत्ता।

वंचित लोग चाहते हैं कि राजसत्ता शक्तिशाली हो और वंचितों के हक में अपने अधिकारों का प्रयोग करे। उनके लिए भोजन, आवास, शिक्षा, स्वास्थ्य आदि की आदर्श व्यवस्था हो अन्यथा कम से कम कामचलाऊ व्यवस्था तो ज़रूर हो और यह देखने, तय करने का अधिकार भी उसके पास हो, राजसत्ता के पास ऐसे उपक्रम हों, जहाँ वंचितों को रोजगार मिल सके। ऐतिहासिक कारणों से जहाँ वे 'योग्य और कुशल' लोगों के मुकाबले पिछड़ जाते हों, वहाँ उनको आरक्षण मिल सके, सीमित और निचले स्तर पर ही सही, नौकरशाही में उनकी भूमिका हो, सत्ता में उनकी भागीदारी हो। जहाँ कहीं उनके पास भूमि है, वह धनिक वर्ग न खरीद (हड़प) सके, ऐसा नियम हो। अन्याय-शोषण के विरुद्ध उनको कानूनी मदद मिले, ज़रूरत पड़े तो राजसत्ता संविधान में संशोधन कर उनके हकों की हिफ़ाज़त करे। ये और इनके साथ ऐसी ही सैकड़ों ज़रूरतें हैं, जो एक शक्तिशाली राजसत्ता ही अपने अधिकारों का प्रयोग करते हुए पूरी कर सकती है।

साधन-सम्पन्न-धनिक-उच्च वर्ग भी राजसत्ता चाहता है पर तभी तक, जब तक वह उसके विकास में सहायक हो, सत्ता जब इस वर्ग की चालाकियों, बेईमानियों और षड्यंत्रों पर आँख मूँदने से इनकार कर दे तो वह इसे 'अनावश्यक हस्तक्षेप' कहकर किराए के विद्वानों को अपने टी.वी. चैनलों पर यह परिचर्चा करने बिठा देता है कि इस स्टेज पर राजसत्ता नामक संस्था की कोई उपयोगिता है भी या नहीं? प्रख्यात अर्थशास्त्री प्रभात पटनायक ने अपने एक साक्षात्कार में (कथन : जुलाई-सितम्बर, 1999) खुलासा करते हुए बताया है कि आज़ादी के बाद भारत में धनी लोगों ने अपनी स्थिति सुदृढ़ बनाने के लिए राज्य का इस्तेमाल किया और यह चीज़ उत्तरोत्तर बढ़ती गई।

धनिक-वर्ग के लोभ (या लाभ) की कोई सीमा नहीं है, अतः वह आज भी यही चाहता है कि राजसत्ता उसके आर्थिक साम्राज्य के विस्तार में उसकी मदद करे, कृषि-भूमि पर गगनचुम्बी इमारतें खड़ी हो सकें, फैक्ट्रियों के लिए लगभग मुफ्त ज़मीन मिल सके, इसके लिए राजसत्ता ने भूमि अधिग्रहण जैसे कानून बनाए। वह यह भी चाहता है कि राजसत्ता के हस्तक्षेप से उसको सस्ती बिजली मिले, पानी मिले, इसमें बिजली-चोरी जैसी सुविधा हो तो और भी अच्छा। सत्ता अपने अधीन धन में से व्यय कर उनके व्यावसायिक परिसरों तक सड़कें बनवाए, उनके कम लागत के महँगे किन्तु

घटिया उत्पाद को प्रोजेक्ट करने के लिए उसी तरह की आयात-निर्यात नीति बने। वह तो यह भी चाहता है कि उनका उत्पाद अगर नहीं बिक रहा हो तो राज्य स्वयं खरीदे, ज़रूरत न हो तो रखने के लिए ही खरीद ले।

ये और ऐसे ही सैकड़ों काम, जो धनिक-वर्ग या आर्थिक शक्तियों को चाहिए, फिलहाल राज्य के अधीन हैं। जब तक ये राज्य के अधीन हैं, तब तक आर्थिक-शक्तियों को राजसत्ता की दरकार है, आर्थिक शक्तियाँ चाहती हैं कि राजसत्ता अपने अधिकार धीरे-धीरे उनको स्थानान्तरित कर दे और खुद अपने आपको समेटना शुरू कर अन्ततोगत्वा समाप्त घोषित कर दे। सार्वजनिक/राजकीय सत्ता अथवा राज्य-संस्था का प्रभावहीन होना ही दरअसल निजीकरण का प्रभावशाली होना है।

अपने असली रूप में निजीकरण मूलतः एक जनविरोधी सोच है, जिसमें बहुसंख्यक जनता पर कुछ मुट्ठी भर लोगों का वर्चस्व स्थापित हो जाएगा। प्रभात पटनायक के ही शब्दों में "निजीकरण वास्तव में सार्वजनिक सम्पत्ति के बल पर समृद्ध लोगों का स्वयं समृद्ध बनने का साधन है।" निजीकरण के माध्यम से आर्थिक-शक्तियों का वर्चस्व बढ़े, इसके लिए ज़रूरी है कि सरकारी/सार्वजनिक क्षेत्र के अधिकार कम हों। इन अधिकारों को ही वे 'हस्तक्षेप' कहते हैं, यह न हो, इसके लिए वे नख-दंत विहीन राज्य चाहते हैं। ब्रेनवाशिंग करने के क्रम में वे तरह-तरह का ज्ञान दे रहे हैं। जैसे—स्टील, ताम्बे, सीमेंट वग़ैरह का उत्पादन करना कोई राज्य का काम है क्या? ...क्या राज्य डीजल और केरोसिन बेचे? छी! छी! कितना गंदा काम है...। राज्य राशन की दुकानों पर तराजू-बाट लेकर बैठे और गेहूँ तोले? क्यों? क्या ज़रूरत है?...सरकार, सरकार कोई नर्स नहीं है, जो घायल की मरहम पट्टी करे? हवाई जहाज, रेल, बस चलाना क्या राज्य को शोभा देता है? कभी नहीं।...यानी वे कहना चाहते हैं कि ये काम तो हमारे हैं, हमें करने दो और हमारे हिसाब से करने दो, बीच में टाँग मत अड़ाओ, लाओ, इधर लाओ अपने ये प्रतिष्ठान और संस्थान। प्रभात पटनायक के शब्दों में—"सार्वजनिक सम्पत्ति का निर्माण आम जनता पर लगाए गए टैक्सों से प्राप्त धन को खर्च करने से होता है। निजीकरण में वही सम्पत्ति लगभग मुफ्त में हड़प ली जाती है, जो दिन-दहाड़े डाका डालने के बराबर हुआ। धनिक-वर्ग की नीयत के बारे में जितना कहा जाए उतना कम है। एक उद्योगपति जो बैंकों का करीब तीस हज़ार करोड़ रुपये दबाकर बैठा है। उदारीकरण के दौर में उद्योगपति ऐसा दिखा तो रहे हैं कि वे इस खुली अर्थव्यवस्था को ज्यादा खुला बनाने के पक्ष में हैं, इसलिए वे ऐसी सिफारिशें कर भी रहे हैं लेकिन जैसे ही उन्हें अपने गिरेबान में झाँकने को कहा जाता है, वे बगलें झाँकने लगते हैं। जो लोग उदारीकरण का लाभ उठाना चाहते हैं, वे न तो उसकी शर्तों को पूरा करना चाहते है और ना ही कोई अनुशासन या जवाबदेही उठाना चाहते हैं।" (जनसत्ता : 22 दिसम्बर, 1999 सम्पादकीय 'उल्टे पाँव सी.आई.आई.', पृष्ठ 6)।

व्यावसायिक घरानों के अखबारों ने, पत्रिकाओं ने, टी.वी. चैनलों ने, मोटे पारिश्रमिक पर लाए गए टाईवाले विचारकों ने कई तरह के झूठ को बार-बार दोहराकर उसे एक सच

की तरह ऐसा स्थापित कर दिया है कि सच झूठ लगता है और झूठ सच। कुछ उदाहरण लेकर उनकी पड़ताल की जा सकती है। कहते हैं–

"भारत में राजनीतिक एवं सरकारी हस्तक्षेप बहुत ज्यादा है, भारत में करों की दरें बहुत अधिक हैं, सरकारी विभागों में बहुत भ्रष्टाचार है, आरक्षण के बलबूते पर 'अयोग्य' लोग महत्त्वपूर्ण पदों पर आ बैठे हैं, निजी क्षेत्र में मूलमंत्र कार्यकुशलता और उत्पाद की गुणवत्ता है, सार्वजनिक क्षेत्र निकम्मे हैं, फिजूलखर्ची करते हैं इत्यादि-इत्यादि।"

धनिक-वर्ग चाहता है कि वह कोई भी झूठा-सच्चा, कानूनी-गैरकानूनी, सही-गलत, सम्भव-असम्भव काम लेकर किसी सरकारी कार्यालय में जाए और उसका काम हो जाए, वह मंत्रालय में जाए और वहाँ भी तुरन्त काम हो जाए, इसे वह 'उदारीकरण' कहता है। अगर उसके काम को जाँचा जाए, उससे आवश्यक प्रमाण-कागजात माँगे जाएँ, तो इसे वह 'हस्तक्षेप' कहता है, जबकि हकीकत यह है कि हमारे यहाँ इस वर्ग को आर्थिक साम्राज्य खड़े करने में जितनी मदद मिलती है, वास्तव में वह इस कथित 'हस्तक्षेप' के मुकाबले कुछ भी नहीं है। बकौल प्रसिद्ध पत्रकार-लेखक राजेन्द्र धोड़पकर, "समस्या यह नहीं है कि राजनीतिक हस्तक्षेप है, समस्या यह है कि जितना हस्तक्षेप होना चाहिए, हो सकता है, वह है नहीं।"(जनसत्ता : 16 जुलाई, 1999)।

एक दुष्प्रचार यह भी किया जा रहा है कि भारत में टैक्स बहुत हैं, उनकी दरें बहुत हैं, हर धनिक व्यक्ति, हर व्यवसायी इस बात को दिन में कई बार दोहराता है। भारतीय नागरिक ज्यादातर अमरीका में रहनेवालों से जब मिलते हैं तो वे कंधे उचकाते हुए कहते हैं–"यहाँ इतना ज्यादा टैक्स है कि बिजनेस नहीं हो सकता।" मैं कहना चाहता हूँ "तो मत करिए न आप बिजनेस, आपके कौन हाथ जोड़ रहा है कि यहाँ आप बिजनेस करें।" पर मैं ऐसा नहीं कह पाता मैं उनकी ही सुनता हूँ। वे अमरीका की बात बताते हैं–"यू नो, स्टेट्स में टैक्स है ही नहीं, है भी तो बहुत कम।" अब कोई पूछे इनसे कि अगर अमरीका में टैक्स है ही नहीं, या बहुत कम है, तो वहाँ क्या डॉलर पेड़ पर लगते हैं? जिनको तोड़-तोड़कर सरकार इतना खर्चा करती है।

धनिक-वर्ग का एक कुतर्क बड़ा मजेदार है, जिसे दुर्भाग्य से हमारे अर्थशास्त्रियों ने स्वीकार कर लिया है। धनिक-वर्ग कहता है–

"करों की दर कम होगी तो ज्यादा लोग देंगे और ज्यादा होगी तो लोग कुतर्क करेंगे, कर चोरी करेंगे।" जो बात-बात पर अमरीका का हवाला देने से कन्नी काटेंगे, उनसे पूछना चाहिए कि क्या यह कुतर्क अमरीका में चल सकता है? इसका सीधा सा मतलब यही है कि इस रेट से इतना टैक्स लेना है तो ले लो, इससे ज्यादा वे नहीं देंगे, जो मर्जी हो कर ले सरकार, अब जब उन्हें टैक्स देना ही नहीं तो फिर ज्यादा रेट बढ़ाकर उनका क्या कर लेंगे? प्रभात पटनायक के शब्दों में–"भारत दुनिया के उन देशों में है, जिनमें सबसे कम टैक्स लगाए जाते हैं, भारत के धनी लोग शायद ही कोई टैक्स देते हों।" इस बात को यूँ भी समझा जा सकता है कि अप्रत्यक्ष कर उपभोक्ता की जेब से आते हैं, व्यवसायी की जेब़ से नहीं। प्रत्यक्ष करों के बारे में उसका जो कुतर्क है, उसकी चर्चा

ऊपर हो चुकी है। सार्वजनिक उपक्रम या सरकारी सेवा का एक प्रथम श्रेणी का अधिकारी किसी निजी कम्पनी के प्रबन्ध निदेशक के भुगतान के मुकाबले शायद दस प्रतिशत भी नहीं पाता, पर उससे ज्यादा आयकर देता है। यह निजी क्षेत्र का निजी कमाल है। वहाँ कम्पनी को मुनाफा पहुँचानेवालों को अनाप-शनाप पैसा दिया जाता है, पर 'टेक्नीकली' वह वेतन नहीं होता, इसलिए टैक्सेबल भी नहीं होता।

निजी क्षेत्र में सरकारी/सार्वजनिक सेवाओं की तरह सामाजिक-न्याय की विवशता में आरक्षण के बलबूते पर 'अयोग्य' नहीं बल्कि 'योग्य और सक्षम' लोग होते हैं और निजी क्षेत्र में बहुत कार्यकुशलता है, इस दावे को परखने के लिए सार्वजनिक क्षेत्र की उन विवशताओं का जिक्र करना ज़रूरी है, जो निजी क्षेत्र में नहीं है। सार्वजनिक क्षेत्र निजी क्षेत्र की तरह लाबिंग कर अपने हित में न तो नए कानून बनवा सकता है और न असुविधाजनक कानूनों को समाप्त करवा सकता है। झूठे शपथ/प्रमाण-पत्र, झूठी गारंटियाँ, झूठी परफॉरमेंस, झूठे आँकड़े देकर लाइसेंस वगैरह भी नहीं ले सकता, रिश्वत और स्पीडमनी के लिए कालेधन में अलग से बजट नहीं रख सकता, कर चोरी को स्ट्रेटेजी नहीं बना सकता, अरबों-खरबों की देनदारी को अनन्तकाल तक के लिए लिटिगेशन में नहीं उलझा सकता, बिजली-पानी की चोरी नहीं कर सकता, श्रम, पर्यावरण जैसे कानूनों की अनदेखी कर मजदूरों और स्थान की ऐसी-तैसी नहीं कर सकता, बैंक के ऋण से कोठी में स्वीमिंग पुल बनाकर, यूनिट को 'सिक' डिक्लेयर कर, सरकार के गले में नहीं बाँध सकता। विज्ञापन के बल पर उपभोक्ताओं को ठग कर अनाप-शनाप मुनाफे की नीति नहीं अपना सकता, मुनाफे में येन-केन-प्रकारेण उपयोगी 'योग्य और कुशल' स्टाफ को ऑफ द रेकार्ड पेमेंट नहीं कर सकता...।

ये और ऐसी सैकड़ों दूसरी विवशताएँ हैं, जो सार्वजनिक क्षेत्र के साथ जुड़ी हैं, वे निजी क्षेत्र के लिए भी ज़रूरी कर दीजिए, फिर पता चल जाएगा कि कौन कितने पानी में है। उनका स्टाफ कितना योग्य, परिश्रमी और कार्यकुशल है, यह भी सामने आ जाएगा। मजे की बात यह है कि निजी क्षेत्र उस सार्वजनिक क्षेत्र को अपने हाथ में लेना चाहता है, जिसको वह निकम्मा, सफेद हाथी, बोझ...और पता नहीं, क्या-क्या नाम देता है ताकि वह अपनों को वहाँ रोजगार दे सके। दलित, आदिवासी, पिछड़े, विकलांग, आश्रित, अल्पसंख्यक, भूतपूर्व सैनिक आदि 'अयोग्य' किन्तु संविधान कानून द्वारा आरक्षित 'बोझ' से पल्ला झाड़ सके और अपने योग्य, परिश्रमी, कार्यकुशल (यानी उच्च वर्ण) स्टाफ की मदद से देश के 10% लोगों के लिए कोई उत्तम किन्तु महँगा विलासिता का उत्पाद बना सके।

कुलीन साधन-सम्पन्न वर्ग के हित चिन्तन में पगलाए, अपनी बारी से पहले बोलते प्रवक्ता इस पर मर्सिया पढ़ रहे हैं कि बुरा हो इस आरक्षण का जिसकी वजह से ऐसे लोग भी आकर संसद में न केवल सांसद बनते हैं बल्कि मंत्री तक बन जाते हैं, जिनको सेठ जी की हवेली के मुख्य द्वार पर चौकीदार होना था या सेठानी की रसोई में बर्तन माँजने थे। सार्वजनिक उपक्रमों और सरकारी सेवाओं में ऐसे अयोग्य लोग अफसर बन

कर बैठ जाते हैं कि कमबख्त लाबिंग को सिफारिश और स्पीडमनी को रिश्वत कहते हैं। इसके बाद भ्रष्टाचार का रोना रोया जाता है। भ्रष्टाचार के मामले में यह मान लिया गया है कि वह केवल राजनेता और सरकारी अधिकारी करते हैं, निजी क्षेत्रवाले तो सब दूध के धुले हैं। धनिक-वर्ग क्या वाकई इतना भोला है कि सही और कानूनी काम के लिए रिश्वत देता है? अगर उसे अपनी बारी से पहले नहीं चाहिए, प्रावधानों-नियमों की अनदेखी नहीं चाहिए, पात्रता की कसौटी के बिना नहीं चाहिए, झूठे शपथ-पत्रों, प्रमाण-पत्रों के आधार पर नहीं चाहिए, तो फिर रिश्वत का सवाल ही कहाँ उठता है?

हकीकत यह है कि धनिक-वर्ग और उसके निजी क्षेत्र में जो भ्रष्टाचार है, उसके मुकाबले राजनेताओं और सरकारी अधिकारियों का भ्रष्टाचार तो बेचारा डूब मरे शर्म के मारे। कर-चोरी, प्रावधानों के दुरुपयोग, कागजी-जालसाजी से हजारों-हजार करोड़ की जो काली कमाई इस निजी क्षेत्र के 'कार्यकुशल' सूरमा कर रहे हैं, उसके मुकाबले सरकारी अधिकारियों, राजनेताओं के भ्रष्टाचार की कोई औकात है ही नहीं। सरकार को नहीं मालूम, जनता को नहीं मालूम लेकिन माफिया को मालूम है इन सेठों की असली कमाई। अपहरण के बदले जो करोड़ों में फिरौती देते हैं, उनका वह धन कहाँ से आता है? क्या वह वाकई गाढ़े खून-पसीने की कमाई है? और हाँ, माफिया सरकारी अधिकारियों के बलबूते पर फैल रहा है, पल रहा है या सेठों के बलबूते पर? अपनी काली कमाई के हिसाब-किताब, उधार वसूली के लिए गुंडों की सेवाएँ कौन लेता है? सार्वजनिक क्षेत्र या निजी क्षेत्र? एक लाख रुपये की रिश्वत देकर जो एक करोड़ का नाजायज फायदा उठाता है, वह क्या भ्रष्टाचार नहीं है? भ्रष्टाचार में रिश्वत देनेवाला भी उतना ही दोषी है, यह भुला दिया जाता है। दरअसल देनेवाला ज्यादा दोषी है क्योंकि वह व्यवस्था को भ्रष्ट करता है। कोई भी किसी को बिना बात रिश्वत देने के लिए बाध्य नहीं कर सकता। रिश्वत नाजायज़ फायदे के लिए दी जाती है, सामनेवाले की माली हालत पर तरस खाकर नहीं बल्कि उसका लाभ उठाकर।

इस सच्चाई के बावजूद भी चर्चा हमेशा राजनेताओं और नौकरशाही के भ्रष्टाचार की ही होती है, सेठ-साहूकारों के काले और अनैतिक कारनामों की नहीं। एक किस्से को कई महीनों तक चलाया जाता है। इन दिनों व्यावसायिक घरानों के अखबार एक राजनेता की बेटी की शादी की चर्चा चटखारे ले-लेकर कर रहे हैं और गणित के ज्ञान का परिचय देते हुए हिसाब लगा रहे हैं कि कोई एक करोड़ रुपये खर्च हुआ होगा। सही बात है, इतने खर्च का क्या मतलब है? पर सवाल यह नहीं है। आप किसी बड़े शहर की कुलीन बस्ती में चले जाइए। विवाहों के मौसम में वहाँ जिस प्रकार से शादियाँ होती हैं, उनके लिए एक करोड़ तो कुछ भी नहीं होगा। पर उनके यहाँ है, इसलिए सामान्य बात है। हम करें तो ज़रूरी, आप करें तो फिजूलखर्ची।

निजीकरण के नाम पर सार्वजनिक सम्पत्ति, उपक्रमों पर गिद्ध दृष्टि लगाए धनाढ्य, यह बात बहुत पहले से कहते आ रहे हैं कि वहाँ फिजूलखर्ची बहुत होती है। इस बात को वे मनवाने में भी सफल हो रहे हैं क्योंकि सार्वजनिक क्षेत्र के पास निजी क्षेत्र की

तरह काला धन नहीं होता—ऑफ द रेकॉर्ड खर्च करने के लिए। वह तभी हो सकता है, जब कमाई भी ऑफ द रेकॉर्ड की जाए। संस्थान/विभाग के साथ जो बात लागू होती है वही अधिकारियों/कर्मचारियों के साथ भी होती है। निजी क्षेत्र में अगर वाकई मितव्ययता है तो शहरों के पंचसितारा होटल किसके बलबूते पर चल रहे हैं? हवाई यात्राओं के ग्राहक कौन हैं? सैकड़ों टन सोना जो आयात किया जा रहा है, हर वर्ष, वह क्या सार्वजनिक क्षेत्र के लोग खरीदते हैं। विलासिता के शो-रूम, शॉपिंग कॉम्पलैक्स किसके लिए खुल रहे हैं? पचास-पचास लाख की गाड़ियाँ क्या सरकारी अधिकारियों की भ्रष्टाचार की कमाई को ध्यान में रखकर बनाई जा रही हैं? अभी दुबई में एक होटल खुला है, जिसमें ठहरने का एक रात का किराया छह लाख रुपये मात्र है, यह किस वर्ग को ध्यान में रखते हुए बनाया गया है।

निजीकरण की वकालत करनेवाले अक्सर आरोप लगाते हैं कि सरकारी क्षेत्र/सार्वजनिक क्षेत्र में आरक्षण जैसी राजनीति के चलते अयोग्यता, अपात्रता का बोलबाला तो है ही, ऊपर से भाई-भतीजावाद और जातिवाद भी है। लेकिन निजी क्षेत्र में जिस तरह का भाई-भतीजावाद और सवर्णवाद है, उसकी तो कल्पना तक सार्वजनिक उपक्रमों अथवा सरकारी क्षेत्र में नहीं की जा सकती। यह निजी कम्पनी में हो सकता है कि डिग्रीधारी इंजीनियर को सेल्समैन भी न बनाएँ, और सेठ जी या सेठानी जी के किसी दूर के रिश्तेदार को प्रबंध निदेशक नियुक्त कर लें, भले ही उसने स्कूली शिक्षा भी कायदे से पूरी न की हो, नियुक्ति का आधार, कसौटी जैसी कोई सोच यहाँ नहीं है, मुनाफे के लिए उपयोगी होना चाहिए बस।

इस सच्चाई के बावजूद निजी कम्पनियाँ, खासकर बहुराष्ट्रीय कम्पनियाँ यह प्रचार कर रही हैं कि सार्वजनिक उपक्रमों/सरकारी सेवाओं में जो योग्य लोग हैं (इनका आशय शायद उनसे है, जो आरक्षण वग़ैरह से नहीं भरे गए) वे वहाँ संतुष्ट नहीं हैं और उसको छोड़कर निजी क्षेत्र में आ रहे हैं और आने को लालायित हैं। गत दिनों एक प्रमुख राष्ट्रीय अंग्रेज़ी दैनिक ने रविवारीय में एक विशेष फीचर इसी पर दिया है, जिसमें उन लोगों के बारे में जानकारी दी है, जो भारतीय प्रशासनिक-सेवा, पुलिस-सेवा अथवा राजस्व-सेवा छोड़कर निजी क्षेत्र में आ गए हैं। उनके फोटो भी छापे गए थे और साक्षात्कार भी। उन्होंने कहा कि वहाँ जॉब सेटिस्फिकेशन नहीं था, फ्यूचर नहीं था। यहाँ ब्राइट चांसेज है, सिक्योर्ड फ्यूचर है।

हो सकता है, इन महानुभावों का कहना सत्य हो, पर इस बिंदु पर विचार करना दिलचस्प हो सकता है कि कहीं इनमें कोई ऐसा तो नहीं है, जो खुद छोड़कर नहीं जाता, उसे निकाल दिया जाता है। क्या किसी घपले की वजह से या ज़रूरत से ज्यादा योग्यता और कार्यकुशलता का प्रयोग करने की वजह से? हो सकता है वह आदमी सरकारी सेवा में रहते हुए भी उस कम्पनी के हितों की रक्षा करता रहा हो, जो उसने अब ज्वाइन की है और पहले वह वहीं से अपनी हैसियत का दुरुपयोग करता रहा हो और सरकार से ज्यादा मेहनताना कम्पनी से पाता रहा हो। यह कोई काल्पनिक बात नहीं है, ऐसा अक्सर होता

है। सरकारी सेवा में रहते हुए कुछ 'योग्य' अधिकारी एक व्यावसायिक घराने के लिए काम करते हैं। बाद में रिटायर होकर वे वहीं चले जाते हैं। अब चूँकि नैतिकता-वैतिकता का कोई झंझट नहीं है, सो रिटायरमेंट से पहले भी ऐसा किया जा सकता है, बल्कि किया जा रहा है। निजी कम्पनियाँ इनको मोटा वेतन इनकी योग्यता और कार्यकुशलता के लिए नहीं देतीं बल्कि उन सम्पर्कों के लिए देती हैं, जो उसके उस विभाग विशेष के साथ हैं। मैंने कम्पनियों के कई प्रतिनिधियों को अधिकारियों से यह कहते सुना है कि साहेब आप जितनी मेहनत सरकार की तरफ से कर रहे हैं अगर आप उतनी मेहनत सरकार के खिलाफ करते और आप हमारी कम्पनी में होते तो, जो सरकार आपको देती है उससे पचास गुना अधिक पैसा मिलता (जाहिर है, इतना पैसा ऑफ द रेकॉर्ड ही दिया जा सकता है)।

इन लोगों के मामले में ऐसा रहा होगा, यह मैं नहीं कहता, फिर भी इनकी 'जॉब-सेटिस्फिकेशन' की परिभाषा को समझा जा सकता है। अब परिभाषा निश्चित रूप से वह नहीं है, जो उन्होंने उस वक्त रेटी होगी, जब वे 'संघ लोक सेवा आयोग' में साक्षात्कार के लिए जा रहे होंगे। वे शायद उतना पैसा-सम्पत्ति नहीं बना पाए, जो उनके टारगेट में था, या उनको यह पता चल चुका था कि आनेवाले वक्त के असली नियन्ता कौन हैं। इनमें से एक महानुभव ने तो सच कह भी दिया। वे कहते हैं कि जब वे डिस्ट्रिक्ट कलेक्टर थे तो उनको जॉब-सटिस्फिकेशन था, पर सचिवालय में नियुक्त होते ही उनका सटिस्फिकेशन 'फ्रस्ट्रेशन' में बदल गया यानी वे अगर हमेशा डिस्ट्रिक्ट कलेक्टर रहते तो सटिस्फाइड रहते। उनसे ज्यादा उनकी पत्नी सटिस्फाइड रहती। सच है, कहाँ तो राजा-महाराजाओं जैसा रुतबा और कहाँ बाबूगिरी! कहाँ तो वेज-नॉनवेज के अलग-अलग रसोईए और कहाँ झाड़ू लगानेवाला तक नहीं। सटिस्फिकेशन आए भी तो किधर से?

तो धनिक साधन-सम्पन्न वर्ग, जो पूरे जोर-शोर से निजीकरण का हल्ला मचाकर अपनी अघोषित आकांक्षाओं, षड्यंत्रों को पूरा करने के सपने देख रहा है, उसके भीतरी और लगभग कुरूप चेहरे की यह एक हल्की-सी झलक थी। ये ताकतें मजबूती चाहती हैं, इनकी मजबूती की पहली शर्त राज्य संस्था का निर्बल होना है। ये शक्तियाँ राज्य-संस्था को न केवल यह समझाने में सफल हुई हैं कि राज्य-संस्था को अपने आपको समेट लेना चाहिए, बल्कि यह भी सिखा रही हैं कि विकसित, आधुनिक, समृद्ध समाज में राज्य-संस्था की कोई भूमिका है ही नहीं। हम चाहें या न चाहें पर ऐसा लग रहा है कि आनेवाले समय में (एक निश्चित समय तक, हमेशा के लिए नहीं) राज्य-संस्था संकुचित होगी और निजी सत्ता का विस्तार होगा। इस निजी क्षेत्र में दलित, पिछड़े, आदिवासी, कमजोर, अल्पसंख्यक के लिए कोई जगह नहीं होगी, इसमें भागीदारी और नियन्त्रण का तो सवाल ही कहाँ पैदा होता है?

राज्य-संस्था जिस वर्ग के हितों की रक्षा अपने वर्तमान अधिकारों का उपयोग करते हुए कर रही है, उस अधिकार से राज्य को वंचित कर ये शक्तियाँ खुद उनके लिए मालिक और भाग्य-विधाता बनने के ख्वाब देख रही हैं। श्रम कानून जैसी समस्याएँ,

जो पूँजीपतियों को खटक रही हैं; उनमें संशोधन करने की तैयारी हो रही है। वे चाहती हैं कि उनको यह अधिकार हो कि वे जिसको जब चाहें रखें, जब चाहें निकालें, जितना मर्जी वेतन दें, न दें, इसमें नेहरू युगीन आउटडेटिड कानून आड़े नहीं आने चाहिए। कुलीन वर्ग को इस बात पर भी एतराज है कि ऐरे-गैरे आदमी सिर्फ़ चुनाव जीतकर शासक बन जाते हैं, यह अन्याय है। फूलन देवी जैसी डकैत चुनाव जीत सकती है, इसका मतलब यह है कि चुनाव और मतदान ही एकमात्र आधार नहीं होना चाहिए। कुलीन, सम्भ्रान्त और धनिक-वर्ग अब राष्ट्रपति शासन प्रणाली की बातें करने लगे हैं क्योंकि चुनाव में बहुमतवाला जीतता है, बहुमत मूर्खों का होता है, अतः चुनाव में भूखे-नंगों की संख्या के आधार पर उनके मतों के आधार पर चुने हुए किसी व्यक्ति को सत्ता में रखने से अच्छा है, किसी कुलीन, सम्भ्रात, धनवान को चुनना। यह चुनाव मतदान के आधार पर नहीं, उसके उच्च-वर्ण, उसकी अर्थिक स्थिति के आधार पर होना चाहिए। उसके लिए चुनाव जीतने की शर्त नहीं होनी चाहिए। हालाँकि ऐसा होगा नहीं, पर वे तो विचार कर ही रहे हैं।

शिक्षा और स्वास्थ्य के क्षेत्र में जो निजीकरण हुआ, उसकी स्थिति हमारे सामने है। झूठे वायदों, शपथ-पत्रों, प्रमाण-पत्रों, कर चोरी और दूसरे आर्थिक अपराधों के बलबूते धनिक वर्ग ने अरबों-खरबों की लागत के शोध-संस्थान और चैरिटेबल अस्पताल खड़े कर लिए। इनके नामपट्ट पर चैरिटेबल एक शब्द मात्र है। बस आम आदमी का प्रवेश इनमें वर्जित है, जबकि राज्य से जो सुविधाएँ इनको मिली हैं, वे सब आम आदमी के नाम पर ही मिली हैं। ये इनके व्यावसायिक केन्द्र हैं। जब चैरिटेबल अस्पताल एक पंचसितारा होटल से भी ज्यादा मुनाफा देता हो तो उसे ये क्यों न बनाएँ? शिक्षा और शोध संस्थान भी राज्य से सुविधा लेकर, व्यावसायिक लाभ के लिए बनाए गए हैं, जनकल्याण के लिए नहीं। यहाँ प्रवेश के लिए निजी क्षेत्र की कृपा ही एकमात्र आधार है, अन्ततोगत्वा ये भी मुनाफा कमाने का जरिया ही होते हैं, ऐसा मुनाफा, जिस पर टैक्स-वैक्स का कोई झंझट नहीं होता।

शिक्षा और स्वास्थ्य यदि पूरी तरह धनिक वर्ग के हाथ में चला जाएगा तो आम आदमी शिक्षा के बारे में सोचेगा भी नहीं और बीमार होने पर कुछ नहीं कर सकेगा, सिवाय मौत का इन्तजार करने के। इसके बाद अगर रेलवे, डाक, बिजली, पानी, परिवहन, सुरक्षा जैसी सेवाएँ भी निजी क्षेत्र में जाकर एक प्रोडक्ट में तब्दील हो गईं, तो फिर राज्य-संस्था के पास ऐसा कुछ नहीं बचेगा, जिसका प्रयोग वह दलित, पिछड़े, आदिवासी, विकलांग, अनाथ, अल्पसंख्यक वगैरह के हित में कर सके। उस दिन 'सामाजिक-न्याय' शब्द भी बाकी शब्दों की तरह अर्थहीन हो जाएगा।

आखिर में इतना और कि सच वह नहीं है, जो बताया जा रहा है। बल्कि सच वह है, जो छुपाया जा रहा है। धनिक और साधन-सम्पन्न वर्ग जो विचार, विश्लेषण और आँकड़े दे रहा है, वह दरअसल एक विज्ञापन मात्र है। जिन कमियों और बुराइयों का हवाला देकर राज्य संस्था के पर कतरने की भूमिका बनाई जा रही है, वे कमियाँ

और बुराइयाँ निजी क्षेत्र में अपने सबसे भ्रष्ट और भद्दे रूप में है, इसमें कोई सन्देह नहीं है। प्रजातंत्र के कुछ प्रावधानों पर सन्देह कर उन पर पुनर्विचार की जो सलाह धनिक और कुलीन वर्ग दे रहा है, वह कतई शुभ नहीं है। यह हर चीज को एक 'महँगे-प्रोडक्ट' में तब्दील कर, खुद उसके मालिक बन जाने का जो षड्यन्त्र है, वह राष्ट्र के बहुसंख्यक वर्ग के लिए शुभ नहीं है। जिस वर्ग के लिए योग्यता का अर्थ छल-कपट व चालाकी हो, स्वस्थ प्रतियोगिता का मतलब सुनियोजित बेईमानी हो, नीति का मतलब कर-चोरी हो, चैरिटेबल ट्रस्ट का मतलब मुनाफाखोरों का गैंग हो, जो स्वतन्त्रता और प्रजातंत्र को समय से पूर्व घट गई घटना मानता हो, राज्य-संस्था को केवल अपने हितचिन्तन तक सीमित कर देना चाहता हो, अपने अलावा सबको फालतू बोझ समझता हो और देश की भाषा, संस्कृति, परम्पराओं से जिसका कोई रिश्ता नहीं रह गया हो, उस वर्ग की दया पर देश के आम गरीब आदमी को नहीं छोड़ा जा सकता, खासकर दलित, पिछड़े, आदिवासी, विकलांग, अनाथ और सम्पत्तिविहीन वर्ग को।

प्रवासी भारतीय दिवस बनाम आदिवासी दिवस
(9 जनवरी बनाम 9 अगस्त)

रत्नाकर भेंगरा

भारतीय पासपोर्ट लेकर चलनेवाले भारतीयों की पहचान सरकारी तौर पर भारतीय के रूप में की जाती है। भारत के बाहर इधर-उधर से यात्रा करने के लिए पहले घोषणा करना ज़रूरी होता है। भारत के भीतर रहनेवाले विशाल बहुसंख्यक भारतीयों की पहचान रोजमर्रा के मामलों में उनकी जाति अथवा कौम के अनुसार ही मानी जाती है। दैनिक अखबारों में प्रकाशित विवाह सम्बन्धित विज्ञापनों से यह जाहिर होता है कि किस प्रकार भारत में जातीय पहचान को परिष्कृत और परिभाषित कर वर्गीकृत किया जाता है—खासकर उच्च-जातीय अथवा समृद्ध लोगों द्वारा। विज्ञापन की यह प्रक्रिया बहुत ही कम दलित अपनाते हैं। आदिवासी तो ऐसा करते ही नहीं। इससे यह निष्कर्ष निकलता है कि 'रोटी' और 'बेटी' यानी खाने की टेबल और बिस्तर के मामले में भारतीयों का बहुमत अभी भी जाति के दायरे के भीतर ही सोचता है।

भारतीयों के लिए पहचान का दूसरा स्तर उनकी संस्कृति है, खासकर जिनसे वे रोज़ अपनी भाषा के माध्यम से रू-ब-रू होते हैं। प्रभावशाली भाषाओं के समूहवाले लोगों ने आज़ादी के बाद अपने राज्यों का निर्माण कर लिया। उसके बाद बने राज्यों ने भी सांस्कृतिक तथ्यों के आधार पर अपनी कुछ पहचान कायम कर ली।

ये भाषाई और प्रादेशिक पहचान बाहर भी ले जाई गई और बरकरार रखी जाने लगी। इसका ज्वलंत उदाहरण है जुलाई 2002 में यू.एस.ए. के डालास शहर में 'अमेरिकन तेलुगू एसोसिएशन' द्वारा सांसद टी. रेड्डी को 'लाइफ टाइम सर्विस अवार्ड' का दिया जाना। प्रवासी बंगाली भी ऐसी 'बंगाली एसोसिएशन्स' कायम करने में बहुत माहिर हैं और उनकी ऐसी संस्थाएँ डेनवर, कोलोराडो, सेनफ्रांसिसको, सिंसीनॉटी, एरिजोना, ग्रेटर सेंडिगो, ग्रेटर चिकागो, डलासफार्टेवर्थ, सदरन टीअर न्यूयार्क और न्यूयार्क, सिंगापुर, मलेशिया, ब्रिसबाने, आस्ट्रेलिया, स्टॉकहोम, नीदरलैंड, लाएसेस्टर, यूनाइटेड किंगडम आदि में हैं।

ऐसी क्षेत्रीय पहचान रखनेवाली संस्थाओं से सम्बन्ध रखनेवाले लोगों के बारे में हमारे प्रधानमंत्री को अपनी विदेश यात्रा के दौरान जानकारी मिली तो उन्होंने विदेशों

में बसे सभी भारतीयों से अपील की कि वे अपनी भारतीय पहचान मजबूत करें। हालाँकि उन लोगों के लिए जो अपनी इच्छा से भारत छोड़कर चले गए थे, प्रधानमंत्री का यह मशवरा कोई खास मायने नहीं रखता था।

पर विडम्बना तो यह है कि अब ऐसे भारतीय जो विदेशों में जातीय, प्रदेशीय अथवा भाषाई पहचानों के साथ रह रहे हैं को दोहरी नागरिकता देकर इनाम दिया जा रहा है।

दृष्टिकोण का यह बदलाव और वह स्वार्थ, जिसकी पूर्ति के लिए यह बदलाव आया, काफी रोचक विषय है। जब गांधी जी विदेश जा रहे थे तो विदेश जाने का यह विचार ही बहुत अधार्मिक माना जाता था, लेकिन बाद में जो लोग अपनी जिंदगी को बेहतर बनाने के लिए स्वेच्छा से भारत छोड़ खासकर पश्चिम की ओर गए, उन्हें गद्दार या कौम का विरोधी माना जाने लगा था। इसके विपरीत आज उनके स्वागत में पलक-पाँवड़े बिछाए जा रहे हैं। तर्क दिया जा रहा है—"वैश्विक गतिशीलता का युग है—इसलिए लोग अपनी जिन्दगी का कुछ या पूर्ण हिस्सा गुजारकर विभिन्न स्तरों पर एक से ज्यादा देशों से जुड़ सकते हैं। इसलिए आज के इस वैश्वीकृत युग में यह तर्क दिया जा सकता है कि दोहरी या बहुमुखी नागारिकता की अवधारणा ज़रूरी हो गई है। पर यह जानना भी काफी रुचिकर होगा कि इन प्रवासियों में—जिन्होंने 9 जनवरी को 'प्रवासी भारतीय दिवस मनाया—कितने आदिवासी और दलित समाज के लोग थे?''

मेरा अनुमान है—"कोई भी नहीं अथवा मुश्किल से कोई।" सर्वविदित है कि इस अवसर पर केवल अमीर या बहुत अमीर लोगों को बुलाया गया था। इसलिए यह निश्चित है कि जिस प्रकार अभिजात-वर्ग की सामाजिक जड़ें भारत में ऊँची जातियों में हैं, उसी प्रकार जिन प्रवासियों को 'फेडरेशन ऑफ इंडियन कॉमर्स एंड इंडस्ट्री' (F. I. C. C. I.) तथा विदेश मंत्रालय ने बुलाया, उनकी सामाजिक जड़ें भी ऊँची जातियों में ही हैं। यह कार्यक्रम उच्च-जातीय और उच्च-वर्ग के जम्बूरी लोगों का ही जमावड़ा था।

कुछ लोगों को यह अच्छा लगा है कि जो लोग पहले भारत में रहते थे और बाद में स्वेच्छा से भारत छोड़कर चले गए, को दोनों दुनिया का सर्वश्रेष्ठ हासिल करने के लिए पुरस्कृत किया जा रहा है। फिर भी इस मुकाम पर यह इंगित करना ज़रूरी है कि किस प्रकार जान-बूझकर आदिवासियों के यानी—भारत के मूल निवासियों के अन्तर्राष्ट्रीय और वैश्विक अधिकारों को उपेक्षित करके उन्हें हाशिए पर डालकर, नकारा जा रहा है।

दरअसल आदिवासी—ही भारत के प्राचीनतम आदिम निवासी, देशज और मूल निवासी हैं। अनेक लोगों के साथ जो बाद में बाहर से आए, उनके संघर्ष का एक लम्बा इतिहास है और जब भी आदिवासी और गैर-आदिवासी की परस्पर मुठभेड़ों की चर्चा होती थी या होती है, तो दोनों में 'हम' और 'वे' की अवधारणा घर कर लेती रही है।

ब्रिटिश राज के दौरान भी अंग्रेज़ों ने आदिवासियों और गैर-आदिवासियों के

अलगाव व विभाजन को नोटिस किया और समझा। इसीलिए उन्होंने आदिवासियों को विशेष बर्ताव अथवा सलूक करने के लिए कुछ क्षेत्रों को पाँचवीं और छठी सूची में रख दिया था। आज़ादी के बाद भारत सरकार ने आदिवासियों के लिए इस क्षेत्रीय बँटवारे को कायम रखा और उन्होंने उन्हें संविधान में शड्यूल ट्राइब्स का नाम देकर इनके पक्ष में शिक्षा तथा नौकरी की लाभकारी नीतियाँ अपनाईं। ये सभी, विशेषतः आखिरी दो यानी शिक्षा तथा नौकरी के कार्यक्रम बहुत ही सराहनीय थे, लेकिन ये थे बहुत ही पितृवत् अथवा पितृधर्मी।

1957 में भारत सरकार ने भारत के आदिवासियों की तरफ अपनी अन्तर्राष्ट्रीय वचनबद्धता के तहत 'अन्तर्राष्ट्रीय लेबर आर्गनाइजेशन कन्वेंशन 107' यानी—"स्वतंत्र देशों में मूल निवासी तथा अन्य आदिवासी या सैमी आदिवासी आबादियों के रक्षार्थ एवं एकीकरण पर हस्ताक्षर कर अपनी स्वीकृति दे दी।"

1989 में इस 'कन्वेंशन' को संशोधित किया गया जो, 'कन्वेंशन न. 169' कहलाई और इसे 'आजाद मुल्कों में मूल निवासियों तथा आदिवासी लोगों की कन्वेंशन' कहा गया।

वास्तव में 1989 की कन्वेंशन ने आदिवासियों और मूल निवासियों के मुद्दों के बारे में समय के साथ-साथ कदम बढ़ाते हुए यह सुनिश्चित किया कि आदिवासियों और मूल निवासियों के हितों तथा अधिकारों को पैतृक, समायोजित अथवा एकीकरण के ढाँचे के दृष्टिकोण में न देखकर उन्हें एक अनेक तत्त्ववादी तथा अधिकार आधारित ढंग से देखा जाए और इस कन्वेंशन ने उन्हें सामूहिक अधिकारवाली जमात के रूप में स्वीकार किया। लेकिन अभिजात वर्ग और भारत सरकार ट्राइबल्स, आदिवासियों और मूल निवासियों के मुद्दों का जवाब एक बड़ा नकार है। वास्तव में संघ परिवार की दृष्टि में आदिवासी अब वनवासी माने जाने लगे हैं। अब वे इससे भी आगे जाकर कहने लगे हैं कि भारत का हर निवासी मूल निवासी है। एक प्रतिनिधि के अनुसार तो हिन्दुस्तान में एक अरब आदिवासी रहते हैं।

निष्कर्ष निकालने से पहले उचित होगा कि हम मनाए जानेवाले दिवस की चर्चा करेंगे। विश्व के पैमाने पर विदेशों में लगभग ऐसे बीस मिलियन भारतीय छितराए हुए हैं, जिनकी भावनाओं और जेबों को वर्तमान भारतीय सरकार भँजाना चाहती है। इससे सब लाभान्वित होते हैं। देश को कुछ यूरो, कुछ डॉलर और कुछ निवेश मिलता है और पी. आई. ओ. भारतीयता के साथ-साथ कुछ अन्य भी प्राप्त कर लेता है। 9 जनवरी को सब साथ-साथ, इकट्ठे होकर बड़ा जश्न मनाते हैं। हमारे देश में शिड्यूल कास्ट की संख्या लगभग 80 मिलियन या उससे अधिक है। भारत सरकार ने भारत के शिड्यूल ट्राइब्स तथा मूल निवासियों के हित के लिए अभी तक 'आई. एल. ओ. 169' पर हस्ताक्षर करने की इच्छा नहीं जताई है। 'यूनाइटेड नेशन्स' ने 9 अगस्त को 'अन्तर्राष्ट्रीय मूल निवासी दिवस' घोषित कर दिया है। भारत सरकार तथा इसकी विभिन्न एजेन्सियाँ यू. एन. द्वारा घोषित दिनों जैसे—8 मार्च को 'महिला दिवस', 6 जून को 'पर्यावरण

दिवस' आदि मनाती हैं लेकिन 9 अगस्त का दिन मनाने के लिए ये लगातार इनकार करते रहे हैं। वास्तव में सरकार आदिवासियों तथा इनके मुद्दों को अपने अनुसार ढालने की चेष्टा कर रही हैं। इस देशों के छितराए लोगों के साथ भारी लगाव रखता है, घुला-मिला और खुश रहता है चूँकि ये अधिकतर उन्हीं जैसी कौमी, सामाजिक, सांस्कृतिक जड़ों से आते हैं। अभी तो शुरुआत है, देखना यह है कि भारत सरकार के मन में 20 मिलियन लोगों के लिए मनाया जानेवाला 9 जनवरी का दिवस प्रमुख है अथवा 80 मिलियन या उससे अधिक लोगों के लिए मनाया जानेवाला 9 अगस्त का दिवस। यह दिवस सरकार की मान्यता मिले या न मिले अन्तोगत्वा प्रमुख रूप से मनाया जाना ही है। हमारे पाठकों के लिए यह जानना ज़रूरी है कि झारखंड ऐसा राज्य है, जहाँ आदिवासी भारी संख्या में रहते हैं और इसका मुख्यमंत्री भी एक आदिवासी है। झारखंड में 9 जनवरी का दिन 'बिरसा मुंडा' की याद में मनाया जाता है। यह वह दिन है, जिस दिन वीर आदिवासी नेता 'बिरसा मुंडा' ने ब्रिटिश हुकूमत के खिलाफ संघर्ष छेड़ा था।

झारखंड में ये दिन उस बहादुर पुत्र के नाम से मनाया जाता है और मनाया जाता रहेगा। इसीलिए 9 का अंक सरकार अथवा उसके भीतरी या बाहरी मित्रों के लिए शुभ नहीं होने जा रहा।

अनुवाद : *रमणिका गुप्ता*

●●●